あなたがくれた憎しみ
ザ・ヘイト・ユー・ギヴ

アンジー・トーマス
Angie Thomas
服部理佳 訳

岩崎書店

カバーイラスト
デブラ・カートライト

日本語版装丁
こやまたかこ

暗闇にも光が差すことを教えてくれたおばあちゃんに

THE HATE U GIVE

目次

登場人物

スター・カーター
主人公。16歳の高校生。

マーベリック・カーター
スターの父。
元ギャングのメンバー。

リサ・カーター
スターの母。看護師。

セカニ・カーター
スターの弟。

カルロス
リサの兄で、スターの伯父。警官。

セブン
スターの母違いの兄。
アイーシャとマーベリックの子。

キング
ギャング組織キング・ロードのボス。

アイーシャ
キングの妻で、
セブン、ケニヤ、リリックの母。

ケニヤ
キングとアイーシャの子。

カリル
スターの幼なじみ。

ブレンダ
カリルの母。

ロザリー
カリルの祖母。かつて、
カーター家の面倒を見ていた。

キャメロン
カリルの弟。

ナターシャ
スターの友達。10歳のとき
抗争に巻きこまれて亡くなった。

クリス
ウィリアムソン校に通う
スターのボーイフレンド。

デヴァンテ
キング・ロードのメンバー。
パーティ中に兄を亡くす。

マヤ
ウィリアムソン校のスターの同級生。

ヘイリー
ウィリアムソン校のスターの同級生。

クルーズ巡査
カリルを撃った警官。

エイプリル・オフラ
人権擁護団体の弁護士。

ルイス
床屋の主人。

ルーベン
レストランの主人。

パート1●○ことのはじまり

1

こんなパーティ来るんじゃなかった。

こんなところにいていいのかさえわからない。べつにお高くとまってるとか、そういうんじゃない。自分を出せない場所っていうのはある。どっちのバージョンの自分も。ビッグD《ディー》の春休みのパーティは、そういう場所のひとつだってことだ。

汗ばんだ身体《からだ》の間をすりぬけ、肩で揺れるカールを見つめながら、ケニヤのあとを追っていく。部屋にはもやがかかり、マリファナのにおいが漂《ただよ》っている。音楽で床が揺れている。ラッパーが、ネイネイを踊ろうと呼びかけ、ヘイを連呼《れんこ》しはじめると、みんなも口々にヘイ、ヘイと叫《さけ》びはじめた。ケニヤは、カップを手に持って、踊りながら人の波を縫《ぬ》っていく。うるさい音楽で頭はがんがんするし、マリファナのにおいで胸はむかむかする。ドリンクをこぼさないで部屋を横切れたら奇《き》跡《せき》だ。

どうにか人ごみをかきわけていく。ビッグDの家には隙間《すきま》もないほど人がひしめきあっていた。

みんな（――って言ってもわたしは別だけど）、毎年ここの春休みのパーティに来てるって話はきいていたけど、こんなにいっぱい人がいるなんて思わなかった。女の子たちは、髪をカラーリングしたり、パーマをかけたり、アイロンでのばしたりしている。ポニーテールなんて、ガキっぽかったかもしれない。真新しいスニーカーと腰パンをはいた男の子たちが、女の子たちとぴったり身体《からだ》を寄せあっている。いますぐにでもコンドームを用意したほうがよさそうだ。うちのおばあちゃんに言わせると、春は愛を連れてくるらしい。ガーデン・ハイツの春が愛を連れてくるかあやしいものだけど、冬に赤ん坊を連れてくることだけはたしかだ。そのうちのほとんどが、ビッグD《ディー》のパーティの晩に仕込まれていたとしても、ちっとも不思議じゃない。ビッグDがいつも春休みの金曜日にパーティを開くのは、土曜日に体力を回復して、日曜日に教会で懺悔《ざんげ》するためだ。

「踊ってきなよ、スター。くっついてこないで」ケニヤが言った。「みんな、言ってんだから。あんたが、自分のことサイコーだって思ってるって」

「へえ、ガーデン・ハイツに、そんなに読心術者《どくしんじゅつしゃ》がいるなんて知らなかった」それに、みんながそんなにわたしのこと知ってるなんて知らなかった。せいぜい〝あの店で働いてる、ビッグマブの娘〟だってことぐらいしか知らないと思ってたのに。ドリンクに口をつけて、思わずペッと吐きだす。ふつうのハワイアン・パンチじゃないのはわかってたけど、ちょっときつすぎる。パンチっていうより、ただのストレートのお酒だ。コーヒーテーブルの上にカップを置いて言う。「わたしがどう思ってるか、わかったふりされるのって、ムカつくんだけど」

「マジになることないじゃん。あの学校にいくようになってから、あんたおかしいよ。ここの人間のことなんか、だれも知らないような顔しちゃってさ」

六年前、私立のウィリアムソン校に転校して以来、ずっときかされてきたセリフだ。「ほっといてくんない？」

「それに、なにもそんなカッコしなくたって……」ケニヤはわたしのスニーカーから、ぶかぶかのパーカーへと視線を移し、見下すように鼻をつんと上げた。「それってあたしの兄貴のパーカーじゃないの？」

〝わたしたちの〟兄貴のパーカーだ。ケニヤとわたしには、セブンっていう兄貴がいる。でも、ケニヤとわたしの血はつながってない。ケニヤのママはセブンのママで、わたしのパパはセブンのパパだ。それじゃわけがわからないと思うけど。「そうだよ」

「やっぱね。ほかになんて言われてるか知ってんでしょ。ツレだと思われるの困るんだけど」

「人がどう思うかなんて、わたしが気にすると思う？」

「気にしないだろうね！　だからダメなんじゃん！」

「どうでもいいよ」《究極の大変身　スター編》でも見られると思ってたんだろうか。そんなつもりだって知ってたら、こんなパーティについてきたりしない。家で《フレッシュ・プリンス》の再放送でも見てたのに。ナイキのエア・ジョーダンははき心地《ごこち》がいいし、なんてったって新品だ。人がどう言おうと、それで十分じゃない？　パーカーはぶかぶかだけど、そのほうが絶対かわいいと思う。それに、フードを鼻まで引きおろせば、マリファナのにおいをかがなくてすむ。

「ねえ、あたし、ひと晩中あんたのお守《も》りなんかしてらんないんだけど。くっついてないで、なんかしてきなよ」ケニヤはそう言って、部屋を見まわした。正直に認めると、ケニヤはモデルになってもおかしくないくらいきれいだ。傷ひとつないダークブラウンの肌（たぶん、ニキビなんかできたこともないと思う)、切れあがった茶色の瞳、つけまつげなんかじゃない、ばさばさの長いまつげ。ランウェイを歩く爪楊枝《つまようじ》みたいなファッションモデルたちに比べたら、ちょっとだけ太めだけど、背だってモデル並《なみ》に高い。ケニヤは同じ服を二度着てきたりはしない。父親がキングなら、そのくらいなんでもないだろうけど。

ガーデン・ハイツでつるむ相手は、ケニヤぐらいしかいない。ここから車で四十五分もかかる学校に通っていて、いつも家族が経営する店に入りびたっている鍵《かぎ》っ子じゃ、そう簡単にここで友達なんてできるわけがない。共通の兄貴がいるケニヤとつるむようになるのも、当然だった。でも、ケニヤは、ときどきすごくやっかいなやつになる。だれかれなしにけんかを売って、なにかというとすぐに、パパに言いつけて痛い目にあわせてやると脅《おど》しをかける。相手が痛い目にあうのはたしかだけど、切り札が使えるからって、けんかをふっかけるのはやめてほしい。わたしにだって、使おうと思えば、切り札くらいある。わたしのパパ、ビッグマブにちょっかいを出す人間なんていないし、その子どもにちょっかいを出す人間も、まちがいなくいない。それでも、わたしはあちこちでけんかを売ってまわったりしない。

このビッグＤ《ディー》のパーティでも、ケニヤは、さっきからものすごい形相《ぎょうそう》でデネジア・アレンにガンをとばしていた。デネジアのことはあまり記憶にないけど、ふたりが四年生のころから仲が悪かったことはおぼえている。デネジアは、部屋の真ん中あたりでだれかと踊っていて、ケニヤには気づいていないのか、目もくれなかった。でもケニヤはどこに移動しても、すぐにデネジアを見つけだして、すごい目でにらみつけている。こんな目つきでにらみつけてたら、そのうちむこうも気づいて、ひともんちゃく起こりそうだ。

「あーっ！　あいつマジでムカつく」ケニヤが忌々《いまいま》しげに言った。「こないだ、学食で並んでたら、後ろにあいつがいて、だれかの悪口言ってたんだ。名前は出してなかったけど、あれ、絶対あたしのことだよ。あたしがデヴァンテを狙ってるって」

「そうなの？」適当《てきとう》に相づちを打つ。

「ちがうって。そんなわけないじゃん」

「だよね」デヴァンテなんて知らないけど。「で、どうしたの？」

「どうしたかって？　ふりむいて、なんかあたしに文句あんのって言ってやったよ。そしたら、あの女、『別にあんたの話なんかしてないし』とかぬかしやがってさ。しらじらしいっつうの！　あんた、白人の学校にいってラッキーだったよ。あんなムカつく女を相手にしなくてすむんだからさ」

なにそれ？　ついさっき、ウィリアムソンにいって、タカビーになったとか言ってたくせに、今度はラッキー？「言っとくけど、うちの学校にだってムカつく女くらいいるよ。ムカつく女は世界中どこにいったっているんだよ」

「いまに見てなよ、あたしたちがかわいがってやるから」ケニヤのガンとばしが最高潮《さいこうちょう》に達したとき、デネジアは視線がつきささったのを感じたように、ケニヤのほうを見た。「そうだよ、あんたのことだよ」ケニヤはデネジアにきこえているみたいに言った。「いまに見てなよ」

「ちょっと待ってよ。〝あたしたち〟？　それでパーティについてきてなんて言ったわけ？　タッグを組む相手にするために？」

ケニヤはむっとした顔になった。なんで、そっちがむっとするわけ？

「いやなら断ればいいじゃん！　つるむ相手だっていないくせに。親切で誘ってやったんだろ」

「なに言ってんの、ケニヤ？　わたしにだって友達くらいいるの、知ってるでしょ？」

ケニヤは、目をぐるりと大げさに回して、天井《てんじょう》をあおいだ。一瞬、ほとんど白目《しろめ》になる。「あんたの学校のタカビー女たちは、ダチのうちに入んないよ」

「あの娘《こ》たちは、タカビー女たちは、ダチのうちに入んないよ」


「あの娘《こ》たちは、タカビーなんかじゃないし、友達だから」少なくとも、マヤとはそうだ。ヘイリーとは、最近どうだかわからないけど。「言っとくけど、わたしの人づきあいを充実させるために、けんかに巻きこもうっていうなら、遠慮しとくから。そうやっていつも面倒《めんどう》なことになってんじゃん」

「スター、おねがーい」お願いをうんとのばして言う。「いい？　まず、あいつがデヴァンテからはなれるまで待つんだ。それからふたりで……」

そのとき、携帯が太ももの上でブルブル震えた。画面をちらりと見る。クリスからだ。電話をずっと無視してるから、メールを送ってきたらしい。

話せないかな？

ああいうことになるとは思わなかったんだ。

でしょうね。きのうはちがうことを期待してたんだから。問題はそこだ。ポケットにそっと携帯をもどす。まだどう返事していいかわからない。とりあえず、あとにしよう。

「ケニヤ！」

肌の色が薄くて、ぽっちゃりした、さらさらストレートの女の子が、人ごみをかきわけて、こっちにむかってくる。後ろから、背の高い、ブロンドのメッシュが入ったモヒカンの少年がついてくる。ふたりともケニヤにハグをして、ケニヤの格好《かっこう》を褒《ほ》めた。わたしなんかいないみたいに。

「なんで来るって言ってくんなかったの？」女の子はそう言って、親指を口にくわえた。それが癖《くせ》なのか、出っ歯になっている。「知ってたら乗っけてやったのに」

「スターを連れてこなくちゃいけなかったから。一緒に歩きで来たんだ」

ようやくふたりは、ケニヤのすぐわきに立っているわたしに気がついた。

少年が、目を細めて、しげしげとわたしを見る。ほんの一瞬だけだったけど、眉をひそめたのはわかった。「あんた、あの店で働いてるビッグマブの娘だよな？」

ほらね。みんな、それがわたしの出生証明書《しゅっせいしょうめいしょ》の名前だとでも思ってるみたい。

「そう。それ、わたし」

「うそっ！　どうりで見おぼえあると思ったんだ。三年生のとき、ブリッジズ先生のクラスで一緒だったじゃん。あたし、あんたの後ろに座ってたんだよ」

「ああ」ふつうなら、ここで思いだすところだけど、まるで思いだせなかった。ケニヤの言うとおり、わたしはここの人たちをだれも知らないのかもしれない。みんなの買い物を袋につめてるだけじゃ、顔ぐらいはおぼえても、名前やどういう人間かまではわからない。

でも、うそはつける。「うん、おぼえてる」

「うそつくなって。おぼえてねえんだろ」少年がいった。

「〝どうしておまえはうそばっかつくんだ？〟」ケニヤと女の子が、歌の歌詞を口ずさむと、少年も歌いだし、三人でげらげら笑いころげた。

「ビアンカ、チャンス、仲よくしてやって。スターはパーティに出るのがはじめてなんだ。家族がどこにもいかせてくれないんだよ」

横目でケニヤをにらみつける。「パーティぐらい出てるよ、ケニヤ」

「ねえ、あんたたち、このへんのパーティで、この子見かけたことある？」

「ない！」

「ほら見なよ。あと、先に言っとくけど、郊外の白人のガキが開いてる、シケたパーティのうちに入んないからね」

チャンスとビアンカがにやにや笑った。このフードがすっぽりわたしをのみこんでくれたらいいのに。

「どうせ、モーリーでもキメてんだろ？」チャンスが言う。「白人のガキは、錠剤系《じょうざいけい》のクスリに目がねえからな」

「で、テイラー・スウィフトでも流してんじゃない」親指をくわえたまま、ビアンカが言った。

けっこう当たってたけど、認めるのもしゃくだ。「そんなことないよ。あっちのパーティはすごいんだから。バースデー・パーティで、J《ジェー》・コールに歌わせた男の子もいたんだよ」

「うそだろ、マジかよ？　くっそー。次はおれも呼んでくれ。そんなら、白人のガキとパーティしてもいい」

「話は変わるけどさ。さっきスターと、デネジアを痛めつけてやろうって、話してたんだ。あそこで、デヴァンテと踊ってる女だよ」

「ああ、あの尻軽女《しりがるおんな》。知ってる？　あいつ、あんたの悪口言ってたらしいよ。先週ドナルド先生のクラスがあったんだけどさ、そのときアリーヤが言って――」

突然チャンスが声をあげた。「くそっ、ドナルドセンコーのやつ」

「教室を追いだされて頭に来てんでしょ」ケニヤがつっこむ。

「ムカつくだろ！」

「でさ、アリーヤが言ってたんだけど――」ビアンカが話を続けた。

知らないクラスメートや、知らない先生たちの話ばかりで、ついていけなかった。まったく口をはさめない。別にかまわないけど。どうせわたしは透明人間だ。

この町にいると、しょっちゅう、そんなふうに感じる。

デネジアや先生の悪口にひとしきり花を咲かせたあと、ケニヤがドリンクのおかわりを取りにいこうと言いだし、三人はわたしを置いていってしまった。

禁断の果実《かじつ》を口にして、突然自分が裸だと気がついた、イブみたいな気分だった。自分がいてもいいのかさえわからないパーティに、ほとんど知りあいもいないのに参加して、たったひとりの知りあいは、わたしを置いてどこかにいってしまった。

ケニヤは、何週間もまえからこのパーティにわたしを誘っていた。めちゃくちゃ居心地《いごこち》が悪いのはわかっていたから、何度も断ったけど、そのたびに、ガーデン・ハイツのパーティなんかおよびじゃないって思ってるんだろうとか絡《から》まれて、だんだん面倒《めんどう》くさくなってきて、出ることにしたのだ。そんなことないと証明するために。神様《ブラック・ジーザス》が説得でもしてくれないかぎり、うちのパパとママが、ビッグD《ディー》のパーティにいくのを許してくれるわけないから、ここにいるのがばれたりしたら、それこそ神様に救ってもらうしかない。

みんなが、こいつ、ひとりで壁際につっ立って、なにしてるんだって顔で、ちらちらとこっちを見ている。わたしはポケットに手をつっこんだ。ひとりだって、クールにふるまっていればだいじょうぶだ。皮肉なことに、ウィリアムソンでは、わざわざそうふるまったりしなくても、クールに見えてしまう。あの学校には黒人の子がほとんどいないから。ガーデン・ハイツでクールに見せるのは、発売日にエア・ジョーダンのレトロモデルをゲットするより難しいけど。

それなのに、白人の子たちにはそう見えてしまうのが不思議だ。黒人だってことはクールなことなのかもしれない。黒人でいるのがつらくならないうちは。

そのとき、ききおぼえのある声がした。「スター！」

褐色《かっしょく》の肌のモーセでも登場したみたいに、人の波が割れて道をあける。男たちは、彼と拳《こぶし》を合わせて挨拶《あいさつ》を交わし、女の子たちはのびあがるようにして彼を見た。カリルがこっちに微笑《ほほえ》みかけてくる。えくぼができて、男っぽい顔がほころんだ。

カリルはかっこいい。それ以外の言葉が見つからないくらい。むかしはよく一緒にお風呂に入った。へんな意味じゃなくて、カリルにちんちんがあって、わたしに、カリルのおばあちゃんが言う、まんまんがあるってだけで、けらけら笑いころげることができたころの話だ。エッチな雰囲気なんてあるわけなかった。

ハグをすると、石鹸《せっけん》とベビーパウダーの香りがした。「よう、元気か？　久しぶりだな」カリルは身体《からだ》をはなして言った。「メールも、寄こさねえし、いったいどうしてたんだよ？」

「学校とバスケで、いっぱいいっぱいで。でも、店には出てるよ。そっちこそ、見かけなかったけど、どうしてたの？」

えくぼがすっと消える。カリルは鼻をこすった。うそをつくときの癖《くせ》だ。「忙しくしてたんだよ」見ればわかる。おろしたてのエア・ジョーダンに、パリパリの白いTシャツ。耳にはダイヤのピアスが光ってる。ガーデン・ハイツで育っていれば、〝忙しくする〟というのが、なにをすることかぐらいわかる。

信じたくない。カリルだけには、そんなことをしてほしくなかった。泣きたいのか、カリルを殴りたいのかわからなかった。

でも、はしばみ色の瞳にじっと見つめられると、怒りたくても怒れなかった。ときがさかのぼり、十歳のころにもどった気がした。休暇中の聖書学校に参加して、クライスト・テンプル教会の地下で、はじめてキスをしたあの日に。不意《ふい》に、自分がなんのしゃれっけもないパーカーを着ていることを思いだした。クリスというボーイフレンドがいることも。いまは電話もメールも無視してるけど、彼氏にはちがいないし、これからもそうであってほしいのはたしかだ。

「おばあちゃんはどうしてる？　キャメロンは元気？」キャメロンっていうのはカリルの弟だ。

「元気だよ。ばあちゃんは病気だけどな」カリルはカップに口をつけた。「医者が言うには、癌《がん》ってやつらしい」

「うそでしょ。だいじょうぶなの、K《ケー》？」

「ああ、いま化学療法を受けてる。心配事は、もっぱらカツラのことみたいだけどな」ふっと笑う。えくぼは浮かばない。「だいじょうぶだよ、ばあちゃんは」それは予測というより、祈りに近い言葉だった。

「お母さんはキャメロンの面倒《めんどう》を見てるの？」

「変わんねえな、スター。人のいいとこばっかり見ようとする。あいつが面倒なんか見るわけないだろ」

「きいてみただけだって。あんたのママ、こないだうちの店に来たんだよ。よくなってるみたいだったけど」

「いまのところはな。やめるやめる言ってるが、いつものことさ。数週間は我慢《がまん》できるだろうが、どうせもう一度だけって手を出して、また逆もどりだ。まあ、さっきも言ったとおり、おれが元気で、キャメロンが元気で、ばあちゃんが元気なら」ひょいと肩をすくめる。「あとはどうでもいい」

「そうだね」でも、一緒にいたから知っている。カリルは毎晩玄関のポーチでママの帰りを待っていた。好きか嫌いかはともかく、どうでもいいわけがない。

曲が変わって、ドレイクのラップが、スピーカーから流れてきた。ビートに乗って首をふりながら、小声でラップを口ずさむ。フロアにいる全員が、声をあわせてサビの歌詞を叫《さけ》んだ。〝底辺から這《は》いあがり、ここまで来た〟

このガーデン・ハイツで暮らしていると、ときどき底辺にいるような気がすることがあるけど、みんながそんな気持ちを抱えていると思えば、まだ救いがある。

気がつくと、カリルがわたしを見ていた。微笑《ほほえ》みかけて首をふる。「信じらんねー。まだ、めそめそ野郎のドレイクに夢中とはな」

じろりとにらみつける。「わたしのダンナサマの悪口言わないでよ！」

「だっせー、ダンナ。〝ベイビー、きみはぼくのすべて。きみだけがほしかった〟」カリルがめそめそした声で歌いだす。肩をぶつけてやると、カップからドリンクがこぼれ、カリルは笑った。「なんだよ、マンマだろ！」

中指を立ててみせると、カリルは唇をすぼめてキスの音をたてた。すっかり、いままでどおりだ。

何か月も会わなかったなんて思えないくらい。

カリルはコーヒーテーブルからナプキンを取り、ドリンクがかかったジョーダンをふいた。――3《スリー》レトロ。発売されたのは何年かまえのはずだけど、どう見ても新品だ。三百ドルはするだろう。それも、イーベイなんかで、安く手に入れられた場合の話だ。クリスもそうやって手に入れた。わたしも自分のジョーダンを激安価格の百五十ドルでゲットしたけど、わたしの靴は子供用のサイズだ。足が小さいおかげで、クリスとお揃《そろ》いのスニーカーがはける。そう、わたしたちはそういうタイプのカップルだ。でも、案外さまになってるんじゃないかと思う。クリスが、ばかなことさえしなかったら、全部うまくいくのに。

「いい靴だね」

「サンキュ」カリルはナプキンで靴をごしごしこすっている。

げっ、なにやってるの！　こすられるたびに、靴が助けてって悲鳴をあげてる。スニーカーにそんなことをしたら、絶対にだめなんだから。

「カリル」ナプキンをひったくりそうになるのを、ぐっとこらえて言う。「そうっとふくか、軽くたたくの。こすっちゃだめだよ。絶対に」

カリルは顔を上げてにやりと笑った。「了解、スニーカー狂《きょう》どの」そう言って、軽くたたきはじめる。よかった。「おまえのせいでドリンクこぼしたんだから、きれいにしてくれよ」

「六十ドルいただきますけど」

「六十ドルだって？」カリルが驚いたように身体《からだ》を起こす。

「そうだよ。アイシー・ソールの場合は、八十ドルになります」靴底が透明な、クリアソールのスニーカーは、クリーニングにめちゃめちゃ手間《てま》がかかる。「お手入れキットだって安くないんだから。それに、そんな靴が買えるってことは、かなり稼いでるんでしょ?」

カリルは、聞こえないふりをして、ドリンクに口をつけ、「きっついな、これ」とつぶやくと、コーヒーテーブルの上にカップを置いた。

「そうだ、親父《おやじ》さんに言っといてくれ。おれが近いうちに挨拶《あいさつ》にいくって。相談したいことがあるんだ」

「どんな相談?」

「大人同士の話だよ」

「ふうん、立派な大人だもんね」

「おまえより、五か月と二週間と三日も大人だ」ウィンクする。「ばっちりおぼえてるからな」

そのとき、ダンスフロアの真ん中あたりが急に騒がしくなった。音楽に負けないくらいの大声で、だれかが罵《のの》りあっている。

最初に頭に浮かんだのは、ケニヤが、計画どおりデネジアにけんかを売ったんじゃないかってことだった。でも、ふたりとも、あんな野太い声じゃない。

パン! 銃声が響いた。思わず身をすくめる。

パン! 二発目の銃声が響き、みんなが一斉《いっせい》に戸口に殺到《さっとう》した。われ先に外に出ようとして、罵《ば》声《せい》がとびかい、もみあいになる。

カリルがわたしの手をつかんだ。「逃げるぞ」

人も、髪をカールした女の子も多すぎて、ケニヤがどこにいるのかわからない。「でも、ケニヤがいなくなっても——」

「あいつのことはほっとけ。いくぞ！」

カリルは、わたしの手を引いて、人を押しのけ、人の靴を踏みつけながらどんどん進んでいく。それだけでも、銃弾を食らう十分な理由になりそうだ。たくさんの、おびえた顔の中からケニヤを探そうとしたけど、やっぱりどこにも見あたらない。撃たれた人間や、撃った人間の顔は見ないようにした。なにも知らなければ、たれこみもできない。

表に出ると、みんな散り散りになって逃げていった。車が次々と猛スピードで走りさる。カリルは薄暗い街灯の下にとめてあったシボレーインパラにかけより、運転席側のドアをあけてわたしを中に押しこんだ。わたしがそこから助手席に移ると、カリルも乗りこみ、車を出した。バックミラーに映るカオスが、見る見る小さくなっていく。

「ろくなことが起こんねえな」カリルが吐きすてた。「だれも撃たれないパーティってねえのかよ」

うちの両親みたいな言い方だ。これだから、ケニヤの言うとおり、どこにもいかせてくれないのだ。ガーデン・ハイツでは特に。

無事を祈りながら、ケニヤにメールを送る。ケニヤが狙われたとは思えないけど、銃弾は、思いがけないところにとんでいくものだから。

すぐに返信がかえってきた。

あたしはだいじょうぶ。

でも、あの女を見かけたから、ギタギタにしてやるところ。

いまどこ？

なに言ってるの？　こっちは命からがら逃げてきたっていうのに、まだ、けんかなんか、ふっかけるつもりでいるわけ？　ばかばかしくて、返信する気にもなれない。

カリルのインパラの乗り心地《ごこち》は、悪くなかった。ほかの車みたいに、やたらとけばけばしくはないし、タイヤもふつうだ。前のシートの革はところどころ裂《さ》けている。でも、内装の色は鮮やかなライムグリーンで、ある程度カスタムはされているようだ。

シートの裂け目を引っぱってつぶやく。「だれが撃たれたのかな？」

カリルはドアポケットからヘアブラシを取りだして、フェイドカットの髪をとかしはじめた。

「たぶん、キング・ロードの人間だろうな。会場についたとき、ガーデン・デザイプルのやつらが入ってくるのを見た。だれかがぶっぱなしても不思議じゃない」

わたしはうなずいた。わたしの住むガーデン・ハイツはここ二か月ぐらい、くだらない縄張《なわば》り争いの戦場になっている。パパも昔はキング・ロードだったから、生まれたとき、わたしは〝クイーン〟だった。ストリートでは特権階級だったけど、パパがゲームをおりたとき、その地位も失った。でも、クイーンのまま育っていたとしても、だれのものでもないストリートを巡って争いあうなんて、とうてい理解できなかっただろう。

カリルは、ブラシをドアポケットにしまうと、ステレオをかけた。古いラップが大音量で流れだす。パパが百万回はかけてる曲だ。わたしは顔をしかめた。「なんでそんな古くさい曲ばっかりきいてんの？」

「なに言ってんだよ！　トゥパックは本物だぜ」

「そうだね、二十年もまえの人だけど」

「いや、いまだって十分通用する。そう、たとえばだな」カリルはわたしに指をつきつけた。自分の哲学を語るときの癖《くせ》だ。「パックは、Thug《サグ》 Life《ライフ》 ってのは、"The Hate U Give Little Infants Fucks Everybody"〈子どもに植えつけた憎しみが社会に牙《きば》をむく〉の略だと言ってるんだ」

眉を吊りあげる。「え、なに?」

「だから! The Hate U、Uはアルファベットの U、Give Little Infants Fucks Everybody、頭文字を取って、T-H-U-G L-I-F-E だよ。つまり、おれたちがガキのころ社会に植えつけられた憎しみが、やがて噴きだして、社会に復讐《ふくしゅう》するって意味だ。わかったか?」

「へえ、そうなんだ」

「な? いまでも十分通用するだろ」カリルはビートに乗って首をふりながらラップを口ずさんでいる。カリルは〝社会に牙をむく〟ために、なにをやってるんだろう? 想像はつくけど、信じたくなかった。直接カリルの口からきいてたしかめたい。

「ねえ、忙しいってなにしてるの? 数か月前、店をやめたってパパにきいたよ。それ以来、見かけなかったけど」

カリルはハンドルをぐっと握りなおした。「家と店、どっちに送っていけばいい?」

「カリル――」

「家と店、どっちだ?」

「もし、あれを売ってるんだったら――」

「おまえには関係ないだろ、スター! おれのことはほっといてくれ。やるしかねえんだよ」

「そんなことない。パパなら手を貸してくれるよ、ね」

カリルは鼻をこすった。うそをつくまえの癖《くせ》。「だれの手もいらねえよ。おまえの父ちゃんのところで日銭《ひぜに》を稼いだくらいじゃ、どうにもなんねえんだ。電気と食い物と、どっちをとるか悩むのはもううんざりなんだよ」

「おばあちゃん、働いてたんじゃないの?」

「ああ、働いてたよ。病気がわかったとき、病院の連中は、ずっと働いてくれなんてぬかしてたんだ。だが二か月もすると、ばあちゃんは自分の仕事をこなせなくなった。そりゃそうだろ、化学療法受けて、ばかでかいゴミ箱なんか運べるわけねえよ。それでクビになった」カリルは首をふった。

「笑っちまうだろ? 病院のくせに、病気だからってクビにしやがったんだ」

沈黙が垂れこめる。車の中には、トゥパックが問いかける声だけが響いていた。〝おまえはだれを信じる?〟 わからない。わたしには。

そのとき、また携帯が震えた。クリスが謝ってきたか、ケニヤがデネジアをやっつけるために加勢を頼んできたかのどっちかだろうと思ったけど、画面に表示されていたのは、アルファベットの大文字だけで綴《つづ》られた兄貴のメールだった。どうしていつも大文字なんだろう。わたしが震えあるとでも思ってるのかもしれない。めちゃくちゃイラつくことだけはたしかだけど。

いまどこにいる?

おまえもケニヤも、あのパーティには出るなよ。

だれか撃たれたらしい。

過保護の両親よりたちが悪いのは、過保護の兄貴だ。神様《ブラック・ジーザス》だって、セブンの監視の目からわたしを救うことはできない。

カリルがこっちをちらりと見る。「セブンだろ？」

「なんでわかるの？」

「あいつと話してると、いつもなにかぶん殴りたいって顔してるからさ。おまえのバースデー・パーティのときのこと、おぼえてるか？　セブンに願い事を言えってせかされて」

「それで、兄貴の顔をぶん殴ってやった」

「そしたら、ナターシャのやつが、『わたしのボーイフレンドになにするんだ』って食ってかかってさ」カリルがにやにやしながら言う。

わたしは天井《てんじょう》をあおいだ。「あの子、セブン、セブンってうっとうしくって。ときどき、兄貴目当てでうちに来てるんじゃないかって思ったくらい」

「いや、おまえがハリー・ポッターの映画を持ってたからだろ。ほら、おれたちの合言葉、なんだっけ？『おれたちゲットートリオ。絆《きずな》は――』

「ヴォルデモートの鼻の穴よりきつい』　なんか、ばかっぽいね」

「だよな」

ふたりとも笑っていたけど、なにかが欠けていた。〝だれか〟が欠けている。ナターシャが。

カリルは道路に目をやった。「信じらんねえよな。六年もたっちまったなんて」

そのとき、サイレンの音が鳴り響き、バックミラーの中で、青いライトが閃《ひらめ》いた。

2

十二歳のとき、両親からふたつの話をきかされた。

ひとつは、いわゆる性教育の話だ。と言っても、ふつうの子がきかされるようなのとはひと味ちがっていたけど。うちのママのリサは正看護師だから、なにがどこに入るのかはっきりと話した。大人になるまでそういうことをする必要はまったくないってことも。でも、そのときは、そんなことが起こるなんてとても思えなかった。ほかの娘《こ》たちはみんな、六年生から七年生にかけて、胸が膨らみはじめていたけど、わたしの胸は背中と同じくらい真っ平らだったから。

もうひとつは、警官に呼びとめられたときには、どうすればいいかという話だ。ママは、そんな話をするのは早すぎるとパパに食ってかかったけど、パパは、このくらいの年になれば、捕まったり撃たれたりする可能性は十分にあると言って譲らなかった。

「いいか、スター。とにかく連中に言われたとおりにするんだ。手は見えるところに出しておけ。いきなり動いたりするんじゃないぞ。むこうから話しかけられないかぎり、口は開くな」

真剣な話だってことはわかった。わたしの知るかぎり、パパみたいにおしゃべりな人はほかにいない。そのパパが口を開くなって言うんだから、絶対にしゃべっちゃいけないんだと思った。

だれかが、カリルにそういう話をしているといいんだけど。

カリルは小声で悪態をつくと、トゥパックのCDをとめて、インパラを路肩《ろかた》につけた。ここはカーネーションのあたりだろう。ほとんどの家が空き家で、街灯の半分は壊れている。人の気配もなく、わたしたちとその警官以外、だれもいなかった。

カリルはエンジンを切った。「いったいなんだってんだよ」

警官はパトカーをとめて、ヘッドライトをハイビームにした。まぶしくて目をぱちぱちさせる。

パパは、ほかになんて言ってた？

人と一緒だったら、連れのだれかが、ヤバいものを持ってねえことを祈ることだ。なにか見つかれば、みんなブタ箱いきだからな。

「K《ケー》、車になにかヤバいもの置いてないよね？」

カリルは、サイドミラーで警官をちらりと見た。「そんなもんねえよ」

警官は、運転席のドアに近づいてくると、窓をたたいた。カリルがウィンドウクランクを回して窓をあける。警官は、ただでさえまぶしいのに、わたしたちの顔に懐中電灯をむけてきた。

「免許証と車両登録証と自動車保険証を出すんだ」

カリルはいきなりルールを破った。警官に言われたとおりにしなかったのだ。

「なんで車をとめたんだよ？」

「免許証と車両登録証と自動車保険証を見せなさい」

「なんでとめたのかって、きいてんだよ」

「カリル、言われたとおりにして」

カリルは、ぶつぶつ言いながら、財布を取りだした。警官は懐中電灯の明かりで、カリルの一挙《いっきょ》手一投足《しゅいっとうそく》を見守っている。

心臓が、ドキドキとうるさいくらいに高鳴る。頭の中でパパの声がこだましていた。

警官の顔をよく見ておけよ。バッジ番号をおぼえられたら、上出来《じょうでき》だ。

カリルの手もとを照らしている懐中電灯の明かりで、バッジの番号が読みとれた。1―15。白人で、年は三十代半ばから四十代のはじめぐらい、茶色の髪は短く刈りこまれ、上唇にはうっすらとした傷あとがある。

カリルは、警官に書類と免許証を渡した。

1―15がそれに目を通す。

「どこから来たんだ？」

「かんけーねーだろ。なんで車をとめたんだよ？」

「テールライトが壊れていたからだ」

「じゃあ、違反切符でも切るのか？」

「さあな。車からおりてもらおうか」

「なんだよ、違反切符だったらここで切れば――」

「車からおりろ！　両手を上げて、見えるようにしておくんだ」

カリルは、両手をあげて車から足をおろした。1―15は、その手をつかんでぐいと引っぱり、カリルの身体《からだ》をバックドアに押しつけた。

やっとの思いで声を絞《しぼ》りだす。

「この人、別になにも――」

「両手をダッシュボードの上に置け！」警官がわたしを見て怒鳴った。「動くな！」

言われたとおりにしたけど、両手はぶるぶる震えて、じっとしてくれない。

警官は、カリルの身体《からだ》を服の上からたたきはじめた。「生意気《なまいき》なガキめ。なにが出てくるか、見てろよ」

「なにも出てきやしねえよ」

1―15は、さらに二度、身体検査を繰りかえしたが、なにも出てこなかった。

「ここでじっとしていろ」警官はカリルにむかって言うと、窓ごしにわたしを見た。「おまえもだ。動くんじゃないぞ」

うなずくことすらできない。

警官はパトカーにもどっていった。

両親は、わたしに警察をこわがるよう教えたわけではなく、警察を相手にしたときに、うまく立ちまわれるよう教えてくれただけだ。そのふたりが、警官が背中をむけているときに動くのはまずいと言った。

カリルは、そのまずいことをした。警官が背をむけている間に、バックドアをはなれ、運転席のドアに歩みよったのだ。

いきなり動くのはまずい。

カリルは、いきなり運転席のドアをあけた。

「スター、だいじょうぶ――」

パン！

一発目。カリルの身体がびくんと跳ねた。背中から血が噴きだす。カリルはよろめいて、ハンドルをつかんだ。

パン！

二発目。カリルが喘《あえ》ぐ。

パン！

三発目。カリルは目を見開いてわたしを見た。

そして地面に崩れ落ちる。

わたしは十歳の子どもにもどり、ナターシャが崩れ落ちるのを見ていた。

おなかの底からなにかがこみあげ、喉《のど》を震わせてほとばしった。耳をつんざくような悲鳴があたりに響きわたる。

動いちゃいけないのはわかっていたけど、カリルを放っておくことはできなかった。車からとびだしてカリルにかけよる。カリルは、神様を探しているようにじっと空を見つめていた。あのときのナターシャみたいに。口は悲鳴をあげるように大きく開いている。わたしは声をふり絞《しぼ》り、ふたり分の悲鳴をあげた。

「いや、いや、いや」言葉を知らない一歳の赤ん坊みたいに、それしか言葉が出てこない。いつの間にかわたしは、カリルの横に座りこんでいた。銃で撃たれた人がいたら、とにかく血をとめなさいってママが言ってたけど、こんなに血が出ていたら、それどころじゃない。出血が多すぎる。

「いや、いや、いや」

カリルはぴくりとも動かない。声もあげない。わたしを見ようともしない。身体《からだ》はこわばっている。カリルは死んでいた。神様には、会えただろうか。

そのときだれかが大声で叫《さけ》んだ。

まばたきして涙をふりはらう。

警官1―15が、幼なじみを殺した銃をわたしにむけてわめいていた。

わたしは両手を上げた。

3

カリルの身体《からだ》は、見世物《みせもの》みたいに通りにさらされていた。パトカーと救急車が、続々とカーネーション通りに到着する。路肩《ろかた》には人だかりができていた。みんな、のびあがるようにして、こっちをうかがっている。

「おい、見ろよ。サツが人を殺しやがった！」

警察が野次馬《やじうま》を追いはらおうとしたけど、だれも言うことをきかなかった。

救急隊員たちは、手の施《ほどこ》しようのないカリルの代わりに、どこもけがをしていないわたしを救急車の後ろに座らせた。野次馬たちが首をのばして、まぶしいライトに照らしだされたわたしの顔をのぞきこんでくる。

わたしは珍しくなんかないのに。気分が悪い。吐きそう。

警官たちが、カリルの車をごそごそ調べている。やめて――そう言いたかった。お願い、カリルの身体に覆《おお》いをかけてあげて。まぶたを、口を閉じてあげて。カリルの車に近づかないで。ヘアブラシにも触らないで。でも、なにひとつ言葉にならなかった。

1―15は両手に顔を埋めて歩道に座りこんでいた。ほかの警官たちが、肩をたたいて慰《なぐさ》めている。

ようやくカリルの身体《からだ》がシートで覆《おお》われた。あんな物に覆われたら息ができない。息が苦しい。

息が……できない。

空気を求めて喘《あえ》ぐ。息が……苦しい。

「スター？」

突然目の前に、長いまつげに縁どられた茶色の瞳が現れた。わたしの目によく似た瞳。

こわくてろくに口もきけなかったけど、両親の名前と電話番号だけは、どうにか、かけつけた警官たちに伝えていた。

「だいじょうぶか？」パパが言った。「さあ、家に帰ろう」

答えようとして口をあけたとたん、嗚咽《おえつ》が漏れた。ママが、パパを押しのけるようにして現れ、わたしを抱きしめた。背中をさすりながら小声でうそをささやく。

「だいじょうぶよ、ベイビー。だいじょうぶだから」

ママは長い間そうしていた。しばらくすると、パパはわたしたちを救急車からおろした。そして、好奇の目から守るようにわたしの身体に手を回して、通りを歩いていくと、とめてあったシボレーのタホに乗りこみ、車を出した。

街灯の明かりに、歯をぐっと食いしばったパパの顔が浮かびあがった。禿《は》げた頭には血管が浮かんでいる。ママはアヒルの柄《がら》のナース服を着ていた。シフトを増やして今夜も救急外来《きゅうきゅうがいらい》で働いていたんだろう。カリルのことを考えているのか、何度も目もとをぬぐっている。通りで倒れていたのが自分の娘だったらと想像しているのかもしれない。

胃がきりきりとねじれる。カリルの身体《からだ》からおびただしい血が流れだし、あたり一面を覆《おお》っていた。その血が、この手にも、セブンのパーカーにも、スニーカーにもこびりついている。ほんの一時間前には、笑って近況報告をしあっていたのに。それなのに、カリルの血が……。

口の中に熱い唾《つば》がたまる。胃がますますねじれ、喘《あえ》ぐように口を開く。

ママがバックミラー越しにわたしを見て叫《さけ》んだ。「マーベリック、車をとめて!」

車が完全にとまるのも待ちきれず、後部座席のドアから外にとびだした。胃の中のものが全部逆流し、口から溢《あふ》れだす。

ママがかけよってきて、わたしの髪を汚れないように後ろに束ねて、背中をさすってくれた。

「かわいそうに、ベイビー」

家に帰ると、ママに服を脱がされた。セブンのパーカーとわたしのジョーダンは、黒いゴミ袋に捨てられ、二度と目にすることはなかった。

熱いお湯を張ったバスタブに浸かって、手をゴシゴシこすり、カリルの血を洗いおとした。パパに運ばれてベッドに入る。ママはわたしが眠りにつくまで、わたしの髪を指ですいてくれた。

悪夢で何度も目が覚めた。ママは、喘息《ぜんそく》を起こしたときのように、呼吸の仕方を教えてくれた。目が覚めるたびにベッドに座っていたから、たぶん、夜どおしそばにいてくれたんだろう。

でも、最後に目を覚ましたとき、ママはいなくなっていた。壁のネオンブルーが目に染みて、思わず目を細める。時計は午前五時をさしていた。身体が五時起きに慣れていて、土曜の朝だろうがおかまいなしに目が覚めてしまうらしい。

天井《てんじょう》に貼った星の蓄光《ちくこう》シールを見つめながら、昨日の夜の出来事《できごと》を、頭の中で再現しはじめる。パーティ、発砲騒ぎ、カリルと会場を逃げだしたあと、1―15に車をとめられて……。銃声が耳にこだまする。二発目。三発目。

そしていま、わたしはベッドに横たわり、カリルは州の死体安置所に横たわっている。ナターシャが横たわった場所に。

事件が起こったのは六年もまえだけど、あの日のことは、手にとるようにおぼえている。はじめてのジョーダンを買うために、うちの店で、床掃除をしていたとき、ナターシャがかけこんできた。ナターシャはころころと太っていて（ナターシャのママに言わせると、子供らしいぽっちゃり体形で、大人になればすっきりするってことだったけど）、肌は濃い褐色《かっしょく》、髪はたくさんの三つ編みをきれいに編んだブレイズで、わたしもああいう髪型にしたいと、いつもあこがれていた。

「スター、エルム通りの消火栓が破裂したんだよ！」

入場無料のウォーターパークができたようなものだった。ねえ、いってもいいでしょ？　パパに目で訴えて、一時間でもどるという条件つきで、許可をもらった。

水があんなに高く噴きだすのを見たのははじめてだった。めったにないみものを楽しむために、近所の人たちが、ほとんどみんな、そこに集まっていた。最初にその車に気がついたのは、わたしだった。

後部座席の窓から、タトゥーの入った腕がつきでていて、その手に黒光りするグロック銃が握られていた。みんなが一斉《いっせい》に逃げだしたけど、足に根が生えてしまったみたいに、一歩も動けなかった。ナターシャは、噴きだす水を浴びて、楽しそうにはしゃいでいた。そして――。

パン！　パン！　パン！

わたしは薔薇《ばら》の茂みにとびこんだ。立ちあがったとき、だれかが「救急車を呼べ！」と叫《さけ》んだ。最初、自分が撃たれたのかと思った。シャツに血がついていたから。でも、薔薇の棘《とげ》で切っただけだった。撃たれたのは、ナターシャだった。血が水に混ざって、真っ赤な川みたいに道路を流れていた。

ナターシャは迫りくる死の影におびえていた。わたしたちはまだ十歳で、死んだらどうなるのかも知らなかった。いまだってわからないのに、ナターシャは、いやおうなしに、知らされることになった。

そんなこと、知りたくもなかったはずだ。カリルと同じように。

そのとき、ドアがギーッと音をたてて開いた。ママが顔をのぞかせて、疲れた笑みを浮かべる。

「あら、起きたのね」

ママは、ベッドに腰をおろして、わたしの額に手を当てた。熱なんかないのはわかっているはずだけど、いつも病気の子どもたちばかり診《み》ているから、とっさにそうしてしまうんだろう。「気分はどう、モグちゃん」

モグちゃんというのはわたしのあだ名だ。両親には、哺乳瓶《ほにゅうびん》から口がはなれた瞬間から、ずっとなにかしらモグモグ食べていたからだってきかされてるけど、もうそこまで旺盛《おうせい》な食欲はないのに、いまだにそう呼ばれている。「だるい」声がいつもより低い。「ずっと寝ていたい」

「わかるわ、ベイビー。でも、あなたをここでひとりにしておきたくないのよ」

わたしはひとりにしておいてほしいのに。ママはじっとわたしを見つめていた。でも、その目は、いまのわたしじゃなくて、自分がパワーパフガールだと信じていたころのわたしを、髪をポニーテールに結《ゆ》った、がちゃっ歯の小さな娘を見つめているように見えた。くすぐったいような、変な感じだったけど、毛布に包まれるみたいに、そのあったかい視線に包まれていたかった。

「愛してるわ」ママが言った。

「わたしも」

ママは立ちあがって、手を差しだした。「いらっしゃい。なにか食べるものを用意するわ」のろのろとキッチンにむかう。廊下の壁には、十字架にかけられたキリスト《ブラック・ジーザス》の絵と、銃を構えたマルコムX《エックス》の写真がかかっている。おばあちゃんは、なんであんなものを神様の横に並べるんだって、いまだにぶつぶつ言ってるけど。

わたしたち家族が住んでいるこの家は、おばあちゃんがまえに住んでいた家だ。おばあちゃんが、カルロスおじさんに呼びよせられて、郊外の豪邸で暮らすことになって、うちの両親に家を譲ってくれたのだ。カルロスおじさんは、ガーデン・ハイツでひとり暮らしをしているおばあちゃんを心配して、ずっと、一緒に暮らそうと誘っていた。年寄りの家のほうが、空き巣や強盗に狙われやすいから。おばあちゃんは、自分が年寄りだなんて思っていないから、「ここはあたしんちだよ、ごろつきどもに追いだされてたまるもんか」と言って、空き巣に侵入されて、テレビを盗まれても、家をはなれようとしなかった。それから約一か月後、カルロスおじさんとパムおばさんは、子どもたちの面倒《めんどう》を見てくれないかとおばあちゃんに頼みこんだ。「どうやら、パムは料理が苦手で、子どもたちにろくな食事をつくってやれないらしいんだよ。それじゃ、あの子たちがかわいそうじゃないか」おばあちゃんはそう言って、ようやく引っ越すことに同意した。わたしたちの家になっても、おばあちゃんっぽさはまだ残っている。家中にポプリの香りが染みついているし、壁紙は花柄《はながら》で、ピンクが使われていない部屋はほとんどない。

キッチンの手前で、パパとセブンの話し声がきこえたが、わたしたちが入っていくと、ふたりはだまりこんだ。

「おはよう、ベイビー」パパは、テーブルから立ちあがって、わたしの額にキスをした。「よく眠れたか？」

「うん」うそだけど。パパに手を引かれて、椅子に座る。セブンがじっとこっちを見ていた。

ママは、テイクアウトのメニューとフルーツ形のマグネットで覆《おお》われた冷蔵庫のドアをあけた。

「さあ、モグちゃん。七面鳥のベーコンとふつうの豚のベーコンと、どっちがいい？」

「ふつうのやつがいい」選択肢があるなんて驚きだ。うちの家族は豚肉を食べない。イスラム教徒ってわけじゃないけど。あえて言えば、イスラム教徒とキリスト教徒のあいのこだ。ママは、まだおばあちゃんのおなかにいるときに、クライスト・テンプル教会の信者になった。パパは、イエス・キリスト《ブラック・ジーザス》を信じているけど、十戒《じっかい》よりもブラック・パンサー党の十項目綱領《じっこうもくこうりょう》を大事にしている。ネーション・オブ・イスラムの主張も支持しているけど、マルコムX《エックス》を殺したかもしれないという事実はとうてい受けいれられないらしい。

「なんで、うちに豚があるんだ？」パパが、ぶつぶつ言いながら、わたしのとなりに座った。セブンが、パパのむかいでにやにやしている。セブンとパパを並べると、行方《ゆくえ》不明者のポスターなんかによくある、失踪《しっそう》当時の写真と、年とったときの予測写真みたいに見える。弟のセカニも混ぜたら、同じ人間の、八歳、十七歳、三十六歳当時の顔が並ぶことになる。三人とも肌の色は濃い茶色、細身で、眉は濃く、まつげは女みたいに長い。セブンはロングのドレッドヘアで、はげ頭のパパとショートヘアのセカニにあげても困らないくらい、髪が多い。

わたしの肌は、神様が両親の肌の色をペンキの缶で混ぜあわせて作ったような、濃くも薄くもない茶色だ。まつげはパパ譲り——ゲジゲジ眉毛まで似ちゃったけど。それ以外はほとんどママ譲りだ。茶色の大きな目も、ちょっと広すぎるおでこも。

ママは、ベーコンを持って後ろを通りがてら、セブンの肩をぎゅっとつかんだ。「昨日の夜はセカニの面倒《めんどう》を見てくれてありがとね。おかげで——」声はそこでぷつりと途切《とぎ》れたけど、昨日の出来事を思い起こさせる言葉が、宙ぶらりんになって漂《ただよ》っているのがわかった。ママはコホンと咳ばらいをした。「助かったわ」

「気にしないでよ。どっちみち、家にはいられなかったから」

「キングが家に泊まったのか?」パパが言った。

「ていうか、引っ越してくるらしい。アイーシャが家族としてやっていけるんじゃないかって——」

「おい。おまえの母親だろうが。大人みたいに名前で呼んだりするんじゃない」

「あの家にいたら、だれだっていやでも大人になるわ」ママは、フライパンを取りだし、廊下にむかって声をあげた。「セカニ、これで最後だからね。カルロスおじさんちで週末をすごしたかったら、いますぐ起きなさい! 仕事に遅れちゃうじゃない」どうやらママは、昨日の夜の埋めあわせをするために、今日も出勤することになったらしい。

「どうなるかぐらい想像つくだろ、父さん。あいつは暴力をふるって、あの女《ひと》に追いだされる。でも、心を入れ替えたとかぬかして、またすぐにもどってくるよ。ちがうのは、もうおれがやられっぱなしじゃないってことだけだ」

「いつでもうちに来ていいんだぞ」パパが言った。

「わかってる。でも、ケニヤとリリックを置いてくるわけにはいかない。あいつイカれてるから、あのふたりのことまで殴るんだ。娘だろうがおかまいなしに」

「そうか。あいつを刺激するようなことは言うなよ。おまえに手を出してくるようなら、ちゃんと言うんだぞ。おれがカタをつけてやる」

セブンはうなずいて、わたしのほうを見た。口を開き、しばらくしてから言う。「昨日の夜はたいへんだったな、スター」

キッチンに垂れこめる黒雲にようやく触れられて、どういうわけか、自分の存在に、はじめて気づいてもらえたような気がした。

「ありがとう」変だと思いながら言う。いたわってもらわなきゃいけないのはわたしじゃない。カリルの家族だ。

キッチンは静まりかえり、フライパンの中ではぜるベーコンだけが、パチパチと音をたてていた。わたしの額《ひたい》に〝壊れ物〟の札でも貼られていて、みんな、わたしを壊したりしないように、なにも言わないことにしているみたいだった。

でも、沈黙されるのがいちばんつらい。

「パーカー借りてたの、セブン」つぶやくように言う。なんの脈絡《みゃくらく》もないけど、なにも言わないよりはましだ。「青いやつ。でも、捨てなくちゃいけなくて。カリルの血が……」ごくりと唾をのみこむ。「血がついちゃったから」

「ああ……」

また沈黙が流れる。

ママがフライパンのほうをむいて涙ぐんだ。「ひどすぎるわ。あの子は——まだほんの子どもだったのに」

パパが首をふる。「あいつは人を傷つけるようなやつじゃなかった。あんな目にあうようなことはなにもしちゃいねえ」

「どうしてカリルは撃たれたんだ？　脅《おど》したりしたのか？」セブンが言った。

「ううん」

じっとテーブルを見つめる。みんながわたしを見ているのがわかった。

「カリルはなにもしてないよ。わたしたちはなにもしてない。カリルは銃も持ってなかったんだよ」

パパは深くため息をついた。「そいつを知ったら、このあたりの連中は怒りくるうだろうな」

「もうこの町の人たちが、ツイッターで話題にしてるよ。昨日の夜から」セブンが言った。

「スターのことも書いてあったの？」ママが顔を曇《くも》らせた。

「いや。〝RIPカリル《やすらかにねむれ》〟とか、〝警察くそくらえ〟とか、そういうたぐいのツイートだよ。みんな、詳しいことは知らないと思う」

「詳しいことがわかったら、わたしどうなるの？」

「どういうこと、スター？」ママが言った。

「あの警官以外で、あそこにいたのはわたしだけでしょ。そういうときって、目撃者は、全国ニュースにとりあげられたり、殺人予告を受けたり、警察から目の敵にされたりしてるじゃない」

「そんなことはさせねえ」パパは、ママとセブンを見た。「おれたちみんなで守る。みんな、スターがあの場にいたことは、だれにも話しちゃいない」

「セカニには知らせる？」セブンが言った。

「いいえ。知らないほうがいいわ。しばらくだまっていましょう」

こういうことが起こるのを、いままで何度も見てきた。黒人が黒人だというだけで殺されて、大騒ぎになる。そのたびに、わたしも〝ＲＩＰ《やすらかにねむれ》〟のハッシュタグをつけてツイートしたし、タンブラーで写真をリブログしたり、請願書にサインして回ったりした。周りにも、もし自分がそういう場面を目撃したら、大きな声をあげて、世界中になにが起こっているのか知らせるつもりだと、いつも言っていた。

それなのに、わたしは自分の見たことを話すのがこわくてたまらなかった。

今日はずっと家にいて、いちばんお気に入りのドラマ、《ベル・エアのフレッシュ・プリンス》でも見ているつもりだった。何度も見てるから、セリフまで一言一句頭に入っている。こんなに好きなのは、ものすごくおもしろいからっていうのもあるけど、主人公のウィルと自分にかぶるところがあるからかもしれない。テーマソングまで自分のことを言われているような気がする。

ギャングたちが、家の近所で騒ぎを起こしてナターシャを殺したあと、心配した両親は、わたしたち兄弟を、上流階級の子たちが通う私立の学校に通わせることにした。ウィルみたいに高級住宅街に住むおじさんちで暮らすはめにはならなかったけど、ウィルの気持ちはすごくわかる。

ウィルがベル・エアでも自分らしく生きてるみたいに、わたしもウィリアムソン校で自分らしくいられたらいいのに。

家にいたい理由はほかにもあった。家にいれば、クリスから電話があったときに、すぐにかけ直せる。昨日の夜あんなことがあったのに、まだクリスに腹を立てているのもばかばかしい気がした。ヘイリーとマヤに電話してみるのもいいかもしれない。ケニヤは、あの子たちは友達のうちに入らないなんて言うけど。ケニヤがなんでそんなことを言うのか、わかるような気はする。わたしはあのふたりをこの家に呼んだりしない。呼べるわけない。あのふたりはミニ豪邸に住んでるけど、わたしの家はただのミニなんだから。

七年生のとき、一度だけ、うっかり家に呼んでしまったことがある。パジャマパーティをするつもりだった。ママにマニキュアを借りて、ひと晩中寝ないで、好きなだけピザを食べて、ヘイリーの家ですごす週末に負けないくらい楽しい週末になるはずだった。ケニヤも呼んでいたから、はじめて四人で遊べるのも楽しみだった。

でも、ヘイリーは来なかった。父親が〝ゲットー〟なんかに娘をいかせたくないと反対したらしい。マヤは来てくれたけど、結局泊まってはいかなかった。その晩、近くで発砲騒ぎが起こり、こわがって両親を電話で呼んで帰ってしまったから。

あのとき、はじめて理解した。ウィリアムソンとガーデン・ハイツは別の世界で、決して一緒にしてはいけないんだって。

わたしはすっかり家にいるつもりでいたのに、わたしの予定は勝手に決められていたらしい。今日はパパと一緒に店にいきなさいと、ママに言い渡されてしまった。セブンがアルバイトにいくまえに、わたしの部屋に顔を出した。《ベスト・バイ》の制服姿でわたしを抱きしめて言う。

「愛してるよ」

ほらね。だからいやなんだ。だれかかが死ぬと、みんないつもなら絶対しないようなことをしはじめる。ママだってそうだ。いかにもかわいそうにって感じで、〝理由もなく〟抱きしめるときよりも長く、ぎゅうっと抱きしめる。それにひきかえセカニは、わたしのお皿からベーコンをくすねたり、携帯をのぞきこんだり、通りすがりにわざと足を踏んだりするけど、そのほうがずっといい。

わたしはドッグフードとベーコンの残りをボウルに入れて、ピットブルのブリックスにあげにいった。名前の由来はレンガ《ブリック》みたいに重いから。パパがつけた名前だ。ブリックスはわたしを見るなり、弾かれたようにとびあがって、鎖を引きちぎりそうな勢いで引っぱりはじめた。そばにいくと、興奮してとびかかってきて、ひっくりかえされそうになった。

「どいて！」怒鳴りつけてやると、ブリックスは、芝生の上におとなしく座った。鼻を鳴らして、子犬のような目で見あげてくる。ごめんなさいのブリックス版だ。

ピットブルはどう猛な犬だって言われてるけど、ブリックスはいつも赤ちゃんみたいにかわいい。ずいぶん大きな赤ちゃんだけど。でも、だれかが家に押し入ろうとでもしたら、赤ちゃんみたいなブリックスには絶対会えないだろう。

わたしがブリックスにえさをやり、水入れに水を足してやっている間、パパは庭でコラードの葉っぱを摘んだり、わたしの手のひらくらいはある、大きな花をつけた薔薇《ばら》にハサミを入れたりしていた。パパは毎晩この庭で、苗を植えたり、土を耕したり、植物に話しかけたりして、何時間もすごしている。いい庭を作るには、会話が大事だというのがパパの口ぐせだ。

それから三十分くらいあと、わたしはパパの車に乗って店にむかっていた。窓は全開で、ラジオから流れるマーヴィン・ゲイの歌声が、〝いったいなにが起こってるんだ〟と問いかけていた。雲の切れ間から日は差していたが、あたりは薄暗く、人はほとんど見あたらない。朝早いせいか、高速道路をゆきかうトレーラトラックの音がよくきこえる。

パパは、マーヴィンにあわせて、調子っぱずれな鼻歌を歌っている。レイカーズの、袖無しのユニホームを一枚着ているだけだから、腕一面に彫りこまれたタトゥーが丸見えだ。赤ちゃんのころのわたしの顔が、にこにこと笑いかけてきた。下には『おれの生きがい、おれの死にがい』という言葉が添えられている。反対側の腕には、セブンとセカニの顔が、同じ言葉と一緒に彫りこまれている。こんなにシンプルなラブレターはないと思う。

「昨日の夜のことだがな、ほかになにか話したいことはないか？」パパが言った。

「ううん」

「そうか。話したくなったらいつでもきくからな」

これもそう。シンプルなラブレターだ。

車がマリーゴールド通りに入っていく。ガーデン・ハイツは目を覚ましはじめていた。コインランドリーから、頭に花柄《はながら》のスカーフを巻いた女の人たちが、洗濯物を入れた大きなかごを持って出てくるのが見えた。ルーベンさんがレストランのチェーンをはずしている。店のコックをしている甥っ子のティムが、壁にもたれて、眠気を覚ますように目をこすっていた。イヴェットさんが、あくびをしながら自分の美容院に入っていく。《高級スピリッツとワインの店》の明かりもついていたけど、あの店の明かりはいつもつけっぱなしだ。

パパは《カーター食料品店》の前で車をとめた。ここがうちの店。わたしが九歳のとき、まえの所有者のワイアットさんが、ガーデン・ハイツをはなれて、ビーチで一日中かわいいおねえちゃんを眺めてすごす（わたしじゃなくてワイアットさん自身の言葉だ）と言うので、パパがこの店を買いとった。ワイアットさんは刑務所帰りのパパを雇ってくれた唯《ただ》ひとりの人で、店を譲るときには、店の経営を任せられるのはパパしかいないとまで言ってくれた。

ガーデン・ハイツの東側にあるウォルマートと比べると、うちの店は豆粒みたいに小さいし、窓とドアには、防犯用の白い鉄格子《てつごうし》がはまっていて、なんだか刑務所みたいに見える。

店の前には、となりの床屋のルイスさんが、でっぷり太ったおなかの上で腕を組んで立っていた。目を細めてパパをじろりとにらみつけてくる。

パパはため息をついた。「いくぞ」

ルイスさんのヘアカットの腕がガーデン・ハイツ一だってことは、セカニのハイ・トップ・フェードが証明してるけど、ルイスさん本人は、ぼさぼさのアフロヘアだ。おなかが出っぱりすぎていて足もとが見えないせいなのか、奥さんが死んでしまって、だれも指摘してくれないせいなのか、ズボンはつんつるてんだし、靴下はいつも左右がばらばらだった。今日は片方がストライプで、もう片方は菱形《ひしがた》の格子柄《こうしがら》だ。

「まえは、かっきり五時五十五分に開店しとったぞ」ルイスさんは不満げに言った。「五時五十五分にはな！」

時計は六時五分をさしていた。

パパは正面のドアの鍵《かぎ》をあけた。「そうでしたね、ルイスさん。でも言ったはずですよ、おれは、ワイアットさんとまったく同じやり方で店をやってくつもりはないんだ」

「そうじゃろうとも。のっけから、飾ってあった写真をはずしおったからな。キング牧師の写真を、どこの馬の骨だかわからんやつの写真と替えるなんて罰当たりな――」

「ヒューイ・ニュートンは馬の骨なんかじゃありませんよ」

「だが、キング牧師じゃないだろう！　そうかと思えば、ごろつきどもを雇いはじめるしな。昨日の晩、あのカリルって小僧が撃たれて死んだそうじゃないか。どうせアレをさばいていたんじゃろうが」ルイスさんは、パパの腕のタトゥーをちらりと見た。「はてさて、だれのまねをしたものやら」

パパは口を引き結んだ。「スター、ルイスさんが使えるように、コーヒーポットのスイッチを入れてこい」

さっさと、この店から出ていってもらえるようにね。

パパに代わって、心の中でつけくわえる。

拳《こぶし》をふりあげるヒューイ・ニュートンの写真の下に置かれた、セルフサービス用のテーブルまで歩いていくと、コーヒーポットのスイッチを入れた。ほんとはフィルターを取り替えて、新しいコーヒーと水を入れなきゃいけないんだけど、カリルのことをあんなふうに言ったルイスさんには、昨日のでがらしコーヒーで十分だ。

ルイスさんは、足を引きずりながら通路を回り、ハニーバンとリンゴと豚頭肉のソーセージとヘッドチーズのパックをかごに入れてもどってくると、わたしにハニーバンを差しだしてきた。

「こいつをあっためてくれ、嬢ちゃん。あったためすぎるんじゃないぞ」

ビニールの袋が膨らんで破裂するまで、たっぷりあったためてやった。電子レンジの中からハニーバンを取りだして渡すと、ルイスさんは、待ちきれないとばかりにかぶりついた。

「熱い！」噛んだとたんに吐きだして叫《さけ》ぶ。「あっためすぎじゃ。口ん中がやけどしちまうじゃろうが！」

ルイスさんが帰ると、パパはわたしにウインクした。

次々と、おなじみのお客さんたちがやって来る。野菜はここでしか買わないというジャクソンさんもいつものように買い物に来た。腰パンをはいた、赤い目の男たちが四人でやって来て、うちにあるチップスをほとんど買い占めていった。パパが、そんなにハイになっちまうには時間が早すぎないかと声をかけると、男たちはげらげら笑いころげた。帰りぎわ、そのうちのひとりはもう次のマリファナ葉巻をくわえていた。

十一時ごろには、ルックスさんが、ブリッジクラブの会合用に薔薇《ばら》と軽食を買いに来た。ルックスさんの目は垂れていて、前歯には金をかぶせている。おまけに、かつらまで金色だ。

「この店でもロトくじを売ったほうがいいんじゃないかい？」パパがレジを打ち、わたしがルックスさんの買い物を袋につめていると、ルックスさんは言った。「今夜のくじなんて、当選金額が三億円なんだから！」

パパが微笑《ほほえ》んだ。「そりゃすげえ。そんな大金、もし当たっちまったらどうするんです？　ルックスさん」

「ちがうでしょ。なにをしたくないかってきいてほしいね。そうなったら、こんなところに住んじゃいられないよ。飛行機にとびのって、真っ先に出ていくね」

パパは笑った。「へえ？　そんなことになったら、レッドベルベットケーキはだれが焼いてくれるんだい？」

「わたしがいなくなれば、ほかのだれかが焼くでしょうよ」ルックスさんは、レジの奥にあるタバコの陳列棚《ちんれつだな》を指した。「ニューポートをひと箱ちょうだい」

おばあちゃんのお気に入りのタバコだ。わたしのお願いで、パパがタバコをやめるまでは、パパのお気に入りでもあった。わたしはタバコをひと箱取って、ルックスさんに手渡した。

ルックスさんはわたしをじっと見つめて、タバコの箱を手のひらにポンポンと打ちつけた。なにを言われるのかはわかっていた。慰《なぐさ》めの言葉だ。「ロザリーの孫になにがあったかきいたよ。かわいそうに、その場に居合わせたんだってね。あんたたち、昔は友達だったんだろ？」

〝昔は〟という言葉が胸にぐさりと刺さる。でも、「はい」とだけ答えた。

「まったく！」ルックスさんは首をふった。「驚いたよ。きいたときには胸が潰《つぶ》れちまうかと思った。昨日の晩、ロザリーに会いにいったけど、もう人が大勢家につめかけていてね。かわいそうなロザリー。ただでさえ苦労のしどおしだったのに、今度はこんな目にあうなんて。バーバラの話じゃ、ロザリーは葬式代にも困ってるらしい。だから、ロザリーのために寄付を募ろうって相談してるんだよ。あんたもひとつ協力してくれないかい、マーベリック？」

「もちろん。いくら出せばいいか、言ってくださいよ。喜んで協力します」

ルックスさんは金歯をきらめかせて微笑《ほほえ》んだ。「主のお導きに感謝だね。すっかりまっとうになって。あんたのママも誇りに思ってるはずだよ」

パパはしんみりとうなずいた。おばあちゃんが死んだのは十年前だ――さすがにもう毎日泣いて暮らすほどじゃないけど、それでもだれかが話題に出すと、しんみりしてしまうくらいには記憶に新しい。

「それにしてもこの子ったら」ルックスさんはちらりとわたしを見た。「リサにそっくりじゃないの。気をつけたほうがいいよ、マーベリック。このあたりの男の子はみんな、この子のこと狙ってるんだから」

「いいや、気をつけるのはそいつらのほうですよ。おれが許しません。この子には、四十になるまでデートなんかさせませんよ」

クリスのことを思いだして、そっとポケットに手をのばす。しまった、携帯を家に忘れてきちゃった。つきあって一年になるけど、もちろん、パパはクリスのことを知らない。セブンは知ってる。クリスとは同じ学校だから。ママも察しはついているはずだ。クリスは、わたしがカルロスおじさんの家にいるときに、しょっちゅう友達だと言って訪ねてくるから。一度なんて、キスしてるところを、ママとカルロスおじさんに見つかって、友達はそんなふうにキスしないはずだと追及されてしまった。あんなに真っ赤になったクリスを見たのははじめてだった。

ママやセブンに知られるのは別にいいけど（男の子とつきあうのにセブンの許しを得なくちゃいけないんだったら、尼《あま》にでもなるしかない）、パパにはどうしても話せなかった。パパが、まだわたしにはデートなんて早いって思っているからというのもあるけど、それより大きな問題は、クリスが白人だということだ。

最初、そのことでママになにか言われるんじゃないかと思ったけど、ママはこんなふうに言っただけだった。「犯罪者でもないかぎり、あなたを大切にしてくれる人ならだれでもいいのよ。水玉模様の肌をしてたってかまわないわ」でも、パパは、黒人とつきあわなくなったハル・ベリーのことを、ひどい女だと言ってぷりぷり怒っていた。パパから見ると、黒人と白人がつきあうのはおかしなことらしい。パパにそんな目で見られるのはいやだった。

いまのところ、ママはわたしたちのことを、パパには話していない。わざわざパパを怒らせるようなことを話して、とばっちりを食うつもりもないんだろう。自分のボーイフレンドなんだから、自分の口から話しなさい、というわけだ。

ルックスさんが帰ると、また入り口のベルが鳴り、ケニヤが店に入ってきた。靴は、わたしのコレクションにはない、ナイキダンクのバズーカー・ジョー。ケニヤはいつもおしゃれなスニーカーをはいてる。

ケニヤは、通路を回って、お気に入りの商品をかごに入れはじめた。「ハイ、スター。こんにちは、マーベリックおじさん」

「よう、ケニヤ」パパが答えた。本当はおじさんなんかじゃなくて、ケニヤの兄貴の父親だけど。「調子はどうだ？」

ケニヤは激辛チートスの大袋と、スプライトを持ってもどってきた。「元気だよ。ママがね、あたしの兄貴が昨日おじさんちに泊まったのか知りたいって」

また、セブンのことを〝あたしの兄貴〟とか言ってる。兄貴と呼ぶ資格があるのは自分だけだとでも思ってるの？　この言い方をきくと無性《むしょう》に腹が立ってくる。

「あとで電話するって伝えてくれ」

「わかった」ケニヤは支払いをすませると、わたしの目を見て、首をくいっと傾《かし》げた。

「ちょっと通路を掃いてくるね」パパに声をかけると、箒《ほうき》を手に取って、店の奥の青果コーナーにむかった。

ケニヤが後ろからついてくる。さっきの赤い目の男たちが、買うまえに味見でもしたのか、ブドウの粒がぼろぼろ落ちている。箒《ほうき》で掃きはじめると、ケニヤが口を開いた。

「カリルのことぎいたよ。たいへんだったね。だいじょうぶ?」

のろのろとうなずく。「とにかく……信じられなくて。会うの久しぶりだったけど……」

「つらいね」ケニヤが、わたしが言えなかった言葉を口にした。

「うん」

どうしよう。涙がこみあげてくる。泣くもんか、泣くもんか、泣くもんか……。

「店に入ったとき、カリルがいるような気がしちゃってさ」ケニヤはしんみりと言った。「いつもみたいに、商品を袋につめてるんじゃないかって。あのダサいエプロンつけて」

「緑のやつね」

「そう。女は男の制服姿に弱いとか言うけどさ」

床をじっと見つめる。いま泣いたら、たぶんとまらなくなる。ケニヤが、ホット・チートスの袋をあけて、差しだしてきた。手をのばしてひとつかみ取る。「ありがと」

「気にすんなって」

ふたりで黙々《もくもく》とチートスをつまむ。本当ならカリルもここにいたはずなのに。

「そういえば、昨日はあのあとどうなったの。デネジアとはやりあったわけ?」

「きいてよ」この話をするのを、何時間もずっと楽しみにしてたみたいな声だった。「騒ぎになる少しまえに、デヴァンテがあたしのとこに来てね。電話番号をきかれたんだ」

「デネジアの彼氏じゃなかったの?」

「デヴァンテはひとりの女に縛られるようなタイプじゃないじゃん。それで、デネジアのやつ、あたしにけんかふっかけてこようとしたんだけど、ちょうどそのとき銃声がしてさ。一緒に通りを走って逃げることになって、ついでにケツをけとばしてやったんだ。すっきりした～！　あんたにも見せたかったよ」　わたしだって、見るならそっちのほうがよかった。１―15の顔を見るより、空をにらむカリルを見るより、あの血の海を見るより、ずっと。またきりきりと胃がねじれた。

ケニヤが、顔の前で手をふった。「ちょっと、ねえ、どうかしたの？」

まばたきをして、カリルとあの警官の顔を頭からふりはらう。「なんでもない」

「ほんとに？　やけにおとなしいじゃん」

「だいじょうぶだって」

ケニヤは、それ以上追及せず、次はどんな手でデネジアをやっつけるつもりか、ぺらぺらとしゃべりはじめた。

パパに呼ばれてレジにもどると、二十ドルを渡された。「ルーベンさんのところでビーフリブを買ってきてくれ。あと――」

「ポテトサラダとオクラフライでしょ？」　パパが土曜に食べる定番メニューだ。

パパはわたしの頬にキスをした。「パパのことはなんでもお見通しだな。おまえも好きな物を買っていいぞ」

ケニヤと一緒に店を出ると、一台の車が音楽をガンガン鳴らしながら目の前の通りを走ってきた。運転手はシートに沈みこんでいて、鼻先しか見えないけれど、音楽にあわせて首をふっているのはわかる。車が通りすぎるのを待ってから、通りを渡り、ルーベンさんのレストランにむかった。

歩道を歩いていると、香ばしい香りが鼻を打った。ブルースが店の中から溢《あふ》れだしてくる。店の壁には、公民権運動のリーダーや政治家、ここで食事をした有名人たちの写真が所狭《ところせま》しと飾られている。ジェームズ・ブラウン、心臓のバイパス手術を受けるまえのビル・クリントン。ずいぶん若いころのルーベンさんと一緒に写ったキング牧師の写真もある。

レジと客の間は防弾のパーティションで仕切られている。列に並んで何分もたたないうちに、わたしは手で顔をパタパタ扇《あお》ぎはじめていた。窓に取りつけられたエアコンは何か月もまえから故障しているし、燻煙器《くんえんき》のせいで、建物全体が燻《いぶ》されているみたいに蒸し暑い。

列のいちばん前まで来ると、ルーベンさんがパーティションのむこうから、すきっ歯を見せて笑いかけてきた。「やあ、スター、ケニヤ、調子はどうだい？」

このあたりで、わたしのことをちゃんと名前で呼んでくれる人は少ないけど、ルーベンさんはそのうちのひとりだ。驚くことに、町中のみんなの名前をおぼえている。

「こんにちは、ルーベンさん。パパがいつものやつを買ってきてくれって」

ルーベンさんは、注文を伝票に書きつけた。「了解。ビーフと、ポテトサラダとオクラだね。ふたりは、フライドバーベキューチキンウィングとフライドポテトでいいかい？　スターは、ソースたっぷりがいいんだよな」

「うん」声をそろえて言う。

これもまた驚くことに、ルーベンさんは、町中のみんなのお気に入りのメニューをおぼえている。

「よしきた。ふたりとも面倒《めんどう》を起こしたりしてないだろうな？」

「うん」ケニヤがしれっとうそをついた。

「そうか。パウンドケーキはどうだい？　いい子にしていたごほうびだ」

ふたりともほしいと答えて、お礼を言った。ルーベンさんは、いい子にしていたごほうびだなんて言ったけど、ケニヤがけんかばかりしてることを知ったとしても、パウンドケーキをくれただろう。ルーベンさんはそういうあたたかい人だ。子どもたちが成績表を持っていくと、ただで食事を食べさせてくれる。その成績がよければ、コピーを取って〝スター総出演〟の壁に貼り、成績が悪くても、正直に白状《はくじょう》して頑張ると約束すれば、やっぱりごちそうしてくれる。

「十五分ほどかかるよ」ルーベンさんが言った。

番号を呼ばれるまで、座って待てということだ。わたしとケニヤは、白人の男たちが座っているテーブルのとなりに腰をおろした。ガーデン・ハイツで白人を見かけることはめったにないけど、見かけるとしたら、たいていこのルーベンさんの店だ。男たちは天井《てんじょう》の隅に設置されたテレビで、ニュースを見ていた。

わたしは、ケニヤのホット・チートスをつまんだ。いつも思うけど、これって、チーズ・ソースをかけたら、もっとおいしくなるんじゃないかな。「ねえ、ニュースでカリルのことやってた？」

ケニヤはテレビより携帯のほうが気になるらしい。「さあね、あたしがニュースなんか見ると思う？　ツイッターでは話題になってたみたいだけど」

テレビを見つめて、カリルのニュースが流れるのを待っていると、大きな交通事故のニュースと、公園で生きた子犬の入ったゴミ袋が見つかったというトピックの間に、警官による発砲事件が起こり、現在捜査中だというニュースが、ごく簡単に紹介された。アナウンサーは、カリルの名前すら口にしなかった。

食事を受けとって、店にむかう。通りを渡ったとき、後ろから、グレーのＢＭＷ《ビーエムダブリュー》が、重低音を鼓動のようにとどろかせながら近づいてきた。

運転席の窓が開いて、中から煙が溢《あふ》れだした。ケニヤを重量級にしたような男が笑いかけてくる。「調子はどうだ？　クイーンたち」

ケニヤは窓に近づいて男の頬にキスをした。

「ハイ、パパ」

「よう、スター。おじさんに挨拶《あいさつ》もなしか？」

あんたは、わたしのおじさんなんかじゃない。そう言ってやりたかった。あんたなんかなんでもない。今度うちの兄貴に指一本でも触れたら――「こんにちは、キング」言葉をのみこんで、つぶやくように言う。

わたしの心の声がきこえたみたいに、キングの顔からすっと笑みが消えた。葉巻をくわえて、唇のはしから煙を吐く。左の目の下には涙の形のタトゥーがふた粒彫りこまれている。少なくともふたりは殺しているということだ。

「おまえたち、ルーベンの店にいってきたんだろ。ほら」丸めた札束をふたつ差しだしてくる。「こいつで寒くなった懐《ふところ》をあっためるといい」

ケニヤはなんのためらいもなく札束を手に取ったけど、わたしはそんな汚い金には触りたくもなかった。「いりません」

「取っておけよ、クイーン」キングはウインクをした。「代父《ゴッドファーザー》からのささやかな小遣いだ」

「いや、遠慮しとくぜ」

パパがこっちに歩いてくる。パパは車の窓の前でかがんで、キングと目を合わせると、よく男同士でやっている、例のハンドシェイクを交わした。どうやってあんな複雑な動きをおぼえてるのか、いつも不思議だ。

「よう、ビッグマブ」ケニヤのパパがにやりと笑って言った。「調子はどうだ、〝キング〟」

「その呼び方はやめてくれ」パパの声は、大きな声でも怒った声でもなかったけど、それはわたしがハンバーガーに玉ねぎとマヨネーズは入れないでって言うときと同じ言い方だった。前にパパが言っていた。キングは、親にギャングの名前なんかつけられたからギャングになったんだ。だから名前は大事なんだって。名前がその人間の人生まで決めてしまう。キングはこの世に生を受けたときから、キング・ロードになる定めだったというわけだ。

「代父《ゴッドファーザー》として、娘に小銭をやろうとしただけさ。スターのダチになにがあったかきいたぜ。ひでえ話だ」

「ああ。知ってるだろ。おまわりは最初にぶっ放してから質問するんだ」

「ちげえねえ。おれたちよりよっぽどタチが悪《わり》いな」キングがくくっと笑った。

「話は変わるが、近いうちに売人にさばかせるブツが届くんだ。保管する場所を探している。アイーシャの家は人目が多すぎるんでな」

「ここにそんなものを置く場所はないと言ったはずだ」

キングはあごひげをこすった。「ほう。ゲームをおりた野郎は、自分の古巣も、昔の恩も忘れちまうらしいな。おれが金を出さなかったら、こんな店なんぞ持てなかったんじゃねえのか」

「おれがいなかったら、おまえは三年、州の刑務所で臭い飯を食ってた。そっちこそ忘れたのか？

おまえに借りはない」パパは、車の窓をのぞきこんで言った。「だが、今度セブンに手を出しやがったら、その借りはきっちり返してもらう。あいつの母親の家にもどったらしいが、それだけはしっかり頭にたたきこんどけよ」

キングはチッと舌を鳴らした。「ケニヤ、車に乗れ」

「でもパパ――」

「乗れって言ってんだろうが！」

ケニヤは、じゃあねと小声で言うと、助手席側に回り、BMW《ビーエムダブリュー》に乗りこんだ。

「そうか、ビッグマブ。そういうつもりなんだな？」キングが言った。

パパは身体《からだ》を起こした。「いま言ったとおりだ」

「ふん。あんまり図に乗らねえことだな。おれを怒らせないほうが身のためだぞ」

捨てゼリフを残して、BMWは去っていった。

4

その晩、ナターシャは、一緒に消火栓を見にいこうとわたしを誘い、カリルはドライブにいこうと誘ってきた。

作り笑いを浮かべて、唇を震わせながら、時間がないからいけないと言った。それでもふたりは何度も誘ってきて、わたしは何度も断った。

闇がふたりの背後に忍びよってくる。逃げてって叫《さけ》ぼうとしたけど、声が出なかった。闇はふたりを一瞬でのみこみ、こっちに迫ってくる。後退《あとずさ》りして逃げようとしたけど、後ろにも闇が……。

はっと、とび起きる。時計は十一時五分をさしていた。

何度も大きく息を吸った。タンクトップとバスケパンツが汗でべったりと肌に張りついている。近くでサイレンが鳴っていた。ブリックスと近所の犬たちが、それにあわせて遠吠えをしている。

わたしはベッドのわきに座りこんで、悪夢をぬぐいとるように、ごしごしと顔をこすった。寝なおす気にはなれなかった。もうふたりの夢は見たくない。

水がのみたい。喉《のど》が紙やすりみたいにざらざらになっていた。足を冷たい床におろした瞬間、全身に鳥肌が立った。春から夏にかけて、パパは冷房をガンガン効かせて、家中を肉の貯蔵庫みたいにしてしまう。ほかのみんながぶるぶる震えてるのに、涼しい顔をして「ちょっとぐらい寒くたって死にゃあしない」なんて言ってるけど、そんなのうそだ。

震えながら廊下を歩いていくと、キッチンの手前でママの声がきこえた。「もう少ししてからじゃだめなの？　仲のいい友達が死ぬところを見たのよ。なにもいますぐ思いださせなくたっていいじゃない」

思わず立ちどまる。キッチンからひと筋《すじ》の明かりが漏れている。

「捜査しないわけにはいかないんだよ、リサ」別の声が言った。ママの兄貴、カルロスおじさんの声だ。「我々《われわれ》もみんなと同じように真実を求めているんだ」

「あんたらは、その白いのがやったことを正当化したいだけだろう？」パパが言った。「なにが捜査だよ」

「マーベリック、言いがかりはやめてくれ」

「十六歳の黒人の少年が死んだのは、白人のおまわりが殺したからだろうが。どこが言いがかりだって言うんだよ？」

「しーっ。声を落として。ようやく寝ついたのにスターが起きちゃうじゃない」

カルロスおじさんがなにか言ったが、声が小さくてよくきこえなかった。そーっとキッチンに近づいていく。

「黒人とか白人とか、そういう問題じゃない」カルロスおじさんの声がきこえた。

「ばか言ってんじゃねえよ。場所がリバートンヒルズで、殺された子どもの名前がリッチーとかだったら、こんな話になっちゃいねえだろ」

「少年はドラッグの売人だったらしい」

「だからって、殺していいのか？」パパが食ってかかる。

「そうは言ってない。ただ、だとすれば、ブライアンが恐怖を感じて、ああいうことをしてしまったとしても理解はできる」

「ちがう！」叫《さけ》びかけて、ぐっと言葉をのみこむ。あの晩カリルは、警官をこわがらせるようなことなんて、なにひとつしなかった。

だいたい、なにを見て、ドラッグの売人だなんて思ったの？

ちょっと待って。ブライアンってだれ？　1―15の名前？

「ああ、あの白いのとお知りあいか。別に驚きゃしないがな」

「同僚だよ。信じないだろうが、いいやつだ。こんなことになって、相当こたえているはずだ。ブライアンが、あのときどう思っていたかなんて、だれにもわからない。そうだろう？」

「さっき自分で言ったじゃねえか。やつはカリルがドラッグの売人だと思ってた。ごろつきだと思ってたんだ。でも、なんでそう思った？　あ？　カリルの見た目でか？　説明してくれよ、刑事さん」

沈黙が流れる。

「どうして、スターがドラッグの売人の車に乗っていたんだ？」カルロスおじさんが言った。「リサ、いつも言ってるだろう。スターとセカニを、どこかよそにやったほうがいい。ここはふたりのためにならない」

「それは考えてるわ」

「おれたちはどこにも引っ越したりしない」

「マーベリック、スターはふたりの友達が殺されるところを見てるのよ。ふたりもよ！　まだ十六歳なのに」

「そのひとりは、警官に殺されてるんだぞ。本当なら守ってくれるはずの人間にだ。白人のそばに住んだら、白人が特別扱いしてくれるとでも思ってんのか？」

「だいたい、どうしていつも人種の話に持っていくんだ？」カルロスおじさんが言った。「ほかの人種の人間に殺される数より、黒人同士で殺しあって死ぬ数のほうが多いんだぞ」

「勘弁《かんべん》してくれよ。おれがタイロンって野郎を殺したらブタ箱いきだ。だが、警官がおれを殺してもそうはならない。せいぜい停職になるくらいだろうが」

「なあ。わたしはこんな話をしに来たんじゃないんだよ。とりあえず、考えてみてくれないか。スターに事件の担当の刑事たちと話をしてもらいたいんだ」

「カルロス、そのまえにあの子に弁護士をつけないと」ママが言うと、おじさんは言った。「まだそこまでする必要はない」

「あの警官が引き金を引く必要だってなかっただろうが」パパが言った。「弁護士もつけねえでいかせたら、あいつらにスターの言葉をねじ曲げられるのがオチだ。おれたちがそんなことを許すとでも思ってんのか？」

「だれも言葉をねじ曲げたりなんかしない！　言っただろう。我々《われわれ》だって真実が明らかになることを望んでいるんだ」

「真実？　んなもん、とっくにわかってるさ。おれたちがほしいのは正義だ」

カルロスおじさんはため息をついた。「リサ、話をするのは早いほどいいんだ。難しいことじゃない。いくつかの質問に答えるだけだ。金をかけて弁護士を雇う必要はない」

「カルロス、実を言うと、スターがあの場にいたことを、だれにも知られたくないのよ。あの子はおびえてるわ。わたしもよ。だって、なにが起こるかわからないじゃない」

「気持ちはわかるが、スターの身の安全はわたしが保証する。警察組織が信じられなくても、わたしのことなら信じられないか？」

「どうだかな。信じられると思うか？」

「いい加減にしろよ、マーベリック。きみにはもう我慢《がまん》が――」

「じゃあ、とっとと、おれの家から出ていくんだな」

「わたしが母を引きとらなかったら、ここはきみの家でもなんでもなかっただろうが！」

「ふたりとも、やめて！」

身じろぎをしたとき、床はきしむどころか、警報のようにけたたましく鳴った。ママがキッチンの戸口に目をむけ、廊下にいるわたしを見つけて言った。「スター、そんなところでなにしてるの」

こうなったら、もう中に入るしかない。三人はテーブルを囲んで座っていた。パパとママはパジャマ姿で、おじさんはスウェットとパーカーを着ている。

「どうした、スター。起こしてしまったか？」おじさんが言った。

「ううん」ママのとなりに腰をおろす。「元から起きてた。こわい夢ばっかり見るから」

同情を買おうとしたわけじゃないのに、三人ともあわれむような顔になった。同情なんかされたくない。

「どうして、おじさんここにいるの？」

「セカニが腹痛《はらいた》を起こして、家に帰りたいってせがむんでな」

「でも、おじさんはもうお帰りだそうだ」パパが口をはさんだ。

カルロスおじさんのあごがぷるぷると震える。おじさんの顔は刑事になってからふくよかになった。肌の色はママと同じで、おばあちゃんの言うハイ・イエローだけど、怒るといまみたいに真っ赤になる。

「カリルは気の毒なことをしたな。いま、おまえの両親と話していたところだが、刑事さんがおまえに、警察署に来てくれないかと言ってるんだよ。いくつか質問に答えてほしいそうだ」

「話したくないなら、話さなくていいんだぞ」パパが横やりを入れてくる。

「きみはどうしてそういうことばかり――」

「いい加減にして」ママがぴしゃりと言い、わたしのほうを見た。「モグちゃん、どうする？　刑事さんと話す？」

　ごくりと唾《つば》をのむ。うんと言いたいところだったけど、どうしていいのかわからなかった。相手は警官だ。気軽に話せるような相手じゃない。しかも、カリルを殺したのは、そのうちのひとりだ。

　でも、それを言うなら、カルロスおじさんだって警官だ。おじさんはわたしが傷つくようなことを頼んだりしない。

「話したら、カリルの正義を回復するのに役に立つかな？」カルロスおじさんはうなずいた。「役に立つとも」

「１－１５もいるの？」

「１－１５？」

「あの警官のこと。バッジの番号だよ。おぼえておいたの」

「ああ。いや、彼はいない。約束する。なにも心配はいらないよ」

　カルロスおじさんは約束を破らない。そういう意味では、パパとママよりも信用できるくらいだ。おじさんは、絶対に守れるときにしか、約束という言葉を使わない。

「わかった。わたし、話してみる」

「助かるよ」カルロスおじさんは、わたしに歩みよると、小さいころ、寝かしつけるときによくしてくれたように、わたしのおでこに二度キスをしてくれた。「リサ、月曜の放課後に、スターを警察署に連れてきてくれ。それほど時間はかからないはずだ」

　ママは、立ちあがっておじさんを抱きしめ、「わかったわ」と言うと、おじさんを見送りに廊下に出ていった。「気をつけてね。家に着いたらメールちょうだいよ」

「了解。おまえ、母さんみたいになってきたぞ」

「もう。余計なこと言わないでメールして——」

「わかった、わかった。おやすみ」

ママはローブの前をあわせながら、キッチンにもどってきた。「モグちゃん、明日の朝、パパとママは教会にいかないで、ロザリーさんの家にいくつもりなの。もし来たかったら、一緒に来てもいいのよ」

「ああ、来たかったらな。プレッシャーかけてくるおじさんもいねえから、安心していいぞ」

ママはじろっとパパをにらみつけると、わたしにむきなおった。「どうする、スター。一緒に来たい？」

正直に言って、ロザリーおばあちゃんと話すのは、警官と話すよりつらそうだった。でも、カルのためにも、おばあちゃんには会わなくちゃいけない。もしかしたら、わたしが目撃者だってことさえ知らないかもしれない。それを知ったら、きっと孫になにがあったかききたいと思うだろう。おばあちゃんにはその権利がある。

「うん、わたしもいく」

「スターが刑事と話すまえに、弁護士を探したほうがいいんじゃねえか？」

「マーベリック」ママはため息をついた。「カルロスがまだ必要ないって言うなら、わたしはその判断を信じるわ。それに、わたしがずっとスターのそばについてるのよ」

「あいつの判断を信じるなんて、おめでたいやつがいるもんだな。さっきのはなんだよ。引っ越しを考えてるって本気か？　そのことはもう話しあっただろうが」

「マーベリック、今夜はその話はやめましょう」

「そんなことしたってなにも変わりゃしねえだろ、引っ越しなんて――」

「マブ・リック！」ママは歯を食いしばって言った。ママに、こんなふうに名前を区切って呼ばれたら、覚悟したほうがいい。爆発寸前の印だから。

「もうやめましょうって言ったのよ」ママはパパをじっとにらみつけて、言いかえしてくるのを待っていたけど、パパはなにも言わなかった。「ベッドにもどりなさい、スター。少し眠っておいたほうがいいわ」ママはわたしの頬にキスをすると、寝室にもどっていった。

パパが冷蔵庫の扉をあけて言った。「ブドウでも食うか？」

「うん、食べる。ねえ、なんでパパとカルロスおじさんは、いつもけんかばっかりしてるの」

「それは、あいつが石頭だからだ」パパは白ブドウが入ったボウルを持って、テーブルについた。

「あいつは昔からおれを嫌ってたんだ。あいつにしてみたら、妹についた悪い虫ってとこだろうな。でも、出会ったころは、リサも相当なはねっかえりだったんだぞ。カトリック校の娘はみんな似たようなもんだったがな」

「おじさん、セブンより過保護な兄貴だったんだろうね」

「ああ。カルロスはリサの親父みたいだった。おれがぶちこまれたときには、おまえたちみんなを自分の家に引きとって、おれの電話は一切つないでくれなかった。リサを弁護士のところに連れていって、離婚させようとしたくらいだ」にやりと笑いながら言う。「それでも、おれを追っぱらえなかったがな」

パパが刑務所に入ったとき、わたしはまだ三歳で、出てきたときには六歳になっていた。ほとんどの思い出の中にパパはいるけど、ほとんどの〝はじめての日〟に、パパはいなかった。はじめて学校にいった日。はじめて歯がぬけた日、はじめて補助輪なしで自転車に乗った日。そういうはじめての日々を思いだしてみると、パパの顔があるはずのところにあるのは、カルロスおじさんの顔だった。ふたりがけんかばっかりしているのは、実はそのせいなんじゃないかと思う。

パパは、マホガニーのダイニングテーブルを、指でトントンたたいた。「そのうち悪夢は見なくなる。最初のうちがいちばんひでえんだ」

ナターシャのときもそうだった。「パパは人が死ぬの、何回見た？」

「数えきれないくらいだ。いとこのアンドレのときがいちばんきつかったな」パパの指先が、無意識に腕のタトゥーをなぞる。王冠をかぶったAの文字。「ドラッグの取引の相手が、強盗に早変わりしやがって、頭に二発くらった。おれの目の前で。おまえが生まれるほんの数か月前だった。それでスターって名前にしたんだ」ふっと微笑《ほほえ》む。「おまえは暗闇に差した希望の光だったからな」

パパは、ブドウを口に含んだ。「月曜のことは心配するな。本当のことを話せばいいんだ。だが、連中が言わせたがってることを言ってやるんじゃねえぞ。神様にもらった頭があるだろう。おまえはなにも悪いことなんかしてねえんだ。やったのは警官のほうだからな。やつらは逆だと思わせようとするだろうが、その手には乗るんじゃねえぞ」

ひとつの疑問が頭をもたげてくる。カルロスおじさんにきいてみたかったけど、なぜかきけなかった。でも、パパにならきけるかもしれない。カルロスおじさんは無理な約束でも守ってくれる人だけど、パパは無理なら無理だとはっきり言ってくれる人だから。「警察は、カリルの正義を回復したいと思ってるのかな？」

トン、トン、トン、トン……トン……トン。

ひとつの事実が、キッチンに暗い影を落としていた。こういう状況に立たされた人間は、ハッシュタグつきでツイートされることはあっても、正義を勝ちとることはほとんどない。でも、みんながそのときを――正しい結果に終わるときを待っている。

もしかしたら、今度こそ、そのときになるかもしれない。

「さあな」パパは言った。「じきにわかるだろう」

日曜の朝、パパは小さな黄色い家の前で車をとめた。玄関のポーチの下には、色鮮やかな花が植えられている。昔よくカリルとすごしたポーチだ。

両親とわたしは車をおりた。パパはアルミホイルをかぶせたラザニアの皿を持っている。ママのお手製だ。セカニはまだおなかが痛いと言うので、セブンに任せて家に置いてきた。でも、春休みの終わりにはいつもどこかしら痛いと言ってるから、今度の腹痛《はらいた》も、たぶん仮病《けびょう》だろう。

玄関へと続く歩道を歩いていくと、思い出が次々とよみがえってきた。このコンクリートの上で転んだときの傷が、いまも腕と足に残っている。キックスケーターを独り占めして遊んでいたら、カリルにつきとばされたのだ。立ちあがったとき、ひざの皮膚《ひふ》はずるりと剝《む》けてなくなっていた。あんなに大声で泣いたのは、はじめてだった。

この歩道で、石けりや縄跳びもした。カリルは、女の遊びだと言ってやりたがらなかったけど、わたしとナターシャが、フリーズ・カップ（クールエイドを発砲スチロールのカップにいれて凍らせたやつ）か、ナイレターズ（キャンディのナウ・アンド・レイターズのことだ）を賭けて勝負しようと誘うと、いつも乗ってきた。ロザリーおばあちゃんは、近所の子どもたちを相手に、自宅で駄菓子屋《だがしや》を開いていた。

わたしは自分の家ですごすのと同じくらいの時間を、このロザリーおばあちゃんの家ですごしていた。ママと、ロザリーおばあちゃんの末の娘のタミーさんは、小さいころからの親友だ。高校のシニア（四年生）のとき、ママはわたしを身ごもって、うちのおばあちゃんに家を追いだされた。ロザリーおばあちゃんは、そんなママを自分の家に引きとり、住む場所を見つけるまで面倒《めんどう》を見てくれた。ママは、ロザリーさんはいちばんの恩人だといつも言ってる。高校の卒業式のときには、自分の娘のことみたいに泣いてくれたそうだ。

その三年後、ロザリーおばあちゃんは、ワイアットさんの店でママとわたしに会った。うちの店になるずっとまえの話だ。ロザリーおばあちゃんは、ママに大学はどうとたずねた。ママは、パパが刑務所に入っていて、わたしを託児所に預ける余裕がないこと、うちのおばあちゃんは、あたしの子じゃないから関係ないと言って面倒を見てくれないことを話した。だから、大学はやめようと思っていると言うと、ロザリーおばあちゃんはママにこう言った。明日からその子を家に連れておいで、お礼なんか気にしなくていいから。そしてママが学校に通っている間ずっと、わたしを預かり、数年後にはセカニも預かってくれたのだ。

ママが玄関のドアをノックすると、網戸がガタガタと鳴り、髪をスカーフで巻いて、Ｔシャツとスウェットパンツを身につけたタミーさんが現れた。掛け金をはずし、ふりかえって声をあげる。

「マーベリックとリサとスターが来てくれたわよ、母さん」

リビングは、カリルと隠れんぼをして遊んだころのままだった。ソファとリクライニング・チェアにかかったビニールのカバーもそのままだ。夏の暑い時期に、ショートパンツで長い間座っていると、あのビニールが足に貼りついてはなれなくなったっけ。

「たいへんだったわね、タミー」ママとタミーさんはしっかりと抱きあった。「だいじょうぶ?」

「なんとかね」タミーさんは、パパとわたしにもハグをした。「こんなつらい理由で家に帰ってくることになるなんて思わなかったわ」

タミーさんを見ていると、なんだか不思議な気分になる。ブレンダさんがドラッグをやっていなかったら、きっとこんな感じなんだろう。母親のブレンダさんよりも、ずっとカリルに似ている。はしばみ色の瞳も同じだし、えくぼもそっくりだ。タミーさんが母親だったらいいのにと、カリルが言ったことがある。そしたらニューヨークで一緒に暮らせるのにって。忙しいからきっと一緒にいてくれないよなんて、からかってしまったけど、あんなこと言わなければよかった。

「このラザニアはどこに置けばいい? タム」パパが言った。

「冷蔵庫に入れてくれる? 場所あるかしら」タミーさんが言うと、パパはキッチンにむかった。

「母さんの話だと、昨日は一日中、近所の人たちが食べ物を持ってきてくれたらしいわ。わたしが帰ってきたのは昨日の夜だけど、そのときもまだ、持ってきてくれる人がいてね。町中の人たちが寄ってくれたんじゃないかって思うくらい」

「ガーデンらしいわね」ママが言った。「なにもしてあげられないときには、みんな料理をするのよ」

「そのとおりね」タミーさんは手ぶりでソファをさした。

「座ってちょうだい」

ママとわたしがソファに腰をおろすと、パパももどってきてとなりに座った。タミーさんは、ロザリーおばあちゃんがいつも座っていたリクライニング・チェアに腰をおろして、悲しげな笑みを浮かべた。「スター、まえに会ったときよりずいぶん大きくなったわね。あなたもカリルもほんとに大きくなって――」

声がかすれる。ママが手をのばして、タミーさんのひざを撫《な》でた。タミーさんは深呼吸をして、また笑みを浮かべた。「来てくれて、ありがとうね」

「ロザリーさんにきいたら、だいじょうぶだと言うに決まってるが、実際のところ、身体《からだ》の具合はどうなんだ、タム？」パパが言った。

「焦《あせ》らずゆっくりやってるわ。幸い、化学療法は効いてるみたい。ニューヨークに来ないかって何度も言ってるんだけどね。一緒に住んだら、薬もちゃんと処方してもらうんだけど」鼻でため息をつく。「母さんがこんなに苦労してたなんて、思いもしなかったわ。仕事をクビになったのさえ知らなかった。ああいう人だからね。人の手を借りようとしないのよ」

「ブレンダさんはどうしてるの？」思わず、そうたずねていた。カリルだってきいたはずだ。

「それが、わからないのよ、スター。ブレンダは……いろいろ事情があってね。カリルのことがわかってから、姿を消してしまったの。いまどこにいるのかもわからなくて。でも、見つかったとしても……どうしていいのか」

「あなたの家の近くにリハビリ施設がないか調べておくわ」ママが言った。「自分でドラッグをやめたいと思わないと、どうすることもできないけど」

タミーさんはうなずいた。「そう、そこが問題なのよ。でも、今度のことでブレンダもようやく支援を受ける気になるんじゃないかと思うの。でなかったら、自暴自棄《じぼうじき》になってしまうかのどちらかよ。立ちなおる気になってくれたらいいんだけど」

そのとき、ロザリーおばあちゃんが、キャメロンに手を引かれて、部屋着姿の女王様のようにリビングに入ってきた。まえよりも痩《や》せてはいるけど、化学療法を受けている身体《からだ》にしては、しっかりしている。頭に巻いたスカーフが威厳を添えていた。謁見《えっけん》の間に現れたアフリカの女王様みたいだ。

みんな立ちあがった。

ママはキャメロンを抱きしめて、ぽちゃっとした頬にキスをした。ほっぺが膨らんでるから、カリルは、シマリスと呼んでいたけど、ほかの人間が弟をデブなんて言おうものなら、容赦《ようしゃ》はしなかった。

パパは、キャメロンと手のひらをたたきあってハグをした。

「調子はどうだ？　元気にやってるか？」

「うん」

ロザリーおばあちゃんが大きな笑みを浮かべて両手を広げる。わたしはその胸の中にとびこんだ。家族以外で、こんなにあたたかく抱きしめてくれた人はいなかった。同情はどこにも感じられない。感じるのは愛情と強さだけ。わたしにはその両方が必要だってことが、おばあちゃんにはわかっているみたいだった。

「ベイビー」ロザリーおばあちゃんは身体を引き、目に涙をためてわたしを見た。「大きくなったね」

おばあちゃんは、パパとママとも抱きあってから、タミーさんが座っていた、リクライニング・チェアに腰をおろした。手をのばして、ソファのはしをポンポンとたたく。わたしがそこに座ると、わたしの手を取り、親指で手の甲を撫《な》でながら、つぶやくように言った。

「うん、うん」

まるでわたしの手が話をして、おばあちゃんがそれに答えているみたいだった。しばらくその話に耳を傾けてから、ロザリーおばあちゃんは言った。「来てくれてうれしいよ。あんたと話したかったんだ」

「うん」

「あんたはあの子のいちばんの友達だった」

今度はうんとは言えなかった。「ロザリーおばあちゃん、わたしたち、昔みたいに親しかったわけじゃ――」

「かまわないさ。あんたみたいな友達はほかにいなかった。それはたしかだよ」

言いかけた言葉をのみこむ。「うん」

「警察からきいたよ。あの晩、あの子と一緒だったんだってね」

知ってたんだ。「うん」

なにがあったのかきかれるはずだ。線路に立って、走ってくる列車を見つめながら、衝撃《しょうげき》の瞬間を待っているような気分だった。

だけど、列車は進路を変え、別の線路に走っていった。「マーベリック、あの子はあんたに相談したがってたんだよ」

パパが背筋《せすじ》をのばした。「相談？」

「ああ。あの子はドラッグを売ってたんだ」

心のどこかが枯れていくのを感じた。想像はついていたけど、本当だったなんて……。

胸が締めつけられるように痛い。

カリルを大声で罵《ののし》りたかった。どうして自分からママを奪ったものを売ったりしたの？　ほかのだれかのママも奪ってしまうのがわからなかったの？　そんなレッテルを貼られたら、もうドラッグの売人という目でしか見られなくなるのが、わからなかったの？

カリルはただの売人なんかじゃないのに。

「でも、やめたがってた。あの子がそう言ったんだよ。『ばあちゃん、おれ、このままじゃまずいよな。マーベリックさんが言ってたんだ。ドラッグなんか売ってたらいきつく先は墓か、刑務所だって。おれ、どっちにもいきたくねえよ』ってね。あの子はあんたを尊敬してた。父親のいないあの子にとっては、父親のようなものだったんだよ」

パパの心も枯れていくのがわかった。暗い目で、何度もうなずいている。その背中をママがさすっていた。

「ばかなことはよしなと何度も言ったんだよ。でも、こんなところに住んでいると、若いもんは年寄りの言うことに耳を貸さなくなる。金が絡むとますますそうだ。カリルはみんなにおごって回り、スニーカーやらなにやら買うようになった。でも、あんたがずっと言いきかせてくれたことはおぼえていたんだよ、マーベリック。だからあたしもあの子を信じられたんだ」

「何度も考えちまうんだよ。あの子が、あと何日か、長く生きられたらって――」震える唇を手で覆《おお》う。タミーおばさんが、かけよろうとすると、ロザリーおばあちゃんは「だいじょうぶだよ、タム」と言って、わたしのほうを見た。「あの子がひとりじゃなくてよかった。一緒にいてくれたのが、あんたでもっとよかったよ。それだけ知れば十分だ。それ以外の細かい話はどうでもいい。あんたが一緒にいてくれたことがわかっただけで、もう十分だよ」

パパみたいに、うんうんとうなずくことしかできなかった。

でも、おばあちゃんの手を握ったとき、言葉とは裏腹に、その目は悲しみに溢《あふ》れているのがわかった。カリルの弟は、もう笑うこともできない。みんながカリルをごろつきだと思って、気にもとめなくなったとしても、それがなんだって言うの？　わたしたちはカリルを大切に思ってる。わたしたちにとって大事なのは、カリルのしたことじゃなくて、カリル自身だ。ほかの人たちのことなんて、ほうっておけばいい。

ママは、わたしのとなりから身を乗りだして、ロザリーおばあちゃんのひざに封筒を置いた。「これ、受けとっていただきたいんです」

おばあちゃんが封筒を開き、お札の束がちらりと見えた。「なんだいこれ？　こんなものもらえないよ」

「取っといてください」パパも言った。「スターとセカニを預かってもらったご恩は、忘れちゃいません。恩返しくらいさせてくださいよ」

「お葬式代を工面《くめん》なさってるんでしょう。少しでもお役に立てればと思って。近所でも募金をしてますから、お金のことは心配しないでください」

ロザリーおばあちゃんは、また溢れだした涙をぬぐった。「お金は残らずきっちり返すからね」

「返してほしいなんて、いつ言いました？　身体《からだ》を治すことだけ考えてください。金なんか返してきたら、その場でつっかえします。うそじゃありませんよ」パパが言った。

またひとしきり涙を流しあい、抱擁《ほうよう》しあって、その場をあとにした。ロザリーおばあちゃんは、車で食べておくれと言って、フリーズ・カップをくれた。上にかかった赤いシロップがきらきら光ってる。ロザリーおばあちゃんが作るフリーズ・カップはいつもとびきり甘い。

車に乗ると、わたしが帰るとき、決まって車にかけよってきたカリルの姿が頭に浮かんできた。日の光を浴びて、グリースで固めたコーンロウの髪がきらきら光っていた。それに負けないくらい目をきらきらさせて、カリルが窓をノックする。わたしが窓をあけると、がちゃっ歯をのぞかせて笑った。「またな、スター」

わたしもがちゃっ歯で笑いかえした。涙がこみあげてくる。さよならを言うのがいちばんつらいのは、言う相手がもうこの世にはいないときだ。窓のむこうに立つカリルの姿を思い浮かべながら、微笑《ほほえ》みかける。「またね、カリル」

5

刑事と話をしにいく月曜の朝、ベッドでアイロンをかけていると、意味もなく涙が溢《あふ》れてきて、アイロンがシュウシュウと湯気をあげはじめた。ポロシャツに縫《ぬ》いつけられたウィリアムソンの校章を焦がしてしまうまえに、ママがアイロンを取りあげて、わたしの肩をさすってくれた。

「思いっきり泣きなさい、モグちゃん」

わたしたちは、キッチンのテーブルで、静かに朝食をとった。セブンは自分のママの家に泊まったから今日はいない。わたしは自分のお皿のワッフルをつついた。警官だらけの警察署にいくことを考えただけで吐きそうになるのに、食べ物なんか入れたら余計に具合が悪くなりそうだ。

　朝食がすむと、いつものようにリビングに集まり、額に入った十項目綱領《じっこうもくこうりょう》のポスターの下で、手を取りあった。パパがお祈りを唱えはじめる。

「主《ブラック・ジーザス》よ、今日も子どもたちを見守ってください。危険から守り、悪を遠ざけ、真の友と偽《いつわ》りの友を見わけられるようお導きください。彼らに、自立した若者となるのに必要な知恵をお与えください」

「セブンの、母親の家での状況がよくなるよう、お助けください。そして、いつでもこの家に迎える準備があることを、彼にお知らせください。セカニの腹痛《はらいた》が、今日の給食がピザだと知ったとたん、奇跡的《きせきてき》に治ったことにも感謝します」薄目をあけてセカニを見ると、目を見はって口をぽかんとあけている。わたしはにやにやしながら目をつぶった。

「診療所で、あなたの子らを助けるリサと共にいてください。わたしの娘が、この苦境を乗り越えるのをお助けください。心の平静を与え、今日の午後、真実を話せるように勇気づけてください。そして、最後に、ロザリーとキャメロンとタミーとブレンダが、この試練を乗り越えられるよう、お力をお与えください。主の御名《みな》によって、アーメン」

「アーメン」

「パパ、神様にあんなこと言うなんてひどいよ」セカニが頬を膨らませた。

「神様は、真実をご存じだ」パパは、セカニの目の縁にこびりついた目やにをぬぐって、ポロシャツの襟《えり》を直してやった。「おまえのために、お慈悲《じひ》をお願いしてやったんじゃないか」

　それから、わたしを抱きよせて言った。「だいじょうぶそうか？」

パパの胸の中でこくんとうなずく。「うん」

ずっとこうしてここに、1―15が存在しない数少ない場所に、刑事と話をすることなんて忘れていられる場所にいたかったけど、ラッシュアワーの渋滞に巻きこまれないうちに出かけましょうと、ママに追いたてられた。

念のため言っておくと、わたしだって運転くらいできる。十六の誕生日の一週間後に免許を取ったから。でもだれも車なんて買ってくれないから、ほしかったら、自分で稼いで買わないといけない。パパとママに、学校とバスケで忙しくてバイトする余裕なんかないって言ったら、じゃあ、車を持つ余裕もないな、だって。ひどすぎる。

学校までは、車で、早くて四十五分、遅くて一時間くらいかかる。ママは高速で悪態をついたりしないから、セカニもヘッドホンをつけたりしなくてすむ。

ママはラジオから流れるゴスペルにあわせて歌っていた。「主よ力をお与えください。わたしに力を！」

車は、高速をおりてリバートンヒルズに入った。このあたりは柵で囲まれた高級住宅街で、カルロスおじさんの家もここにある。街全体を柵で囲うなんて、なんだか信じられない。人を閉めだそうとしてるの？　それとも、閉じこめようとしてるとか。ガーデン・ハイツを柵で囲うとしたら、どっちの意味もありそうだけど。

わたしたちの学校も柵で囲われている。キャンパスには、窓がたくさんある、新しくて近代的な校舎が建っていて、歩道沿いにはマリーゴールドが咲いている。

ママは、初等科用のカープール車線に車を入れた。「セカニ、iPad《アイパッド》持ってきた？」

「うん」

「ランチ・カードは？」

「体操着は？　着替えも持ってきたでしょうね」

「持ってきた」

「持ってきたってば、ママ。ぼく、もうすぐ九歳になるんだよ。もうちょっと信用してくれてもいいんじゃない？」

ママは微笑《ほほえ》んだ。「そうね、もうお兄ちゃんだもんね。ママにチューしてくれる？」

セカニは後部座席から身を乗りだして、ママの頬にキスをした。「ママ、大好き」

「ママもよ。ああ、それと、忘れないで。今日のお迎えはセブンだからね」

セカニは、友達を見つけてかけていき、カーキのズボンとポロシャツ姿の子どもたちの中に消えた。車は高等科用のカープール車線に入った。

「いい、モグちゃん。学校が終わったら、セブンが診療所に送ってくれるから、一緒に警察署にいきましょう。ほんとにだいじょうぶ？　いけそう？」

わからない。でもおじさんは、心配はいらないと約束してくれた。「いくよ」

「丸一日、学校にいるのが無理そうだったら電話するのよ」

ちょっと待って。うちにいるのもありだったわけ？　「それなら、なんで学校に連れてきたの？」

「あの家に置いときたくなかったからよ。あの町にはね。つらいでしょうけど、頑張ってみてほしいのよ、スター。冷たいようだけど、カリルの人生が終わったからって、あなたの人生が終わったわけじゃないの。わかるわね」

「わかる」言ってることはわかるけど、納得はできなかった。

車が降車口に着いた。「さてと、体操着持ってきたかなんてきかなくてもいいわね？」

思わず笑ってしまう。「ご心配なく。いってきます、ママ」

「いってらっしゃい、ベイビー」

わたしは車をおりた。これから七時間は1―15のことを話したり、カリルのことを考えたりしなくてすむ。いつものウィリアムソン高校の、いつものスターとして、いつもの一日をすごしていればいい。脳のスイッチを切りかえて、ウィリアムソンのスターになるだけだ。ウィリアムソンのスターはスラングを使わない。ラッパーが使っても、白人の友達が使っても、絶対に使わない。ラッパーが口にすれば格好《かっこう》いいけど、ふつうの黒人が使ったら、ゲットー育ちに見えるだけだ。ウィリアムソンのスターは、腹が立つことがあっても、ぐっと我慢《がまん》する。怒りっぽい黒人の少女だと思われたりしないように。ウィリアムソンのスターは人当たりがいい。ガンをとばしたり、にらみつけたりしない。ウィリアムソンのスターは攻撃的じゃない。だれにも隙を見せず、ゲットー出だと言われるようなまねは決してしない。

猫をかぶってる自分に嫌気《いやけ》がさすけど、そうしないわけにはいかない。

わたしは、バックパックを肩にかけた。いつものとおり、バックパックはわたしのジョーダンによくあってる。《スペース・ジャム》に主演したとき、マイケル・ジョーダンがはいていた青と黒のエア・ジョーダン11《イレブン》。うちの店で一か月働いて買った靴だ。みんなと同じようなかっこをするのはいやだけど、だからって、《フレッシュ・プリンス》のウィルみたいに、制服を裏返しに着るのは無理。でも、せめて、スニーカーぐらいはかっこいいやつをはいて、それにあうバックパックを背負っていたい。

校舎に入ると、中央ホールで、マヤとヘイリーと、クリスを探した。あたりは、春休みに日焼けをして真っ黒になった生徒たちで溢《あふ》れかえっている。わたしなんて、わざわざ焼かなくったって最初から黒いけど。そのとき、だれかに目隠しをされた。

「マヤでしょ」

マヤはくすくす笑って手をはなした。わたしだって背は高いほうじゃないけど、マヤは、わたしに目隠しするのに、爪先立《つまさきだ》ちをしなくちゃいけないくらい背が低い。そのくせ、バスケ部で代表選手になって、センターを務めたいという野望を持っている。髪をトップでお団子にしてるのも、少しでも背を高く見せたいからだろうけど、効き目はないみたい。

「元気だった？〝返信ムリ娘《こ》ちゃん〟」マヤが言った。仲間の印のハンドシェイクを交わす。パパとキングのやつほど複雑じゃないけど、わたしたちにはこれで十分だ。

「宇宙人に連れ去られちゃったんじゃないかって、心配しはじめたところだったんだよ」

「なにそれ？」

マヤは携帯を掲げて見せた。真新しいひびが、画面の隅から隅へと走っている。またやったらしい。マヤは携帯を落としてばかりいる。「二日も返信してくれないんだもん、スター。冷たいんじゃない？」

「そうだっけ」そういえば、携帯なんて見もしなかった。カリルが……あの事件があってから。

「ごめん、店に出てたんだ。ほら、うちの店、忙しくなるとそれどころじゃなくなるから。春休み、どうだった？」

「まあまあ、かな」マヤは、サワー・パッチ・キッズをもぐもぐ食べながら言った。「台北《タイペイ》の曾祖父母の家にいってきたの。スナップバックキャップをかぶって、バスケパンツをはいてたら、どうして男の子みたいな格好《かっこう》をするんだとか、どうして男の子のやるスポーツなんかするんだとか、そんなことばっか言われてさ。ライアンの写真を見たときなんて、ひどいんだから。この子はラッパーかなんて言うんだよ！」

わたしは、笑いながらマヤのグミをつまんだ。マヤの彼氏のライアンも黒人だ。ジュニア（高校三年生）の中で、黒人はわたしとライアンだけだから、みんなはわたしとライアンがつきあえばいいのにって思っているみたい。ノアの箱舟の理屈だ。うちの学年には、同じ種がふたりしかいないんだから、つがいになって、種の存続を図れってこと。最近、そういうくだらない偏見には敏感になってる。

わたしたちは学食にむかった。いつも座っている、自動販売機のそばのテーブルは、ほぼ満員だった。ヘイリーがテーブルの上に座って、頬にえくぼがある、巻き毛のルークと、激しく言いあいをしている。このふたり流のイチャつき方だ。六年生のときからおたがいに好きで、ぎこちない中学時代をすぎても気持ちが変わらないんだったら、ぐずぐずしてないで、さっさとつきあっちゃえばいいのに。

テーブルには女子バスケ部のほかのメンバーもいた。副キャプテンのジェス、背が高くて、マヤがありんこみたいに見えてしまう、センターのブリット。部員同士でたむろするなんて、いかにもありがちだけど、都合がいいんだからしょうがない。腫《は》れあがったひざの痛みをこぼせるのも、試合のあと、バスの中で思いついた内輪のジョークが通じるのも、バスケ部のみんなしかいない。

クリスが入っている男子バスケ部の男の子たちが、となりのテーブルから、ヘイリーとルークをけしかけている。クリスはまだ来ていない。がっかりしたような、ほっとしたような複雑な気分。ルークは、わたしとマヤを見ると、両腕を差しのべてきた。「助かった！　やっと話のわかるやつらが来てくれたぞ。これで決着をつけられる」

わたしは、ベンチに座っているジェスのとなりに腰をおろした。ジェスがわたしの肩に頭を乗せてくる。「もう十五分もこんな調子」

よしよし、お疲れさま。ジェスの髪をそっと撫《な》でる。わたしは密かにジェスのピクシー・カットに憧れている。わたしの首は長くないからピクシーは似あわないけど、ジェスにはよく似あってる。完璧で、ひと筋《すじ》の乱れもないピクシー。わたしがレズビアンだったら、この髪目当てでつきあうし、ジェスもわたしの肩目当てでつきあってくれるはずだ

「今度のけんかの原因は？」わたしがきくと、ブリットが言った。「ポップタルト」

ヘイリーは、わたしたちをふりかえって、ルークに指をつきつけた。「このばか、電子レンジでチンしたほうがおいしいなんて言うのよ」

「うげ〜っ」いつもの〝キモい〟じゃとても足りない。

マヤも言った。「正気なの？」

「でしょ？」

「なんだよ！　自動販売機で買うのに、一ドル貸してくれって言っただけじゃないか！」

「電子レンジなんかであったためて、ポップタルトを台無《だいな》しにするんだったら、わたしのお金は絶対に使わせない」

「あれは、あったためて食うもんだろ！」

「わたしはルークに賛成だな」ジェスが言った。「ポップタルトはあっためると、十倍おいしくなるもん」

わたしは、ジェスが頭を乗っけられないように、肩を引っこめた。「わたしたち、もう友達じゃないね」

ジェスはぽかんと口をあけて、ぷっとふくれた

「うそうそ」わたしが言うと、ジェスはにんまり笑って、またわたしの肩に頭を乗せた。

変な娘《こ》。あと何か月かで卒業なのに、わたしの肩なしで、この先どうやって生きていくんだろ。

「ポップタルトをあったためる人間は、起訴《きそ》しよう」ヘイリーが言った。

「刑務所に閉じこめよう」調子をあわせて言う。

「あったためてないポップタルトを、おいしいって言うまで、無理やり食べさせよう」マヤも言った。

「法律にしよう」ヘイリーは、決まり！　と言うように、テーブルをたたいた。

「おまえらイカれてるよ」ルークは、テーブルからひょいとびおりて、ヘイリーの髪を引っぱった。「ヘアカラーが脳までしみこんじゃったんじゃないの」

ヘイリーは逃げていくルークをぴしゃりとたたいた。ヘイリーのハニーブロンドの髪にはブルーのメッシュが入っていた。カットもしたのか、肩のあたりで切りそろえられている。ヘイリーは五年生のとき、数学のテストの最中に、急に切りたくなったとかで、ハサミで髪をジャキジャキ切りだしたことがある。ヘイリーが周りのことなんてまるで気にしていないのに気がついたのはそのときだ。

「そのブルーいいね、ヘイリー」わたしは言った。「カットもすてき」

「ほんと」マヤがにやりと笑う。「すっごく、ジョー・ジョナスっぽい」

ヘイリーが、目をむいて勢いよくふりかえった。マヤとわたしはくすくす笑った。

ユーチューブの海のどこかに、ヘイリーの寝室で、ジョナス・ブラザーズの歌にあわせて口パクしながら、エアギターとエアドラムを披露する、わたしたちの動画がある。配役はヘイリーが決めた。ヘイリーがジョーで、わたしがニック、マヤはケビン。実は密かにファンだったから、ほんとはジョーがやりたかったけど、ヘイリーがやりたいって言うから譲った。

ヘイリーにはいろんなところで譲っている。いまもそう。それもウィリアムソンのスターでいるためのコツのひとつだ。

「その動画、探さなきゃ」ジェスが言った。

「やめて！」ヘイリーが、テーブルからおりて、わたしたちのむかいに座る。「あれは、だれも見ちゃいけないの。絶対、絶対だめ。アカウントのパスワードを思いだしたら、速攻で消してやる」

「いいじゃん、アカウント名教えてよ」ジェスが食いさがる。「〝ジョブロラバー〟とか？　待って、〝ジョブロロバ〟かな。中学生のときってそういうまちがいしそうだよね」

にやりと笑って言う。「おしい」

ヘイリーがわたしをにらんだ。「スター！」

マヤとブリットがぷっと噴きだす。

ウィリアムソンでほっとするのはこういうときだ。ウィリアムソンのスターのルールに縛られてはいても、ちゃんと自分のグループもあるし、座るテーブルもある。

「ふうん、そういうことするんだ」ヘイリーが反撃してくる。「なら、いっちゃうけどね。マヤ・ジョナスとニックのキラキラガール二〇〇〇——」

「ねえ、ヘイリー」あわててヘイリーをさえぎる。昔の恥ずかしいハンドル名をばらされちゃたまらない。ヘイリーがにやっと笑った。「春休み、どうだった？」

ヘイリーはうんざりしたように天井《てんじょう》をあおいだ。「もう、サイコー。パパと、親愛なる継母《ままはは》に、〝家族の絆《きずな》を深めるため〟とかで、レミーとバハマに連れていかれたの」

その瞬間、ほっとした気分なんてふっとんだ。ここにいるみんなとのちがいをいやでも思い知らされる。わたしたち兄弟を無理やりバハマに連れていってくれる人なんてどこにもいない。わたしたちだったら、大喜びでバハマの海を満喫《まんきつ》しているだろう。うちの家族の休暇といったら、せいぜい、週末に地元のプールつきのホテルで泊まるくらいのものだ。

「うちも似たようなもんよ」ブリットが言った。「三年連続でハリーポッターワールドに連れていかれたんだよ。バタービールも、杖《つえ》を持って家族写真撮るのも、もう飽《あ》き飽き」

信じらんない。ハリーポッターワールドに連れていってもらって、文句なんか言うわけ？　バタービールも杖も、飽き飽き？

わたしの春休みのことはきかれませんように。みんな、台北《タイペイ》やバハマや、ハリーポッターワールドにいってるのに、わたしはゲットーで、友達が警官に殺されるところを見ていたなんて、とても言えない。

「バハマもそう悪くはないんだけどさ」ヘイリーが言った。「親が家族の思い出とか作りたがってうるさいんだもん。結局、好き勝手に自分のやりたいことをしてたけどね」

「バハマで、ずっとわたしにメールばっかりしてたってこと？」マヤが言った。

「それもやりたいことだったの」

「時差も無視して、一日中、毎日だよ」

「なんか文句あるの、おチビちゃん。わたしと話すの好きでしょ？」

「ふうん、そうだったんだ。よかったね」わたしは言った。

ほんとは、あんまりよくなんかない。ヘイリーは、春休みの間、わたしには一度もメールをくれなかった。最近はほとんどメールを寄こさない。まえは毎日だったけど、いまではせいぜい週に一度くらいだ。おたがいに認めようとはしないけど、わたしたちの間でなにかが変わっていた。学校にいるときは、こんなふうに、いつもどおりふるまっているけど。でも、ここ以外では、わたしたちはもう親友じゃない。ただの……なんなんだろう。

それだけじゃない。ヘイリーは、わたしのタンブラーのフォローをはずしていた。

わたしがそれに気づいたことは知らないと思う。まえに、一九五五年に白人の女性にむかって口笛を吹いて殺された、十四歳の黒人の少年、エメット・ティルの写真をタンブラーに投稿したことがある。ばらばらに切り刻まれた、とても人間には見えないような写真だ。投稿したとたん、ヘイリーがすごくいやがってメールをしてきた。最初は、少年にそんなひどいことをする人間がいるのが信じられないのかと思ったけど、そうじゃなかった。そんな恐ろしい写真をリブログしたわたしのことが信じられなかったのだ。

それから間もなく、ヘイリーは、わたしの投稿に〝スキ！〟を押すことも、リブログすることもなくなった。フォロワーリストを見てみたら、ヘイリーのユーザー名は消えていた。学校から車で四十五分もかかるところに住んでいるわたしにとって、タンブラーは、友情を育む聖地だった。フォローをはずすってことは、「もうあんたなんか嫌い」って言ってるのと同じことだ。

わたしが、敏感すぎるのかもしれない。状況が変わったせいかもしれないし、わたしが変わったせいかもしれない。でも、とりあえず、うまくいってるふりをし続けるしかない。

始業のベルが鳴った。月曜の一時間目は、わたしもヘイリーもマヤも、大学進学準備プログラムの英語、「アドバンスト・プレースメント・イングリッシュ」をとっている。教室にむかう途中、ヘイリーとマヤは、NCAA《エヌシーエーエー》（全米大学体育協会）バスケットのトーナメント対戦表と、準決勝に残ったファイナルフォーの話で、喧々諤々《けんけんがくがく》やりあっていた。ヘイリーは生粋《きっすい》のノートルダムファンだけど、マヤは、ノートルダムを毛嫌いしている。わたしは口をはさまなかった。NBA《エヌビーエー》は気になるけど、NCAAはそうでもない。

廊下の角を曲がると、クリスが、ヘッドホンを首にかけ、両手をポケットにつっこんで教室の入り口に立っていた。わたしと目が合うと、腕をのばして、入り口をふさいだ。

ヘイリーが、クリスとわたしを交互に見くらべて言った。「あなたたち、けんかでもしたの？」

このとんがった唇で、ばればれだと思うけど。「まあね。そんなとこ」

「あの、サイテー男」ヘイリーがそう言うのをきいて、どうして友達になったのか、思いだした。ヘイリーには余計なことを言わなくてもいいからだ。わたしを傷つける人間は、自動的にヘイリーの〝ムカつくやつリスト〟に載ってきた。わたしたちは、マヤがこの学校に来る二年前の、五年生のときからのつきあいだ。ふたりとも泣き虫で、ちょっとしたことですぐに泣きだした。わたしはナターシャのことで、ヘイリーはママを癌《がん》で亡くしたせいで、精神的に不安定になっていた。ふたりで悲しみの波を乗り越えてきたのだ。

それだけに、わたしたちの仲が、どうしてこじれてしまったのか、わたしにはよくわからなかった。

「どうする、スター?」ヘイリーが言った。

どうしたいのか、わからない。カリルのことがあるまでは、九十年代のR&B《リズム・アンド・ブルース》の失恋ソングよりパワフルな、ひじ鉄を食らわせてやるつもりだったけど、カリルのことがあってからは、どっちかって言うと、テイラー・スウィフトの気分だった(テイラーは好きだから、悪口を言うつもりはないけど、九十年代のR&Bみたいに、怒れるガールフレンドの気持ちを代弁できるとは思えない)。頭に来てるのに、クリスに会いたくてたまらなかった。一緒にいたかった。そばにいたい気持ちが強すぎて、クリスのやったことを、あっさり許してしまいそうだった。それがすごくこわい。一年しかつきあってない人が、そんなに大切になってしまうなんて。でも、クリスは……ほかの人とはちがう。

そうだ、ビヨンセなんてどうだろう。九十年代のR&Bの失恋ソングほどパワフルじゃないけど、テイラー・スウィフトよりは力強い。うん。これならよさそう。ヘイリーとマヤに言う。「自分でなんとかする」

ふたりがボディーガードみたいにわたしの両側につき、三人並んで教室の入り口に歩いていく。

クリスがうやうやしくお辞儀《じぎ》をした。「これはこれはお嬢様方」

「どいてよ!」マヤがぴしゃりと言う。小さなマヤがクリスを見あげるようにして命令してるのが、なんだかおかしい。

クリスはベビー・ブルーの瞳でわたしを見つめた。春休みの間に日焼けしたみたい。真っ白でマシュマロみたいだねっていつもからかってたのに。食べ物にたとえないでくれって怒ってたっけ。わたしのことをキャラメルって呼ぶのと一緒だって言ったら、言いかえせなくなってたけど。

ヤバい。クリスも《スペース・ジャム》のエア・ジョーダン11《イレブン》をはいてる。休み明けの初日に、お揃《そろ》いではいてこようって約束したのを忘れてた。すごく似あってる。ジョーダンはわたしの泣きどころだ。どうしよう、持ちこたえられないかも。

「ぼくの彼女と話したいだけだよ」クリスは言った。

「彼女ってだれのこと？」ビヨンセになりきって返す。

クリスは鼻でため息をついた。「お願いだよ、スター。せめて話くらいきいてくれない？」

お願いという言葉にほだされて、テイラー・スウィフトにもどる。わたしはヘイリーとマヤにうなずいてみせた。

「その子を傷つけたら殺すからね」ヘイリーはクリスをにらみつけると、マヤと一緒に教室に入っていった。

クリスとわたしも戸口からはなれた。ロッカーに寄りかかって腕を組む。「で、話ってなに？」ヘッドホンから重低音の効いた曲が漏れている。たぶん、クリスが作ったビートだろう。「悪かったよ。先に話しあっておくべきだった」

首を傾《かし》げる。「もう話しあってたよね。一週間前に。忘れたの？」

「もちろん、おぼえてるよ。きみの気持ちもきいた。ぼくはただ、万一に備えて——」

「手順を踏めば、わたしがその気になるとでも思ったわけ？」

「ちがうよ！」クリスは降伏するように両手を上げた。「スター、知ってるだろ、ぼくがそんなこと――そんなんじゃないんだ。ごめんよ。やりすぎた」

やりすぎどころじゃない。ビッグD《ディー》のパーティの前日、わたしたちは、クリスの部屋で会っていた。クリスは遅く生まれた末っ子だから、たっぷりその恩恵《おんけい》にあずかっていて、両親の豪邸の三階は、まるまる全部、クリスの部屋にあてられている。わたしは、クリスが、うちの家がすっぽり入ってしまうような部屋で暮らしていることも、クリスの両親が、わたしみたいな黒人のメイドを雇っていることも、なるべく思いださないようにしていた。

イチャイチャするのは、はじめてじゃなかったし、クリスがわたしのパンティの中に手を入れてきたときも、そうなるとは思っていなかった。それから、クリスがその手を這《は》わせはじめたときも、全然、そんなつもりじゃなかった。ほんと言うと、思考能力はどこかにとんでしまっていた。頭が真っ白になったその瞬間、クリスは手をとめて、ポケットを探り、コンドームを取りだした。なにも言わずに、眉を吊りあげて、もっと遠くにいくための招待状をせがんできたのだ。

頭に浮かんだのは、赤ん坊を抱えてうろついている、ガーデン・ハイツの少女たちの姿だった。コンドームをつけてもつけなくても、できるときはできる。

わたしはぶち切れた。まだ心の準備ができてないって言ったはずなのに、ちゃんと話しあったのに、どうしてコンドームなんか用意してるわけ？　きちんとしたいからってクリスは言ったけど、わたしがまだ無理だって言ったら、本当に無理なのに。

わたしはかんかんになって、肌の火照《ほて》りも冷めないうちに、クリスの家をとびだした。帰り方としては、最悪だったと思う。

でも、ほんと、ママの言うとおりかもしれない。好きな人と愛情をたしかめあうと、いろんな感覚が研《と》ぎ澄まされて、しょっちゅうそういうことをしたくなるんだって。最後まではいってないけど、たしかにそうだ。吸いよせられるように、クリスの身体《からだ》の隅々に目がいってしまう。ため息をつくとほんのり赤らむ、キュートな鼻筋。思わず指でかきあげたくなる、柔らかそうな茶色の髪。品のいい唇と、ときどきその唇を湿らせる舌。キスでたどりたくなる、絶妙に配置された、首筋の五つのそばかす。

それだけじゃない。毎晩のように電話して、とりとめのないことも、大事なことも全部話してきた人。わたしを笑わせるのが大好きな人。ときどきわたしを怒らせるし、きっとわたしのほうも怒らせてるけど、それでもわたしたちの関係は特別だ。失いたくない、大切な関係だ。

だめだ、やっぱり、持ちこたえられそうにない。「クリス……」

クリスは反則技を繰りだし、おなじみのあのイントロを、ヒューマンビートボックスで口ずさみはじめた。「ボン……ボン、ボン、ボン」

クリスに指をつきつける。「卑怯者《ひきょうもの》!」

「〝こいつはおれの身の上話。どんでん返しの人生話。ちょいとひと息入れてきいてけよ。おれがベル・エアのプリンスになったわけを〟」クリスは、口で楽器の音をまねながら、リズムに乗って、胸とお尻をつきだしはじめた。

みんなが笑いながら通りすぎていく。ヒューヒューと口笛を吹く男子もいる。だれかが大声で叫《さけ》んだ。「もっと腰ふれよ、クリス!」

思わず頬がゆるみ、顔中に笑みが広がっていく。

《ベル・エアのフレッシュ・プリンス》はわたしだけじゃなく、わたしたちふたりのお気に入りのドラマだ。ソフモア（高校二年生）のとき、クリスはわたしのタンブラーをフォローし、わたしもフォローしかえした。同じ学校だから顔くらいは知っていたけど、そのときはまだ、おたがいをよく知らなかった。ある日の土曜日、わたしはフレッシュ・プリンス関連の動画やビデオクリップを、大量にリブログした。すると、クリスはその全部に、スキ！　を押したり、リブログしたりしてくれた。そして、月曜日の朝、学食でポップタルトとグレープジュースをおごってくれた。「初代のヴィヴおばさんが、いちばんよかったよな」

それがつきあうようになったきっかけだ。

わたしは、当然のように、フレッシュ・プリンスにはまっていたクリスにはまった。ふたりでフレッシュ・プリンスの話題で盛りあがったとき、新しい世界に放りこまれても、自分を失わないウィルが格好いいという話になったことがある。わたしはつい口を滑らせて、わたしもこの学校でウィルみたいになれたらいいのにと言ってしまった。そのとき、クリスはこう言ってくれた。「なれるよ、なればいいじゃん、〝フレッシュ・プリンセス〟に」

それ以来、クリスと一緒にいるときは、どっちのスターでいればいいのか、考える必要がなくなった。クリスはどっちのスターも好きでいてくれる。といっても、クリスに見せているのは一部だけだ。ナターシャのこととか、そういうところまでは見せられない。ぼろぼろに傷ついているところを見せるのは、裸を見せるのと同じだ。そんなところを見せてしまったら、もうまえと同じ目では見てもらえなくなってしまう。

クリスはわたしを、大切な宝物を見るような目で見てくれる。クリスのその目がすごく好き。クリスも、わたしにとって大切な宝物だ。

一緒にいると、どうしてこのふたりがつきあってるんだっていう視線を感じることがある。そんな目で見てくるのは、たいてい、お金持ちの白人の女の子だけど、自分でも不思議に思うことがある。でも、クリスはそんな視線なんてまったく気にしていないように見える。人で溢《あふ》れかえる中央ホールで、ラップやビートボックスを口ずさみ、わたしを笑わせようと一生懸命になってくれているクリスを見ていたら、わたしもそんな視線なんてどうでもいいような気がしてきた。

二バース目に入り、クリスは肩を揺すりながらわたしを見つめた。ほんと頭に来る。この手が効くことをよく知っているんだから。

「〝生まれも育ちもウェスト・フィラデルフィア〟——さあ、一緒に」

クリスがわたしの手をつかんだ。

――1―15がカリルの手を懐中電灯で照らす。

カリルに両手を上げて出てくるよう命じ、わたしに両手をダッシュボードの上に出しておけと怒鳴る。

わたしは通りの真ん中で、死んだ友達の横にひざまずき、両手を上げる。クリスと同じくらい肌の白い警官が、わたしに銃をむける。

クリスと同じくらい白い……。

びくっと手を引っこめる。

クリスが眉をひそめた。「スター?」

カリルが車のドアをあける。「スター、だいじょうぶ——」

パン！

血が流れだす。おびただしい血が、あたり一面に。

二度目のベルが鳴って、はっと現実に引きもどされる。いつもどおりのウィリアムソン。でも、そこにいるのはいつもどおりじゃないスターだった。

クリスが身をかがめて、顔をのぞきこんでくる。涙でクリスの顔がぼやけた。「スター？」

涙を見られただけなのに、裸でも見られた気がした。身を翻《ひるがえ》して、教室にかけこもうとすると、クリスに腕をつかまれた。その手をふりほどいて、くるりとむきなおる。クリスは降参するように両手を上げた。「ごめん、そんなつもりじゃ……」

涙をぬぐって教室に入っていく。クリスがすぐ後ろからついてくる。ヘイリーとマヤが、すごい目つきでクリスをにらみつけた。わたしはヘイリーの前の席に腰をおろした。

ヘイリーがわたしの肩をぎゅっと握った。「ほんと、サイテーなやつね」

今日、学校では、だれもカリルの話をしていなかった。カリルをないがしろにしているみたいで認めたくないけど、正直言ってほっとしていた。

バスケのシーズンは終わったから、下校時間はみんなと同じだ。学校が終わらないでほしいと思ったのは、生まれてはじめてかもしれない。警察で話をするときがどんどん近づいてくる。

わたしはヘイリーと腕を組んで駐車場を歩いていた。マヤは運転手付きの車で帰るけど、ヘイリーは自分の車で、わたしは兄貴の車で帰るから、駐車場まではいつも一緒だ。

「ほんとにクリスのケツをけっとばさなくていいの？」ヘイリーが言った。

コンドーム事件のことをヘイリーとマヤに話したら、ふたりとも、クリスはサイテー野郎の国に永久追放の刑だと息巻いていた。

「いいの」もう百回くらい言ってる。「乱暴なんだから、ヘイリーは」

「友達のことなんだから、乱暴にだってなるよ。でも、冗談ぬきで、クリスがそんなことするなんて信じられない。ほんっと、男の性欲ってサイテーよね」

「ふーん。それでルークとつきあわないんだ？」

ヘイリーがひじで小づいてくる。「うるさい」

わたしは笑った。「なんで、好きだって認めないかなあ」

「どうして、わたしがあいつを好きだなんて思うわけ？」

「本気で言ってるの、ヘイリー？」

「そんなことどうでもいいでしょ、スター。わたしのことじゃなくて、あなたと、性欲にかられたボーイフレンドの話をしてるの」

「クリスは性欲にかられてなんかいないよ」

「じゃあ、なんて言えばいいのよ？」

「ムラムラしてただけ」

「同じじゃない！」

ふたりともしばらく真顔を取り繕《つくろ》っていたけど、こらえきれずにぷっと噴きだした。いつものスターといつものヘイリー。なにかが変わってしまったなんて、思いちがいだったのかもしれない。

ヘイリーの車とセブンの車のちょうど中間あたりでわかれた。「あいつのケツならいつでもけってやるから言ってねー！」ヘイリーが叫《さけ》んだ。

「じゃあね、ヘイリー！」

わたしは腕をさすりながら歩きだした。春が自分を見失って、本来の気温を忘れてしまったみたいに寒い。セブンは、ガールフレンドのレイラと話しながら、ずっと車に触っていた。セブンが愛してやまないマスタング。レイラに触れている時間より、車に触ってる時間のほうが長いくらいだ。レイラは気にするそぶりもなく、セブンのポニーテールから落ちた、ドレッドヘアをいじくっている。まったく、見てらんない。やたらとベタベタする娘っているけど、なんなんだろう。いじるんだったら、自分の巻き毛でもいじってればいいのに。

でも、レイラとは別にぎくしゃくしているわけじゃない。セブンと同類のガリ勉で、ハーバード大学を狙えるくらい頭がよくて（でもハワード大学にいくつもりらしい）、性格もすごくいい。シニアのクラスにはレイラを含めて四人の黒人女子がいるけど、セブンが黒人の娘《こ》としかつきあう気がないんだとしたら、これ以上の娘はいないと思う。

わたしはふたりに歩みよって「エヘン、エヘン」と咳ばらいをした。

セブンは、レイラから目をはなそうともしないで言った。「引きとりのサインをして、セカニを連れてきてくれ」

「無理だよ」うそだけど。「わたし、引きとり人のリストに入ってないもん」

「いや、入ってる。いってこい」

わたしは腕組みをした。「キャンパスのむこうまでセカニを迎えにいって、またこっちまでもどってくるなんてやだよ。帰る途中でセカニを拾えばいいじゃん」

セブンがにらみつけてきたけど、知るもんか。いろいろあってくたくただったし、寒くてもう動きたくない。

セブンは、レイラにキスをすると、運転席のほうに回った。「歩けない距離じゃあるまいし」ぶつぶつと言う。

「帰りに拾えないわけじゃあるまいし」そうやりかえして車に乗りこんだ。

セブンは車を出し、カーステレオで、クリスが作ったミックスをかけた。セブンのｉＰｏｄ《アイポッド》に入ってる、キムと結婚するまえのカニエの曲と、わたしのもうひとりの未来のダンナサマ、Ｊ《ジェー》・コールの曲をつないだ最高のミックスだ。セブンは混みあう駐車場を器用に走りぬけて、小学校へむかい、保護者のサインをして学童保育からセカニを引きとると、駐車場を出た。

「おなかすいたよー」駐車場を出て五分とたたないうちに、セカニが訴えた。

「学童でおやつもらわなかったのか？」

「もらったけど。でもまだおなかすいてるんだ」

「食い意地はってんなあ」セブンがからかうと、セカニは運転席を後ろからけった。セブンは笑いながら言った。「わかった、わかった！　ママに、診療所に来るときに食い物を買ってきてくれって頼まれてるんだ。おまえにもなにか買ってやるよ」バックミラー越しにセカニを見る。「それでいいだ――」

セブンは突然だまりこみ、クリスのミックスを消すと、車の速度を落とした。

「どうして音楽を消しちゃうの？」セカニが言った。

「しっ、だまってろ」

マスタングが赤信号でとまる。後ろから、リバートンヒルズのパトカーが走ってきて、となりにとまった。セブンは背筋《せすじ》をのばし、まばたきもしないで、じっと前を見すえたまま、ハンドルを握っていた。横目でちらりとパトカーをうかがい、ごくりと唾《つば》をのむ。

「変われよ、信号。早く変わってくれ」

わたしも前を見つめて祈った。お願い、信号、早く変わって。

ようやく信号が青に変わり、セブンはパトカーを先にいかせた。そして、高速をおりるまで、セブンの肩から力がぬけることはなかった。わたしの肩も同じだった。

それから、ママのお気に入りの中華料理店に寄って、みんなの分の食事を買った。わたしの分もある。刑事と話をするまえになにか食べておいたほうがいいと、ママに言われていた。ガーデン・ハイツにもどると、通りで子どもたちが遊んでいた。セカニは、車の窓に顔を押しつけて、その様子をじっと見ていた。でも、ガーデン・ハイツの子どもたちと遊ぼうとはしない。まえに、近所の子たちと遊んだときに、ウィリアムソンに通っているせいで、白人の子とからかわれたからだ。

診療所の外壁に描かれた、黒人のイエス《ブラック・ジーザス》が見えてくる。髪はセブンみたいなドレッドヘアで、壁いっぱいに両手を広げている。背景にはふわふわした白い雲が描かれ、頭の上には大きな文字で、〝イエスはあなたを愛しています〟と書かれている。

セブンは、イエスの壁画の前を通って、裏に回り、駐車場に入った。暗証番号を入力してゲートをあけ、ママのカムリのとなりに車をとめる。わたしはソーダを乗せたトレーを、セブンは食べ物を持ち、セカニはいつものとおり手ぶらで、車をおりた。

わたしは裏口のブザーを押し、カメラを見あげて手をふった。ドアが開き、消毒薬のにおいがする廊下を進んでいく。壁は真っ白で、床にはピカピカの白いタイルが敷きつめられている。廊下をぬけたところには、待合室があり、数人の患者たちが、天井《てんじょう》に設置された古いテレビでニュースを見たり、わたしが小さいときからずっとそこにある雑誌を、パラパラめくったりしていた。もじゃもじゃ頭の男が、食べ物を手にしたわたしたちを見て、身体《からだ》を起こし、物ほしそうににおいをかいだ。

「なに買ってきたの？」受付のフェリーシャさんが、のぞきこむように首をのばした。

そのとき、反対側の廊下から、シンプルな黄色のナース服を着たママが歩いてきた。涙目の男の子と母親を連れている。注射を我慢《がまん》したごほうびなのか、男の子は棒つきキャンディをしゃぶっていた。

「あら、うちの子たちが来たわ」わたしたちを見ると、ママは言った。「食事を買ってきてくれたのよ。さあ、みんな、裏にいって食べましょう」

「わたしにも取っておいてね！」フェリーシャさんが後ろから叫《さけ》ぶと、ママは、しーっとたしなめた。

休憩室のテーブルの上に食事を広げると、ママは、キャビネットから、こういうときのためにしまってある、紙のお皿とプラスチックのスプーンやフォークを出してきた。食前のお祈りをして、みんなで食べはじめる。

ママは、カウンターの上に座って、食事を口に運んだ。「うーん！　やっぱりこれにかぎるわねえ。ありがとう、セブン。今日はチートスしか食べてなかったのよ」

「お昼ごはん、食べなかったの？」セカニが、チャーハンを口いっぱいに頬ばって言った。

ママは、フォークの先をセカニにむけた。「口に食べ物を入れたまましゃべっちゃだめって、いつも言ってるでしょ。そうよ、食べてないわ。昼休みにミーティングがあったの。さあ、今度はあなたたちの話をきかせて。学校はどうだった？」

細かいことまでいちいち話すから、セカニの話がいつもいちばん長い。セブンはいつもどおりだよのひと言。わたしも同じくらい短い。「まあまあ」

ママはソーダに口をつけた。「なにもなかった？」

ボーイフレンドに触られただけで、おびえて、泣きだしてしまったけど――。「うん、なにも」

そのとき、フェリーシャさんが戸口に現れた。「リサ、悪いんだけど、来てくれない？　ちょっと問題が起こって」。

「フェリーシャ、わたし休憩中なんだけど」

「見ればわかるわよ。でも、あなたを呼んでほしいって。ブレンダよ」

カリルのママだ。

ママは紙皿を置くと、わたしの目をまっすぐ見て言った。「ここにいるのよ」

そう言われても、おとなしく待ってるわけにはいかない。ママのあとを追って待合室にいくと、ブレンダさんが両手に顔を埋めて座っていた。髪はぼさぼさで、白いシャツは薄汚れてほとんど茶色になっている。手足は、傷やかさぶたに覆《おお》われていた。肌の色が薄いので、余計に目立つ。

ママは、ブレンダさんの前にひざまずいた。「ブレンダ、どうしたの」

ブレンダさんが顔を上げる。目が真っ赤だった。小さいとき、カリルが言ったことを思いだす。**ママがドラゴンになっちゃった。大きくなったら騎士になって、ぼくがママを人間にもどしてあげ**

るんだ。

そんなカリルがドラッグを売ってたなんて、やっぱり信じられない。やけになったからってそんなことをするなんて。

「わたしのベイビーが」カリルのママは涙声で言った。「リサ、わたしのベイビーが」

ママは、見るからに汚いブレンダさんの手を、ためらいもせず両手で包んで、優しくさすった。

「きいたわ、ブレンダ」

「殺されたの」

「うん」

「殺されたのよ」

「うん」

「主よ」フェリーシャさんが待合室の入り口でつぶやいた。その横で、セブンが、セカニの身体《からだ》に腕を回して立っている。やりきれないと言うように、首をふる患者たちもいる。

「でもね、ブレンダ。ドラッグはやめなきゃ。カリルもそれを望んでたはずよ」

「無理よ。もうあの子はいないんだもの」

「そんなことない、やめられるわ。キャメロンがいるじゃない。あの子はあなたを必要としてるのよ。あなたのお母さんだって」

カリルだって必要としてた。そう言ってやりたかった。カリルはずっとママを待ってた。いつも会いたいって泣いてたのに。その間、どこにいたの？　いまさら泣いたりしないで。遅すぎるよ。

だけど、カリルのママは泣きつづけた。身体を揺すって、声をあげて。

「タミーとわたしでリハビリ施設を探してあげるわ、ブレンダ。でも、今度こそ自分で本当にやめたいと思わなきゃだめ」

「こんな人生、もう生きていたってしょうがない」

「わかるわ」ママは、手まねきをしてフェリーシャさんを呼ぶと、自分の携帯を渡した。「連絡先に、タミー・ハリスの番号が入ってるから、電話してお姉さんがここにいるって知らせてあげて。ブレンダ、いつから食べてないの？」

「さあ、わからない――ああ、わたしのベイビー」

ママは身体《からだ》を起こして、ブレンダさんの肩をさすった。「待ってて。いまなにか食べる物を持ってくるから」

ママのあとについて休憩室にもどった。急いでいるようだったのに、ママは食べ物の前を素通りして、カウンターのほうに歩いていった。わたしに背をむけて、カウンターに手をつくと、ぐったりしたようにうなだれる。

待合室で言いたかったことが、口から溢《あふ》れだしてくる。「どうしてあの人、あんなに大騒ぎしてるの？　カリルのこと、ずっとほったらかしだったじゃん。ママがいなくて、カリルがどれだけ寂しい思いをしてたと思う？　誕生日も、クリスマスも、いっつもいなかったくせに。なんでいまごろになって泣いてんの？」

「スター、やめて」

「母親らしいことなんて、なんにもしてなかったくせに！　いまさら、わたしのベイビーなんてよく言えるよね、ばっかみたい！」

ママが、カウンターに拳《こぶし》をたたきつけた。「やめなさい！」

ふりむいた顔には涙が伝っていた。「友達なんかじゃないの。息子なのよ。わかる？　息子なの！」声がかすれる。「おなかを痛めて産んだ、自分の子どもなのよ。あなたに彼女を裁く権利はないわ」

口がからからに渇いていた。「裁いてなんか——」

ママは目をつぶって、こめかみを揉《も》んだ。「ごめん。ブレンダに食事を用意してやってくれる？　残っているものをお皿にのせてあげて」

わたしは、余りものを全部お皿にのせて、ブレンダさんに持っていった。ブレンダさんはありがとうというような言葉をつぶやいて、皿を受けとった。

ブレンダさんが顔を上げたとき、赤く濁《にご》った目の奥から、カリルの瞳がわたしを見つめていた。ママの言うとおりだ。やっぱり、ブレンダさんはカリルの母親なんだ。

6

ママとわたしが警察署に着いたのは、四時三十分きっかりだった。警官たちが、電話をしたり、パソコンを打ったり、歩きまわったりしていた。刑事ドラマの《ロー＆オーダー》でおなじみの光景なのに、見ているだけで、息が苦しくなってくる。ひとり、ふたり、三人、四人。十二人あたりまで数えたところで、警官たちのホルスターに下がった拳銃が目にとびこんできて、わからなくなった。銃を持った警官が大勢いる。こっちは、ふたりだけだ。

ママがわたしの手をぎゅっと握りかえしてきた。「息を吸って」

いつの間にかママの手を握っていたらしい。深呼吸を繰りかえすたびに、ママがうなずいた。

「そう、その調子よ。だいじょうぶ。だいじょうぶだからね」

カルロスおじさんがやって来て、わたしを自分のデスクに座らせた。警官たちの視線が自分に集まっているのがわかった。肺が締めつけられるような感じがする。おじさんが、冷えたペットボトルの水を持ってきてくれた。ママがふたをあけてわたしの口もとに差しだしてくる。


のろのろと水をのみ、好奇の視線を避けるように、おじさんのデスクを見まわした。わたしとセカニの写真が、自分の子どもたちの写真と同じくらいたくさん並んでいる。

「家に連れて帰るわ。今日は話をさせたくない。まだ無理よ」ママが言った。

「気持ちはわかるが、どこかで話をしないわけにはいかないんだよ、リサ。この子が捜査の鍵《かぎ》を握っているんだ」

ママはため息をついた。「カルロス――」

「わかるよ」おじさんは声を落とした。「わかってる。だが、この捜査を正しい方向に導くためには、この子が話をしないといけないんだ。今日が無理なら、別の日でもいい」

先にのばせば、またその日まで、なにをきかれるんだろうと悶々《もんもん》とするはめになる。

そんなの耐えられない。

「今日話したい」つぶやくように言う。「早く終わらせてしまいたい」

ふたりは、わたしがここにいたことをはじめて思いだしたように、わたしを見た。

カルロスおじさんは、わたしの前にひざをついた。「やれそうか、スター?」

勇気がくじけてしまわないうちに、こくんとうなずく。

「わかったわ。でも、わたしもこの子と一緒に話をきくからね」

「それはまったく問題ないよ」

「問題があったって、かまうもんですか」ママはわたしを見た。「この子をひとりにはしないわ」

その言葉は、どんな抱擁《ほうよう》よりもわたしを優しく包んでくれた。

カルロスおじさんは、わたしの身体《からだ》に腕を回して、わたしたちを小さな部屋に案内した。中にあるのは、テーブルひとつと数脚の椅子だけだ。どこかにあるエアコンが、やかましくうなりながら、冷たい空気を部屋に送りこんでいる。

「じゃあ、わたしは外で待ってるからな」

「うん」

おじさんは、いつものように、わたしのおでこに二回キスをしてくれた。ママがわたしの手を取って、ぎゅっと握りしめてくる。言葉がなくても、気持ちは伝わってくる――**ママがついてるからね。**

わたしたちはテーブルについた。ふたりの刑事が入ってきたときも、ママはまだわたしの手を握っていた。黒い髪を油で撫《な》でつけた若い白人の男性と、口のわきにしわのある、髪をツンツン逆立てたラテン系の女性だ。ふたりとも、腰に銃を下げている。

手は見えるところに出しておけ。

いきなり動いたりするんじゃないぞ。

むこうから話しかけられないかぎり、口は開くな。

「こんにちは、スターー、カーターーさん」女性のほうが手を差しだしてくる。「刑事のゴメズです。こちらは相棒のウィルクス刑事です」

わたしは、ママの手をはなして、立ちあがり、刑事たちと握手をした。「こんにちは」もう声は変わっていた。〝よそ〟の人たちと話すときはいつもこうなる。ウィリアムソン以外の場所でもそうだ。地が出るようなしゃべり方はしない。慎重に言葉を選び、うんと丁寧に発音する。ゲットー育ちだと思われたりしないように。

「お会いできてうれしいです」ウィルクス刑事が言った。

「わたしなら、この状況でうれしいなんて言いませんけど」ママがぴしゃりと言う。

ウィルクス刑事は首まで真っ赤になった。

「おふたりのうわさはかねがね伺っていると申しあげたかったんでしょう」ゴメズ刑事が言った。「カルロスからいつも、すばらしいご家族の話をいろいろきかされているものですから。おかげで、はじめてお会いする気がまったくしませんわ」

ぺらぺらと調子のいい人だ。

「どうぞ、お座りください」

ゴメズ刑事はそう言って、ウィルクス刑事と一緒に、わたしたちのむかいに腰をおろした。

「ああ、そうそう、言っておかなくっちゃ。お話は録音させていただきますね。いえ、別にたいしたことじゃないんですよ。スターーさんの供述を、念のため記録に残しておきたいだけなんです」

「かまいません」さっきから、なんでこんなにテンション高いの。こっちは全然そんな気分じゃないのに。

ゴメズ刑事は、今日の日付と現在時刻と、室内にいる全員の名前を口にした。もう録音されているらしい。ウィルクス刑事がノートになにかを書きとめている。ママがわたしの背中を撫《な》でた。しばらくの間、紙の上を走る鉛筆の音だけが響いていた。

「じゃあ、はじめましょうか」ゴメズ刑事は椅子に座りなおして、微笑《ほほえ》んだ。口もとのしわがいっそう深くなる。「緊張しなくていいのよ、スター。あなたは悪いことなんかしていないんだから。なにが起こったのか、教えてもらいたいだけなの」

悪いことなんかしていないことくらい、言われなくてもわかってる。でも、出てきた言葉は「はい」だけだった。

「あなたは、十六歳ね？」

「はい」

「カリルとは、いつからのつきあいだったの？」

「三歳のときからです。カリルのおばあちゃんが、わたしの面倒《めんどう》を見てくれてたんです」

「ワーオ」ゴメズ刑事は、学校の先生がよくやるように、大げさにワオをのばして言った。「ずいぶん長いつきあいだったのね。事故の晩、なにがあったか教えてくれる？」

「カリルが殺された晩のことですか？」

ゴメズ刑事の笑顔が曇《くも》り、口もとのしわも薄くなった。「そう、事故があった晩のことよ。話しやすいところからでいいわ」

うかがうように見ると、ママはうなずいた。

「友人のケニヤと一緒に、ダリウスという男の人が主催するホーム・パーティにいったんです」

トン、トン、トン。気がつくと、指が机をたたいていた。

だめ、いきなり動いたらだめだ。

わたしは、両手を見えるように机の上に置いた。

「春休みのたびにパーティを開くんです。そこにカリルも来ていて、わたしを見つけて声をかけてきました」

「どうして彼はパーティに来ていたのかしら？」

どうしてパーティにいくかって？　パーティを楽しむために決まってるじゃん。

「気晴らしをしたかったんじゃないかと思います。カリルとおたがいの近況を報告しあいました」

「どういう話をしたの？」

「おばあちゃんが癌《がん》にかかってるって。あの晩話をきくまで、知りませんでした」

「そう。それからなにが起こったの？」

「パーティの最中に発砲騒ぎがあって、カリルの車で一緒に家を出たんです」

「カリルはその騒ぎとは関係なかったのかしら？」

わたしは眉を吊りあげた。「あるわけないじゃん」

しまった！　言葉遣い！

背筋《せすじ》をのばす。「いえ、関係なんかありません。騒ぎが起こったとき、カリルはわたしと話してたんです」

「なるほどね。で、ふたりで家を出たわけね。どこへむかったのかしら？」

「カリルは、家か、父がやっている食料品店に送ると言ってくれました。どっちにするか決めるまえに、1─15に車をとめられたんです」

「だれに、ですって?」

「あの警官のバッジの番号です。おぼえておいたんです」

ウィルクスがノートに書きとめる。

「そう。次になにが起こったが説明してくれる?」

あのとき起こったことは、たぶん一生忘れられないだろう。でも、口に出して言えるかといえば、話が別だ。つらすぎる。

目の奥がじんと熱くなってくる。まばたきをしながら、じっとテーブルを見つめる。

ママがわたしの背中をさすって言った。「顔を上げなさい、スター」

うちの両親は、人と会話をするときには必ず相手の目を見なさいと、いつも言っている。目は口ほどにものを言うから。それは話すときにも言えることで、相手の目を見てしっかり話せば疑われないですむから。

わたしは、顔を上げて、ゴメズ刑事を見た。

「はい。カリルは、車を路肩《ろかた》に寄せてエンジンを切りました。1─15は、パトカーのヘッドライトをハイビームにしました。それから車の窓に近づいてきて、カリルに車の免許証と車両登録証と自動車保険証を見せるように言ったんです」

「カリルはそれに従ったの?」

「まず、どうして車をとめたのかと警官にききました。それから免許証と車両登録証と自動車保険証を見せました」

「カリルはそのやりとりの間、腹を立てているように見えた？」

「腹を立ててはいませんでした。ちょっといらついていただけです。あの警官がいやがらせをしているると思ってたんです」

「カリルがそう言ったの？」

「いいえ、でもわかりました。わたしもそう思ったから」

しまった。

ゴメズが身を乗りだした。歯に栗色の口紅がついている。息からコーヒーの香りが漂《ただよ》った。「どうしてそう思ったの？」

息を吸って。この部屋が暑いんじゃない、わたしが緊張してるんだ。

「わたしたち、なにも悪いことをしてなかったからです。カリルは、制限速度を守っていたし、無謀な運転もしていませんでした。車をとめられるような理由があるとは思えなかったから」

「なるほどね。それからなにが起こったの？」

「警官が、カリルを車からおろしました」

「おろした？」

「はい。引っぱりだしたんです」

ママが、なにか言いたげにかすれた声を出したが、なにも言わず、唇をすぼめて、わたしの背中をさすった。

「カリルが車から出ようとしなかったからね？」

パパの声が脳裏《のうり》によみがえる。〝連中が言わせたがってることを言ってやるんじゃねえぞ〟

「ちがいます。カリルは自分で車を出ました。そのあとで警官が引っぱったんです」

ゴメズ刑事はまた「なるほどね」と言ったけど、納得しているようには見えなかった。

「それから？」

「警官は、カリルの身体検査を三回やりました」

「三回？」

ちゃんと数えてたんだからまちがいない。「はい。でも、なにも出てきませんでした。それから警官は、カリルに、ここでじっとしていろと言って、免許証類を照会しにいきました」

「でも、カリルはじっとしていなかったのね？」

「引き金を引いたりもしませんでした」

まずい。また口が滑った。

刑事たちが顔を見あわせて、無言の会話を交わした。

壁が四方から迫ってくるような気がした。また肺が締めつけられる。わたしはシャツの襟《えり》もとをぐいと引っぱった。

「今日はもう失礼します」ママがわたしの手をつかんで立ちあがりかけた。

「ですが、カーターさん、まだ話は終わっていません」

「そんなこと関係――」

「ママ」呼びかけると、ママはわたしを見おろした。「だいじょうぶ。わたし、やれるから」

ママは、わたしたち兄弟にぶち切れたときみたいな目つきで刑事たちをにらみつけると、わたしの手を握ったまま、腰をおろした。

「では、続けましょう。警官は、カリルの身体検査をして、免許証と車両登録証と自動車保険証を照会しにいったのね。それから？」

「カリルが運転席のドアをあけて――」

パン！

パン！

パン！

血が噴きだす。

頬を涙が伝っていた。腕でぐいとぬぐって言う。「警官がカリルを撃ちました」

「どうして――」ゴメズ刑事が言いかけたとき、ママが指を立ててさえぎった。

「少し待ってやってもらえますか」それは質問というより、命令に近かった。

ゴメズ刑事はなにも言わなかった。ウィルクス刑事がまたなにか書きとめる。ママはわたしの涙をふいて言った。「準備ができてからでいいのよ」

わたしは、喉《のど》にこみあげてきた塊《かたまり》をのみこんで、うなずいた。

「じゃあ、きくわね」ゴメズ刑事は大きく息をついた。「カリルはどうしてドアのほうにいったんだと思う、スター？」

「わたしがだいじょうぶか、たしかめようとしたんだと思います」

「本当に？」

わたしはテレパスじゃない。「はい。だいじょうぶかって言いかけたときに、あの警官に後ろから撃たれて、最後まで言えなかったんです」

しょっぱい涙が唇に落ちてくる。

ゴメズ刑事が、テーブルのむこうから身を乗りだしてくる。「わたしたちこの事故の真相を究明したいのよ、スター。あなたの協力には感謝してるわ。こんなことを話すのはつらいでしょうけど」

わたしは、また腕で顔をぬぐった。「はい」

ゴメズ刑事は微笑《ほほえ》み、甘ったるい、猫撫《ねこな》で声のまま続けた。「ところで、カリルは麻薬を売ってたのかしら?」

えっ? なに言ってるの?

涙が、うそみたいにぴたりととまる。

わたしが答えるまえに、ママが言った。「それとこれと、どう関係するんですか?」

「ただの質問ですよ。知ってる? スター」

優しそうな顔で、にこにこ笑って、物わかりのいいふりをして。全部罠《わな》だったんだ。わたしを油断させるための。

これは捜査なの? それとも同僚のやったことを正当化したいだけ?

その答えは知っている。パーティでカリルの格好《かっこう》を見たときからわかっていた。新しい靴をはいてるところなんて見たことなかったし、アクセサリーなんて、もちろんつけてなかった。昔、雑貨屋で買った、九十九セントのちゃちなチェーンは別だけど。それに、ロザリーおばあちゃんの口からたしかにきいた。

でも、それとカリルが殺されたこととどう関係するの? ドラッグを売っていたら殺されてもいいわけ？

ゴメズ刑事が首を傾《かし》げて言った。「スター、質問に答えてもらえる？」

仲間がわたしの友達を殺したことを正当化して、ほっとしたいの？　だとしたら、わたしは絶対に答えない。

背筋《せすじ》をのばして、ゴメズ刑事の顔をじっと見すえる。「カリルがドラッグを売ったり、使ったりしてるところは、一度も見たことがありません」

「売ってたかどうかは知ってる？」

「カリルは、売ってるなんて、言ってませんでした」うそじゃない。カリルはドラッグを売ってるとは一度も言わなかった。

「そういう情報を耳にしたことは？」

「噂《うわさ》はありました」これもうそじゃない。

ゴメズ刑事はため息をついた。「そう。じゃあ、カリルがキング・ロードと関係があったか知ってる？」

「知りません」

「ガーデン・デサイプルとは？」

「知りません」

「パーティでお酒はのんだ？」

《ロー&オーダー》に出てきた手だ。わたしの証言が信用できないってことにしたいんだ。

「いいえ、のんでません」

「カリルはのんだ?」

「ちょっと待ってください」ママが口をはさんだ。「カリルを殺した警官じゃなくて、カリルとスターを裁判にかけるつもりですか?」

ウィルクス刑事がノートから顔を上げる。

「な、なにをおっしゃってるんですか、カーターさん」ゴメズ刑事がしどろもどろになった。

「さっきからカリルのことばかりきいて、その警官のことは全然質問しないじゃないですか。カリルが死んだのは本人の責任ですか? この子じゃないけど、カリルは自分で引き金を引いたわけじゃないんですよ」

「全体像をつかむ必要があるんですよ、カーターさん。ただそれだけのことです」

「1—15がカリルを殺したんです」わたしは言った。「カリルはなにもしてないのに。それがすべてです。ほかになにが知りたいんですか?」

十五分後、わたしはママと警察署をあとにした。ママもきっと同じことを思っていたはずだ。この分だと、ろくなことになりそうにない。

7

カリルのお葬式は金曜日、もう明日に迫っていた。カリルが死んでちょうど一週間になる。

わたしは学校で、なるべくお葬式のことは考えないようにしていた。考えちゃだめだ。棺《ひつぎ》の中のカリルはどんな顔をしてるんだろうとか、参列者はどのくらい来るんだろうとか、棺の中のカリルはどんな顔をしてるんだろうとか、カリルが死んだときに一緒にいたのがわたしだと、みんなに知られたらどうなるんだろうとか……棺《ひつぎ》の中のカリルはどんな顔をしてるんだろうとか。

だめだ、どうしても考えてしまう。

月曜日の夜のニュースで、ようやくカリルの名前が、発砲事件の被害者として報道された。でも、名前の上には余計な肩書きがつけられていた。〝ドラッグの売人をしていた疑いのある、カリル・ハリス〟。カリルが武器を持っていなかったことにはひと言も触れられなかった。〝匿名《とくめい》の目撃者〟に対して事情聴取が行われ、現在も捜査中と言っていたけど、わたしの話をきいたあとで、ほかに捜査することなんて、あるんだろうか。

体育館には、青い短パンと、黄色のウィリアムソンTシャツに着替えた生徒たちが集まっていた。体育の授業がはじまるまでの暇つぶしに、一部の女子が、男子にバスケの試合を挑み、むこうのはしでプレーしていた。みんなが走りまわるたびに、床がキュッキュと鳴っている。女子は男子にぴたりとマークされて、もうやめてよと黄色い声をあげていた。ウィリアムソン式のじゃれあいだ。

ヘイリーとマヤとわたしは、反対側のはしの観覧席に座っていた。フロアでは、数人の男子が、プロムの予行演習のつもりなのか、ダンスらしきものを踊っている。〝らしきもの〟をつけたのは、あんなの全然ダンスじゃないからだ。ダンスに近いものを踊っているのは、マヤの彼氏のライアンだけだった。ダンスといっても、ただのダブ・ステップだけど。ライアンのおはこだ。ガタイのいいラインバッカーが踊ると、ちょっとコミカルに見えるけど、クラスにひとりしかいない黒人男子だってことが強みになっていて、コミカルなのにクールに見える。

クリスは観覧席の一番下で、ダンスの伴奏代わりに、携帯でお手製のミックスを流してやっていた。ときどきふりかえっては、わたしのほうをうかがっている。

わたしにはボディーガードがふたりついているから、クリスは近づいてこられない。マヤはとなりでライアンに声援を送っているし、ヘイリーも、笑いころげながらルークのダンスを録画していた。ふたりともまだクリスに怒っている。

正直に言うと、わたしはもう怒ってない。クリスはばかなことをしたけど、もうそれは許していた。笑いものになるのもいとわず、みんなの前で《フレッシュ・プリンス》のテーマ曲をプレゼントしてくれる姿を見ていたら、怒りもどこかに消えていった。

でも、手をつかまれた瞬間、あの晩の光景がフラッシュバックして、突然気がついてしまった。クリスが1―15と同じ白人だってことに。こうしていまも白人の親友たちと一緒にいるけど、白人のボーイフレンドとつきあっていることで、カリルやパパやセブンを、わたしの人生に存在するすべての黒人男性を、思いっきり否定しているような気がしてきてしまった。

クリスはわたしたちの車をとめたわけでも、カリルを撃ったわけでもない。でも、ひょっとしたら、クリスとつきあうことは、本来の自分を裏切っていることになるんだろうか。

よく考えてみたかった。

「なんなのあれ、あったま来る」ヘイリーが声をあげた。いつの間にか動画を撮る手をとめて、バスケの試合のほうを見ている。「全然試合になってないじゃない」

ヘイリーの言うとおりだった。ブリジット・ホロウェイのシュートがはずれ、ボールがゴールを大きく越えてとんでいく。コンディションがよっぽど悪いのか、わざとはずしたとしか思えない。

わざとのほうかも。ジャクソン・レノルズがブリジットにぴたりとくっつくようにしてシュートの投げ方を教えてやっている。しかも上半身裸で。

「どっちが悪いんだろう?」ヘイリーが言った。「相手が女の子だからって手加減する男子と、女の子だからってそれに甘える女子と」

「バスケットボールにおける男女平等を訴えたいわけね」マヤはウインクをした。

「そう! ちょっと待って」ヘイリーは疑わしげな目でマヤを見た。「からかってるの? それともまじめに言ってるの? おチビちゃん」

「両方じゃない?」わたしはひじをついて後ろによりかかった。シャツに覆《おお》われたおなかが、赤ちゃんでもいるみたいに、ぽっこり膨らんでいる。お昼に学食でフライドチキンを食べてきたばかりだった。ウィリアムソンの学食で、なんとか食べられるメニューのひとつだ。「ほんとの試合じゃないんだし、いいじゃない、ヘイリー」

「そうだよ」マヤがわたしのおなかをさすった。

「奥さん、ご予定日は?」

「おたくと同じよ」

「まあ! 生まれたら兄弟みたいに育てられるわね」

「そうね。うちの子、名前はフェルナンドにするつもりなの」

「なんでフェルナンドなの?」マヤが不思議そうに言う。

「さあ。それっぽい名前でしょ。Rを巻き舌で発音するとくに」

「わたし、巻き舌できない」マヤは巻き舌をしようとしたけど、唾《つば》がとんで、変な音が出ただけだった。おかしくて、けらけら笑いころげる。

ヘイリーが、バスケをやってる生徒たちを指さした。「見てよ、あれ！　あんなぶりっ子なんかしてるから、男に見くびられるんじゃない。運動神経だってそんなに変わんないのに」

うそ、本気で怒ってたんだ。

「ボールをゴールにたたきこめ！」ヘイリーは女子たちにむかって叫《さけ》んだ。

マヤが、いたずらっぽく目を輝かせてわたしを見た。中学のころがよみがえる。

「〝ためらわずにアウトサイドシュート！〟」マヤが叫んだ。

「〝プレーに集中しよう〟」わたしも言った。「〝プレーに集中しよう〟」

「〝ためらわずにアウトサイドシュート〟」マヤが合いの手を入れる。

「〝プレーに集中しよう〟」

ディズニー・チャンネルで放送されていた《ハイスクール・ミュージカル》の挿入歌〝大切なのはバスケット〟だ。またしばらく頭の中をぐるぐる回りそう。三人でジョナス・ブラザーズにはまったころ、この映画にもはまった。ディズニーのせいで、親たちの財布は空っぽだ。

いつの間にかふたりとも、思いきり声を張りあげて歌っていた。ヘイリーはわたしたちをにらみつけようとして、噴きだした。

「いくよ」立ちあがってわたしとマヤの手を引っぱる。「〝あのプレー〟に集中しにいこう」

ふーん、男女の平等を訴えるために、わたしにバスケをさせようとするくせに、エメット・ティルのことで、わたしのタンブラーのフォローをはずすんだ――。自分でもなんでそれを口に出せないのかわからなかった。たかがタンブラーのことなのに。

でも……されどタンブラーだ。

「ねえ！」ヘイリーが声をあげた。「わたしたちもやりたいんだけど」

「別にやりたくないよ」マヤがぼそっと言う。ヘイリーがマヤをひじでつついた。

わたしだってやりたくないけど、なぜかいつも決めるのはヘイリーで、マヤとわたしがそれに従うはめになる。いつの間にか、だれかがリーダーになっていて、それはいつも自分じゃない。別に、好きでこうなったわけじゃない。そういうのって、たいてい自然に決まってしまう。

「来いよ」ジャクソンが手まねきした。「かわいこちゃんならいつでも大歓迎だ。手加減してやるよ」

ヘイリーとわたしは顔を見あわせた。おたがいに、うっすら口をあけ、目をむいて、ばっかじゃないのって顔をする。五年生のときにマスターした表情だ。

「やってやろうじゃない」

わたしたちがポジションにつくと、ヘイリーが言った。「三対三、女子対男子ね。ハーフコート、二十点先取で。悪いけど、どいてくれない？　ここはわたしたちに任せて」

ブリジットは、すごい目つきでヘイリーをにらむと、ほかの女子たちを連れてコートを出ていった。

ダンスをしていた男の子たちが、こっちにやって来る。クリスも一緒だ。クリスはいまプレーしていた男子のひとり、タイラーに耳打ちして、代わりにコートに入ってきた。

ジャクソンがヘイリーにボールを投げると、ヘイリーはパスを出し、わたしは素早くギャレットのマークをはずして、それを取った。リズムと相性と技術がそろった、わたしたち三人が組めば、どんなボールでも華麗にさばける。

ギャレットが、またわたしをマークしはじめると、クリスが走ってきてギャレットをひじで押しのけた。

「なにすんだよ、クリス」

「ぼくがマークする」

クリスがディフェンスの姿勢をとった。クリスとじっと目をあわせたまま、ドリブルする。

「元気?」クリスが言った。

「元気だよ」

チェストパスでノーマークのマヤにボールを回す。

マヤはジャンプ・シュートを決めた。二対〇。

「よくやったわ、マヤ!」女子バスケ部のマイヤーズ監督が、監督モードで叫《さけ》んだ。いつの間にかオフィスから出てきたらしい。これでますます試合らしくなった。いつも思うけど、監督って、リアリティ番組に出てくるフィットネスクラブの鬼トレーナーみたい。小柄だけど筋肉質で、よく怒鳴るところなんかそっくり。

ギャレットが、ボールを持ってエンドラインに立った。

クリスが、わたしのマークをはずそうと走りだした。おなかがぱんぱんで苦しかったけど、必死でついていく。クリスと押しあいながら、パスする相手を探しているギャレットをうかがった。腕が触れあい、身体《からだ》の中でなにかが目を覚ました。すべての感覚が、クリスを貪《むさぼ》るように味わいはじめる。短パンからすらりとのびる、形のいい足。オールドスパイスの香り。腕をかすめたときの、柔らかい肌の感触。

「会いたかった」クリスが言った。

うそをついてもしょうがない。「わたしも」

ボールがとんできて、クリスがパスを受けとった。今度はわたしがディフェンスの姿勢をとり、ドリブルするクリスと見つめあう。目が、キスを誘うように濡れる唇に吸いよせられる。だからクリスとプレーするのはいやだったんだ。気が散ってしょうがない。

「話ぐらいしてくれよ」クリスが言った。

「ディフェンスよ、スター！」監督が声を張りあげる。

ボールに集中し、スティールを試みる。でも、失敗。スピードが足りなかった。

クリスは、わたしのマークをかわして、ゴールへむかい、途中で、3ポイントラインにノーマークで立っていたジャクソンにパスをした。

「ヘイリー！」監督が叫《さけ》んだ。

ヘイリーがジャクソンのほうへ走っていく。ジャクソンの手からボールがはなれる瞬間、ヘイリーの指がボールをかすめ、コースが変わった。

わたしはかけだし、ボールをキャッチした。

クリスが、シュートを阻止《そし》しようと、わたしの背中にぴたりと貼りついた。クリスに体当たりしながらシュートする方法を探る。お尻がクリスの股間に、背中が胸に当たっている。こんな体勢を説明したりすると、実際よりもずっといやらしい感じがするけど、なんでブリジットがシュートを派手にはずしたのか、いまならよくわかる。

「スター！」ヘイリーが叫ぶ。

ヘイリーは3ポイントエリアにノーマークで立っていた。わたしはバウンドパスでヘイリーにボールを回した。

ヘイリーがシュートを決める。五対〇。

「どうした、男子。それでも本気なの？」マヤがからかうように言う。

監督が手をたたいた。「よし、よくやった！」

ジャクソンが、またエンドラインに立った。クリスにパスを出し、クリスはチェストパスでジャクソンにボールを返した。

「どうしたんだよ？」クリスが言った。「この間中央ホールで、なんかおかしかっただろ。なにかあったの？」

ギャレットが、クリスにパスをした。わたしはディフェンスの姿勢をとって、じっとボールを見つめた。クリスの目を見ることはできなかった。目を見たらきっと見透《みす》かされてしまう。

「話してくれないか」

もう一度、スティールを試みる。また失敗。「プレーに集中してよ」

クリスは、左に踏みだすと、素早くむきを変えて右に出た。マークしようとしたけど、おなかがいっぱいで、動きについていけなかった。クリスはゴールの下に滑りこみ、レイアップシュートを決めた。やられた。

五対二。

「なにしてんの、スター！」ヘイリーが、もどってきたボールを手にして叫《さけ》び、わたしにパスを寄こした。

「気合い入れて！　ボールがフライドチキンだと思いなさいよ。そしたら、食らいついていられるでしょ」

え？

なに、いまの？

なんて言ったの？

時間がわたしを置きざりにして流れていく。わたしはボールを持ったまま、ブルーのメッシュが入った髪をなびかせて走っていく、ヘイリーを見ていた。

信じられない……あんなこと言うなんて。許せない。絶対に。

ボールが手から落ちる。わたしはコートを出た。息が乱れ、目頭が熱くなっていた。

女子のロッカールームには、試合のあとの鬱憤《うっぷん》が染みこんでいる。試合に負けたときにかけこむ、わたしの避難所だ。ここなら好きなように、泣いたり、悪態ついたりできるから。

ロッカーの間をいったり来たりしていると、ヘイリーとマヤが息を切らしてかけこんできた。

「いきなり、どうしたって言うのよ？」ヘイリーが言った。

「どうしたかって？」声がロッカーに跳ねかえって反響する。「さっきのはなんなの？」

「ハッパかけただけじゃない！　ただの、試合中のかけ声でしょ」

「フライドチキンのジョークが、試合中のかけ声？　本気で言ってるの？」

「今日はフライドチキンの日でしょ！　さっきも、それをネタにして、マヤとジョーク言いあってたじゃない。いったい、なにが言いたいわけ？」

わたしは、足をとめず、いったり来たりを続けた。

ヘイリーが目を見開く。「まさか、わたしが人種差別したとでも思ってるの？」

わたしはヘイリーのほうを見た。「あの場にいた唯一の黒人女子を、よりによって、フライドチキンに絡めてからかったんだよ。人種差別じゃなかったら、なんなの？」

「勘弁《かんべん》してよ、スター！　冗談でしょ？　こんなに長いつきあいなのに、わたしが人種差別主義者だって言うの？　そんなわけないじゃない」

「人種差別主義者じゃなくても、人種差別的なことは言えるでしょ」

「ほかにもなにかあったの、スター？」マヤが言った。

「どうして、みんなそんなことばっかりきくわけ？」

「最近、変だからに決まってるでしょ！」ヘイリーが、噛みついてきた。わたしの顔を探るように見る。「あなたの家の近くで警官がドラッグの売人を撃った事件があったけど、それと関係があるんじゃないの？」

「な、なにそれ」

「ニュースで見たの。そういう類《たぐ》いのことに関心があるみたいだし――」

〝そういう類いのこと〟？　なんなの、その言い方？

「それに、そのドラッグの売人の名前、カリルって言ってたから」マヤをちらりと見る。

「あなたのバースデーパーティに来てた、あのカリルなのか、ききたかったんだけど」マヤがヘイリーの言葉を引きとった。「どうきけばいいかわからなくて」

ドラッグの売人。ふたりともそう思ってる。〝疑いのある〟という言葉がついていたはずなのに。

〝ドラッグの売人〟という言葉のほうが、ずっと印象が強いからだ。

あの車に乗っていたことを知られたら、わたしはどんな人間に見られるんだろう。ドラッグの売人と一緒にいた、ガラの悪いゲットーの娘？　先生たちはどう思うだろう。友達は？　世間は？

「わたし――」

わたしは目を閉じた。カリルが空を見つめている。

〝おまえには関係ないだろ、スター〟

唾《つば》をのみこんで、声を絞《しぼ》りだす。「わたしそんな人知らない。ちがうカリルでしょ」

白人のボーイフレンドとつきあうことなんかより、ずっとひどい裏切り。カリルを否定し、一緒に、泣いたり、笑ったり、慰《なぐさ》めあったりした日々を、全部なかったことにしてしまうのとおんなじことだ。カリルに届くことを祈りながら、心の中で何度も謝った。届いたとしても、こんなんじゃ全然足りない。

でも、そう言うしかなかった。そうするしか。

「じゃあ、なんなの？」ヘイリーが言った。「もしかして、ナターシャの命日かなにか？」

天井《てんじょう》を見あげ、まばたきを繰りかえして涙をこらえる。兄弟と先生たちを除けば、ウィリアムソンでナターシャのことを知っているのは、ヘイリーとマヤだけだ。でも、同情はされたくない。

「何週間かまえ、ママの命日だったの。わたしも、あのときずっと気がたってたから、気持ちはわかる。でも、人種差別主義者扱いするなんてあんまりだよ。スター、どうしてそんなひどいこと言うの？」

まばたきが早くなる。クリスを拒絶し、今度はヘイリーまでつきはなそうとしている。わたしはあのふたりにふさわしい人間なの？　ナターシャのことを打ち明けず、カリルのことも否定して。

死んでいたのは、わたしのほうだったかもしれないのに。親友だったはずなのに、ふたりの思い出を大切にしようともしないなんて。

口を押さえても、嗚咽《おえつ》は抑えきれなかった。嗚咽はあとからあとから溢《あふ》れてきて、壁に大きくこだました。マヤとヘイリーが、わたしの背中や肩をさすってくれた。

マイヤーズ監督がかけこんでくる。「スター――」ヘイリーが監督のほうを見て言った。「ナターシャのことみたいです」

監督はわけ知り顔でうなずいた。「スター、ローレンス先生と話してらっしゃい」

勘弁《かんべん》してよ。スクールカウンセラーに会いにいけって言うの？　うちの先生たちはみんな、かわいそうなスターが、十歳のときにお友達が死ぬのを見たってことは知ってる。あのころは泣いてばかりだったけど、そのたびに、有無《うむ》を言わさずローレンス先生のところに連れていかれた。涙をぬぐって言う。

「監督、わたしだいじょうぶ――」

「いいえ、だいじょうぶじゃないわ」監督は、ポケットから授業をぬける許可証《ホール・パス》を取りだし、差しだしてきた。「話してらっしゃい。気分が楽になるから」

わたしは許可証を受けとると、自分のロッカーからバックパックを取りだして、体育館にもどった。クラスメートの視線を背中に感じながら出口に急ぐ。クリスが呼ぶ声がきこえて、ますます足を速めた。

みんなわたしの泣き声をきいたはずだ。怒りっぽい黒人の少女だと思われるのもいやだけど、弱虫の黒人の少女だと思われるのはもっといやだ。

事務室に着くまえに、涙に濡れた目と顔をきれいにぬぐう。

「こんにちは、カーターさん」中に入ると、校長のデイヴィス先生が声をかけてきた。ちょうど出かけるところだったらしく、わたしの返事も待たずにそのまま事務室を出ていく。もしかして、全校生徒の名前をおぼえてるの？　それとも、自分と同じ黒人だけ？　やめよう。いまはそういうことは考えたくない。

秘書のリンジーさんが微笑《ほほえ》んで、なにかご用かしらときいてきた。

「家族に迎えに来るよう、連絡したいんです。気分が悪くて」

わたしは、カルロスおじさんに電話をかけた。両親に連絡すると質問攻めにされて、学校から連れだしてもらうまえに、こてんぱんにされそうだったから。カルロスおじさんなら、おなかが痛いとひとこと言うだけで、迎えに来てくれる。

女の子の日だから。そのとっておきの呪文を使えば、おじさんはそれ以上尋問《じんもん》してこない。

運のいいことに、おじさんは昼休み中だった。おじさんが、引きとりのサインをしている間、わたしは、なるべくそれっぽく見えるようにおなかを押さえていた。学校を出ると、おじさんは、フロヨー《フローズン・ヨーグルト》でも食べていくかときいてきた。わたしはうなずき、数分後、わたしたちは、学校から歩いてすぐのショッピングモールにある、フロヨーショップに入っていた。できたばかりの小さなモールで、ガーデン・ハイツではお目にかかれないような、おしゃれな店ばかりが並んでいる。

フロヨーショップのとなりは《インディー・アーバン・スタイル》という店で、反対側には、《ダッパー・ドッグ》という、飼い犬用の洋服屋がある。犬に服を着せるなんて信じられない。うちの近所で、ブリックスに、リネンのシャツとジーンズを着せて歩いたりしたら、頭でもおかしくなったんじゃないかと思われそうだ。

ここだけの話だけど――白人は愛犬に首ったけらしい。

カップにヨーグルトを入れて、トッピングバーにむかう。トッピングを乗せながら、カルロスおじさんが自作のフロヨーラップを歌いだした。

「食おうよフロヨー。フロヨー、ヨー、ヨー」おじさんはフロヨーが大のお気に入りだ。そういうところは、ちょっとかわいい。わたしたちは角のブースに陣どった。ライムグリーンのテーブルとショッキングピンクの座席。いかにもフロヨーショップらしい内装だ。

カルロスおじさんが、わたしのカップをのぞきこんでくる。「うそだろ。せっかくのフロヨーに、キャプテンクランチなんかかけて台無しにする気か？」

「人のこと言えないでしょ。オレオなんて、マジなの、カルロスおじさん？　しかも、ゴールデンオレオじゃなくて、ただのオレオじゃん。まっずそー」

おじさんは、スプーンでヨーグルトをひと口食べて言った。「おまえはわかってないな」

「おじさんこそ」

「そういえば、腹痛《はらいた》はどうした？」

ヤバい。もう少しで忘れるところだった。わたしはおなかを押さえてうめいた。「いたた。今日はずいぶんひどいみたい」

当分オスカーは獲《と》れそうにない。カルロスおじさんは、鋭い刑事の目つきで探るようにわたしを見た。もう一度うめいてみせる。今度はさっきよりちょっとましかも。おじさんは眉を吊りあげた。

そのとき、おじさんの上着のポケットで携帯が鳴った。おじさんはもうひとさじヨーグルトを口に運んでから、携帯を見た。「おまえのママだよ。さっきこっちからかけたんだ」スプーンをくわえたまま言うと、肩と頬で携帯をはさんで電話に出る。「やあ、リサ。留守電はきいたか？」

うそでしょ、ママに電話するなんて。

「具合が悪いんだとさ。ほら、〝女の子の日〟ってやつだ」

電話から、くぐもったママのガミガミ声がきこえてくる。ヤバい、ヤバすぎる。カルロスおじさんは、うなじに手を当てて、深々とため息をついた。ママに怒鳴られると、おじさんは小さな男の子にもどってしまう。ママより年上なのに。

「わかった、わかった。きいてるよ。ほら、自分で話すといい」

ちょっと、やめてよ。

おじさんは、さっきまでは電話だったダイナマイトを、わたしに寄こした。

「もしもし？」とたんに質問爆弾が炸裂《さくれつ》する。

「おなかが痛いってほんとなの、スター？」

「すごく痛い」鼻声を出して、必死に演技する。

「甘えるんじゃないの。ママはあなたがおなかにいるときに学校に通ったのよ。高い学費を払ってウィリアムソンに通わせてるのに、生理痛くらいで早退するなんて」

奨学金、もらってるじゃんと言いそうになったけど、ぐっとこらえた。そんなこと言ったら、電話のむこうからぶん殴られるかもしれない。ママならありうる。

「なにかあったの？」

「なにも」

「カリルのこと？」

思わずため息が出る。明日のいまごろは、棺《ひつぎ》の中のカリルと対面しているはずだ。

「スター？」

「なにもないよ」

後ろでフェリーシャさんがママを呼ぶ声がした。「もういかなくちゃ。カルロスが家まで送ってくれるから。ドアに鍵《かぎ》をかけて、家でじっとしてるのよ。だれも入れちゃだめ、わかった？」

ゾンビから身を守るための心得《こころえ》なんかじゃない。ガーデン・ハイツの鍵っ子にとっては、おなじみのいいつけだ。「へえ、セブンとセカニも入れちゃだめなんだ」

「もう、減らず口ばっかり。どうやら具合は悪くないらしいわね。じゃあ、またあとで。愛してるわ、チュッ！」

ぷりぷり怒って、怒鳴りつけてた相手に、五分もたたないうちに、愛してるって言えちゃうなんて、ある意味すごい。わたしも愛してると言って、おじさんに電話を返した。

「さて、白状《はくじょう》してもらおうか」おじさんが言った。

フロヨーをすくって口に入れる。もうとけはじめていた。「だから、生理痛だってば」

「わたしの目はごまかせんぞ。それと、ひとつはっきりさせておこう。『カルロスおじさんに学校に迎えに来てもらえる券』は、一学年の間に一回しか発行しない。その貴重な券を、おまえは今回使ってしまったんだからな」

「十二月にも迎えに来てくれたよ、忘れたの？」やっぱり生理痛で。そのときはうそじゃなかったけど。ずいぶん重い日だった。

「そうか、じゃあ暦《こよみ》の一年に一回ってことにしよう」

わたしはにっと笑った。「だが、おまえにも歩みよってもらわんとな。さあ、話してくれ」

フロヨーにのったキャプテンクランチを、スプーンでいじりまわす。

「明日、カリルのお葬式だよね？」

「ああ、そうだな」

「いくかどうか、迷ってるの」

「迷ってる？　どうして」

「あのパーティで会うまえは、もう何か月も会ってなかったから」

「それでもいったほうがいい。いかなかったら後悔するぞ。わたしもいこうかと思ったが、状況が状況だからな」

沈黙が流れた。

「ほんとにあの警官と友達なの？」

「友達とまでは言わないな。同僚だよ」

「でも、ファースト・ネームで呼びあう仲なんだよね？」

「ああ」

カップの中をじっと見つめる。カルロスおじさんは、ある意味、わたしの最初の父親のようなものだ。わたしがようやく〝ママ〟と〝パパ〟という言葉は人の名前じゃなくて、ほかに意味があることを理解しはじめたころ、パパは刑務所に入った。電話では毎週のように話していたけど、パパは、わたしとセブンが刑務所に足を踏みいれるのをいやがったから、会うことはできなかった。

でもカルロスおじさんには会っていた。パパがいない間、おじさんは、本当の父親以上の役割を果たしてくれた。一度、パパと呼んでもいいかってきいてみたことがある。おじさんはだめだと言った。おまえにはもうパパがいるからな。でも、おまえのおじさんでいられることは、わたしにとって最高の喜びだよ――。それ以来、〝おじさん〟という言葉は、〝パパ〟と同じくらい大事な意味を持つようになった。

そのおじさんが、あの警官とファースト・ネームで呼びあう関係なんて。

「なんと言ったらいいか」おじさんの声がかすれる。「できれば――いや、こんなことになって残念だ。本当に」

「どうして警察はあの警官を逮捕しないの？」

「こういうケースはなかなか難しいんだよ」

「難しくなんかないよ。あいつがカリルを殺したんだよ」

「ああ、わかってる」おじさんは手で顔をぬぐった。「わかってるよ」

「おじさんだったら、カリルを殺した？」

おじさんはわたしを見た。「スター。その質問には答えられない」

「そんなことないでしょ」

「いや、無理だ。自分ならやらなかったと思いたいが、実際にあの状況になって、あの警官の立場に立たされないかぎり、答えることは――」

「あの人、わたしに銃をむけたんだよ」

「なんだと？」

目の奥がじんと熱くなる。「応援を待ってる間ずっと」声が震える。「仲間が来るまで、ずっとわたしに銃をつきつけてたの。わたしがなにか恐ろしいことをするみたいに。銃を持ってたのはわたしのほうじゃなかったのに」

カルロスおじさんは、しばらくの間、わたしをじっと見つめていた。

「ベイビー」わたしの手を握りしめて、となりに座り、もう一方の手でわたしを抱きよせる。わたしはおじさんの胸に顔を埋めた。涙と鼻水でおじさんのシャツがびしょびしょになる。

「すまなかった。本当に、すまなかった」おじさんは謝るたびに、わたしの髪にキスをした。「謝ったくらいじゃ許されないな」

8

お葬式は死んだ人のためのものじゃなくて、生きてる人たちのためのものだ。

カリルが、お葬式でどんな歌が歌われるかとか、牧師が自分のことをどう言うかなんて、気にするとは思えない。カリルは棺《ひつぎ》の中だ。なにがあってもそれは変わらない。

わたしたち家族は、お葬式がはじまる三十分前に家を出た。それでも、クライスト・テンプル教会の駐車場は、ほぼ満車になっていた。カリルの学校の生徒たちが、〝RIPカリル《やすらかにねむれ》〟と書かれたカリルの顔写真入りのTシャツを着て、あちこちに立っている。昨日わたしたちもあのTシャツを買わされそうになったけど、ママが、Tシャツはストリートで着るもので、教会に着ていくものじゃないからと言って断った。

そんなわけで、わたしたちの格好《かっこう》は、ワンピースとスーツだった。車をおりると、パパとママは手をつなぎ、わたしたち兄弟を連れて歩きだした。わたしが小さいころ、うちの家族はこのクライスト・テンプル教会に通っていた。でも、他人を認めない頑固な人たちがあんまり多いので、ママがうんざりして、リバートンヒルズの〝多様性を認める教会《ダイバース・チャーチ》〟に移った。大勢の信者が通う教会で、白人の男の人が、ギターで賛美歌をリードしている。礼拝《れいはい》はいつも、一時間以上の長丁場《ながちょうば》だ。

クライスト・テンプル教会に来るのは久しぶりだった。なんだか、昔通った小学校に、高校生になってからもどってきたような感じがする。小さいころは大きく見えたけど、こんなに小さな教会だったなんて。狭いロビーは人で溢《あふ》れかえっていた。床にはクランベリー色の絨毯《じゅうたん》が敷かれ、高い背もたれのついた赤紫色の椅子が二脚置かれている。お行儀が悪くて、ママにこのロビーに連れだされたこともあった。あの椅子のひとつに座らされて、礼拝がすむまでここでじっとしていなさいと怒られたっけ。でも、あの椅子の上にかかっている牧師の肖像画が、わたしのことを見ているような気がして、とてもじゃないけど、座ってなんかいられなかった。あんな気味の悪い絵をまだ飾ってるなんて、信じられない。

記帳台の前には列ができていた。もうひとつの列が内陣《ないじん》のほうへとのびている。カリルと対面するための列だ。

内陣の手前のほうに置かれた白い棺《ひつぎ》に、ちらりと目をやる。でも、それ以上は見ていられなかった。どっちみち対面するのはわかってるけど、できるだけ先のばしにしたい。

内陣の入り口で、エルドリッジ牧師が参列者たちに挨拶《あいさつ》をしていた。長い真っ白なローブを身につけ、胸に金の十字架を下げて、ひとりひとりに微笑《ほほえ》みかけている。どうして肖像画があんなに不気味なのかわからない。本人は、全然不気味じゃないのに。

ママは様子をたしかめるように、わたしたちをふりかえると、パパと並んでエルドリッジ牧師の前に進みでた。「おはようございます、牧師様」

「リサ！　会えてうれしいよ」牧師はママの頬にキスをして、パパと握手をした。

「マーベリック、よく来てくれたね。ずっと顔を出してくれないから、寂しかったよ」

「でしょうね」パパがぼそりと言った。わたしたちがクライスト・テンプル教会にいくのをやめた、もうひとつの理由。献金を山ほどふんだくられると言って、パパがいやがったからだ。でも、いまの教会《ダイバース・チャーチ》にもパパは通っていない。

「こちらはお子さんたちだね」エルドリッジ牧師はそう言って、セブンとセカニと握手をすると、わたしの頬にキスをした。ひげがちくちくする。「みんな、まえにあったときより、ずいぶん大きくなったじゃないか。いちばん下の子なんて、まだ赤ちゃんで、毛布にくるまれてたのに。お母さんはお変わりないかね、リサ？」

「ええ、元気にしています。こちらに通いたがっていたんですが、母が運転するには、ちょっと遠すぎて」

じとりとママを見る。うそばっかり。ここ教会なんですけど。おばあちゃんがこの教会に通うのをやめたのは、教会の執事のランキンさんを取りあって、ウィルソンさんと揉《も》めたからだ。おばあちゃんは、教会のピクニックの最中に、バナナプディングを持って、猛然と出ていった。それ以上のことは知らないけど。

「そうだろうね。あなたのために祈っていると、お母さんに伝えてください」エルドリッジ牧師はそう言うと、最近すっかりおなじみになったあの気の毒そうな表情を浮かべて、わたしを見た。「ロザリーからきいたよ。事故が起こったとき、カリルと一緒にいたそうだね。かわいそうに。そんなところを目撃して、つらかっただろうね」

「ありがとうございます」なんだか、カリルの家族が受けるはずの同情を、横どりしているような気分になる。

ママがわたしの手を取った。「では失礼します。お話しできてよかったですわ、牧師様」

パパがわたしの身体《からだ》に腕を回してくる。わたしは、パパとママにはさまれるようにして内陣《ないじん》に入っていった。

足が震え、吐き気がこみあげてくる。前にはまだ何人か人が並んでいて、ふたりずつ棺《ひつぎ》に歩みよって対面をしていた。その背中にさえぎられてカリルの姿は見えない。

列の先頭まであと六人。四人。ふたり。最後のふたりのときにはずっと目をつぶっていた。次は、わたしたちの番だ。

両親と一緒に棺に歩みよる。「ベイビー、目をあけて」ママが言った。

おそるおそる目をあける。棺の中に横たわっていたのは、カリルというより、マネキンだった。本物のカリルより、肌の色が濃くて、唇もずっとピンクっぽい。化粧をしているからだ。化粧なんかされているのがわかったら、カリルはきっと怒りだしただろう。白いシャツの上には、金の十字架のネックレスがのっている。

本物のカリルにはえくぼがあった。でも、このマネキンのカリルにはない。

ママが涙をぬぐった。パパが首をふる。セブンとセカニはじっと棺《ひつぎ》の中を見つめている。こんなのカリルじゃない。ナターシャのときとおんなじだ。

ナターシャそっくりのマネキンは、白いドレスを着て、ピンクや黄色の花に埋もれていた。このカリルと同じく、化粧もしていた。「ほら、眠っているみたいでしょ」ママが言ったけど、わたしが手を握っても、ナターシャは目をあけようとしなかった。

起こそうとして泣き叫《さけ》んだとき、パパに抱きあげられて、内陣《ないじん》から連れだされた。

わたしたちは、次の人たちがカリルのマネキンと対面できるように場所をあけた。案内係が、わたしたちを空いている席に案内しようとしたとき、友人席に座っていたツイストヘアの女の人が、自分の前の最前列の席に座らせるよう合図した。だれだかわからないけど、案内係に指示しているところを見ると、葬儀の責任者かなにかだろう。わたしたちを最前列に座らせるということは、事情も知っているにちがいない。

席につくと、わたしは棺の代わりに花を見ていた。赤と白の薔薇《ばら》でできた大きなハート、カラーでかたどられたKの文字、そして、カリルの好きなオレンジとグリーンでまとめたフラワーアレンジメント。

花をひとしきり眺めおわると、お葬式のプログラムカードを開いた。一面にカリルの写真が所狭《ところせま》しと並んでいた。カリルがまだ巻き毛の赤ちゃんだったころの写真から、わたしの知らない友達と写っている数週間前の写真まで。わたしと写ってる何年かまえの写真もある。そのうちの一枚には、ナターシャも写っていた。三人ともにこにこ笑って、ギャングっぽくみせようと、ピースサインを出している。ヴォルデモートの鼻の穴よりもきつく結ばれた、ゲットートリオ。残ったのはわたしだけだ。

わたしはプログラムを閉じた。

「お立ちください」エルドリッジ牧師の声が内陣《ないじん》に響きわたった。オルガン奏者が演奏をはじめ、みんなが立ちあがる。「イエスはおっしゃいました。『なんじら心を騒がすな』」通路を歩きながら牧師は言った。「『神を信じ、また我《われ》を信ぜよ』」

牧師のあとにロザリーおばあちゃんが続いた。キャメロンが、おばあちゃんの手を握って、寄りそうように歩いている。まだたったの九つ。セカニとひとつしか変わらない。あの銃弾のひとつがわたしに当たっていたら、あんなふうに泣いていたのはわたしの弟だったかもしれない。

おばあちゃんの反対側の手は、カリルのおばのタミーさんが握っていた。ブレンダさんは、三人の後ろで、ママのお下がりの黒いワンピースを着て泣いていた。髪はきちんととかして、ポニーテールにしている。男の人がふたり（たぶん、カリルのいとこだろう）、両側からブレンダさんの身体《からだ》を支えている。あれなら、棺《ひつぎ》の中のカリルと対面しても、なんとかなりそうだ。

「『我《わ》が父の家には住処《すみか》おおし、しからずば我《われ》かねてなんじらに告げしならん。我なんじらのために処《ところ》を備えに往く。もし往きてなんじらのために処を備えば、また来たりてなんじらを我がもとに迎えん。わが居《お》るところになんじらも居らんためなり』」

ナターシャのお葬式のとき、ナターシャのママは棺の中の娘を見て、卒倒《そっとう》した。でも、カリルのママとおばあちゃんは、どうにか持ちこたえた。

「ひとつはっきりさせておきたいのは」全員が席につくと、エルドリッジ牧師は言った。「状況はどうであれ、これは天国の我が家へと帰る、お祝いの儀式だということです。ひと晩は涙の雨に濡れるかもしれません。ですが、みなさんもご存じでしょう、その喜びを！」

牧師の声にかぶせるように、みんなも叫《さけ》んだ。

聖歌隊が喜びに満ちた歌を歌いだし、参列者たちが、手をたたきながらイエスを讃《たた》えはじめた。ママも手をふって歌っている。カリルのおばあちゃんとおばさんも、手をたたきながら歌っていた。そのうちに、賛美歌に酔いしれた参列者たちが内陣《ないじん》をかけまわりはじめた。みんなジェームス・ブラウンみたいなステップを踏みながら、腕を曲げ、鶏の羽のようにバタつかせて、セブンとわたしが〝聖霊ツーステップ〟と呼んでるダンスを踊っている。黒人教会特有の信仰表現、プレイズ・ブレイクだ。

でも、カリルが喜んでなかったとしたら、お祝いするなんておかしくない？　だいたい、カリルが撃たれるのをとめてもくれなかったイエスを、どうして讃《たた》えるの？

わたしは、ドラムやホルンの音や歓声から逃げるように、両手に顔を埋めた。こんなのおかしいよ。

賛美歌が終わると、カリルのクラスメートたちが弔辞《ちょうじ》を読んだ。駐車場にいたあのTシャツの集団だ。数か月後にはカリルが身につけるはずだった角帽とガウンを家族に手渡して、泣きながら、最近あった面白いエピソードを話している。きいたこともない話だ。なのに、友達面して、友人席の最前列に座ってるなんて。

次に、あのツイストヘアの女の人が演壇に上がった。黒い細身のスカートとブレザーという格好で、教会用というより、仕事用の服装にみえた。この人も〝ＲＩＰカリル〟のTシャツを着ている。

「おはようございます」女の人が言うと、参列者たちが挨拶《あいさつ》を返した。「わたしの名前はエイプリル・オフラ、《ジャスタス・フォア・ジャスティス（Just Us for Justice）》の者です。わたしたちは、このガーデン・ハイツを基点に活動する小さな組織で、警察の説明責任を追及しています。こうしてカリルにお別れをしていますと、彼を死に追いやった過酷な現実に、胸が潰《つぶ》れる思いがします。この葬儀がはじまるまえに報告を受けましたが、警察は、信用できる目撃者の証言があるにもかかわらず、この若者を殺した警官を逮捕する気がないようです」

「え？」思わず声が出ていた。あたりにざわめきが広がる。あれだけ話したのに、逮捕しないってどういうこと？

「警察は公表しようとしませんが、カリルは殺されたとき、武器を持っていませんでした」

ざわめきははっきりとした声になっていた。怒鳴り声もきこえる。教会の中なのに、「ふざけるな！」と叫《さけ》んでいる人までいた。

「わたしたちは、カリルの正義を回復するまで、追及をやめるつもりはありません」オフラさんは、声を張りあげた。「葬儀のあと、わたしたちはカリルのご家族と一緒に、墓地まで平和的な行進を行う予定ですので、どうかみなさまもご参加ください。ルートの途中には警察署もあります。重ねて申しあげますが、カリルのご家族はあくまで平和的な行進を望んでおられます。声を失ったカリルの代わりに、団結して声をあげようではありませんか。ご静聴《せいちょう》ありがとうございました」

参列者は総立ちになって拍手をした。席にもどるとき、オフラさんは話しかけたそうな顔で、わたしを見た。牧師がきいてるくらいだから、たぶんこの人も、わたしがカリルと一緒にいたことをきいているんだろう。

追悼《ついとう》の説教がはじまる。エルドリッジ牧師は、説教でカリルを天国に送ろうと奮闘していた。だれもカリルは天国にいけないなんて言ってないのに、カリルをどうにかして天国に押しこもうとしているみたいに、熱弁を振るっている。汗をだらだら流して、息を切らしながら話しているのを見ていたら、うんざりしてきた。

追悼《ついとう》の言葉の終わりに牧師は言った。「ほかに、ご遺体にお別れをなさりたい方がいらっしゃいましたら、これが最後の――」突然言葉を切って、入り口に目をむける。参列者たちの間にざわめきが起こった。

ママがふりかえった。「なにしに来たの?」

視線の先には、キングが、グレーの服やバンダナを身につけた手下たちを引き連れて立っていた。腕はマイクロミニの黒いドレスを着た女の身体《からだ》に回されている。女は腰までの髪にきついパーマをかけ、顔には化粧を塗りたくっていた。

セブンが顔を背ける。自分のママがあんなだったら、わたしだって顔を背けたくなる。

でも、なんでここにいるわけ? キング・ロードはキング・ロードの葬式にしかでないはずなのに。

エルドリッジ牧師は咳《せき》ばらいをした。「いまも言ったとおり、ご遺体にお別れをなさりたい方がいらっしゃいましたら、これが最後の機会です」

キングと手下たちは、みんなの視線を浴びながら、肩で風を切って通路を歩いてきた。アイーシャは得意げな顔でキングのとなりを歩いている。自分がとんでもないアバズレに見えてるのが、わからないんだろうか。パパとママのほうをちらりと見ると、薄笑いを浮かべた。ほんとに頭に来る。

セブンをあんな目にあわせてるのも許せないけど、それだけじゃない。アイーシャが現れるたびに、両親の間にピリピリとした空気が漂《ただよ》うからだ。いまみたいに。

ママはすっと肩を引いてパパからはなれ、パパは奥歯を噛みしめた。アイーシャはふたりの結婚生活にとって、アキレス腱《けん》のような存在だ。十六年もそばで見ていたら、そのくらいわかる。

キングの一行は、棺《ひつぎ》に歩みよった。手下のひとりが、折り畳んだグレーのバンダナをキングに手渡し、キングはそれをカリルの胸にのせた。

心臓がとまりそうになる。

カリルもキング・ロードだったの？

ロザリーおばあちゃんが、いきなり立ちあがった。「やめとくれ！」

棺にかけよってカリルの胸からバンダナをつかみとり、キングに突進していったが、途中でパパにとめられる。「出ていけ、悪魔め！　このゴミも持って帰んな！」

おばあちゃんは、キングの頭にバンダナを投げつけた。

キングはぴたりと足をとめ、ゆっくりとふりかえった。

「なにしやがる、この――」

「やめろ！」パパが声をあげた。「キング、さっさといけ」

「このババア、うちの人が、あんたの孫の葬式代、出してやろうってのに、いい根性してんじゃない」

「そんな汚い金、びた一文いらないよ！　あんたもさっさと出ていっておくれ。ここは神の家だ。あんたみたいな娼婦が来るとこじゃないよ！」

セブンが首をふった。セブンが、パパがママとけんかしたときに、アイーシャを買ってできた子だってことは、みんな知ってる。キングは自分の女だったアイーシャに、マーベリックの相手をしてやれと言いつけた。パパそっくりの子どもができるとは思いもしないで。おあいにく様。

ママは、わたしの後ろに手をのばして、セブンの背中を撫《な》でた。めったにないけど、ママは、セブンがいないとき、セカニとわたしにはきこえてないと思って、パパにこんなふうに言うことがある。「あなたが、あんな性悪女と寝たなんて、未だに信じられないわ」セブンがいるときには絶対言わない。セブンが目の前にいると、そんなことはどうでもよくなってしまうらしい。アイーシャを嫌う気持ちより、セブンを大切に思う気持ちのほうがずっと大きいから。

キング・ロードの一行が出ていくと、参列者たちは、堰《せき》を切ったようにしゃべりはじめた。

パパは、ロザリーおばあちゃんの手を引いて、席に座らせた。おばあちゃんの身体《からだ》は、怒りでがたがた震えていた。

棺《ひつぎ》の中のマネキンをじっと見つめる。パパからあれだけギャングの恐ろしい話をきかされていたのに、カリルはキング・ロードのメンバーになったの？　どうしてそんなばかなまねをしようと思ったの？　でも、変だ。カリルの車の内装はグリーンだった。グリーンはキング・ロードじゃなくて、ガーデン・デサイプルのカラーだ。それに、ビッグD《ディー》のパーティで発砲騒ぎがあったときも、カリルはキング・ロードに加勢しにいったりしなかった。

だけど、あのバンダナは……。パパからきいたことがある。キング・ロードには、死んだ仲間の胸に、畳んだバンダナを乗せるしきたりがあるって。天国にいく仲間が、自分たちの代表だとわかるように。その栄誉に浴するのはキング・ロードのメンバーだけだ。カリルもそうだったとしか考えられない。

説得してやめさせることができたかもしれないのに、わたしはなにもしなかった。カリルを見捨てたようなものだ。友人席に座るどころか、葬儀に参列する資格もない。

パパは、葬儀が終わるまで、ずっとロザリーおばあちゃんにつき添っていた。家族がカリルの棺《ひつぎ》のあとについて出ていく段になると、タミーさんが、わたしたちに手まねきをした。

「来てくれてありがとうね、スター。あなたは、カリルにとって、大切な人だった。それを伝えたくて」

わたしにとっても、カリルは大切な人でした、そう言いたかったけれど、喉《のど》が締めつけられて、なにも言えなかった。

わたしたちは、カリルの家族と一緒に、棺につき添った。すれちがう人たちが、みんなカリルのために泣いていた。あの棺の中にいるのは、本当にカリルなんだ。カリルはもう二度ともどってこない。

だれにも言ったことはないけど、カリルはわたしの初恋の人だった。カリルは、わたしが初恋に胸をときめかせていることなど気づきもせずに、四年生の男の子なんて眼中《がんちゅう》にない高校生のイマニ・アンダーソンに恋をして、わたしに失恋の味まで教えてくれた。カリルを好きになってはじめて、自分の見た目を気にするようになった。

でも、初恋なんてどうでもいい。カリルはわたしの大事な親友だった。毎日会っていても、年に一回しか会っていなくても関係ない。時間なんかじゃ、わたしたちの思い出の重さは計れない。そのカリルが棺の中にいる。ナターシャと同じように。

大粒の涙がこぼれ落ち、嗚咽《おえつ》がこみあげてくる。通路を歩きながら、子どもみたいに泣きじゃくるわたしを、みんなが見ていた。

「みんなわたしを置いてっちゃう」

ママが腕を回してきて、わたしの頭を肩に抱きよせた。「わたしたちがいるわ。ベイビー、わたしたちはどこにもいかない」

あたたかい風を感じて、表に出たのがわかった。ざわめきに顔を上げると、数え切れないくらいの人たちが、カリルの顔のポスターや、〝カリルに正義を〟と書かれたプラカードを掲げて集まっていた。カリルのクラスメートたちの手にも、〝次は自分かも?〟〝もうたくさんだ!〟と書かれたポスターが掲げられている。通りのむこうには、アンテナが何本もつきだしたテレビ局のバンがずらりと並んでいた。

わたしはママの肩に顔を埋めた。知らない人たちが、わたしの背中をたたいて、元気を出せと声をかけてくる。

いつの間にか、パパがだまってわたしの背中を撫《な》でていた。「おれたちは残って行進に参加する」ママにむかって言う。「セブンとセカニに見せておきたいからな」

「わたしはこの子を連れて家にもどるわ。どうやって帰ってくるつもり?」

「店までは歩いていける。どのみち、店をあけなきゃいけないからな」パパはわたしの髪にキスをした。「愛してるよ、ベイビー。少し休むんだ、いいな?」

そのとき、ヒールの音が近づいてきた。

「はじめまして、カーターご夫妻。ジャスタス・フォア・ジャスティスのエイプリル・オフラです」

ママがはっと息をのんで、わたしを抱きよせた。「なにかご用ですか?」

オフラさんは声をひそめて言った。「カリルのお祖母《ばあ》様からうかがいました。事件が起こったとき、カリルと一緒にいたのはお嬢さんだったそうですね。警察に供述をされたことも知っています。お嬢さんの勇気は賞賛に値します。この難しい状況で、よく決心されましたね。並《なみ》たいていの勇気ではできないことです」

「まあな」パパが言った。

ママの肩から顔を上げる。オフラさんはそわそわと足を動かし、指をもぞもぞさせていた。両親は表情を和《やわ》らげることもなく、そんなオフラさんに厳しい視線を注いでいる。

「わたしたちは同じことを望んでいるはずです。カリルの正義を回復することを」

「悪いけど、オフラさん。それと同じくらい、娘の心の平安と、プライバシーが守られることを望んでいるの」

ママは、通りのむこうに並んだテレビ局のバンに目をやった。オフラさんはちらりとふりかえって言った。「えっ、ああ、ちがいます！　そんなつもりじゃありません。わたしたちは、いえ、わたしは、スターさんを引っぱりだしたりするつもりはないんです。むしろ逆です。わたしは、お嬢さんのプライバシーを守りたいんです」

ママの手から力がぬけた。「ならいいんですけど」

「こういったケースでは、お嬢さんのような立場に立たれた方の視点が、非常に貴重なんです。我々《われわれ》は、お嬢さんの権利を守りつつ、お嬢さんの声を伝えたいと考えています。搾取されたりしないように――」

「搾取される？」パパが言った。「食い物にされるってことか？」

「そうです。この事件は全国メディアの注目を集めつつありますが、わたしは、お嬢さんが犠牲になるようなことがあってはならないと考えています」オフラさんはわたしたちひとりひとりに名刺を手渡した。

「わたしはこういう活動をしていますが、弁護士でもあります。ジャスタス・フォア・ジャスティスはカリルのご家族のみなさんを法的に代理しているわけではなく、後援しているだけですが――別に代理人がいるものですから――、わたしに言っていただければ、いつでも喜んでスターさんの代理人を勤めさせていただきます。心の準備ができたら、ここに電話をください。このたびは、本当にご愁傷様《しゅうしょう》でした」

そう言ってオフラさんは人ごみに消えていった。

でもそんなことを言われても、心の準備なんて、できる気がまるでしなかった。

9

セブンとセカニは、パパからの伝言を携《たずさ》えてもどってきた。――今夜は店に泊まる。わたしたちへの指示もあった。――みんな、家の中でじっとしてろ。

セブンは金網のフェンスの門に、町を出るときにかける、大きな錠をかけた。わたしはブリックスを家の中に入れた。ブリックスは落ちつかないのか、ぐるぐる回ったり、家具にとびかかったりしていた。ママは大目に見てやっていたけど、リビングのお気に入りのソファにとび乗ったときは、さすがに声をあげた。

「こら！」指をパチンと鳴らす。「わたしのソファからおりなさい、このばか犬！」

ブリックスは、鼻をクンクン鳴らしてわたしのほうに逃げてきた。

日が落ちて、みんなで、ポットローストとポテトを囲んでお祈りをしていると、最初の銃声が鳴り響いた。

みんな目をあけた。セカニは首をすくめている。銃声には慣れているけど、いまのは大きい。それに間隔が詰まっていた。前の銃声にかぶさるように次の銃声が続いている。

「機関銃だ」セブンが言った。また銃声が響く。

「夕食を奥のリビングに運んで」ママが立ちあがった。「床に座っていなさい。銃弾はどこにとんでくるかわからないから」

セブンも立ちあがる。「母さん、おれが――」

「セブン、奥にいきなさい」

「セ・ブン」ママはセブンの名前を区切って呼んだ。「わたしが明かりを消してくるから、いいわね？奥のリビングにいってなさい」

セブンは渋々折れた。「わかったよ」

パパが家にいないとき、セブンは一家の大黒柱としてふるまおうとする。そのたびにママは名前を区切って呼んで、身の程をわきまえさせている。

わたしは、自分のお皿と、ママのお皿を持って、間仕切りのない奥のリビングにむかった。ブリックスがわたしにぴたりとくっついてくるけど、例によって食べ物のあとを追っているだけだろう。ママが家中の電気をひとつひとつ消していき、だんだん廊下が暗くなっていく。

奥のリビングには、古ぼけた大画面のテレビがある。パパの宝物だ。みんなでその前に座り、セブンがニュースをつけた。テレビの明かりで、部屋がぼんやりと照しだされる。マグノリア通りには、少なくとも百人以上の人が集まっていた。みんな正義を求めて叫《さけ》び、プラカードを掲げて、拳《こぶし》をつきあげている。

ママが電話をしながら奥のリビングにやって来た。「ええ、パールさん。だいじょうぶならいいんですよ。でも、おぼえておいてくださいね。家にはあなたをお迎えする場所くらいはありますから、ひとりでいるのが不安になったら、いつでもいらしてくださいね。またあとで電話します」

パールさんは、通りのむこうでひとり暮らしをしている年配の女性で、ママは、しょっちゅう電話をかけている。パールさんに、気にかけている人間がいることを知ってもらいたいからだそうだ。

ママはわたしのとなりに座り、セカニはママのひざに頭を乗せた。ブリックスはセカニのまねをしてわたしのひざに頭を乗せ、わたしの指をペロペロなめている。

「あの人たち、カリルが死んで怒ってるの？」セカニが言った。

ママはセカニのハイ・トップ・フェードを指ですきながら言った。「そうよ、ベイビー。みんな怒ってるわ」

みんな、カリルが武器を持っていなかったことを知って、こんなに怒ってるんだ。でなかったら、オフラさんがカリルの葬儀であの話をした直後に、こんな騒ぎになるはずがない。

警官たちが催涙《さいるい》ガスを噴射し、群衆は白い煙に包まれた。映像が切り替わり、悲鳴をあげて逃げ惑う人々の姿が映しだされる。

「くそっ」セブンが顔をゆがめた。

セカニがママのひざに顔を埋める。わたしはポットローストをブリックスにやった。胃が締めつけられて、とても食べられそうにない。

　表でサイレンが鳴っている。テレビには、燃えあがる三台のパトカーが映っていた。ここから車で五分とはなれていないところにある警察署だ。高速のそばのガソリンスタンドも略奪にあい、血まみれになったインド人のオーナーが、カリルの死にはなんのかかわりもないのにと嘆いていた。町の東側にあるウォルマートの前には、警官がずらりと並び、警備に当たっている。

　うちの近所が交戦地帯になっていた。

　クリスが心配してメールをくれた。わたしはビヨンセになったりなんかして、ずっとクリスを避けていたことを、心から後悔した。謝りたいけど、〝ゴメンね〟と絵文字つきのメールを送るのと、面とむかってそういうのでは重みがちがう。それでも、とりあえず、だいじょうぶだとだけ返信しておいた。

　マヤとヘイリーも電話をしてきて、店や家はだいじょうぶか、家族やわたしは無事かときいてきた。ふたりともフライドチキンの件にはひと言も触れなかった。あのふたりとガーデン・ハイツのことを話すのは、なんだか変な感じだった。いつもは一切話さない。ゲットーと言われてしまうんじゃないかと思うと、どうしても話す気になれなかった。

　わかってる。ガーデン・ハイツはゲットーだ。たしかにそれはまちがってない。九歳のとき、セブンと兄弟げんかをして、おまえなんか、ショーティー・マクショート・ショートだと、けなされたことがある。ディズニーアニメに出てくる、めちゃめちゃチビのキャラクターだ。いま思うと悪口にすらなってないけど、そのときはものすごくショックだった。みんなわたしより背が高いし、チビかもしれないとは思ってたから、別に自分でチビだと名乗ってもかまわなかった。でも、セブンの口から出たとたん、それが不愉快な事実になってしまった。

それと同じことだ。わたしが、自分でガーデン・ハイツをゲットーだと言うのはかまわないけど、ほかの人には言われたくない。

ママも、近所の人たちがだいじょうぶか確認したり、うちの家族を心配してかけてきてくれた人たちと話したりして、ずっと電話をしていた。通りの先に住むジョーンズさんは、うちと同じように、四人の子どもたちと一緒に居間に閉じこもってじっとしているらしい。となりのチャールズさんは、停電になったらうちの発電機を使うといいと申しでてくれた。

カルロスおじさんも電話をかけてきた。おばあちゃんが電話に出て、ママにわたしたちを連れてすぐにそこを出ろと言ってきた。なに考えてるんだろう。いま家を出たりするほうが、よっぽど危険なのに。パパも電話で店は無事だと知らせてきた。それでも、襲われた店のニュースが流れるたびに、心配で落ちつかない気分になった。

ニュースはカリルの名前に触れるだけではなく、顔写真も公開しはじめていた。でも、わたしのことは、〝目撃者〟とか〝十六歳の黒人女性の目撃者〟としか言わなかった。

やがて、警察署長が画面に現れて、恐れていたことを言った。「証拠および、目撃者の供述を考慮した結果、当該巡査を逮捕する正当な理由はないとの結論に至りました」

ママとセブンが、わたしのほうをちらりと見た。セカニがいるから、ふたりともなにも言わなかったけど、言わなくたってわかる。全部わたしのせいだ。暴動も、発砲も、催涙《さいるい》ガスも、みんな。わたしは、カリルが両手を上げて車をおりたことを話さなかった。あの警官がわたしに銃をむけたことも言わなかった。わたしがちゃんと話さなかったせいで、あの警官を逮捕できなかったんだ。

暴動はわたしのせいだと言われても仕方がないけど、ニュースキャスターは、まるでカリルが、自分のせいで死んだかのような言い方をしていた。

「被害者の車の中で銃が見つかったという情報もいくつか入っており、また、被害者には、ギャングのメンバーでドラッグの売人をしていたという疑いもあります。いずれも真偽の確認はまだとれていません」

銃が見つかったなんてうそだ。車になにか隠してないかきいたとき、カリルはきっぱり否定した。ドラッグの売人をしてるとも言わなかったし、ギャングの話もしなかったけど。

でも、それがなんだっていうの？　だからって殺されていいことにはならない。

セカニとブリックスは、ほぼ同時に寝息を立てはじめ、もうすっかり寝入っていた。でも、わたしは、ヘリコプターの音や銃声やサイレンの音が気になって、全然眠れなかった。ママとセブンもずっと起きていた。ようやく静かになってきた朝の四時ごろ、パパが真っ赤な目で、あくびをしながら帰ってきた。

「マリーゴールド通りは無傷だった」キッチンテーブルでポットローストを食べながらパパは言った。「暴動でやられてるのは、町の東側だ。カリルが殺された現場付近を集中的に狙っているらしい。いまのところはな」

「いまのところはね」ママが繰りかえした。

パパは手で顔を撫《な》でた。「ああ。いつこっち側が襲われてもおかしくねえ。くそっ、そうなったらヤバいことになるな」

「ここにはいられないわ、マーベリック」ママの声は、押さえこんできたなにかが溢《あふ》れだしたように震えていた。「暴動はおさまらない。もっとひどくなるだけよ」パパが手をのばすと、ママはその手を取ってひざの上に置いた。パパはママを抱きしめて、頭の後ろにキスをした。「だいじょうぶだ。心配するな」

パパに寝るように言われて、セブンとわたしは部屋にもどり、わたしもどうにか眠りについた。

ナターシャがまた店にかけこんでくる。「スター、いくよ！」

三つ編みは泥にまみれ、ふくよかだった頰はげっそりとこけている。服には血が染みこんでいた。思わず後退《あとずさ》る。ナターシャはかけよってきてわたしの手をつかんだ。棺《ひつぎ》の中にいたときと同じ感触。氷のように冷たい。

「いこうよ。いこうってば！」ナターシャがわたしの手を引っぱり、無理やり戸口へと引きずっていく。

「待って。待ってよ、ナターシャ！」

戸口からグロックを握った手が現れる。

バン！

わたしはとびおきた。

セブンが、拳《こぶし》でバンバン、ドアをたたいていた。メールもまともじゃないけど、起こし方もまともじゃない。「十分で支度《したく》しろ」

心臓がとびだしそうなくらいドキドキしている。だいじょうぶ。いまのは、ばかセブンがドアをたたいた音だ。銃声じゃない。「支度《したく》って、なんの？」

「公園でバスケするんだよ。毎月、最終土曜日はバスケって決まってんだろ」

「でも——暴動が起こってるんじゃないの？」

「父さんが言ってただろ。暴動が起こってるのは東側だって。こっち側はだいじょうぶだよ。それに、ニュースでも今朝は落ちついてるって言ってたからな」

でも、わたしが目撃者だってことがばれてしまったら？ あの警官が逮捕されなかったのはわたしのせいだって、みんなに知られてしまったら？ わたしのことを知ってる警官に出くわしたら？

「だいじょうぶだって」セブンはわたしの心を読んだように言った。「保証する。さあ、さっさと支度しろ。コートでたたきのめしてやるから」

身の程知らずもいいところだ。わたしはベッドを出て、バスケパンツとレブロン・ジェームズのユニホームを身につけると、ジョーダンがシカゴ・ブルズを辞めるまえに愛用していた、エア・ジョーダン13《サーティーン》をはいた。髪をとかしてポニーテールにする。セブンはその間玄関で、ボールをくるくると回しながら待っていた。

セブンの手からボールをひったくる。「カッコつけちゃって。ボールの扱い方なんか知ってんの？」

「いまにわかるさ」

パパとママにきこえるように、ちょっと出かけてくると叫《さけ》ぶと、ふたりで家を出た。

一見すると、ガーデン・ハイツはいつもどおりに見えたけど、数ブロックもいかないうちに、五台のパトカーとすれちがった。煙が漂《ただよ》い、あたりはぼんやりと霞《かす》んでいる。焦げ臭いにおいもした。

ローズ公園に着くと、通りのむこうに、グレーのキャデラック・エスカレードがとまっているのが見えた。乗っているのはキング・ロードたちだ。下っぱらしい少年がひとり、公園のメリーゴーラウンドでたたずんでいる。こっちがちょっかいを出さなければ、むこうもかまってこない。

ローズ公園は一ブロックをまるまる占める公園で、高い金網のフェンスに囲まれている。フェンスでなにを守っているのかは謎だ。落書きだらけのバスケットボール・コート、錆《さ》びの浮いた遊具、たくさんの赤ん坊をこの世に送りだしたベンチ、芝生の上には、酒瓶やタバコの吸い殻《がら》や、ゴミ屑が散らばっている。

バスケのコートはすぐそこに見えるけど、公園の入り口は反対側で、ずっとむこうだ。わたしは、セブンにボールをパスすると、フェンスをのぼりはじめた。前はてっぺんまでのぼると、そこからとびおりていたけど、一度捻挫《ねんざ》してから、とびおりるのはやめた。

わたしがフェンスを乗り越えると、セブンはボールを投げて寄こし、フェンスをよじのぼりはじめた。カリルとナターシャと、学校帰りによくこの近道を通った。滑り台をかけあがり、眩暈《めまい》がするまでメリーゴーラウンドを回し、だれがいちばん高くブランコをこげるか競争した。

思い出をふりはらうように、セブンにボールを投げる。「三十点先取でいい？」

「四十点にしよう」セブンは言った。二十点でも取れたらラッキーだって自分でもわかっているらしい。実力はパパとどっこいどっこいだ。

へたなのを証明するみたいに、セブンは、手のひらを使ってドリブルをはじめた。ドリブルは指先でしなくちゃいけないのに。それから、図々しくも、いきなり3ポイントシュートを放った。

当然のように、ボールはリングに当たって跳ねかえされた。それをキャッチして、セブンをふりかえる。「へったくそ！　そんなんで入るわけないじゃん」

「うるせーな。ゲームに集中しろよ」

五分が経過する。ポイントは、わたしが十点でセブンが二点。その二点もわたしのミスでくれてやったものだ。左にフェイントをかけて、クロスオーバードリブルで、すばやく右にぬけ、3ポイントシュートを放つ。ボールは吸いこまれるようにリングに入った。この勝負、もらったね。

セブンが、苦しげに喘《あえ》ぎながら、手でTの形を作った。喘息《ぜんそく》持ちのわたしよりずっと息があがっている。「タイム。水をのませてくれ」

わたしは額《ひたい》の汗を腕でぬぐった。ぎらつく太陽がコートをじりじりと照らしている。「もうやめる？」

「冗談。せっかく調子がでてきたのに。ようやくアングルがわかってきたぞ」

「アングル？　なに言ってんの、セブン。バスケやってるんだよ、セルフィーじゃないんだから」

「よう、おふたりさん！」少年の声がした。

ふりかえって、はっと息をのむ。「ヤバ……」

十三か十四くらいの少年がふたり、コートを横切ってまっすぐこっちにむかってくる。ふたりとも、グリーンのボストン・セルティックスのユニホームを着ている。ガーデン・デサイプルだ。

背の高いほうがセブンに歩みよった。「兄ちゃん、あんたキングの手下か？」

まともに相手にする気にもなれない。キーキー声のガキんちょだ。まえにパパが言ってたっけ。ベテランと下っぱのギャングは年齢以外にも見わける方法がある。ベテランは騒ぎを終わらせるけど、下っぱは騒ぎを起こそうとするって。

「いや、おれはどっちでもない」

「おまえの親父《おやじ》、キングじゃねえのかよ?」チビのほうが言った。

「ちがう。あいつは、おれの母親にちょっかいだしてるだけで、親父なんかじゃない」

「知るかよ」背の高いほうが、折り畳みナイフをパチンと開いた。「金目《かねめ》の物を寄こせ。スニーカーも携帯も、全部だ」

ガーデン・ハイツのルールのひとつ――〝自分にかかわりのないことには首をつっこむな〟エスカレードの中のキング・ロードたちは成りゆきを傍観《ぼうかん》しているだけだった。仲間でもなんでもないわたしたちは、存在しないのと一緒というわけだ。

そのとき、メリーゴーラウンドでたたずんでいた少年が走ってきて、GD《ガーデン・デサイプル》の背中をつきとばした。シャツをめくってちらりと拳銃をのぞかせる。

「なにか問題でもあったか?」

GDたちは後退《あとずさ》った。「ああ、おおありだよ」チビのほうが虚勢を張る。

「へえ、そうか? たしかローズ公園はキングのシマだったはずだがな」少年はエスカレードのほうに目をやった。車の中のキング・ロードたちが、だいじょうぶかと言うように、うなずきかけてくる。こっちもうなずきかえした。

「オーケー。わかったよ」背の高いほうが言い、GDたちは来た道を引きかえしていった。

キング・ロードの少年は、セブンと手のひらをぴしゃりと合わせた。「だいじょうぶか」

「ああ、助かったよ、デヴァンテ」

正直言って、けっこうイケメンだった。彼氏がいるからって、目の保養をしちゃいけないってことにはならないよね。クリスだって、ニッキー・ミナージュとかビヨンセとかアンバー・ローズに鼻の下をのばしてるんだから、見てるくらいで怒られる筋合《すじあ》いはない。

ついでに言うと、わたしの彼氏の好みはかなりはっきりしている。

そのデヴァンテって人は、わたしと同じくらいの年で、背はわたしより少し高かった。髪はアフロパフで、うっすらと口ひげを生やしている。唇の形もいい。ふっくらしていて柔らかそう。

ちょっとじろじろ見すぎたかも。デヴァンテはその唇をなめてにやっと笑った。「おまえとリトルママに、けがさせるわけにはいかねーからな」

いまので全部ぶち壊し。わたしのこと、知りもしないくせに、あだ名で呼ぶなって言うの。「わたしたちならだいじょうぶよ」

「でも、あのGD《ガーデン・デザイブル》たちのおかげで助かったんじゃねえか、セブン。リトルママにぶちのめされそうになってたし」

「うるせーぞ、デヴァンテ。こいつは妹のスターだ」

「ああ。あんた、ビッグマブの店で働いてる娘《こ》だろ？」

もう、みんなそればっかり。

「そうだけど？」

「スター、こいつはデヴァンテ、キング・ロードだ」

「デヴァンテ？」じゃあ、こいつがケニヤたちが取りあってた？

「そうだけど」デヴァンテは、わたしを眺めまわして、また唇をなめた。「どっかでおれの噂でもきいた？」

なんなの、唇ばっかりなめて。前言撤回、かっこよくなんかない。「まあね。あと、さっきから唇ばっかなめてるけど、そんなに乾燥してるんだったら、リップクリームでも塗っとけば」

「なんだよそれ？」

「助けてくれてありがとうってことだよ」セブンが口をはさんできた。全然ちがうんですけど。「感謝してるよ」

「気にすんなって。自分とこのシマで暴動が起こったもんだから、ああいうガキどもがこの辺をうろちょろしてるんだ。いまあっちのほうはガキが仕事をするには物騒《ぶっそう》すぎるんだろうな」

「それにしても、朝っぱらから公園なんかでなにしてるんだ？」セブンがたずねた。

デヴァンテは、ポケットに手をつっこんで肩をすくめた。「客を待ってんだよ。わかるだろう？」

ドラッグの売人なんだ。さすがはケニヤ、見る目がある。麻薬取引をしているギャングばっかり好きになるなんて、相当、男の趣味に問題ありだ。キングがパパじゃしょうがないけど。

「おまえの兄貴の話、きいたよ」セブンが言った。「残念だったな。ダルヴィン、いいやつだったのに」

デヴァンテはコートの石ころをけった。「サンキュー。おふくろがかなり参ってる。それでここにいるんだ。家にいられなくてな」

ダルヴィンにデヴァンテ？　わたしは首を傾《かし》げた。「あんたのママ、昔のバンドのジョデシィから、あんたたちの名前をつけたの？」わたしはジョデシィなんて知らないけど、たしか、パパとママが好きなバンドだ。

「だったらなんだよ？」

「きいてみただけじゃん。つっかかってくることないでしょ」

そのとき、白いシボレーのタホが、キーッとタイヤをきしらせてフェンスのむこうにとまった。パパの車だ。

車の窓が開く。パパは白のランニング姿で、顔には枕の跡がジグザグについていた。どうか、車から出てきませんように。足は乾燥して灰色になってるし、またナイキのサンダルに靴下をはいてるに決まってるんだから。「だれにも断らないで家を出るなんて、おまえら、いったいなに考えてるんだ？」パパが怒鳴った。

通りのむこうのキング・ロードたちがげらげら笑いだした。デヴァンテも笑いをごまかすように、拳《こぶし》を口に当てて咳《せき》をしている。セブンもわたしもパパから目をそらした。

「ほう、きこえないふりか？　おれが質問したら返事くらいしろ！」

キング・ロードたちがまたどっと笑う。

「父さん、おれたちバスケしに来ただけだよ」セブンが言った。

「それがどうした。ふつう、こんなときに出かけるか？　さっさと車に乗れ！」

「もう。なんでいっつも、ばかみたいに大騒ぎするの？」小声で言う。

「なにか言ったか？」パパが怒鳴った。

キング・ロードたちがますます笑いころげる。もう、消えちゃいたい。

「なんでもない」

「いいや、なにか言ったな。いいか、フェンスをのぼってくるんじゃないぞ。ちゃんと入り口に回るんだ。おれより先に着いてなかったら、承知しねえからな」

タホは走りだした。もう、サイテー。

ボールを拾うと、セブンと公園を猛スピードでかけぬけた。こんなに速く走ったのは、監督に死ぬほどしごかれて以来かもしれない。入り口に着くと同時に、タホがとまり、わたしは後部座席に、セブンは助手席に乗りこんだ。

パパは車を出した。「おまえら、どうかしてんじゃないのか。暴動が起こって、州兵が出動しようってときに。たま遊びなんかしてる場合じゃねえだろうが」

「だからって、恥をかかせることないだろ」セブンが言いかえした。

後部座席に座っていたことに心から感謝した。パパは、道路には目もくれず、セブンを見すえて怒鳴った。「ガキが生意気《なまいき》な口きくんじゃねえ」

セブンはムッとした顔で、じっと前を見つめている。頭から湯気が出そうだ。

パパは道路に目をもどした。「キング・ロードに笑われたくらいで、おれにそんな口をきくとは、いい度胸じゃねえか。おまえはキングの手下か？」

セブンはだまっている。

「おい、きいてんのか！」

「ちがう」セブンは噛みつくように言った。

「だったら、やつらにどう思われようが関係ねえだろ。おまえはいっちょまえの男のつもりだろうが、人にどう思われようが気にしないのが、男ってもんだろうが」

車を私道にとめ、玄関にむかって歩きだしたとき、戸口の網戸越しに、ナイトガウン姿で腕を組み、はだしでいらいらと足踏みしているママが見えた。

「家に入りなさい！」

わたしたちが中に入ると、ママはリビングをいったり来たりしはじめた。いつ爆発してもおかしくない。

セブンとわたしは、ママのお気に入りのソファにどさりと腰をおろした。

「あなたたち、いったいどこにいたの？　うそはつかないほうが身のためよ」

「バスケのコート」わたしはスニーカーに目を落としてつぶやいた。

ママは腰をかがめて顔を近づけてくると、耳に手を当てた。「なんですって？　よくきこえなかったわ」

「はっきり言うんだ」パパが口をはさんだ。

「バスケのコートです」少し大きな声で繰りかえす。

「バスケのコート」ママは身体《からだ》を起こして笑った。「きいた？　バスケのコートですって」笑うのをやめて、一語ごとに声を強めて言う。「わたしが死ぬほど心配して必死に探しまわっているときに、のんきにバスケのコートにいたですって？」

廊下からくすくす笑いがきこえてくる。

「セカニ、部屋にもどりなさい！」ママはふりかえりもせず言った。廊下をパタパタと足音がかけていく。

「ちゃんといってくるって、きこえるように叫《さけ》んだよ」

「へえ、叫んだってさ」パパがわざとらしく言った。「そんな声、きいたか、リサ？　おれにはきこえなかったがな」

「わたしにもきこえなかったわ。まったく、小遣いがほしいときは起こすくせに、交戦地帯にいくときには起こしもしないでこっそり出ていくなんて」

「おれが悪いんだよ」セブンが言った。「家から連れだして、いつもどおりのことをやらせてやりたかったんだ」

「いまは、いつもどおりなんかじゃないの！　どういう状況だか知ってるでしょ。こんなときにうろうろするなんて、どうかしてるんじゃないの」

「どうかしてるっていうより、脳みそが足りねえんじゃねえのか」パパが口をはさんできた。

わたしはずっと足もとを見ていた。

「携帯を寄こしなさい」

「なんで？　ひどいよ！　ちゃんといってくるって大声で言ったのに――」

「スター・アマラ」ママは歯を食いしばって言った。わたしの名前は一音節だから、区切って呼ぶにはミドルネームを足さないといけない。

「携帯を寄こさないと承知しないわよ」

口を開くと、すかさずママが言った。「なんか文句あるの！　あるんだったら言ってみなさいよ！スニーカーも全部没収してやるから！」

サイアク。サイテー、サイアクだ。パパがじっと見てる。ママに仕込まれた攻撃犬も、わたしたちがおかしな動きをしないか見張っている。みんなでタッグを組んでるんだ。ママが最初の攻撃を仕かけてきて、うまくいかなかったらパパが出てきてKO《ケーオー》する。パパにKOされるのだけは、なにがなんでも避けたい。

セブンとわたしはママに携帯を渡した。

「そう」ママはパパにわたしたちの携帯を手渡しながら言った。「そんなにいつもどおりのことがしたいんだったら、荷物をまとめてらっしゃい。今日はカルロスおじさんのところにいくわよ」

「いや、こいつは」パパはセブンに手ぶりで立ちあがるよう合図した。「おれと一緒に店に出る」

ママはわたしを見て廊下のほうにあごをしゃくった。「早くしなさい。シャワーも浴びるのよ。なんか焦げ臭いから」廊下に出ると、背中からママの怒鳴り声が追ってきた。「それと、カルロスの家にいくからって、肌が出るような服持っていくんじゃないわよ！」

もう、ママってほんとにうるさい。カルロスおじさんの家の通りの先にはクリスが住んでいる。でも、パパの前でクリスの話をされなかっただけ、まだましだったかも。

寝室のドアの前で、ブリックスが待っていた。足にとびついてきて、わたしの顔をなめようとする。わたしの部屋の隅には四十足くらいの靴の箱が積んであるんだけど、ブリックスはそこにぶつかって、箱の山を崩してしまった。

耳の後ろを掻《か》いてやる。「どんくさい犬だね、おまえは」

この子も連れていきたいけど、おじさんちの近所でピットブルは歓迎されそうにない。ブリックスはベッドに腰を落ちつけて、わたしが荷造りするのを見ていた。水着とサンダルがあれば十分だけど、暴動のこともあるし、ママは、週末ずっとおじさんちですごすと言いだすかもしれない。一応、着替えと学校用のバックパックも持っていくことにする。バックパックをふたつ担いで、ブリックスに声をかける。「おいで、ブリックス」

ブリックスを裏庭に連れていき、鎖につないだ。犬用のお皿にえさと水を足していると、パパが薔薇《ばら》をのぞきこんで、花びらを調べているのが見えた。ちゃんと水をやっているはずなのに、なぜか薔薇はしおれていた。

「おい、しっかりするんだ」パパは薔薇に発破《はっぱ》をかけた。「おまえたちはこんなもんじゃねえだろ」

ママとセカニがカムリに乗って待っていた。渋々助手席に乗りこむ。子どもっぽいかもしれないけど、ほんとはママのそばには座りたくなかった。でも、ママのとなりに座るか、屁《へ》っこき虫のセカニのとなりに座るか、ふたつにひとつしかないんだから、仕方がない。まっすぐ前を見ていたけど、目のはしで、ママがこっちを見ているのがわかった。ママはなにか言いかけたけど、結局言うのをやめて、ため息をついた。

いいよ。わたしだって話したくないし。こっちは全然かまわない。

昔住んでいたシダー・グローブ公団の前を通って、高速にむかう。やがて、車はマグノリア通りにさしかかった。ほとんどの店がここに集まっていて、ガーデン・ハイツではいちばん活気のある通りだ。いつもなら、土曜の朝は、近所の住民が、車を見せびらかしたり、通りをいき来して競争したりしている。

その通りが、今日は封鎖され、大勢の人たちがそこで行進をしていた。プラカードや、カリルの顔写真のポスターを掲げて、〝カリルに正義を！〟と叫《さけ》んでいる。

ほんとなら、一緒に行進しなくちゃいけないところだけど、わたしにはその資格がない。あの人たちが抗議しているのは、わたしのせいでもあるんだから。

「あなたはなにも悪くないのよ、いいわね？」ママが言った。

じゃあなんで携帯没収したわけ？「わかってるよ」

「ほんとよ。全然悪くない。あなたは正しい行いをしたの」

「でも、正しい行いをするだけじゃ、だめなときもあるよね？」

ママはわたしの手を取った。まだママには腹を立てていたけど、ふりはらったりはしなかった。そうしていれば答えに近づける気がしたから。

平日と比べて、土曜の朝の高速はだいぶすいていた。セカニは、ヘッドホンをつけて、タブレットで遊んでいる。ラジオから九十年代のR＆B《アールアンドビー》が流れてくると、ママが小声で歌いだした。だんだんノリノリになってきて、声を張りあげる。「イエス、ガール！　イエス！」

唐突《とうとつ》に、ママは言った。「あなたは生まれたとき、息をしてなかったのよ」

はじめてきく話だ。「ほんとに？」

「ええ、ほんと。あなたを身ごもったとき、わたしは十八歳だった。わたし自身まだ子どもだったのに、もう立派な大人のつもりだった。だから、ほんとは死ぬほどこわかったけど、平気な顔をしてたの。あなたのおばあちゃんは、わたしがまともな親になんかなれるはずがないって思ってたわ。跳ねっかえりのリサには無理だって。そんなことないって証明してやろうと思ったの。お酒もタバコもやめて、検診もきちんと受けて、食事にも気をつけたし、ビタミンものんでた。九か月ずっとね。笑っちゃうでしょ、モーツァルトを流して、ヘッドホンをおなかに当てたりしてたのよ。あんまり意味なかったみたいだけどね。ピアノ習わせても、一か月で辞めちゃうし」

くすりと笑う。「ごめん」

「いいのよ。そう、ママもちゃんと正しい行いをしてたのよ。分娩室《ぶんべんしつ》であなたが取りあげられたときのことはよくおぼえてるわ。産声《うぶごえ》があがると思ってたのに、あなたは泣かなかった。みんながバタバタしはじめて、パパとふたりでなにか問題があったんですかって何度もきいたわ。そしたら、看護師が言ったの。あなたが息をしてないって」

「頭が真っ白になったわ。パパも動揺しちゃって、わたしを落ちつかせるどころじゃなかった。あんなに時間がたつのが遅く感じられたことはなかったわね。しばらくして、ようやくあなたは泣いたの。わたしのほうがよっぽど大泣きしてたけどね。自分がなにかまちがったことをしたんだと思ったわ。でも、ひとりの看護師がわたしの手を握って」そう言って、ママはまたわたしの手を取った。「じっとわたしの目を見て言ったの。『正しい行いをしていても、うまくいかないときはあるわ。大切なのは、それでも決して正しい行いをやめないことよ』ってね」

それから車をおりるまで、ママはずっとわたしの手を握っていた。

いつも、カルロスおじさんの家の近所のほうが、太陽が明るく輝いているんじゃないかという気がしてたけど、今日は本当に明るかった。煙も漂《ただよ》ってないし、空気もずっときれいだ。どの家も二階建てで、子どもたちは歩道や大きな庭で遊んでいる。レモネードの屋台を出したり、ガレージセールをやってる家もある。ジョギングしている人たちだって大勢いるのに、あたりは閑静《かんせい》な雰囲気に包まれていた。

車が、おじさんちから通りを何本か隔《へだ》てたところにある、マヤの家の前を通りすぎた。メールして遊びにいってもいいかききたかったけど、いまは携帯がない。

「今日は友達の家に遊びにいっちゃだめよ」絶対心を読んでるとしか思えないタイミングで、ママが言った。「外出禁止です」

思わず口を開く。

「でも、お友達がカルロスの家に来る分にはかまわないわ」

ママはうっすらと笑みを浮かべて、横目でちらりとわたしを見た。抱きついて、〝ありがとう、ママ大好き〟って言うタイミングなのはわかってる。

でも、そんなことできない。「ふうん。どうでもいいけど」そう言ってどさりと椅子の背にもたれる。

ママがぷっと噴きだした。「もう、意地っぱりなんだから！」

「そんなことないよ！」

「いいえ、意地っぱりよ。パパにそっくり」

カルロスおじさんの家の私道に入ったとたん、セカニは車をとびだした。歩道のはしで、いとこのダニエルが、ほかの男の子たちと一緒に手をふっていた。みんな自転車に乗っている。

「あとでね、ママ」セカニは、ガレージから出てきたカルロスおじさんの前を通りすぎて、自分の自転車を取りにいった。クリスマスにもらった自転車だけど、ママがガーデン・ハイツで乗るのを許してくれないから、おじさんの家に置いてある。セカニは自転車に乗って私道を走りだした。

ママは車をおりて、その背中に声をかけた。「あんまり遠くにいっちゃだめよ！」

車をおりると、カルロスおじさんは、いつもの絶妙な抱擁《ほうよう》で迎えてくれた。強すぎず、でも、すごく愛されてるのがわかるように、しっかりと抱きしめてくれる。

おじさんは、わたしの頭に二度キスをして言った。「調子はどうだい？」

「まあまあ」くんくんと鼻を鳴らす。煙のにおい。でも、いいにおいだ。「バーベキューしてるの？」

「まだグリルを温めてるところだよ。ランチ用にハンバーグとチキンを焼くんだ」

「食あたりを起こさないといいけど」ママがからかう。

「いまに吠《ほ》え面《づら》かくなよ。いいか、おまえは前言撤回して、わたしの作った料理をぺろりと平らげることになる。ほっぺたが落ちても知らないからな。フード・ネットワークの料理番組なんか、目じゃないぞ」おじさんはそう言って襟《えり》を立てた。

はじまった。おじさんはときどき、こういう寒いセリフを言う。

中庭で、パムおばさんが、グリルを調節していた。親指をしゃぶりながらおばさんの足にしがみついていた、小さないとこのエヴァが、わたしを見るなりかけだした。「スター・スター！」

ポニーテールを揺らしてかけてきて、わたしの腕の中にとびこんでくる。抱きあげてくるくる回してあげると、キャッキャと歓声をあげた。「わたしが世界でいちばん大好きな三歳のお嬢ちゃんは元気かなー？」

「うん、元気！」ふやけてしわしわになった親指をまた口の中に入れる。「こんにちは、リサおばちゃん」

「こんにちは、ベイビー。元気にしてた？」

エヴァはぶんぶんと首をふった。すごい首のふりっぷり、ずいぶん元気だったみたい。

パムおばさんは、カルロスおじさんにグリルを任せて、ママを抱擁《ほうよう》した。おばさんの肌は濃い茶色で、髪はかなり縮《ちぢ》れている。おばあちゃんに気に入られているのは、〝いいとこの出〟だからだ。母親は弁護士で、父親は、パムおばさんが外科医として勤める病院の、黒人初の外科部長。人気番組《コスビー・ショー》のハクスタブル家の、リアル版だ。

エヴァをおろすと、パムおばさんは、いつもより強くわたしを抱きしめた。「調子はどう、スター？」

「まあまあ」

おばさんは、気持ちはわかるわと言ったけど、たぶん、だれにもわからない。

そのとき、おばあちゃんが、裏口のドアから両手を広げてとびだしてきた。「よく来たね、わたしのかわいい娘たち！」

それが最初のサインだった。なにかある。おばあちゃんは、わたしとママを抱擁して、頬にキスをした。いつもはキスなんかしないし、わたしたちにもキスをさせない。わたしたちがなにを口にしていたかわかったもんじゃないとか言って。おばあちゃんは、わたしの顔を両手で包んで言った。「ほんとに無事でよかった。おまえの命を救ってくださった、神様に感謝しなくちゃね。ハレルヤ！」

頭の中で警報がジャンジャン鳴りだす。いくら、おばあちゃんだって、わたしの命が救われたことくらい、喜んでくれてもおかしくないけど、こんなのおばあちゃんじゃない。いつもと全然ちがう。

おばあちゃんはわたしとママの手をつかんで、プールサイドのデッキチェアのほうに引っぱっていった。「さあ、こっちでゆっくり話そうじゃないか」

「でも母さん、わたし、パムと話がしたいんだけど――」

おばあちゃんはママをにらみつけ、歯を食いしばってシーッと言った。「だまって座って、あたしの話をきくんだよ。わかんない子だね」

これでこそ、おばあちゃんだ。おばあちゃんはデッキチェアにもたれて、芝居がかった仕草で顔をパタパタあおいだ。元演劇教師だから、やることなすこと芝居がかっている。ママとわたしは、ひとつの椅子にふたりで腰かけた。

「どうかしたの？」ママがたずねた。

「いつになったら――」話しはじめたとき、エヴァが赤ちゃん人形と櫛《くし》を持ってよちよち歩いてきて、おばあちゃんはさっと作り笑いを浮かべた。エヴァは、わたしに人形と櫛を渡すと、もどっていってほかのおもちゃで遊びはじめた。

わたしは人形の髪をとかしはじめた。あの子にそうしつけられてるから、なにも言われなくてもいつもそうしている。

エヴァが声の届かないところまでいくと、おばあちゃんは言った。「いつになったら、あたしの家に連れもどしてくれるんだい？」

「なにかあったの？」ママは言った。

「声が大きいよ！」そういうおばあちゃんの声だって十分大きい。「昨日の朝、夕食用にナマズを買ってきたんだよ。トウモロコシの粉で揚げようと思ってね。九匹全部。それから、ちょっと用を足しに出かけたんだ」

「用って？」面白半分にきいてみる。

おばあちゃんはギロリとわたしを見た。顔のしわと、染めそこねたグレーの髪（そんなこと言ったらぶちのめされそうだけど）を除けば、ママにそっくりだ。三十年後のママを見てるみたい。

「あたしは大人なんだよ。なにをしにいったかなんて、いちいちきかないでおくれ。とにかく、もどってきたら、あのばか女が、あたしのナマズを、コーンフレークなんかにまぶして焼いてたんだよ！」

「コーンフレーク？」人形の髪を櫛《くし》でふたつに分けながら言う。

「そうともさ！　このほうがヘルシーだからとか言っちゃって。ヘルシーなものが食べたかったら、サラダでも食べてるよ」

ママは口もとを手で隠したけど、唇のはしは上がっていた。「パムとはうまくいってると思ってたけど」

「ああ、うまくいってたよ。パムがあたしの食事を台無しにしちまうまではね。ここに来てからいろいろ我慢《がまん》してきたけど、今度という今度は」びしっと指を立てる。「もう我慢がならないよ。おまえとあの前科者《ぜんかもの》と同居するほうがまだましだ」

ママは立ちあがっておばあちゃんの額《ひたい》にキスをした。「だいじょうぶ、うまくいくわよ」

おばあちゃんは、ママを追いはらうように手をふった。ママがいなくなると、わたしのほうを見る。「だいじょうぶかい？　カルロスからきいたよ。あの子が殺されたとき、あの子の車に乗ってたんだってね」

「だいじょうぶだよ」

「ならよかった。もしいまだいじょうぶじゃなくても、じきにだいじょうぶになる。あたしらは強いんだよ」

うなずいたけど、信じられなかった。少なくても自分が強いとは思えない。

そのとき、玄関のベルが鳴った。「わたし、出るよ」エヴァの人形を置いて家の中に入る。

うそ、なんで来ちゃうの。ドアのむこうに立っていたのはクリスだった。謝りたいとは思ってたけど、まだ心の準備ができてない。

でも、なんだか様子がおかしい。クリスは、うろうろと、その場をいったり来たりしていた。試験勉強をしているときや、大きな試合のまえみたいに。わたしと話すのがこわいんだ。

わたしはドアをあけて、戸枠にもたれかかった。「ハイ」

「ハイ」クリスが微笑《ほほえ》みかけてくる。とりあえず、わたしも微笑んだ。

「父さんの車を洗ってたら、きみんちの車がとまるのが見えたから」クリスが言った。タンクトップと半ズボンにサンダル。だから、こんな格好をしているんだ。「だいじょうぶ？　メールにだいじょうぶだって書いてあったけど……ちゃんと自分の目でたしかめたかったんだ」

「だいじょうぶだよ」

「お父さんの店は襲撃されなかったんだよね？」

「うん」

「よかった」

見つめあって、だまりこむ。

クリスがため息をついた。「なあ、もしコンドームのことで怒ってるんだったら、もう絶対に買わないから」

「絶対に？」

「いや、きみがそうしてほしいって言うなら別だよ」あわてたように言う。「でも、急ぐことないよ。いやだったら、ぼくと寝てくれなくたっていいんだ。キスもしなくていい。もし、きみが触られたくないって言うなら、ぼくは――」

「ちょっと、クリス」両手をあげてさえぎり、笑いをかみ殺す。「もういいよ。言いたいことはわかったから」

「なら、いいけど」

「うん」

また見つめあって、だまりこむ。

「ごめんね」そわそわと足を動かす。「無視なんかしちゃって。コンドームのことで怒ってたわけじゃないの」

「えっ……じゃあどうして」クリスが眉根《まゆね》を寄せる。

わたしはため息をついた。「それは話したくない」

「へえ、ぼくにああいう態度をとっておいて、理由は話したくないって言うんだ」

「クリスには関係ないことだから」

「ああ、関係ないだろうな。無視されるのがぼくじゃなかったらね」

「あなたにはわからない」

「わかるかどうかは、ぼくに決めさせてくれないかな。電話もメールも全部無視しておいて、理由も教えてくれないなんて、ちょっとひどいんじゃないか、スター?」

クリスをギロリとにらみつける。ママとおばあちゃん直伝の、〝いまなんて言った?〟っていう目つきで。

「あなたにはわからないって言ったでしょ。ほっといてよ」

「そういうわけにはいかないよ」クリスは腕を組んだ。「わざわざここまで来たのに――」

「わざわざここまで？　わざわざってなによ？　通りの先まで来るのがわざわざ？」ガーデン・ハイツのスターが頭をもたげてくる。

「そうだよ。通りの先だって、別に来なくてもよかったんだ。それをここまで来たのに、なにがあったのかも話してくれないのかよ！」

「あなたは白人でしょ！　あなたが、白人だからなの！」

沈黙が流れる。

「ぼくが白人だって？」クリスは初耳だというように言った。「そんなの関係ないだろ」

「関係あるよ！　あなたは白人だけど、わたしは黒人。あなたはお金持ちだけと、わたしはちがう」

「そんなの、どうでもいい！　ぼくは、そんなこと気にしてないよ、スター。気になるのはきみのことだけなんだ」

「〝そんなこと〟だって、わたしのことなんだよ！」

「かもしれないけど……。たいしたことじゃないだろ？　そんなことを気にしてたのか？　それで無視してたの？」

じっとクリスを見すえる。たぶん、リサ・ジャナエ・カーターがのりうつったような顔をしてたと思う。わたしたちが生意気《なまいき》言ったときのママみたいに、口を薄く開いて、あごを少し引き、眉を吊りあげて……おまけに腰に手まで当てていた。

クリスは、ママににらまれたときのわたしたちみたいに、ちょっと後退《あとずさ》った。「いや、ただ……ぼくにはよくわからなくて。それだけだよ」

「だから言ったじゃん。わからないんでしょ？」

これもそっくり。ママがよく言う「ほら、だから言ったじゃない」ってやつと一緒。

「わからないと思う」

また沈黙が流れた。

クリスはポケットに手をつっこんだ。「だったら、わかるように教えてくれないか？　たしかにわからないけど、これだけはわかるよ。きみのいない人生は、ビートやバスケがない人生よりつらい。ぼくがどれだけ作曲とバスケが好きか知ってるだろ」

思わず頬がゆるむ。「それ、決めゼリフのつもり？」

クリスは下唇を噛んで肩をすくめた。わたしは噴きだし、クリスも笑った。

「決まってない？」

「ダサダサ」

また沈黙が流れたけど、居心地《いごこち》の悪い沈黙じゃなかった。クリスが手を差しだしてくる。

クリスとつきあうことが、自分を裏切ることになるのかどうかはまだわからない。でも、苦しいくらい、ずっとクリスに会いたくてたまらなかった。ママは、カルロスおじさんの家に来れば、わたしがいつもどおりの日常を取りもどせると思っているみたいだけど、わたしが本当にほしい日常をくれるのはクリスだ。クリスといると、どっちのスターになるか考えなくてすむ。同情されたり、〝ドラッグの売人のカリル〟のことをきかれたりすることもない。それだけでいい。わたしがほしいのは、そういう日常だ。

だからなんだ。クリスに、自分が目撃者だって言えないのは。

差しだされた手を取ったとき、すべてが元どおりになったのがわかった。びくっとすることもないし、フラッシュバックも起こらない。

「一緒に食べよ。カルロスおじさんがハンバーグを焼いてるんだ」

わたしたちは手をつないで裏庭にむかった。クリスも、そして、いつの間にかわたしも笑っていた。

10

日が落ちるとまた暴動が起こり、その晩は結局カルロスおじさんの家に泊まった。うちの店は今度もどうにか無事だった。本当だったら教会にいって、そのことを神に感謝しなくちゃいけないんだろうけど、ママもわたしも疲れていて、一時間以上座ってる気力はもう残っていなかった。セカニはもっとおじさんちにいたいと言うので、日曜の朝、わたしとママだけでガーデン・ハイツにもどってきた。

高速をおりると、警察が道路を封鎖して検問を行っていた。パトカーに封鎖されていない車線が一本だけあり、警官たちがそこで、ドライバーに質問をしては車を通している。

いきなり心臓をつかまれてねじりあげられたような気がした。

「ねえ――」ごくりと唾《つば》をのむ。「ここ、迂回《うかい》できないかな?」

「無理そうね。たぶん、このあたりの道路は全部封鎖されてるわ」ママは、わたしを見て眉をひそめた。「モグちゃん、だいじょうぶ?」

わたしはドアハンドルをぎゅっと握りしめた。銃を持った警官たち。簡単にわたしたちを殺せる。カリルを殺したように。体中の血が流れて、道路に血の海ができる。わたしたちの口は叫《さけ》ぶようにあいて、目は空を見つめる。神様を探して。

「しっかりして」ママがわたしの頬を両手で包んだ。「ほら、わたしを見て」

見ようとしたけど、涙が溢《あふ》れてよく見えない。どうしてこんなに弱いんだろう。自分でもいやになる。カリルは命を失ったけど、わたしもあの晩なにかを失っていた。それが悔しくてたまらない。

「だいじょうぶ、なにも起こらないわ。つらかったら、目を閉じてなさい」

わたしは目を閉じた。

手は見えるところに出しておけ。

いきなり動いたりするんじゃないぞ。

むこうから話しかけられないかぎり、口は開くな。

ほんの数秒だったのに、何時間にも感じられた。警官はママに免許証と自動車保険証、それに車両登録証を提示するように言い、ママがバッグを探っている間ずっと、どうか無事に家に帰れますように、銃声が響きませんようにと神様に祈っていた。

ようやく車は走りだした。「ほら、ベイビー。もうだいじょうぶよ」

小さいころ、ママの言葉にはパワーがあった。ママがだいじょうぶだと言えば、本当にもうだいじょうぶだった。でも、ふたりの人間が息を引きとるところを見てしまったいまでは、そんな言葉は、もうなんの慰《なぐさ》めにもならなくなっていた。

車が家の私道に入ったときも、わたしはまだドアハンドルを握っていた。

パパが家から出てきて、わたしの横の窓をノックした。ママが窓をあける。

「お帰り、マイガールズ」パパの笑顔が見る間に曇《くも》る。「どうかしたのか？」

「出かけるところなんでしょ？」ママが言った。あとで話すという意味だ。

「ああ、問屋に仕入れにいってくる」パパはわたしの肩をポンとたたいた。「パパと一緒にいくか？アイスクリーム、買ってやるぞ。一か月じゃ食いきれないくらいたっぷり入ってる、あのばかデカいやつだ」

全然そんな気分じゃなかったのに思わず笑ってしまう。パパにはそういう才能がある。「そんなに大きいアイス、いらないよ」

「いらなくてもかまうもんか。帰ったら、おまえの大好きなあのハリー・ポッターってやつを一緒に見よう」

「絶対、やだ！」

「なんでだよ？」

「パパとだけはハリー・ポッター見たくないよ。映画見ながら、ずっとぶつぶつ言ってるんだもん」

声を落としてパパのまねをする。「『なんであのヴォルデモートって野郎をさっさと撃っちまわないんだ』とかさ」

「だって、おかしいだろう。映画でも本でも、だれもあの野郎を撃とうとしねえんだぞ」

「あなたの〝ハリー・ポッターはギャングストーリー〟説に当てはめればね」ママが口をはさんだ。

「どう見てもあれはギャングだろうが！」

たしかに、説得力のある説だ。パパはいつも、ホグワーツの四つの寮はギャングそのものだと言いはっている。それぞれの寮にチームカラーがあるし、アジトもある。それに、ギャングみたいに結束が固い。決して裏切らない。ハリーとロンとハーマイオニーは、ギャングの一員みたいに、おたがいの秘密を守り、お揃《そろ》いのタトゥーを入れている。ヴォルデモートのことだってそうだ。みんなこわがって本当の名前を呼ばず、〝名前を呼んではいけないあの人〟と呼んでいるのも、ギャングのボスをストリートネームで呼ぶのに似ている。たしかにギャングにそっくりだ。

「そう考えれば、つじつまが合うじゃねえか。舞台がイギリスだからって、ギャングじゃないってことにはならないぞ」そう言うと、パパはわたしのほうを見た。

「どうする、今日はパパにつきあうか？」こういうとき、わたしはいつもパパにつきあうほうを選ぶ。

パパの車に乗って、サブウーファーのスピーカーでトゥパックを流しながら、通りを走っていく。〝顔を上げるんだ〟のパートに来ると、パパはわたしのほうを見て、トゥパックの言葉を言いきかせるように、ラップを口ずさんだ。

「〝うんざりするのはわかるぜ、ベイビー〟」わたしのあごをつんとつつく。「〝でも顔を上げるんだ〟」

パパはコーラスにあわせて「〝きっとあしたはましになる〟」と歌いはじめた。トゥパックの歌詞はいまの気分にぴったりだったけど、パパの歌は調子っぱずれで、泣きたいのか、笑いたいのか、わからない気分になってくる。

「奥の深い男だよ。本当に深い。あんなラッパーはもう出てこないな」

「年がばれるよ、パパ」

「ほっとけ。本当だぞ。最近のラッパーは金とか女とか服とか、そんなことばかり歌ってやがる」

「年がバレバレ」小声で言う。

「たしかに、パックもそういうことを歌っていたが、それだけじゃない。やつは黒人を勇気づけようとしていた。たとえば、nigga《ニガ》って言葉に、これまでとはまったく別のNever Ignorant Getting Goals Accomplished〈無知のままでは決して目的を成しとげられない〉という意味を与えたりしたんだ。それに、Thug《サグ》 Life《ライフ》ってのは――」

「"The Hate U Give Little Infants F--s Everybody"〈子どもに植えつけた憎しみが社会に牙をむく〉の略でしょ」Fワードのところは自粛した。いま話してる相手は一応親だし。

「知ってるのか?」

「うん。カリルが教えてくれたの。わたしたち、トゥパックをきいてたんだ。その……ああなるまえに」

「そうか。どういう意味だと思う?」

「知らないの?」

「知ってるよ。おまえがどう思うかききたいんだ」

またパパの悪い癖《くせ》がはじまった。頭を絞って考える。「カリルは、子どものころ、社会に植えつけられた憎しみが、やがて噴きだして、社会に復讐《ふくしゅう》するって意味だと言ってたけど……。わたしは、子どもだけにかぎった話じゃないと思う。わたしたちみんなのことじゃないかな」

「わたしたちってのは、だれだ?」

「黒人や、マイノリティや、貧しい人たち。社会の底辺にいる人間だよ」

「抑圧された者たちだな」

「そう。わたしたちは抑圧されてる側だけど、同時にいちばんこわい存在でもある。だから政府はブラック・パンサー党を弾圧したんでしょ？　パンサー党員たちを恐れていたから」

「そうだ。パンサー党員たちは、みんなを啓蒙《けいもう》し、力を与えたんだ。抑圧された者たちに力を与えて立ちあがった例は、もっと昔にもある。ひとつあげてみろ」

うそでしょ。もう、いつもこうやって考えさせようとするんだから。今度はちょっと手間取《てまど》る。

「一八三一年の奴隷《どれい》の反乱。ナット・ターナーがほかの奴隷たちを啓蒙して力を与えたよね。奴隷による史上最大の反乱のひとつでしょ」

「よーし、正解だ」パパはわたしの手のひらをぴしゃりとたたいた。「じゃあ、いまの社会が、〝子どもに植えつけた憎しみ〟はなんだと思う？」

「人種差別？」

「もっと具体的に言ってみろ。カリルのことを考えてみるんだ。死ぬまえの状況はどうだった？」

「ドラッグの売人だった」口にしたとたん、胸がズキンと痛んだ。「それに、たぶん、ギャングのメンバーだった」

「カリルはどうしてドラッグの売人になった？　この町の連中はどうしてみんなドラッグの売人になるんだ？」

カリルの言葉を思いだした。**〝電気と食い物と、どっちをとるか悩むのはもううんざりなんだよ〟**

「お金が必要だから。なのに、お金を手に入れる手段があまりないから」

「そのとおり。仕事がないんだ。アメリカの企業は、おれたちの町には仕事をもたらさねえし、おれたちをそう簡単に雇おうとはしない。高校の卒業証書なんか持ってたってなんの役にも立たねえ。このあたりの学校のほとんどはクズだからな。社会に出るのに必要な知識なんて身につけさせちゃくれねえ。だから、おまえのママに、おまえたちをウィリアムソンに通わせたいと言われたとき、おれは賛成したんだ。地元の学校じゃ、ウィリアムソンで受けられるような教育はとても受けられねえからな。このあたりで、いい学校なんか探したって見つかりっこねえ。せいぜい、ヤク中が見つかるぐらいだ」

「いいか、よく考えてみろ。ドラッグはどうやってこの町に入りこんできた？　数十億ドル規模の産業だぞ。そいつが、おれたちの町に入ってきてるのに、自家用ジェット機を持ってるやつなんて見かけねえだろ？」

「うん」

「ドラッグはどこかよそからやって来て、おれたちの町を破壊しちまうんだよ。ドラッグがないと生きていけない、ブレンダみたいな人間や、生きるためにドラッグを売る、カリルみたいな人間を、大勢生みだすんだ。ブレンダのほうは、ドラッグを断たないかぎり、仕事になんかつけねえが、仕事につかないかぎり、リハビリ施設に入る金も払えねえときてる。カリルのほうは、パクられて、一生のほとんどをブタ箱ですごすはめになるか、出てこられても、まっとうな仕事なんか見つからねえから、ドラッグの売人に逆もどりすることになる。それが、おれたちが植えつけられた憎しみ、おれたちに押しつけられたシステムだ。“Thug《サグ》 Life《ライフ》”ってのはそういうことなんだよ」

「そうかもしれないけど、カリルはドラッグを売らなくたって、よかったはずだよ。パパだってやめたじゃない」

「そのとおりだ。だが、そいつの立場に立ってもいねえ人間に、そいつを裁くことはできねえ。道をはずすのは、はずさねえように生きるより、ずっと簡単なんだよ。カリルの状況ならなおさらだ。じゃあ、もうひとつ問題だ」

「マジ？」もう、絞りすぎて頭がくたくたなのに。

「ああ、〝マジ〟だ」パパがわたしの声色をまねて甲高《かんだか》い声を出す。そんな声じゃないし。「いまの話を踏まえて、Thug《サグ》 Life《ライフ》を抗議運動や暴動に当てはめるとどうなる？」

しばらく考えてから言う。「みんな、1―15が罪に問われてないから怒ってる。でも、それだけじゃないよね。あんなことをして、処罰されてないのが1―15だけじゃないからでしょ。こういうことは繰りかえし起こってきた。その状況が変わらないかぎり、暴動も起こり続ける。要するに、社会がずっと憎しみを植えつけてるから、みんなずっとファックされ《ヤラれ》っぱなしってことだよね」

パパは笑って、わたしの手のひらをぴしゃりとたたいた。「さすがはおれの娘だ。口は悪《わり》いが、まあそんなとこだな。そして、状況が変わらないかぎり、この先もおれたちはずっとファックされ《ヤラれ》っぱなしってことだ。大事なのはそこだ。状況を変えなくちゃいけねえ」

不意《ふい》に思いあたり、喉《のど》に熱い塊がこみあげてくる。「だから、みんな、声をあげてるんだね？なにも言わなかったら、なにも変わらないから」

「そうだ。おれたちは口をつぐんじゃいけねえんだよ」

「じゃあ、わたしも口をつぐんじゃいけないんだね」

パパはだまって、わたしのほうを見た。

その目は葛藤《かっとう》で揺らいでいた。パパにとってわたしは、そういった運動よりも大事な、なによりも大切な愛娘《まなむすめ》だ。口をつぐんでいることが、わたしの安全を意味するなら、もろ手をあげて賛成したいはずだ。

でも、これは、カリルとわたしだけの問題じゃない。みんなの問題だ。わたしたちと同じ肌の色で、同じ思いを抱えた人たちの、わたしやカリルのことなんて知らないのに、この痛みを共有してくれている人たちの問題なんだ。わたしが口をつぐんでいたら、みんなのためにならない。

パパは、道路に視線をもどしてうなずいた。

「ああ。口をつぐんじゃいけねえ」


問屋になんていくもんじゃない。

大勢の人たちが大きな台車を押して動きまわってるから、思うように台車を動かせないし、たくさん商品を積んでるから、重くてしょうがない。問屋を出たときには、地獄の底から救いだされたみたいな気分だった。約束どおりアイスは買ってもらえたけど。

商品の仕入れは第一段階にすぎない。それを店に運んで棚に並べ、わたしたち(もとい、わたし)が、チップスや、クッキーや、キャンディの袋にハンドラベラーで価格シールを貼る。この仕事があることを思いだしていたら、パパにつきあう約束なんてしなかったのに。わたしがきつい仕事に勤しんでいる間、パパは事務所で支払いをしていた。

ホット・フライに価格シールを貼っていると、だれかが正面のドアをノックした。

「閉店中です」そっちに目もむけずに叫《さけ》ぶ。ちゃんと看板出してあるのに、字が読めないわけ?

どうやらほんとに読めないらしい。またノックの音がした。

パパが事務所の戸口に出てきて言った。「閉店中だ！」

またノックの音。

パパは事務所に引きかえすと、グロックを持ってもどってきた。前科があるから、本当は拳銃なんて持っていたらいけないんだけど、パパに言わせると持っていることにはならないらしい。持ってるんじゃなくて、事務所に置いてあるだけだから。

パパはドアのむこうの人間にむかって言った。「なんの用だ？」

「腹が減ってるんだ。買い物させてくれ」

パパは、鍵《かぎ》をあけると、ドアを押しあけた。「五分ですませろよ」

「サンキュー」入ってきたのはデヴァンテだった。アフロパフだったのが完全なアフロになってる。なんだかワイルドな感じがするのは、髪型のせいじゃなくて目つきのせいだろう。腫《は》れあがった赤い目で、警戒するようにあたりをうかがっている。わたしに気がついて、通りがけに、かすかにうなずいた。

パパは拳銃を手にしてレジで待っていた。

デヴァンテは、ちらりと外をうかがってから、チップスの棚を見た。「どれにするかな。フリートス、チートス、ドリ――」また外をうかがい、声が途切《とぎ》れたが、わたしが見ているのに気づいて、棚に目をもどした。「ドリトス」

「持ち時間が減ってくぞ」パパが声をかけた。「くそっ、わかってるよ！」デヴァンテはフリートスの袋をつかんだ。「のみものも買っていいか？」

「さっさとしろ」

デヴァンテは冷蔵ケースのほうにむかった。わたしはレジにいき、パパのとなりに立った。なにかが起こっているのはまちがいない。さっきから、デヴァンテは、首をのばして外をうかがってばかりいた。持ち時間の五分が少なくとも三回はすぎている。ふつう、コカコーラにするか、ペプシにするか、フェイゴにするかでそんなに悩まない。

「ちょっと来い、デヴァンテ」パパは手まねきをしてデヴァンテをレジに呼んだ。「おまえ、うちで強盗でもやらかす気なのか、それともだれかから逃げてるのか？」

「まさか、強盗なんかするもんか」デヴァンテは札束を取りだしてカウンターに置いた。「金ならある。それに、おれはキング・ロードだぜ。だれから逃げるっていうんだよ？」

「だって、ここに隠れてるじゃん」

デヴァンテがにらみつけてくる。パパが言った。

「こいつの言うとおりだ。おまえはだれかから隠れてる。キング・ロードか、ＧＤ《ガーデン・デサイプル》か？」

「こないだ公園で絡んできたＧＤじゃないよね？」

「おまえには関係ねーだろ？」

「なに言ってんの、わたしのパパの店に入ってきて、関係ないはないでしょ」

「ふたりともやめろ！　もう一度きくぞ。だれから隠れてるんだ？」

デヴァンテは、わたしのお手入れキットじゃどうにもならないくらいくたびれた、コンバースのチャックテイラーに目を落としてつぶやいた。「キングだよ」

「キング・ロードのことか、それともキング本人のことか？」

「キング本人だよ」デヴァンテは、さっきより大きな声で繰りかえした。「キングはおれに、兄貴をやったやつを始末させようとしてるんだ。でも、おれはそんなことやりたくねえんだよ」

「ダルヴィンのことはきいた。残念だったな。なにがあったんだ？」

「ふたりでビッグD《ディー》のパーティにいったら、GD《ガーデン・デサイプル》のやつらが兄貴に絡んできたんだ。けんかになって、ひとりが兄貴を背中から撃ちやがった」

それって、カリルとわたしが参加していたパーティじゃない。あのときの銃声がそうだったんだ。

「ビッグマブ、あんたどうやってゲームをおりたんだ？」

パパはあごひげを撫《な》でながらデヴァンテをじっと見た。「簡単にはいかなかったぞ」しばらくしてぽつりと言う。「おれの父親もキング・ロードだった。アドニス・カーター。地元生えぬきのギャングだ」

「マジかよ！　あんたの親父《おやじ》、ビッグドンなのか？」

「ああ。この町が生んだ売人の中じゃいちばんの大物だろうな」

「マジで！　すっげー」デヴァンテはミーハーな女の子みたいに言った。「サツまで動かしてたんだろ。しこたま稼いでたって話だぜ」

おじいちゃんはしこたま稼ぐのに忙しくて、パパと一緒にいる時間はなかったらしい。ミンクのコートを着てる写真、ピカピカのネックレスをつけてる写真、高そうなおもちゃで遊んでる写真——パパが若いころの写真はたくさんあるけど、そのどれにも、ドンおじいちゃんは写っていない。

「そうらしいな。あまりおぼえてねえんだ。おれが八つのときにムショに入っちまって、それっきり出てこなかったんでな。おれは親父《おやじ》のひとり息子だったから、みんな、おれが親父の跡《あと》を継ぐもんだと思ってた」

「十二のとき、キング・ロードになった。生きていくためにはそれしかなかったからな。親父の七光りで、いつもだれかしら近づいてきたが、キング・ロードは裏切りと背中合わせだ。キングとして生きることがおれの人生になった。キングとして死ぬのが本望だと思ってた」

パパはわたしをちらりと見た。「それからおれは父親になり、キング・ロードに、命を賭ける価値なんかねえのがわかった。ぬけようと思ったよ。だが、おまえもこのゲームの流儀は知ってるだろう。口で言うほど簡単じゃねえ。キングはボスで、おれのダチでもあったが、おれを手放すはずがなかった。おれもかなり稼ぎがよかったからな。正直、そう簡単にぬけられるとは思えなかった」

「ああ。キングは、あんたは最高の売人だって言ってた」デヴァンテが言った。

パパは肩をすくめた。「親父譲りってやつかな。だが実際、サツに捕まったことがないことだけは、取り柄《とりえ》だった。ある日、おれとキングは、ドラッグの受け渡しの現場を押さえられ、逮捕された。警察は、ブツがどっちのものか吐かせようとした。キングはもう二度食らってたから、次は終身刑だ。だが、おれにはマエがなかった。それでおれが罪を被り、代わりに数年の実刑を食らい、指導監督に付されたってわけだ。忠実この上ねえだろ?」

「おれの人生で、いちばんきつい三年間だった。おれを残してブタ箱にいっちまった親父を恨んで育ったのに、親父のいる刑務所に入って、自分の娘と暮らすこともできねえなんてな」

デヴァンテは眉根《まゆね》を寄せた。「親父さんとムショで一緒だったのか?」

パパはうなずいた。「周りの人間から、親父のことを王様みたいにきかされて育ったんだ。わかるか？　伝説だってな。だが、会ってみたら、息子とすごさなかったことを後悔する、ただのか弱いじいさんだった。親父が言った言葉の中で、いちばん身につまされたのは、『おれの過《あやま》ちを繰りかえすな』だったよ」パパがまたわたしを見る。「おれはまさに親父の過ちを繰りかえしてたからな。娘がはじめて学校に行く日にも一緒にいてやれなかった。おれがそばにいてやれなかったせいで、娘はほかのやつをパパと呼ぼうとする始末だ」

わたしは目をそらした。カルロスおじさんのことだ。その話、知ってたんだ。

「おれは正式に、キング・ロードやドラッグと縁を切った。キングも、身代わりに刑を受けた代償に、おれがぬけるのを認めた。あの三年も無駄にはならなかったってわけだ」

デヴァンテは、兄の話をしたときと同じぐらい暗い目になった。「ムショに入らねえとぬけられなかったたってことか」

「おれは例外だ。ふつうはそうはいかねえ。命を賭けるくらいの覚悟が必要だ。ぬけてえのか」

「ムショにはいきたくない」

「パパはそんなこときいてない。ぬけたいのかってきいたんだよ」

デヴァンテはだまりこんでいた。しばらくして、顔を上げ、パパを見た。「おれは、生きていたいだけなんだ」

パパは、あごひげを撫《な》でて、ため息をついた。「わかった。手を貸そう。だが、またドラッグを売り買いしやがったら、ただじゃすまねえからな。キングに捕まったほうが、まだましだったって後悔することになるぞ。学校には通ってるのか？」

「ああ」

「成績はどうなんだ?」

デヴァンテは肩をすくめた。

「なんだ、これは?」パパは、デヴァンテのまねをして肩をすくめた。「自分の成績くらいわかるだろう。どうなんだ?」

「だいたい、AとかBとか、その辺だ」デヴァンテは言った。「おれはばかじゃねえよ」

「そうか。よし、学校にも通えるように手を打とう」

「ガーデン高校にはもどれねえよ。あそこはキング・ロードだらけだ。どう見たって自殺行為だろ?」

「もどれとは言ってねえ。なにか手を考えるさ。それまでここで働け。夜はうちに泊まればいい」

「でも、キングが手下におれを見張らせてるんだ」

「だろうな」パパはつぶやくように言った。「それもなにか手を考える。スター、ハンドラベラーの使い方を教えてやれ」

「本気でこんなやつ雇う気なの、パパ」

「ほう。ここはだれの店だ、スター?」

「パパの店だけど」

「なら、文句はねえな。価格シールの貼り方を教えてやれ」

デヴァンテはにやにや笑っている。あー、喉《のど》にパンチ食らわせてやりたい。

「来て」渋々言う。

わたしたちは、チップスの棚がある通路に、足を組んで座った。パパは、正面のドアに鍵《かぎ》をかけて、事務所にもどっていった。わたしは、ホット・チートスの大袋をつかみ、ラベラーで、九十九セントと書かれたシールを貼った。

「やり方を教えてくれるんじゃなかったのかよ」デヴァンテが言った。

「教えてるじゃん。見てなよ」

別の袋を手に取る。デヴァンテがくっつくようにして、後ろからのぞきこんでくる。くっつきすぎだ。耳に息吹きかけるのはやめてほしい。ふりかえって、キッとにらみつける。「ちょっと、はなれてくんない？」

「おれのなにが気にくわねえんだよ？　昨日だって、会ったばっかなのに、つっかかってくるし。おれ、おまえになんもしてねえだろ」

わたしはドリトスにシールを貼った。「かもね。でも、デネジアにはしたでしょ。ケニヤにも。ガーデン・ハイツのほかの娘たちにもしてるんじゃない？」

「待てよ、おれがケニヤになにしたっていうんだよ？」

「電話番号きいたでしょ？　デネジアとつきあってるくせに」

「デネジアとなんかつきあってねーよ。あのパーティでダンスしただけだ。なのに、彼女気取りで、おれがケニヤに話しかけたからって大騒ぎしやがって。あいつらの相手なんかしてなかったら――」ごくりと喉《のど》を鳴らす。「ダルヴィンを助けてやれたかもしれないのに。おれがかけつけたときにはもう、兄貴は床に倒れて血を流してた。抱きしめてやるぐらいしかできなかったんだ」

血だまりの中で座りこんでいる自分の姿が見えた。

「それから、ずっとだいじょうぶだって話しかけて――どう見たって、だいじょうぶじゃなかったのに」

沈黙が流れる。

デジャヴ。まえにもこんなふうに足を組んで座って、価格シールの貼り方を教えたことがある。カリルに――。

カリルは、なにもしてあげられないまま、死なせてしまった。でもデヴァンテは、まだ助けられるかもしれない。

わたしは、ホット・フライの袋をデヴァンテに渡した。「ラベラーの使い方教えてあげる。一回だけだからね。しっかり見ててよ」

デヴァンテはにやっと笑った。「目を皿にして見てるぜ、リトルママ」


その夜遅く、眠れないで起きていると、廊下からママとパパの話し声がきこえてきた。「キングから身を隠すなら、ここがいいって言うわけ？」

デヴァンテのことだ。結局、なんの手も思いつかず、家でかくまうことにしたんだろう。数時間前、パパはわたしたちを家に送り届けると、暴動に備えて店にもどっていた。ちょうど家に帰ってきたところらしい。キングもこの家にデヴァンテがいるとは思わないだろうとパパは言った。

「ほっとくわけにはいかねえだろ」

「気持ちはわかるわ。カリルを助けてあげられなかった罪ほろぼしのつもりなんでしょうけど――」

「そんなんじゃねえよ」

「いいえ、そうよ」ママはしんみりと言った。「気持ちはよくわかる。わたしだって、カリルのことでは山ほど後悔してるもの。でもね、それとこれとは話が別なんじゃない？　あの子をかくまえば、わたしたちの家族が危険にさらされることになるのよ」

「少しの間だけだ。デヴァンテをガーデン・ハイツに置いとくわけにはいかないからな。この町はあいつのためにならない」

「ちょっと待ってよ。デヴァンテのためにならないようなところに、自分の子どもたちを置いておくわけ？」

「いい加減にしろよ、リサ。もう遅いんだ。いまはそんな話をする気になれねえ。ひと晩中店を守ってたんだぞ」

「わたしだってひと晩中起きてたわよ。あなたが心配で！　子どもたちをここに置いておくのが心配でね」

「うちの子どもらはだいじょうぶだ！　だれも暴動になんか巻きこまれてねえだろ」

「だいじょうぶ？　まともな学校に通わせるのに、一時間も運転しないといけないのに？　セカニを外で遊ばせてあげることもできないじゃない。遊ばせるのに兄の家まで車で連れていかないといけないのよ。お姉ちゃんの友達みたいに撃ち殺されたりしないか、心配しないですむように」信じられない。カリルのことだかナターシャのことだかわからないけど、そんなこと言うなんて。

「引っ越してどうするんだ？　それじゃ、この町を見捨てて出ていった、裏切り者たちと一緒じゃねえか。この町を変えることだってできるかもしれないのに、しっぽを巻いて逃げるのか？　おまえは子どもたちにそんなことを教えてえのか？」

「わたしは、子どもたちに人生を楽しんでもらいたいだけよ！　みんなを助けたいっていう気持ちはわかるわ、マーベリック。だから、わたしも毎日必死になって診療所で働いてるのよ。でも、ここを引っ越したからって、逃げることにも、この町を見捨てることにもならないでしょ。よく考えてよ。自分の家族とガーデン・ハイツどっちが大切なの？　わたしの答えはもうとっくに出てるわ」

「どういう意味だ？」

「子どもたちのために、しなくちゃいけないことをするってことよ」

足音が遠ざかり、ドアがバタンとしまった。

その言葉の意味を考えて、その晩はほとんど眠れなかった。ふたりは——わたしたち家族はどうなるんだろう。パパとママが引っ越しの話をすることはまえにもあったけど、こんなふうに激しく口論することはなかった。カリルが死ぬまでは。

ふたりが離婚でもしたら、１—１５は、またわたしから、大切なものを奪うことになる。

11

月曜の朝、ウィリアムソンに足を踏みいれたとたん、なにかがおかしいのに気がついた。みんなやけに静かだった。廊下や中央ホールのあちこちにかたまって、バスケの試合中に作戦の相談をするときみたいに、ひそひそささやきあっている。

わたしがふたりを見つけるより、ヘイリーとマヤがわたしを見つけるほうが早かった。「メール見た？」

ヘイリーが開口いちばんに言った。おはようもなにもなしに。見たくたって見られない。まだ携帯を返してもらってないから。「どのメール？」

ヘイリーが自分の携帯を差しだしてくる。画面には、宛先に百人ぐらいの名前がのった、グループメッセージが表示されていた。ヘイリーの兄のレミーのメッセージではじまっている。

今日、一時限目、抗議運動しようぜ。

巻き毛でえくぼのルークが返信している。

それいいね。授業も潰《つぶ》れるし。やろう！

レミーの返信。

あほか、それが目的に決まってるだろ。

だれかに心臓の停止ボタンでも押されたみたいだった。「抗議運動って、カリルの？」

「そうだよ」ヘイリーがはしゃぐように言った。「タイミングもバッチリ。英語の試験の勉強してなかったから、助かっちゃう。レミーにしてはいいアイディアを考えついたよね。堂々と授業をサボれるもん。でも、抗議運動するって言っても、死んだのがドラッグの売人じゃ――」

ウィリアムソンのスターのルールなんて頭からすっとんで、ガーデン・ハイツのスターがとびだしてくる。「それがなんなんだよ？」

ふたりがぽかんと口をあけた。完璧なOの形。ヘイリーが言った。「だって、ほら……ドラッグの売人なら、しょうがないじゃない、ああなるのも……」

「なにもしてないのに殺されたんだよ？　なのに、しょうがない？　殺人に賛成するわけ？」

「そんなわけないでしょ！　ちょっと、落ちついてよ、スター。大騒ぎするんじゃないかと思ってたけどやっぱりね。最近あなたのタンブラー、変だったもん」

「ねえ、いいから」ぶち切れそうなのをこらえて言う。「ほっといてくれる？　勝手に抗議ごっこでもしてれば」

ボクサーのフロイド・メイウェザーみたいに、すれちがう人間すべてにけんかをふっかけたい気分だった。みんな、これで学校が休みになると大はしゃぎしている。カリルはお墓の中にいて、もう休日気分なんて味わえないのに。わたしもそう。あの晩のことを忘れたことは一日もない。

教室に入ると、床にバックパックを投げだして、自分の席にどさりと座った。ヘイリーとマヤが入ってくると、無言で挑発するようににらみつけた。なんか文句あるなら言ってみなよ。

ウィリアムソンのスターのルールなんて、くそくらえだ。

授業のベルが鳴るまえに、クリスが首にヘッドホンをかけて教室に入ってきた。通路を歩いてくると、わたしの鼻をつまんで〝プップー〟と言う。なにが面白いんだかわからないけど、それが最近のお気に入りだ。いつもだったら笑って、手をぴしゃりとたたくところだけど、今日は……そんな気分じゃない。笑うのはぬきで、たたくだけにした。それもちょっと強めに。

クリスは「いてっ」と言って、手をひらひらふった。「どうかしたの？」

返事はしなかった。口を開いたら爆発しそうだったから。

クリスは机のとなりにしゃがみこんで、わたしの太ももを揺すった。「スター、だいじょうぶか？」

はげかかった、ずんぐりむっくりのウォレン先生が、コホンと咳ばらいをした。「クリスくん、教室はイチャつくところじゃないぞ。席につきなさい」

クリスはわたしのとなりの席に座って、小声でヘイリーにきいた。「どうしたんだ？」

ヘイリーは、「さあ」とそらっとぼけた。

ウォレン先生は、みんなにＭａｃＢｏｏｋ《マックブック》を出すよう言うと、イギリス文学の授業をはじめた。

五分とたたないうちに、ひとりの生徒が口火を切った。「カリルに正義を」

「カリルに正義を」ほかの生徒も口々に言う。「カリルに正義を」

ウォレン先生がやめなさいと言っても、みんなはますます大きな声を出すばかりで、終いには拳《こぶし》で机をたたきはじめた。

吐き気がこみあげてくる。大声で泣きわめきたかった。

クラスメートたちは、次々と戸口にむかい、教室を出ていった。マヤは最後まで残っていたけど、わたしをちらりとふりかえり、手まねきするヘイリーのあとについて、出ていった。

もう、ヘイリーにはついていけない。

廊下では、みんながカリルの名前を呼ぶ声が、サイレンのように鳴り響いていた。ヘイリーとちがって、ドラッグの売人だったことなんて気にしない生徒もいるかもしれない。わたしと同じようにカリルが殺されたことに怒っている生徒もいるのかもしれない。でも、レミーが抗議運動をはじめた理由を知っている以上、一緒になって出ていくわけにはいかない。わたしは席に残った。

クリスもなぜか席に残っていた。クリスはキーッと床をこすりながら机を近づけてきて、わたしの机にくっつけた。親指でわたしの涙をぬぐって言う。

「知りあいだったんだね？」

こくんとうなずく。

「そうだったのか」ウォレン先生が言った。「たいへんだったな、スター。だったら、無理に――

ご両親に連絡するか？」

わたしは涙をぬぐった。自分をコントロールできなくなって、ママに大騒ぎされるのだけはいやだ。でも、もっといやなのは自分をコントロールできなくなることだ。「授業を続けていただけますか？　そのほうが気が紛《まぎ》れます」

先生は悲しげに微笑《ほほえ》んで、授業を再開した。

その後の授業は、生徒がクリスとわたしだけのときもあったし、ひとりかふたり増えるときもあった。わざわざ、カリルが殺されるなんてひどすぎると言いに来る生徒もいたけど、レミーが抗議運動をする理由だって十分ひどすぎる。実際、あるソフモア（高校二年生）の女子は、廊下でわたしに近づいてきて、抗議自体は支持するけど、抗議している本当の理由をきいて、授業にもどることにしたと言った。

みんな、わたしが黒人の代表かなにかで、わたしに説明する義務があるとでも思っているみたいだった。なんとなくわかるような気がする。わたしが抗議運動に参加しなかったら、そういうスタンスなんだって思われるだけだけど、白人の人たちが参加しなかったら、人種差別主義者だと思われる。

お昼になると、クリスとわたしは学食にいき、自動販売機のそばのいつものテーブルにむかった。完璧なピクシー・カットのジェスが、ひとりでチーズポテトフライを食べながら携帯を見ていた。

「いたの？」思わず言う。まさか、ジェスが残ってるとは思わなかった。

「どうかした？」ジェスは言った。「座ったら。見てのとおり、場所ならいっぱいあるし」

わたしはジェスのとなりに座り、クリスはわたしのとなりに座った。ジェスとは三年間一緒にバスケをやって来て、そのうちの二年間、ジェスに肩を貸してきた。でも、ひょっとしたら、ジェスのことはあんまりわかってなかったのかもしれない。もちろん、シニア（高校四年生）だってことや、両親が弁護士だってことも知ってるし、本屋さんでバイトしてるのも知ってる。でも、抗議運動をボイコットするなんて、予想外だった。

ずいぶん長く見つめていたのかもしれない。ジェスがぽつりと言った。「亡くなった人を、授業をサボる口実にしたくないから」

わたしがレズビアンだったら、絶対ジェスとつきあう。今度はわたしがジェスの肩に頭を乗せる番だった。

ジェスは、わたしの髪を撫《な》でて言った。「白人って、ときどき最低なことするよね」

そう言うジェスも白人だ。

セブンとレイラが、トレーを持ってやって来た。セブンが拳《こぶし》を差しだしてくる。わたしは、その拳に、自分の拳をぶつけた。

「セブーン、こっちも」ジェスが声をかけると、セブンはジェスとも拳を合わせた。ふたりがこんなに仲がよかったなんて知らなかった。「わたしたち、抗議運動《デモ》に抗議してるってこと？」

「そう」セブンが言った。「ただのサボりデモに抗議してるんだ」

放課後になり、セブンとわたしは、セカニを迎えにいった。セカニは教室の窓からニュースのカメラを見たらしく、興奮してしゃべりっぱなしだった。セカニは、カメラを探しに生まれてきたんじゃないかっていうくらい、カメラが大好きだ。わたしの携帯には、〝明るい肌モード〟で撮った、セカニの自撮り写真が何枚も入っている。光に目を細めて、眉を吊りあげた変な顔ばっかり。

「お兄ちゃんたち、ニュースに出るの？」

「出ないよ」セブンは言った。「そんなもん出る必要ない」

そのまま家に帰って、ドアに鍵《かぎ》を閉め、いつもどおり、みんなでテレビのチャンネル争いをするという手もあったけど、店にいってパパの手伝いをするという手もあった。わたしたちは、店にいくほうを選んだ。

パパは店の戸口に立って、ルイスさんの店の前で放送の準備をするレポーターとカメラマンを見ていた。案の定、セカニはカメラを見たとたん叫《さけ》びだした。「あーっ、ぼくもテレビ出たい！」

「うるさいなあ、出たくなんかないでしょ」

「出たいよ。ぼくがどうしたいか、なんでお姉ちゃんにわかるんだよ！」

車がとまると、セカニは助手席のシートを後ろからぐいと押し、わたしのあごをダッシュボードに激突させて、車からとびだした。「パパ、ぼくもテレビに出たい！」

わたしはあごをさすった。もう、落ちつきがないんだから。こっちの身が持たないよ。

パパは、セカニの肩を両手でつかんだ。「こら、落ちつけ。おまえを撮りに来たんじゃないぞ」

「なにかあったの？」セブンも車をおりてくる。

「この近くで、警官が襲われたんだ」パパはセカニがちょろちょろしないように、胸に腕を回して、がっちりつかまえた。

「襲われた？」わたしはききかえした。

「ああ。パトカーから引きずりだされて、ぼこぼこにされてる。グレーボーイの仕業《しわざ》だ」

キング・ロードのコードネームだ。

「学校でなにがあったか、きいたぞ」パパが言った。「だいじょうぶか?」

「うん、だいじょうぶ」とりあえず、当たり障《さわ》りのない返事をする。

ルイスさんは、服のしわをのばし、アフロを手櫛《てぐし》で整えた。レポーターになにか言われて、おなかを揺すって笑っている。

「あのばか、なに言う気だ?」パパがつぶやいた。

「生放送、五秒前」カメラマンが言うのをきいて、頭が真っ白になる。ちょっとやめてよ、ルイスさんを生放送に出したりしないで。「四秒前、三、二、一」

「そうです、ジョー」レポーターが言った。「わたしはいま、今日起こった警官襲撃事件の目撃者である、セドリック・ルイス・ジュニアさんにお話をききに来ています。なにをご覧になったか、お話しいただけますか、ルイスさん」

「なにも見ちゃいねえよ」パパはわたしたちにむかって言った。「ずっと店ん中にいたんだから。おれが、なにがあったか話してやったんだ!」

「ええとも」ルイスさんは言った。「あのガキどもは、警官たちを車から引きずりだしおった。警官はなにもしちゃいない。ただ車ん中で座ってただけなのに、犬っころみたいに殴られたんだ。ばかげた話だよ。そうじゃろ? くっそ、ばかげちょる!」

ルイスさんは、早速ネットでいいネタにされるだろう。自分で物笑いの種になるようなことをしてるのに、気づいてもいない。

「カリル・ハリスの事件に対する報復でしょうか?」レポーターがたずねる。

「そんなとこだろうさ！　ばかばかしい。あのごろつきどもは長年このガーデン・ハイツの住民たちをおびやかしてきた。どうしてこんなことで怒ったりするんだ？　自分たちの手で殺せなかったからか？　大統領やらなんやらが、テロリストを探してるが、テロリストならひとり知っちょるぞ。教えてやるから捕まえに来い」

「よせ、ルイスさん」パパが祈るように言う。「言うんじゃない」パパの祈りもむなしく、ルイスさんは言ってしまった。「名前はキング、このガーデン・ハイツに住んどる。この町の売人の中じゃあ、いちばんの大物だろう。そいつが、あのキング・ロードっちゅうギャングを牛耳っとる。捕まえるんならあいつを捕まえろ。どっちにしろ、警官にあんなまねをするのは、あいつの手下以外ありえん。みんな、もううんざりしちょる！　行進ならやつを追いだすためにすりゃあいい」

パパがセカニの耳をふさいだ。そのあとパパが言った言葉は、セカニがきいていたら、全部、あの瓶に入れる一ドルにカウントされていただろう。「くそっ、くそっ、くそっ、このくそったれ――」

「チクっちまった」セブンが呆然とつぶやいた。

「生放送で」わたしも言う。

パパは毒づきつづけている。「くそっ、くそっ、くそっ」

「今日、市長が発令した夜間外出禁止令で、こうした事件を防げると思いますか？」レポーターが言った。

パパを見る。「夜間外出禁止令？」

パパはセカニの耳から手をはなした。「ガーデン・ハイツの店は、全部夜九時までに閉店しろとさ。十時以降は通りに出るのも禁止だ。明かりも消される。刑務所みたいにな」

「じゃあ、パパ、今日の夜はおうちにいるの？」セカニが言った。

パパは、にやっと笑って、セカニを抱きよせた。「そうだ。宿題が終わったら、マッデンのフットボールゲームで、パパの腕前を見せてやるぞ」

レポーターがインタビューを締めくくると、パパは、レポーターとカメラマンが立ち去るのを待って、ルイスさんに歩みよった。「気でも狂ったんですか？」

「なんじゃと？　本当のことを言っただけじゃろうが」

「テレビの生放送であいつをチクるなんて無茶だ。自分に死刑宣告したようなもんでしょう」

「あんなチンピラ、こわいものか！」ルイスさんはみんなにきこえるような大声で言った。「おまえはこわいのか？」

「いや、こわくはねえが、あのゲームの流儀はよく知ってる」

「こんな年寄りにゲームもくそもあるか！　おまえもそんなこと言ってる年じゃなかろうが！」

「ルイスさん、きいてくれ――」

「おまえのほうこそきけ。わしは戦争を生きのび、ここでも戦ってきた。これを見ろ」ルイスさんはズボンの裾《すそ》を上げて足を見せた。チェックの靴下をはいているのは義足だった。「戦争でなくしたんだ。それから、この傷は」シャツをわきの下まで捲《まく》りあげる。背中からでっぷりとしたおなかにかけて、薄いピンクの傷あとが走っていた。「白人のガキどもにやられたんじゃ。やつらの水のみ場で水をのんだってだけの理由でな」そう言ってシャツをおろす。「わしは、キングとかいうやつの、何倍も恐ろしい目にあってきたんだ。あいつにできるのは、せいぜいわしを殺すくらいのことだ。本当のことを言って殺されるなら、殺されるまでのことさ」

「あんたはわかってないんだ」パパは言った。

「いいや、よくわかっとるとも。デカいつらして、もうおれはギャングじゃない、この町を変えるんだとか偉そうなことをぬかしておいて、ギャングをチクるなだと？　なにも変わっちゃいないじゃないか。どうせ、子どもらにもそう教えとるじゃろう。いまだにキングに鼻づらを引きまわされとるくせに、気づきもせんとは、救いようのない大ばかだな」

「大ばかだと？　テレビの生放送でギャングをチクるやつに、そんなこと言われる筋合《すじあ》いねえよ！」

そのとき、おなじみのサイレンがきこえてきた。

うそ、なんで。

パトカーは、ライトを閃《ひらめ》かせて走ってくると、パパとルイスさんの横でとまった。

警官がふたりおりてくる。ひとりは黒人で、もうひとりは白人だった。ふたりとも、いつでも銃を握れるように、腰のあたりに手をのばしている。

やだ、やめて。

「なにかあったのか？」黒人のほうが、パパをじっと見て言った。パパと同じはげ頭だけど、パパより年上で、ガタイもずっといい。

「なんでもありませんよ、おまわりさん」パパは、ジーンズのポッケにつっこんでいた両手を、いつの間にか見えるように、わきにつけていた。

「そうか？」若い白人のほうが、疑わしげに言った。「そうは見えなかったがな」

「話をしとっただけじゃよ、おまわりさん」ルイスさんも言った。さっきとは打って変わった穏やかな口調だ。パパと同じように両手をわきにつけている。ルイスさんも子どものころに、両親からちゃんときかされているらしい。

「この若いのが、あんたを困らせてるように見えたがね」黒人のほうが、パパから目をそらさずに言った。ルイスさんのほうは見ようともしない。パパが、あの過激なヒップホップグループ、N・W・A《エヌ・ダブリュー・エー》のTシャツを着てるからかもしれない。それとも、腕一面にタトゥーが彫りこまれてるから？　だぶだぶのジーンズをはいて、帽子を逆さにかぶってるから？

「身分証明はあるか？」黒人の警官がパパに言った。「おまわりさん、おれは、店にもどるところ――」

「身分証明はあるか、ときいたんだ」

手が震えていた。朝食もランチも全部一緒くたになって、喉《のど》にせり上がってくる。この人たち、わたしからパパを奪おうとしている。

「どうかしたのか？」

ふりむくと、ルーベンさんの甥《おい》っ子のティムが、歩いてくるのが見えた。むかい側の歩道には人だかりができていた。

「わかった、身分証明を出すぞ。後ろのポケットに入ってるんだ」

「パパ――」声をかけると、パパは警官をじっと見つめたまま言った。「おまえたちは、店に入ってろ。いいな？　だいじょうぶだから」

でも、三人とも動こうとしなかった。

パパの手がそろそろと後ろのポケットにのびていく。わたしは警官たちに目を走らせ、銃に手をかけたりしていないかうかがった。

パパはポケットから、わたしが父の日に買ってあげた、イニシャル入りの革財布を取りだすと、警官たちに掲げて見せた。

「ほら、ここに身分証明が入ってる」

パパはきいたこともないような小さな声で言った。

黒人のほうが、財布を手に取り、中をあらためた。「おっと、マーベリック・カーターか」そうつぶやくと、連れの警官と顔を見あわせ、ふたりそろって、わたしのほうを見た。

心臓がとまりそうになる。

わたしが目撃者だって気がついたんだ。

きっと、両親の名前がファイルかなにかにのってるんだろう。事情聴取をしたあの刑事たちがしゃべって、警察署中の人間がわたしたちの名前を知っているのかもしれない。それか、カルロスおじさんを通じて知ったか。どうやって知ったのかわからないけど、とにかく知ってるのはまちがいない。どうしよう。わたしのせいで、パパの身になにかあったりしたら……。

黒人の警官がパパに目をむけた。「地面に伏せて、両手を後ろに回すんだ」

「なんで――」

「地面に伏せろと言ってるだろう！　ぐずぐずするな！」

パパが、申し訳なさそうな顔でわたしたちを見た。こんなものを見せるのがつらいんだろう。

パパは、地面にひざをついて、這いつくばり、腕を後ろに回して両手を組んだ。

カメラマンはなにをしてるの？　どうしてこれをニュースで流さないの？

「ちょっと待ってくれ、おまわりさん」ルイスさんが抗議した。「わしらは話をしとっただけじゃ」

「あんたは中に入ってろ」白人の警官が言った。

「でも、なにもしてないじゃないか！」セブンが叫《さけ》んだ。

「小僧、中に入ってろ！」黒人の警官が言った。

「いやだ！　父さんを置いていけるわけ――」

「セブン！」パパが怒鳴りつける。

コンクリートの道路に這いつくばっていても、その声にはセブンをだまらせるだけの気迫があった。

黒人の警官は、白人のほうに野次馬《やじうま》を見張らせて、パパの身体検査をはじめた。いつの間にか、店の前には近所の人たちが大勢集まっていた。イヴェットさんも、肩にタオルを巻いたお客さんたちと一緒に、美容院の戸口から、様子をうかがっている。わざわざ車をとめて見ている人までいた。

「人のことはいいから、みんな、自分の用事にもどりなさい」白人の警官が声をあげた。

「いいや、おまわりさん」ティムが言った。「人ごとじゃないんでね」

黒人の警官は、パパの背中にひざで乗って身体《からだ》をたたいていた。1―15がカリルにやったように、上から下まで、三回繰りかえす。もちろん、なにも出てこない。

「ラリー」白人の警官が相棒に声をかけた。

ラリーと呼ばれた黒人の警官は、顔を上げて人だかりに目をやると、パパの背中からおりた。「立て」

パパはゆっくりと立ちあがった。

ラリーがちらりとわたしを見た。口の中に酸っぱいものがこみあげてくる。ラリーは、パパにむきなおって言った。「いいか、おまえには目を光らせてるからな、おぼえとけよ」

パパはぐっと奥歯を噛みしめていた。

警官たちがパトカーに乗って帰っていくと、通りにとまっていた車も走りだし、集まっていた人たちも帰りはじめた。だれかが大声で叫《さけ》ぶ。「気にするな、マーベリック」

パパは、わたしが涙をこらえるときみたいに、空を見あげて、ぐっと拳《こぶし》を握りしめ、まばたきを繰りかえしていた。

ルイスさんが、パパの背中にそっと触れた。「さあ、帰ろう」

ルイスさんとパパは、わたしたちの前を素通りして、店の中に入っていった。ティムがそのあとについていく。

「なんで、おまわりさんたちは、パパにあんなことしたの?」セカニが消え入りそうな声で言った。目に涙をためて、わたしとセブンを見あげる。

セブンがセカニの身体《からだ》に腕を回した。「さあ、わからないな」

わたしにはわかる。

わたしもパパたちのあとを追って、店に入った。

デヴァンテが、箒《ほうき》を持ってレジのそばに立っていた。店番のとき、パパがわたしやセブンにもつけさせようとする、あのダサい緑のエプロンをつけて。

胸がズキンと痛む。カリルもつけてたエプロン。

デヴァンテは、商品でいっぱいのかごを持ったケニヤと話していた。ドアをあけたときにベルが鳴り、ふたりがわたしのほうを見た。

「なあ、なにがあったんだ?」デヴァンテがきいてくる。

「表に警官来てたよね?」ケニヤも言った。

事務所の戸口に、ルイスさんとティムが立っているのが見えた。パパはきっとあの中だ。

「うん」ケニヤに返事をして奥にむかう。ケニヤとデヴァンテが、後ろからついてきて、やつぎばやに質問を浴びせかけてくる。

事務所の床には書類が散らばっていた。パパは机に覆《おお》い被さるようにして座り、肩を大きく上下させて、荒い息をついていた。

拳《こぶし》で机を殴りつける。「くそっ!」

パパがまえに言っていた。黒人の男は、先祖から激しい怒りを受け継いでいるんだって。奴隷主《どれいぬし》の暴力から家族を守ることができなかったときに生まれた怒りを。その怒りに火がついたときほど恐ろしいものはないんだって。

「そうじゃ、吐きだしてしまえ」ルイスさんが言った。

「くそっ、あのポリ公ども」ティムが毒づいた。「あいつら、スターのこと知ってて、いやがらせしやがったんだ」

なにそれ。どういうこと?

パパがふりむいた。泣いていたみたいに目が腫《は》れている。「なんの話だ、ティム?」

「ダチのひとりが、あの晩、事件の現場で、救急車から、あんたとリサとスターが出てくるのを見たんだ。このあたりじゃもう知らねえやつはいない。みんな言ってるよ。ニュースで言ってた目撃者ってのはスターなんじゃねえかって」

うそでしょ。

「スター、レジでケニヤの買い物を精算してやれ」パパが言った。「デヴァンテは床掃除を終わらせるんだ」

わたしは、セブンとセカニの前を通ってレジにむかった。

近所の人たちが知ってる。

レジ打ちをしている間ずっと、胃がきりきりと締めつけられていた。近所の人たちが知ってるなら、ガーデン・ハイツの外の人たちが知るのも時間の問題だ。そうなったら、わたしはどうなるの？

「それ、二回打ったよ」ケニヤが言った。

「えっ？」

「そのミルク。二回目だよ、スター」

「ああ、そうだっけ」ダブって打った分をキャンセルして、ミルクの容器をレジ袋に入れる。今日はケニヤが自分と妹のリリックの食事を作るんだろう。ときどきそういう日があるらしい。残りをレジに打ちこむと、代金を受けとり、おつりを返した。

ケニヤは、わたしをじっと見つめてから、おもむろに言った。「カリルと一緒にいたのって、ほんとにあんただったの？」

喉《のど》に塊《かたまり》がこみあげてくる。「それがどうかしたの？」

「どうかしたじゃないよ。どうしてだまってるわけ？　隠してるみたいにさ」

「そういう言い方やめてくれない？」

「だって、そうじゃん」

ため息をつく。「やめてよ、ケニヤ。あんたにはわかんないでしょ？」

ケニヤは腕を組んだ。「わかんないって、なにが？」

「いろんなことだよ！」大声を出すつもりはなかったのに、思わず叫《さけ》んでいた。「そんなこと、みんなに話せるわけないじゃん」

「なんで話せないわけ？」

「なんでって、あんたはさっき警官たちがしたことを見てないから、そんなこと言えるんだよ。あいつら、わたしが目撃者だってわかって、パパにあんなことしたんだよ」

「そんなおまわりのいやがらせなんかに負けて、カリルのために声をあげようともしないんだ？あんたはカリルのこと、もっと大事にしてると思ってたよ」

「大事にしてるよ」ケニヤになんかわからないくらい。「もう警察には話したんだよ、ケニヤ。でも、なにも変わらなかった。ほかにどうすればいいって言うの？」

「わかんないけど、テレビに出るとかしてさ。あの晩なにがあったのか、話したらいいでしょ。警官寄りの報道ばっかで、カリルのことなんて、クズ呼ばわりじゃん。あんたがそうさせて――」

「ちょっと、待ってよ――どうしてそれがわたしのせいになるわけ？」

「カリルが、ニュースでごろつきみたいに言われてんだよ。あいつがそんなやつじゃないの知ってて、よくだまってきいてられるよね。これが、あんたの私立の学校のお友達だったら、片っぱしからテレビに出て、かばってやるんだろ？」

「本気で言ってんの？」

「本気だよ。カリルを捨てて、タカビー女たちをとったんでしょ。自分でもわかってるくせに。兄貴がいるから、ちょくちょく顔を合わせてるけど、そうじゃなかったら、あたしのことだって捨ててたよ」

「そんなことないよ！」

「絶対そうだって言い切れる？」

それは……。

ケニヤは首をふった。「なにがいちばんムカつくかわかる？　あたしの知ってるカリルだったら、あんたを守るために、真っ先にテレビに出て、あの晩にあったことを洗いざらい話してたはずだよ。それなのに、あんたはカリルのためにそうしようとしないじゃん」

ビンタを食らったような衝撃《しょうげき》だった。それも思いっきり。ケニヤの言うとおりだった。

ケニヤはレジ袋をつかんだ。「別に責めてるわけじゃないけどね、スター。もし自分の家の状況を変えられるんだったら、あたしならなんだってするよ。あんたは、この町の状況を変えられるかもしれないのに、だんまりを決めこんでる。臆病者《おくびょうもの》みたいにね」

ケニヤは店を出ていき、それから間もなく、ティムとルイスさんも帰っていった。帰り際、ティムが、ブラックパワーの拳《こぶし》をつきあげて挨拶《あいさつ》してくれたけど、わたしにそんな資格があるとは思えなかった。

事務所にもどると、セブンが戸口に立っていて、パパとセカニは、机に腰かけて、なにか話していた。セカニは神妙《しんみょう》な顔つきで、パパの言葉にうなずいている。パパとママに、あの話をきかされたときのことを思いだした。パパは、セカニが十二になるまで待っていられなくなったんだろう。

パパがわたしに気づいて言った。「セブン、代わりにレジに入ってくれ。セカニも連れていくんだ。そろそろやり方をおぼえておいたほうがいいからな」

「えーっ」セカニが不満げな声をあげる。無理もない。店のことをおぼえれば、その分、やらされることも増えるんだから。

パパが、セカニが座っていた場所をたたき、わたしはそこに腰をおろした。この机と、書類棚がひとつあるだけの小さな事務所。壁には、額に入った写真が所狭《ところせま》しと飾られている。パパとママが裁判所で結婚式を挙げた日の写真。中にわたしがいるから、ママのおなかはぽっこり膨らんでる。わたしとセブンとセカニの、赤ちゃんのころの写真。七年くらいまえ、JC《ジェーシー》ペニーの写真館で撮った家族写真もある。みんな、野球のユニフォームに、だぶだぶのジーンズとティンバーランドのスニーカーをはいている。ダサダサだ。

「だいじょうぶか?」パパが言った。

「パパのほうこそ」

「おれはだいじょうぶだ。おまえたちに、あんなもんを見せたくはなかったがな」

「あの警官たち、わたしが目撃者だってわかってて、あんなことしたんでしょ?」

「そんなことねえだろ。おまえのことがわかるまえに、もうはじめてたじゃねえか」

「それでも同じだよ」スニーカーをはいた足をぶらぶらと揺らす。「ケニヤに臆病者《おくびょうもの》って言われちゃった。あの日のことを話そうとしないから」

「本気で言ってるわけじゃねえだろ。いろいろあって気が立ってるだけだ。毎晩キングの野郎が、アイーシャをぬいぐるみてえにぶん投げてるんだからな」

「でも、ケニヤの言うとおりなの」声が震える。涙が出そう。「わたし、臆病者《おくびょうもの》だよ。警官がパパにあんなことするの見たら、もう話せない」

「いいか」パパはわたしのあごをつかんで顔を上げさせた。「罠《わな》にはまるんじゃねえ。それがやつらの狙いなんだ。おまえが話したくないなら、話さなくったっていい。だが、やつらにびびって話さないのは大まちがいだ。おれはなんて教えた？　おそれなくちゃいけない相手はだれだ？」

「神様。あと、パパとママ。ぶち切れてるときのママは、特に」

パパはくくっと笑った。「そのとおり。リストはそこで終わりだ。それ以外はどんなものも、どんな人間も、決しておそれるな。これを見ろ」シャツの袖をまくると、腕に彫りこまれた、わたしの赤ちゃんのときの顔が現れた。「下になんて書いてある？」

「『おれの生きがい、おれの死にがい』でしょ」生まれたときからずっと見てきたから、もう見なくたってわかる。

「そうだ。おまえたちは、おれの生きがいであり、死にがいなんだ。おまえを守るためなら、おれはなんでもする」パパはわたしの額《ひたい》にキスをした。

「心の準備ができたら、話せばいい。おれはいつでもおまえの味方だ」

12

それが、家の前を通りすぎたのは、ブリックスをえさで釣って、家の中に誘いこもうとしていたときだった。

しばらくの間、それが通りをゆっくりと走っていくのを見送っていたけど、はっと我にかえって叫《さけ》んだ。「パパ！」

ピーマンのそばにしゃがんで雑草をぬいていたパパが、顔を上げた。

「なんなの、あれ！」

装甲車《そうこうしゃ》は、中東の戦争のニュースに出てくる戦車によく似ていた。大きさは、ハマー二台分はありそうだ。正面の、青と白のライトが、昼間みたいに明るく通りを照らしている。車の上には、防弾チョッキとヘルメットをつけた警官が立ち、銃を構えていた。

装甲車から声が響く。「夜間外出禁止令に違反した者は逮捕の対象となります」

パパは、雑草を引きぬきながら毒づいた。「なにが、外出禁止令だ。くだらねえ」

ブリックスは、目の前にぶら下がったボローニャ・ソーセージに釣られて、キッチンに入ってくると、いつもの場所に座って、満足そうにソーセージにかぶりついた。パパが家にいるときは、ブリックスも暴れたりしない。

わたしたちもそう。パパが家にいると、ママは徹夜をしないし、セカニもしょっちゅうびくついたりしないし、セブンも一家の大黒柱になろうとはしない。わたしもぐっすり眠れる。

パパが、手についた土を払いながら、家に入ってくる。「薔薇《ばら》が枯れかかってる。ブリックス、おまえ、ションベンでもひっかけたんじゃねえのか？」

名前を呼ばれて、ブリックスがぱっと顔を上げる。じっとパパの目を見つめていたけど、しゅんとうなだれてしまった。

「ションベンすんのはやめとくんだな。見つけたら、ただじゃすまねえぞ」

ブリックスはうなだれたまま、目も上げようとしない。

わたしは、カウンターの上に置かれた箱の中から、ペーパータオルと、ピザをひと切れ取った。これでもう四枚目だ。ママが、高速のむこうのサルスピザで買ってきてくれた。Lサイズのピザをホールで二枚。オーナーがイタリア人だから、生地《きじ》が薄くて、ハーブが効いていて、おいしい。

「宿題は終わったのか？」パパがきいてくる。

「うん」うそだけど。

パパはシンクで手を洗った。「今週、試験はあるのか？」

「金曜に三角法の試験がある」

「試験勉強は終わったのか？」

「うん」これもうそ。

「そいつはよかった」パパは冷蔵庫からブドウを取りだした。

「ところで、古いノートパソコンはまだ持ってるか？　あのばか高い、果物《くだもの》の名前がついたやつを買ってやるまえのパソコンだ」

思わず笑ってしまう。「アップルのＭａｃＢｏｏｋ《マックブック》だよ、パパ」

「リンゴにしちゃあ高すぎんだろ。それはともかく、どうなんだ。古いやつはまだ持ってんのか？」

「持ってるよ」

「よし、そいつをセブンに見せろ。チェックして使えるようにするんだ。デヴァンテにやりたい」

「なんで？」

「金を出したのはおまえか？」

けど。
「ちがうけど」
「なら、文句はないな」
パパと言いあいをしても、たいていはそのひと言で片づけられてしまう。一度、安い雑誌の購読料でも払って、「うん、お金なら出してるけど？」とか言ってみたい。そんなことしても仕方ないけど。

ピザを平らげると自分の部屋にむかった。パパも、もう夫婦の寝室にもどっていた。テレビをつけて、ふたりでベッドに腹ばいになっている。ママは、片足をパパの足に乗っけて、ノートパソコンを打っていた。なんだか微笑《ほほえ》ましい光景だ。あのふたりを見ていると、将来自分もあんなふうになりたい、なんて思うことがある。

「まだデヴァンテのことで怒ってんのか？」パパが言った。ママはだまってパソコンを見ている。パパは鼻にしわを寄せて、ママに顔を近づけた。「まだ怒ってるのか。なあ？　怒ってんのか？」

ママは笑って、じゃれるようにパパを押しのけた。「どいてってば。怒ってないわよ。ブドウちょうだい」

パパは、にっと笑って、ブドウをひと粒ママの口の中に入れた。もう、ラブラブすぎて、見てられない。あのふたりはわたしの親だけど、わたしにとって理想のカップルでもある。真面目な話。

パパは、ブドウをひと粒食べるたびに、ママにもひと粒食べさせながら、ママのパソコンをのぞきこんでいた。町の外にいる親戚のために、最近の家族のスナップ写真を、フェイスブックにアップしているんだろう。でもこんな状況で、いったいどんなコメントを書くつもりなんだろう。「セカニは、父親が警官にいやがらせをされるところを見てしまいましたが、学校で頑張っています。

#《ハッシュタグ》誇りに思うママ」とか、「親友が死ぬところを目撃してしまったスターのために祈ってやってください。でも、また優等生名簿にのったんですよ。#感謝」とか、「あたりには装甲車《そうこうしゃ》が走りまわっていますが、セブンはいまのところ、六つの大学に合格しています。#約束された将来」とか？

部屋にもどると、パソコンに目をやった。古いのも新しいのも、散らかった机の上にのっている。古いパソコンのとなりには、パパの大きなエア・ジョーダンが裏返しに置かれ、黄ばんだ靴底が、電気スタンドの光に照らしだされていた。靴底には、洗剤と歯磨き粉を調合したものが塗ってあって、上からラップで覆《おお》ってある。ああやってしばらく置いておくと、汚れがきれいに落ちるのだ。黄ばんだアイシーソールが、元通り透明になるのを見るのは、にきびを潰《つぶ》して、中の脂《あぶら》が全部出たときと同じくらい、すっきりする。ほんとに快感。

パパには宿題はもう終わってるなんて言ったけど、ほんとは〝ダンブラー休憩〟を取っていた。平たく言うと、宿題には手もつけず、この二時間ずっとタンブラーをやっていたってことだ。〝わたしの知っているカリル〟というタイトルで新しいブログを作っていた。カリルの写真だけをのせた、匿名《とくめい》のブログだ。最初に投稿したのは、アフロにしていた十三歳のときの写真。カルロスおじさんが、わたしたちに〝田舎の生活を体験〟させるために、牧場に連れていってくれたときのもので、カリルは、横目で、となりにいる馬をじっと見ている。「こいつが少しでも変な動きしたら、走って逃げるからな！」そう言って、おっかなびっくり、馬のとなりに並んでたっけ。

わたしは、その写真に「わたしの知ってるカリルは動物が苦手」というキャプションを添え、カリルの名前をタグづけして投稿した。ひとりがそれに〝スキ！〟を押して、リブログすると、次々に〝スキ！〟が押され、リブログされた。

それで勢いがついて、ほかの写真も何枚か投稿した。四歳のときの、ふたりでお風呂に入ってる写真もアップした。見えたらまずいところは、石鹸《せっけん》の泡で隠れているし、わたしは後ろをむいているから問題ない。バスタブのわきに座って、微笑《ほほえ》みかけるロザリーおばあちゃんに、カリルがにこにこ顔で笑いかえしている。キャプションは「わたしの知ってるカリルは、あわあわお風呂もおばあちゃんも大好き」。

たった二時間の間に、何百人もの人たちが、わたしが投稿したカリルの写真に〝スキ!〟を押し、リブログしてくれた。ケニヤが言っていた、ニュースに出るってやつとはちがうけど、これで少しはカリルの役に立てるかもしれない。少なくても、わたしの気持ちはだいぶ楽になった。

カリルのことを投稿しているのは、わたしだけじゃなかった。わたしは、カリルの記事や、カリルの絵、ニュースで公開されたカリルの写真など、カリルに関係するものを見つけるたびに、片っぱしからリブログした。

なんだか不思議な気がしたけど、その中に、ずいぶん昔のトゥパックのビデオクリップもあった。トゥパックはずっと前に死んでいるから、当然、ビデオクリップも昔のものだ。トゥパックはひざに小さな子どもを乗せ、スナップバックキャップを、軽く引っかけるようにして後ろむきに被っていた。そして、カリルが言ったように、〝Thug《サグ》 Life《ライフ》〟というのは、〝The Hate U Give Little Infants Fucks Everybody〟の略だと説明した。その子がじっと顔を見ているので、〝Fucks〟のところは、F・U・C・Kと、ひと文字ずつアルファベットで発音していた。カリルに説明してもらって、わかっていたつもりだったけど、本人が説明するのを見て、胸にストンと落ちたような気がした。

古いノートパソコンを手に取ったとき、机の上に置いてあった携帯が鳴った。少しまえにママが返してくれた。神に感謝だ。また学校でなにかあったら困るからってことだったけど、返してもらえるなら、理由なんてどうでもいい。

ケニヤからのメールかもしれない。さっき、新しいタンブラーのリンクを送っておいたから。ケニヤに背中を押されて作ったようなものだし、きっと興味があるはずだ。

でも、メールはクリスからだった。セブンをお手本にでもしたみたいな、全部大文字のメール。

ひどすぎる。

いま見てる、フレッシュ・プリンスのエピソード、ウィルの父親がウィルを連れて帰らなかった。あのくそ親父、またウィルを捨てたんだ。

いま、フィルおじさんと、言いあいしてる。

おかしいな、目から汗が出てきたよ。

よくわかる。あの回はほんとに泣ける。わたしは返信した。

ひどいよね :(それと、それは汗じゃないの。泣いてるんだよ。

クリスが返信してくる。

泣いてなんかいない!

返信する。

〝うそつかなくたっていいのよ、クレイグ。うそつかなくたって。〟

クリスの返信。

それって、映画の《フライデー》のセリフ?

九十年代の映画鑑賞も、ふたりの共通の趣味だ。

そうだよ ;)

メールが返ってくる。

バイ、フェリーシャ！

わたしはノートパソコンを持って、セブンの部屋にむかった。フレッシュ・プリンスにまたなにか起こって、クリスがメールしてくるかもしれないから、念のため携帯も持っていく。廊下を歩いていると、セブンの部屋からレゲエがきこえてきた。続いて、偽善者を追及するケンドリック・ラマーのラップがきこえてくる。中に入ると、セブンは二段ベッドのわきで、タワー型パソコンを前にして座っていた。うつむいているから、ドレッドヘアがカーテンみたいに顔にかかっている。デヴァンテは床にあぐらをかいて座っていた。アフロが音楽にあわせて揺れている。

ゾンビバージョンのスティーブ・ジョブズが、ポスターの中からふたりを見おろしていた。壁にはほかにも、スーパーヒーローやスター・ウォーズのキャラクターたちのポスターが貼られている。下の段のベッドには、いつか絶対くすねてやろうと狙っている、スリザリンのベッドカバーがかかっている。セブンとわたしは、ちょっと変わったタイプのハリポタファンだ。ふつうは本を読んでから映画を見るけど、わたしたちは、最初に映画にはまって、それから本を読んだ。カリルとナターシャを仲間に引きずりこんだのはわたしだ。はじめて映画を見たのは、まだシダー・グローブ公団に住んでいたころ。ママが、リサイクルショップで、一ドルのビデオを買ってきてくれた。セブンとわたしはスリザリンの生徒になりきって遊んでいた。スリザリンの生徒はみんなお金持ちの子だったから。寝室がひとつしかない公団に住む子どもにとって、お金持ちは憧れの的だった。

セブンは、コンピューターから銀色の箱を取りだして、調べはじめた。「そう古くもないな」

「なにしてるの？」

「ビッグD《ディー》にパソコンを直してくれって頼まれたんだよ。新しいDVDドライブが要るな。海賊版のCDでも焼きすぎて、いかれちまったんだろう」

うちの兄貴は、ガーデン・ハイツの非公認の技術者だ。お婆さんから詐欺師《さぎし》まで、みんなが、パソコンや携帯を直してくれと言って持ちこんでくる。けっこうなお金になっているらしい。

ベッドの足もとには黒いゴミ袋が置かれていて、袋の口から服がのぞいていた。だれかがフェンスのむこうから、うちの庭に投げいれていった袋だ。さっきセカニとセブンと一緒に、店からもどってきたときに見つけた。最初デヴァンテのものかと思ったけど、あけてみると、セブンが母親の家で使っていたものばかりだった。

セブンが電話をかけると、アイーシャは、もう家に帰ってくるなと言ったらしい。キングに追いだすよう言われたのだ。

「セブン、そんなのって――」

「おれはだいじょうぶだよ、スター」

「でも、そんなこと言うなんて――」

「だいじょうぶだって言ってるだろ」セブンは目を上げてこっちを見た。「気にすんな」

「わかった」そう言ったとき、携帯のバイブ音が鳴った。ノートパソコンをデヴァンテに渡して携帯を見る。マヤからのメールだ。

わたしたちのこと、怒ってる？

「なんだよこれ？」デヴァンテは、パソコンをしげしげと見つめた。

「パパが、あんたにやりたいんだって。でもそのまえに、セブンに見てもらえってさ」そう言いながら、マヤに返信する。

どうだと思う？

「なんで、こんなものおれに寄こすんだ？」

「あんたが使い方知ってるか、見たいんじゃないの」

「パソコンの使い方くらい知ってるぜ」デヴァンテは、にやにや笑うセブンを小づいて言った。

携帯が三回震える。マヤの返信だ。

怒ってるよね。

三人で話せないかな？

最近、なんだかぎくしゃくしてるから。

マヤらしい。わたしとヘイリーがぎくしゃくすると、いつも間に入って関係を修復しようとする。でも、今回は仲直りの瞬間なんて訪れない。

いいよ。おじさんちにいったら、また連絡する。

そのとき、遠くから銃を連射する音がきこえてきた。思わずびくりと身をすくめる。

「ちくしょう、機関銃だ」パパが吐き捨てた。「ここをくそイランと勘ちがいしてやがる」

「汚い言葉使っちゃダメだよ、パパ！」セカニが奥のリビングから叫《さけ》んだ。

「悪かった。あとで瓶に一ドルいれとくよ」

「二ドルだよ！　ちくしょうもダメ」

「わかった。二ドルだな。スター、ちょっとキッチンに来てくれ」

キッチンにいくと、ママがよそいきの声で電話に出ていた。「ええ、わたしたちもそうなること を望んでいます」ちらりとわたしを見る。「ああ、娘が来ましたわ。少々お待ちください」ママは 受話器を手で覆《おお》った。「地方検事さんからよ。今週あなたと話したいって」

「えっ……」地方検事から電話が来るなんて。

「話す気になれなかったら、別にいいのよ――」

「だいじょうぶ」ちらっと目をやると、パパはうなずいた。「わたし、話すよ」

「そう」ママはパパとわたしの顔を見比べて言った。「わかったわ。あなたがそう言うならだいじょうぶね。でも、まずオフラさんに会ったほうがいいんじゃない？　あの人の申し出を受けて、代 理人になってもらってからのほうがいいわ」

「絶対そうしたほうがいい」パパが言った。「地方検事局の連中は信用できねえからな」

「じゃあ、明日オフラさんに会って、地方検事にはそのあとで会うってことでいいわね」

ピザをひと切れ取ってかぶりつく。もう冷めちゃってるけど、冷たいピザって最高においしい。

「じゃあ、一日学校にいかなくていいってこと？」

「なに言ってるの、学校にはいくのよ。それと、ピザばっかり食べてるけど、サラダは食べたの？」

「野菜は食べたよ。ほら、ちゃんとコショウが乗ってるじゃん」

「そんな小さなもの、野菜のうちに入らないでしょ」

「入るよ。赤ちゃんが小さくても人間のうちに入るんだから、小さくたって野菜は野菜だよ」

「そんな屁理屈《へりくつ》、ママには通用しないわよ。じゃあ、明日はオフラさん、地方検事には水曜に会うってことでいいわね？」

「うん、学校にいくのはいやだけど」

ママは通話口を覆《おお》っていた手をはなした。「お待たせしてすみません。水曜の朝なら伺えます」

「その間に、市長か警察署長にでも言って、あのくそ目障《めざわ》りな装甲車《そうこうしゃ》を、家の近所から撤退させてもらいてえもんだな」パパが、大声できこえよがしに言う。ママがぴしゃりとたたいたときには、もう廊下のほうに歩きだしていた。「住民には平和的な行動を求めるとかぬかしておいて、戦争でもねえのに、あんなくそ戦車送りこんできやがって」

「パパ、二ドルだよ」セカニが声をあげた。

ママが受話器を置くと、わたしは言った。「一日ぐらい学校休んだってどうってことないのに。またあんな抗議運動ごっこでもされたら、やってられないよ」レミーなら、カリルをネタに一週間ぶっ続けで抗議運動をしようとしたっておかしくない。「一日休ませて。それだけでいいから」

ママが眉を吊りあげる。

「じゃあ、一日半でもいい、お願い」

ママは、大きく息を吸って、ゆっくりと吐きだした。「考えてみるわ。でも、セブンとセカニには内緒にしておくのよ。いいわね？」

うんとは言ってないけど、そう言ってるようなものだ。あとはどうにでもなる。

まえにエルドリッジ牧師が、説教でこう言っていたことがある。「信仰とはただ信じるのみではなく、信じるものにむかって、行動を起こすことです」だから、火曜の朝、目覚まし時計が鳴ったとき、わたしは起きなかった。ママがわたしを学校へいかせないことを信じて、行動を起こしたってわけ。

エルドリッジ牧師の言葉を借りれば、〝ありがたきかな、神が御姿を現された〟って感じだった。ママはわたしを起こさなかった。わたしはベッドの中で、みんなが支度《したく》をする物音に、耳を澄ましていた。セカニが、わたしが起きていないことに気がついて、ママに告げ口したけど、ママはこう言っただけだった。

「お姉ちゃんのことはほっといて、自分の支度をしなさい」

奥のリビングのテレビから、朝のニュースが流れていた。ママはハミングしながら、家中をせわしなく動きまわっている。カリルと1―15の話題になったとき、ほとんどきこえないくらいにボリュームが小さくなり、政治の話になるまで元にもどらなかった。

枕の下で携帯がブルブル震える。ケニヤだった。新しいタンブラーのことでようやくメールしてきたらしい。ケニヤの返信はいつもやたらと遅い上に、めちゃめちゃ短い。

悪くないね。

わたしは呆《あき》れて天井《てんじょう》をあおいだ。これでも褒《ほ》め言葉のつもりらしい。皮肉をたっぷりこめて返信する。

ありがとう、大好きだよ！

わかってる;)

感じ悪《わる》。でも、もしかしたら、昨日の夜、返信できなかったのは、家でまたなにかあったからかもしれない。キングはまだアイーシャを殴ってるってパパが言っていた。ときどきケニヤやリリックのことまで殴ってるって。ケニヤは自分からそんなことをしゃべるタイプじゃない。だから、メールできいてみた。

家のほう、だいじょうぶ？

いつものとおり。

たったひと言の返信だったけど、それだけきけば十分だった。わたしにできることはあまりないけど、これだけは伝えておきたい。

わたしが、そばにいるからね。

ケニヤの返信は、〝当然でしょ〟だった。

やっぱ、感じ悪い。

学校を休んだとき、なにがいやだって、いってたらいまごろなにをしてるだろうって、つい考えてしまうことだ。八時になると、火曜の一時限目は歴史だから、いまごろは、クリスと歴史の授業に出ているころだと考えていた。クリスにひと言メールを送る。

今日、学校休むね。

二分後、クリスから返信が来た。

病気なの？　キスで治してあげようか？　ウインク、ウインク。

なんなの、このウィンク、ウィンクって。ウインクの絵文字ふたつでいいじゃん。思わず笑ってしまう。

うつる病気だったらどうするの？

かまわないよ。きみのすべてにキスしてあげる。ウインク、ウインク。

それもなにかのセリフ?

一分もしないうちに返信が来る。

想像に任せるよ。好きだよ、フレッシュ・プリンセス。

固まってしまう。完全に不意《ふい》をつかれた。レイアップシュートを決めようとした瞬間に、相手チームの選手にボールを取られてしまったときみたいに。それですっかり勢いを削がれ、一週間悶々《もんもん》と考えることになるんだ。あの選手はいつの間に忍びよってきたんだろう、なんでスティールなかされちゃったんだろうって。

クリスの〝好きだよ〟はそんな感じだった。一週間も悶々としてるわけにはいかないことを除けば。変な言い方だけど、返事をしないことが返事になってしまう。ショット・クロックは動きはじめていた。早く返信《シュート》しなくちゃ。

でも、なんて?

〝好きだよ〟という言葉はカジュアルな感じがする。〝好きだよ〟と〝愛してる〟は全然ちがう。同じチームに属してはいるけど、まったく別の選手だ。〝好きだよ〟は〝愛してる〟ほど、ガンガンいく感じじゃない。〝好きだよ〟はすっと忍びよることができるけど、派手なスラムダンクを決めたりしない。どっちかって言うと、うまいジャンプシュートをするタイプだ。

二分たった。なにか返事しないと。

わたしも好きだよ。

ならったことのないスペイン語の単語みたいに、なんだかよそよそしい感じがしたけど、使ってみると意外にしっくりした。

返信は、ウインクの絵文字だった。

ジャスタス・フォア・ジャスティスは、マグノリア通りの、洗車場とキャッシングサービスの店舗にはさまれたビルの中に入っていた。昔よく来たタコベルがあるビルだ。毎週金曜になると、パパはわたしとセブンをここに連れてきて、九十九セントのタコスとシナモンツイストをひとりにひとつずつ、ソーダをふたりにひとつ買ってくれた。刑務所から出たばかりで、お金がなかったころの話だ。パパはいつも、わたしたちが食べるのを見ているだけだった。ときどき、店長をしているママの女友達に、わたしたちを見ていてくれるよう頼んで、となりのキャッシングサービスにいっていた。少し大きくなって、プレゼントが勝手に現れたりしないことがわかってくると、わたしたちの誕生日やクリスマスが近くなるたびに、パパがそこにいくことに気がついた。

ママがジャスタスのドアベルを鳴らすと、オフラさんが出迎えてくれた。

「すみません」ドアに鍵《かぎ》をかけながらオフラさんは言った。「今日はみんな出はらっていて、わたしだけなんです」

「あら、ほかのみなさんはどちらへ？」

「一部は、ガーデン・ハイツで討論会を開いているんです。残りは、カリルが殺されたカーネーション通りで行進を先導しています」

こんなにさらりと〝カリルが殺された〟と言う人がいるなんて、不思議な感じがした。オフラさんは、言いよどむことも、ためらうこともなく、当然の事実を口にするようにそう言った。

パーティションで仕切られた小部屋がいくつもあり、その階のほとんどを占領していた。壁には、セブンの部屋と同じくらいたくさんのポスターが貼ってあったけど、毛色はちがって、窓辺でライフルを構えるマルコムX《エックス》や、獄中で拳《こぶし》をつきあげるヒューイ・ニュートン、集会で子どもたちに朝食を配るブラック・パンサー党の党員たちといった、パパが好きそうなポスターばかりだった。

オフラさんのオフィスは、タコベルのドライブスルーの窓口のすぐとなりの小部屋だった。机の上にまで、タコベルのカップがのっているのが、なんだかおかしい。「わざわざお越しくださって、ありがとうございます」オフラさんが言った。「ご連絡いただき、とても光栄ですわ、カーターさん」

「リサと呼んでください。いつからこちらに？」

「二年ぐらいになります。ええ、ご想像のとおり、よくいますよ。この窓の下に車をとめて、チャルパくださいって言ってくるお調子者はね」

みんなが笑ったとき、ドアベルが鳴った。

「たぶん、うちの人だわ。こちらにむかっているところだったんです」

オフラさんがオフィスを出て間もなく、ドアのほうから声がきこえてきて、パパがオフラさんの後ろから現れた。別の小部屋から椅子を持ってきて、オフィスと廊下をまたぐように座る。オフラさんのオフィスはそのぐらい狭い。

「遅くなってすまん。デヴァンテにルイスさんのことを任せてきたんでな」

「ルイスさんのこと？」わたしはきき返した。

「ああ。おれがここに来ちまうとそばにいてやれないから、ルイスさんの店を手伝ってやるように言ってきたんだ。だれかがそばで見ていてやらないとまずいだろ。テレビの生放送でチクっちまったんだから」

「そのルイスさんというのは、インタビューでキング・ロードの話をされていた方ですか」オフラさんが言った。

「ああ。うちの店のとなりで床屋をやってるんだ」

「そうだったんですか。あのインタビューは、注目されているようですね。最後にチェックしたときには、動画の再生回数が百万回近くまでいってましたよ」

ほらね。みんなルイスさんをネタに盛りあがってる。

「あんなふうに、はっきりとものを言うのは、とても勇気がいることです。スター、カリルの葬儀のときも言ったけど、あなたも本当に勇気があるわ。警察にちゃんと供述したんだから」

「勇気があるなんて思えません」うそはつけなかった。マルコムX《エックス》がポスターの中からじっとわたしを見つめている。「抗議運動にも参加してないし、ルイスさんみたいにテレビでしゃべったわけでもないし」

「それでいいのよ」オフラさんは言った。「ルイスさんは苛立ちや怒りにかられて衝動的に話しているように見えるけど、カリルのようなケースでは、もっと慎重に、準備をした上で発言する必要があるから」ママを見て言う。「昨日地方検事から電話があったとおっしゃいましたね？」

「ええ。明日スターと面会したいって」

「なるほど。事件が地方検事局に送致されて、大陪審《だいばいしん》にかける準備をしているのね」

「どういうことですか？」

「陪審で、クルーズ巡査を起訴《きそ》するかどうか決めるのよ」

「スターが大陪審で証言することになるわけか」パパが言った。

オフラさんはうなずいた。「ただ、ふつうの裁判とは少しちがうんです。裁判官も弁護士も出廷しません。検事がスターに質問をすることになります」

「答えられない質問があったら、どうなるんですか？」

「どういうこと？」

「銃の――車にあったっていう銃のことです。そういう情報もあるって、ニュースで言ってました。それでなにかが変わるみたいに。でもわたし、車に銃があったかどうか、わからないんです」

オフラさんは、デスクの上にあった書類ファイルを開いて、一枚の紙を手に取り、差しだしてきた。それは、カリルが車の中で使っていた黒いヘアブラシの写真だった。

「これが銃と言われているものの正体よ。クルーズ巡査はこれが車のドアポケットにあるのを見て、カリルが銃を手に取ろうとしていると思ったと主張してるの。たしかに、持ち手はがっちりしてるし、黒いから、銃に見まちがえてもおかしくはないわね」

「カリルも黒いから、銃を持っていると思われてもおかしくないな」パパが口をはさんだ。

ヘアブラシ。

カリルは、そんなもののために命を落としたんだ。

オフラさんはファイルに写真をしまった。「今夜のインタビューで、彼の父親がなにを言うか見ものね」

え、いまなんて言ったの？「インタビューって？」

ママが椅子の上で気まずそうに身じろぎした。「ああ……あの警官の父親のインタビューよ。今夜、放送される予定なの」

ママからパパへ視線を移す。「なんで、だれも教えてくれなかったの?」

「話す価値もねえからだよ」

オフラさんを見る。「じゃあ、あの人の父親は、息子の言い分を主張できるんですか? わたしは、わたしやカリルの言い分を主張できないのに? そんなことしたら、みんな1―15のほうが被害者だって思っちゃうよ」

「そうとも限らないわ。こういうことは裏目に出る場合もあるから。それに、結局のところ、世論にはなんの発言権もないの。決めるのは大陪審《だいばいしん》よ。大陪審がきちんと審議して、十分な証拠があると見なせば、クルーズ巡査は起訴《きそ》されて、裁判にかけられることになるわ」

「十分な証拠があると見なせば、ですか」

また、重苦しい沈黙が流れる。その父親が、1―15の声だとしたら、カリルの声はわたしだ。カリルの言い分をみんなに知らせるためには、わたしが声をあげるしかない。

ドライブスルーの窓から、となりの洗車場を見る。ホースから勢いよく水が溢《あふ》れだし、日の光を受けて虹ができていた。六年前、ナターシャが撃たれたときみたいに。

オフラさんにむきなおる。「わたし、十歳のとき、親友が殺されるところを見たんです。車から撃たれて」

自分でも驚くくらいさらりと、殺されたという言葉が出てくる。

「そうだったの」オフラさんは椅子の背にもたれかかった。「知らなかったわ――つらい思いをしたのね、スター」

震える指先を見つめていると、涙がこみあげてきた。「忘れようとしても、全然忘れられないんです。あの銃声も、あのときのナターシャの顔も。警察は犯人を捕まえてくれませんでした。たいした事件じゃなかったからかもしれません。でも、わたしにとっては大きな事件だったんです。ナターシャは大切な友達でした」顔を上げてオフラさんのほうを見たけど、涙でなにも見えなかった。「カリルも大切な人でした。みんなにもそれを知ってもらいたいんです」

オフラさんは、涙をこらえるように、何度もまばたきをした。「そうね、知ってもらわないとね――」咳《せき》ばらいをして言う。「喜んであなたの代理人になるわ、スター。報酬はけっこうです」

うなずくママの目にも、涙が光っていた。

「あなたの声をみんなに届けられるように、全力をつくすつもりよ。カリルやナターシャが大切な存在だったように、あなたも、あなたの声も大切だから。まず、テレビのインタビューを受けられるように手配しましょう」パパとママを見る。「ご両親にご承諾いただければの話ですが」

「娘の身もとがわからねえようにしてもらえるなら、かまわねえよ」

「ご心配にはおよびません。お嬢さんのプライバシーは必ず守ります」

そのとき、パパのほうからバイブ音がきこえてきた。パパが電話に出る。叫《さけ》んでいるような声がきこえてきたけど、内容まではききとれなかった。「おい、落ちつけ、デヴァンテ。いまなんて言った？」返事をきくと、パパは立ちあがった。「すぐいく。救急車は呼んだか？」

「なにかあったの？」ママが言った。

パパは、わたしとママについてくるよう手で合図をして、続けた。

「そばをはなれるんじゃないぞ。いいな？　いまそっちにいくから」

13

ルイスさんの左目はあけられないほど腫《は》れあがり、頬の傷から血がぽたぽたとシャツに垂れていたけど、ルイスさんはどうしても病院にいこうとしなかった。

ママは、店の事務室を診療室代わりにして、パパの手を借りながら、ルイスさんの手当てをした。わたしは戸口に寄りかかってその様子を見ていた。デヴァンテは、事務室には入らず、店のほうから中をうかがっている。

「わしをやっつけるのに五人がかりだぞ」ルイスさんが言った。「こんな老人ひとりに五人だ！　わしも大したもんじゃろうが？」

「生きてるのが、大したもんだと思うけど」わたしは言った。〝チクり野郎はけがをする〟っていう言葉があるけど、キング・ロードをチクったりしたら、そんなものじゃすまない。〝チクり野郎は墓場にいく〟ことになる。

ママは、ルイスさんの首を傾けて、頬の傷を診《み》た。「この子の言うとおりですよ。ルイスさん、本当についてたわ。これなら傷口を縫《ぬ》う必要もなさそうよ」

「その傷は、キングがつけたんじゃ。ほかの連中がわしをのしてから、ようやくお出ましだ。あのチンピラめ。黒いミシュランマンみたいな顔しおってからに」

わたしがぷっと噴きだすと、パパは言った。

「笑い事じゃねえよ！　だから、言ったじゃねえか、やつらは仕返しに来るって」

「わしも言ったじゃろうが！　あんなやつこわくないとな。こんなことぐらいしかできないなら、おそるるに足らんわ！」

「いいや、こんなのは序の口だ。あんたはなにもわかっちゃいない。殺されていたかもしれねえんだぞ！」

「やつらが殺したがってるのはわしじゃないぞ！」ルイスさんは太い指をわたしのほうにむけたが、目はわたしを通り越して、デヴァンテを見ていた。「心配するなら、そいつを心配してやれ！　やつらが入って来るまえに、隠してやったからよかったようなものの。キングは言うとったぞ、おまえがそいつをかくまっていることは知っている、見つけ次第殺してやるとな」

デヴァンテは、恐怖に目を見開いて、後退《あとずさ》りした。

次の瞬間、パパは、デヴァンテの喉《のど》もとをつかんで、冷凍ケースにたたきつけた。「てめえ、なにをしやがった？」

デヴァンテは、足をけりだし、パパの手から逃れようと身をよじった。

「パパ、やめて！」

「おまえはだまってろ！」パパはデヴァンテをにらみつけたまま言った。「かくまってやったのに、まだなにか隠してやがったな？　どうして逃げてきた？　なにかしでかさなけりゃ、キングだって、おまえみたいなガキ、殺《や》ろうとしねーだろが」

「マーブ・リック！」ママが名前をはっきりと区切って呼んだ。「その手をはなしなさい。首を絞《し》められてたら話もできないわ」

パパが手をはなすと、デヴァンテは身体《からだ》をふたつに折って、ぜいぜいと喘《あえ》いだ。「おれに触るんじゃねえよ！」

「なんだと？　いきがってねえで、さっさと話せ」

「たいしたことじゃねえよ。ちょっとばかりキングを怒らせちまっただけだ」

怒らせた？「いったい、なにをしたの？」

デヴァンテは、床に座りこんで息を整えていたが、何度もまばたきを繰りかえしたかと思うと、顔をくしゃくしゃにして、赤ん坊みたいにおいおいと泣きだした。

どうしていいのかわからなくて、わたしもデヴァンテの前に座りこんだ。カリルも、母親のブレンダさんがドラッグに溺《おぼ》れていたとき、よくこんなふうに泣いていた。そんなときは、カリルの頬に手を添えて、顔を上げさせた。

同じように、デヴァンテの頬に手を添えて、顔を上げさせる。「だいじょうぶだからね」

こうすると、カリルはいつも泣きやんだ。その手はデヴァンテにもよく効いた。デヴァンテは涙をこらえて口を開いた。「キングの金を、五千ドルほどくすねたんだ」

「うそだろ」パパがうめいた。「なんだって、そんなばかなまねをしたんだ？」

「家族をこの町から逃がすためだよ！　おれは、ダルヴィンを殺《や》ったやつらを始末するつもりだった。だが、そんなことをしたら、まちがいなくGD《ガーデン・デサイプル》の連中に追われることになるだろ。死刑宣告を受けるようなもんだよ。おふくろと妹たちはどうしても巻きこみたくなかった。だから、バスのチケットを買って、この町から逃がしたんだ」

「どおりで、あなたのお母さんに電話をかけてもつながらないわけだわ」ママがつぶやくように言った。

涙がぼろぼろとデヴァンテの頬を伝い、唇を濡らした。「どっちみち、おれなんか、かくまっちゃくれねえよ。すっかり疫病神《やくびょうがみ》扱いさ。町を出るまえに、家を追いだされたんだ」デヴァンテはパパのほうを見た。「ビッグマブ、悪かったよ。最初にちゃんと言っとくんだった。GD《ガーデン・デサイプル》のやつらを殺《や》るのはやめたが、今度はおれがキングに命を狙われてる。キングにつきだしたりしないでくれ。なんでもするから。頼むよ」

「キングのいいようにはさせるな！」ルイスさんは足を引きずりながら、事務所を出ていった。「その小僧を助けてやるんじゃ、マーベリック！」

パパは、神を呪うように天井《てんじょう》をにらんでいた。

「パパ、お願い！」

「よし、来い、デヴァンテ」

「ビッグマブ。勘弁《かんべん》してくれ、頼む――」

「キングにつきだしたりはしねえよ。ここを出るんだ。いますぐにな」

四十分後、わたしを乗せたママのカムリは、デヴァンテを乗せたパパのタホに続いて、カルロスおじさんの家の私道に乗り入れた。

パパがここに来る道を知っていたなんて、意外だった。パパと一緒にここに来たことはなかったから。休日でも、だれかの誕生日でも、パパが一緒だったことは一度もない。たぶん、口の悪いおばあちゃんを敬遠していたんだろう。

わたしとママがカムリからおりると、パパとデヴァンテもタホからおりて来た。

「ここにかくまうつもりなの？　兄さんの家に？」ママが言うと、パパはこともなげに言った。「ああ、そうだ」

カルロスおじさんが、手についた油を上等そうなタオルでぬぐいながら、ガレージから出てくる。なんでこんな時間に家にいるんだろう。今日は仕事のはずだし、おじさんは病欠なんて取ったりしないのに。手をふき終えても、片方の拳《こぶし》はまだ黒ずんでいた。

デヴァンテは、日の光に目を細めて、まるで別の星に連れてこられたみたいに、きょろきょろとあたりを見まわしている。「すっげえな、ビッグマブ。ここ、どこだ？」

「ここはどこですか、だろ」カルロスおじさんは、デヴァンテの言葉遣いを直して、手を差しだした。「カルロスだ。きみがデヴァンテだね」

デヴァンテは、その手をじっと見つめているだけだった。まったくマナーがなってないんだから。「どうしておれの名前を知ってるんだ？」

カルロスおじさんは、決まり悪そうに手をおろした。「きみの話は、マーベリックからきいている。彼から相談を受けて、きみにここに来てもらうことにしたんだよ」

「驚いた！」ママがわざとらしく笑いながら言った。「マーベリックがそんな相談をしてたなんてね」目を細めて、じろりとパパを見る。「だいたい、あなたがここに来る道を知ってたなんて知らなかったわよ、マーベリック」

パパは鼻を膨らませた。「そんなこたぁ、どうでもいいだろ」

「さあ、きみの部屋に案内しよう」カルロスおじさんが言った。

デヴァンテは、おじさんの家を見て目を見張り、あんぐりと口をあけた。「こんなすげえお屋敷建てるなんて、あんた、いったいなにやってんだ？」

「もう、余計なこと言わないの」

カルロスおじさんはくすっと笑った。「いいんだ、スター。妻は外科医で、わたしは刑事をしているんだ」

デヴァンテはぴたりと足をとめ、パパにむきなおった。「冗談だろ？　サツの家に連れてきたのかよ？」

「口のきき方に気をつけろ。おまえのために親身になってくれる人のところに連れてきてやったんだぞ」

「でも、サツだろ？　仲間に知られたら、チクる気だと思われるじゃねえか」

「仲間だったら、逃げ隠れなんかしてないでしょ。それに、カルロスおじさんはチクれなんて言わないよ」

「スターの言うとおりだ」カルロスおじさんは言った。

「マーベリックが、きみをどうしてもガーデン・ハイツから逃がしたいと言ってね」

ママがきこえよがしに鼻で笑った。

「事情をきいて、力になりたいと思ったんだ。きみもわたしたちの手助けを必要としているようだったからね」

デヴァンテはため息をついた。「ダセーよ。サツにかくまってもらうなんて」

「見てのとおり、わたしは休暇中だ。きみから情報をききだそうとしたりはしないから、心配しなくていい」

「休暇?」だから、真っ昼間に、スウェットパンツ姿で家にいたんだ。「休暇を取らされたの?どうして?」

おじさんは、ちらりとママをうかがった。ママが素早く首をふったのをわたしは見逃さなかった。「心配しなくていい」おじさんは、わたしの肩を抱いて言った。「ちょうど休みたいと思ってたんだ」

まちがいない。わたしのせいで休暇を取らされたんだ。

玄関でおばあちゃんが待ちかまえていた。おばあちゃんのことだから、車がここに着いたときからずっと、窓からわたしたちの様子をうかがっていたにちがいない。腕を組んで、タバコを一服吸うと、天井《てんじょう》にむかって煙を吐き、デヴァンテをじろじろ眺めまわした。「その子はいったいだれなんだい?」

「デヴァンテだよ」カルロスおじさんが言った。「しばらく家に滞在してもらう」

「滞在するってのは、どういう意味だい?」

「言ったとおりだよ。ちょっとしたトラブルに巻きこまれて、ガーデン・ハイツにいられないんで、うちに来てもらったんだ」

おばあちゃんが鼻で笑った。ママがあの笑い方をだれから受け継いだのかよくわかった。「ちょっとしたトラブルだって?　本当のことをお言いよ」疑わし気に目を細めて、声をひそめる。「人でも殺したのかい?」

「母さん!」ママが声をあげた。

「なにがいけないんだい?　きいときたいんだよ。人殺しと一緒に寝泊まりさせられて、目が覚めたら死んでたなんてのは、あたしゃごめんなんでね！」

なに言ってんの……。

「死んだら目なんか覚めないじゃん」

「わかんない子だね！」そう言いながら、家の中に入っていく。「イエス様の前で目を覚まして、なにがあったのか悩んだりするのは、ごめんだってことだよ！」

「天国にいくつもりなのかね」パパがぼそりと言った。


カルロスおじさんは、早速デヴァンテに家の中を見せてまわった。デヴァンテに用意された部屋は、わたしとセブンの部屋を足したくらいの大きさで、小さなバックパックひとつしか荷物がないデヴァンテには、広すぎるくらいだった。キッチンに入ると、カルロスおじさんは、デヴァンテの手からそのバックパックを取りあげて言った。

「ここに住むにはいくつかルールがある。ひとつ、そのルールを守ること。ふたつ――」おじさんは、デヴァンテのバックパックから、グロックを取りだした。「武器やドラッグを持ちこまないこと」

「いつの間にそんなもん持ってきやがったんだ、デヴァンテ」パパが声を荒《あら》らげた。

「キングは、おれの首に賞金かけてるかもしれねえんだぜ。チャカぐらい持ってねえとやべえだろ」

「三つ」カルロスおじさんがふたりに負けないように声を張りあげた。「悪態をつかないこと。うちには八歳と三歳の子どもたちがいるんでね。悪い言葉はきかせたくないんだ」

そうじゃなくても、おばあちゃんから、たっぷりきかされてるんだから。エヴァの最近のお気に入りの言葉は、〝ごんちきしょう！〟だ。

「四つ、学校に入ること」

「勘弁《かんべん》してくれよ。ビッグマブにも言ったはずだぜ。ガーデン高校にはもどれねえって」

「そうじゃない」パパが言った。「おふくろさんと連絡が取れたら、おまえをオンラインの学校に入れるつもりなんだ。カルロスとリサの母親は元教師だからな。おまえが単位を取れるように勉強を教えてくれるはずだ」

「冗談じゃないよ！」どこからかおばあちゃんの声がした。おばあちゃんなら、盗みぎきぐらいしていてもおかしくない。

「母さん、きき耳をたてるのはやめてくれ！」カルロスおじさんが怒鳴った。

「くそくだらないことのために、あたしをかりだすんじゃないよ！」

「汚い言葉を使わないでくれ」

「今度あたしに指図してみな、ただじゃおかないからね」

カルロスおじさんは首まで真っ赤になっていた。

そのとき、玄関のベルが鳴った。

「カルロス、お客さんだよ」おばあちゃんが隠れたままで声をあげた。

カルロスおじさんは、唇をすぼめて玄関にむかった。

しばらくしてだれかと話しながらもどってくる。笑い声をきいてだれだかわかった。思わず頬がゆるむ。

「お待ちかねのお客さんだぞ」

カルロスおじさんの後ろから、ウィリアムソンの白いポロシャツとカーキの短パンを身につけたクリスが現れた。スニーカーは赤と黒のエア・ジョーダン12《トゥウェルブ》。マイケル・ジョーダンが、九七年のNBA《エヌビーエー》のファイナルで、インフルエンザにかかっていたときにはいていたシューズだ。ヤバい、なんだかクリスがいつもよりかっこよく見える。わたしがジョーダンフェチだからかもしれないけど。

「やあ」クリスが微笑《ほほえ》み、わたしも微笑みかえした。

「ハイ」

パパがここにいることも、自分がやっかいな問題を抱えていることも、すっかり忘れていた。でも幸せな気分は、ものの十秒も続かなかった。パパがクリスを見て言った。「だれだ、おまえは？」

クリスはパパに手を差しだした。「クリストファーです。はじめまして」

「娘の知りあいかなにかか？」

「ええ、まあ」クリスは、救いを求めるようにわたし見た。「ウィリアムソンで一緒なんだよな？」

わたしはうなずいた。うん、それでいい。

パパが腕を組んだ。「なんだ、そのはっきりしねえ言い方は？　自分でどうだかわかんねえのか」

ママが立ちあがって、クリスを軽く抱きしめた。その間ずっと、パパはクリスをじろじろ見ていた。「いらっしゃい、クリス、元気？」

「おかげさまで。お邪魔するつもりはなかったんですが、そこで車を見かけたので。今日、スターが学校に来なかったから、心配になって、来てみたんです」

「わざわざありがとう。ご両親によろしく伝えてちょうだい。おふたりともお元気？」

「おい、待てよ。みんなこいつとまえからの知りあいみてえだが」パパはわたしのほうを見た。「どうしておれがきいてねえんだ?」

　カリルのためにみんなの前に出るのは、かなりの勇気がいるはずだ。少なくても、血の気が多い黒人の父親に、白人のボーイフレンドを紹介するくらいの勇気は。クリスのことでパパに立ちむかうこともできなくて、どうしてカリルのために立ちあがれるの?

　パパは、相手がだれだろうと、口をつぐんじゃいけないって、いつも言ってる。

　その相手にはパパだって入ってるはずだ。

　だから、わたしは言った。「わたしのボーイフレンドだよ」

「ボーイフレンドだと?」

「そうとも、その子のボーイフレンドだよ!」おばあちゃんの声が、またどこかからきこえてきた。「よく来たね、クリス」

　クリスは、困ったようにあたりを見まわして言った。「こ、こんにちは、モンゴメリーさん」

　クリスのことを最初にかぎつけたのは、スパイさながらの嗅覚《きゅうかく》を持つおばあちゃんだった。「白人だからって遠慮はいらないよ、ヤっちまいな」おばあちゃんはそう言って、きいてもいないのに、白人との恋バナをいろいろときかせてくれた。

「冗談だろ、スター? おまえ、白人のガキなんかとつきあってんのか?」

「マーベリック!」ママが怒鳴った。

「落ちつけよ、マーベリック」カルロスおじさんが口をはさんだ。「クリスはいい子だし、なによりスターを大切にしてる。だったらなにも問題ないじゃないか」

「あんたも知ってたのか?」パパは驚いたように言うと、わたしのほうを見た。その目には怒りとも悲しみともつかない表情が浮かんでいた。「この男が知っていて、なんでおれがきいてないんだ？」

父親がふたりいると、こういうことがよくある。いつもどちらかを傷つけて、罪悪感に苛《さいな》まれるはめになる。

「外で話しましょう」ママが硬い声で言った。「さあ」

パパは、ぎろりとクリスをにらみつけると、ママのあとについてテラスに出ていった。しばらくして、分厚いガラスのドア越しに、パパを怒鳴りつけるママの声がきこえてきた。

「さあ、デヴァンテ。地下室と洗濯室にも案内しよう」カルロスおじさんが言った。

デヴァンテは、品定めをするようにクリスを眺めまわすと、ふっと笑ってわたしを見た。「ボーイフレンドね。やっぱ、白人がいいんだな」

そう言っておじさんと一緒に、部屋を出ていった。なにいまの、どういう意味？

「ごめんね、クリス。パパがぶち切れちゃって」

「あのくらいですんでよかった。殺されてもおかしくなかったよ」

ほんと。わたしはクリスをカウンターの前に座らせると、のみものを取りにいった。

「きみのおじさんと一緒にいたやつ、だれなの？」クリスが言った。

パムおばさんは、ソーダなんて買わないから、あるのはジュースか水か、ただの炭酸水くらいだ。おばあちゃんなら、部屋にスプライトやコーラくらい隠し持ってそうだけど。「デヴァンテだよ」

冷蔵庫をあけて、アップルジュースのパックをふたつ取る。「キング・ロードの揉《も》め事に巻きこまれちゃって、パパがカルロスおじさんに頼んで、ここで預かってもらうことになったの」

「なんであいつ、ぼくをあんな目で見たんだ？」

そのとき、テラスでママが叫《さけ》んだ。「いい加減にしてよ、マーベリック。ええ、あの子は白人よ！まっしろしろの白人よ！」

クリスの顔が見る見る真っ赤になった。

ジュースのパックを手渡しながら言う。「だからだよ。だから、デヴァンテはああいう目で見たの。クリスが白人だから」

「へえ？　それも、ぼくにはわからない黒人の問題ってやつ？」

「ねえ。本音言っていい？　ほかの人間がそんなこと言ったら、思いっきりガンとばしてやるところだよ」

「そんなことって？　黒人の問題のこと？」

「そう」

「でも、そうだろ？」

「そんなことないよ。そういうのって、別に黒人だけの問題じゃないでしょ。理由はちがうかもしれないけど、白人だって同じようなもんだよ。ご両親は、わたしたちがつきあってることをいやがってない？」

「いやがったりはしてないけど、話しあいはしたよ」

「ほら、黒人だけの問題じゃないでしょ？」

「ぼくの負けだな」

カウンターに並んで座って、クリスから、今日の学校の様子を詳しくきいた。騒ぎに備えて警察が呼ばれていたので、教室を出ていく生徒はひとりもいなかったらしい。

「ヘイリーとマヤに、きみのことをきかれたよ。病気だって言っといた」

「わたしにメールして直接きけばいいのに」

「昨日のことで気がとがめてるんじゃないかな。ヘイリーは特にね。白人の罪悪感《ホワイト・ギルド》ってやつだよ」

そう言ってウインクする。

わたしはぷっと噴きだした。白人のボーイフレンドが、白人の罪悪感の話をするなんて、なんか変。

ママがまた怒鳴った。「よそんちの子をガーデン・ハイツから逃がそうとして、一生懸命になってるくせに、どうして自分の子どもたちをあんな恐ろしいところに置いときたがるのか、わたしにはさっぱりわからないわ！」

「子どもたちを、こんなインチキくせえ住宅街に住まわせたいのか？」

「ここがインチキだって言うなら、いつでも喜んでホンモノと交換するわよ。もう、うんざりなの！　子どもたちはここの学校に通ってるし、教会もここにあるし、友達だってみんなここの子たちよ。引っ越すくらいの余裕はあるのに、どうしてあんなゴミためにいたがるのよ！」

「少なくともガーデン・ハイツのみんなは、うちの子どもらをくそみたいに扱ったりしねえだろ」

「十分そうしてるわよ！　それに、デヴァンテが見つからなかったら、キングはだれに目をつけると思う？　わたしたちよ！」

「それはなんとかするって言ってるだろ。引っ越しはしない。話しあう気はねえからな」

「本気なの？」

「ああ、本気だね」

クリスがふっと笑った。「なんか、気まずいね」

頬が熱い。肌の色が濃くてよかった。真っ赤になってもわからないから。「うん、そうだね」

クリスは、わたしの手を取り、一本ずつ指の先を合わせるようにして絡《から》めると、握った手をおろして、ふたりの間で揺らした。

パパが、テラスから入ってきて、バタンとドアを閉めた。射るような目で握りあった手をにらみつける。それでもクリスは手をはなそうとしなかった。ポイントアップだ。

「スター、あとで話があるからな」パパはのしのしとキッチンを出ていった。

「これがラブコメだったら、きみがゾーイ・サルダナで、ぼくがアシュトン・カッチャーってとこだな」

「なにそれ?」

クリスはジュースをひと口飲んだ。「《ゲス・フー　招かれざる恋人》っていう昔の映画の話だよ。数週間前にインフルエンザにかかってたときに見たんだ。ゾーイ・サルダナとアシュトン・カッチャーが恋人同士なんだけど、ゾーイの父親が、白人とつきあうのに大反対するんだ。ぼくたちみたいだろ」

「この状況はあんまり笑えないけどね」

「考えようによっては笑えるよ」

「どこが。それより、クリスがラブコメなんか見てたことのほうが、よっぽど笑える」

「ひどいなあ!　最高におもしろいんだぜ。ただのラブコメなんかじゃない。ゾーイの父親役が、バーニー・マックなんだ。こいつがめちゃめちゃ面白くってさ。コメディ・グループ〝キングス・オブ・コメディ〟のひとりでね。あれをラブコメなんて呼んだら、バーニーに失礼だよ」

「バーニー・マックを知ってたのと、彼が〝キングス・オブ・コメディ〟のメンバーだって知ってるのは褒《ほ》めてあげるけど――」

「みんなにも教えてやりたいよ」

「同感。でも、やっぱりちょっとね。ラブコメはラブコメだし。みんなには内緒にしておいてあげる」

頬にキスしようとしたら、クリスが顔を動かし、唇が触れあった。おじさんの家のキッチンにいることなんて忘れて、夢中でキスを交わしはじめる。

「コホン、コホン！」咳《せき》ばらいがきこえて、クリスとわたしはぱっと身体《からだ》をはなした。

両親のけんかをボーイフレンドに見られて、これ以上恥ずかしいことなんかないと思ってたけど、そんなことなかった。ボーイフレンドとのキスをママに見られるほうがずっと恥ずかしい。これで二回目だ。

「あなたたち、息継ぎくらいしたほうがいいんじゃない？」ママが言った。

クリスは、喉《のど》ぼとけまで真っ赤になっている。「そろそろ失礼します」クリスは、ママにひと言挨拶《あいさつ》をすると、そそくさとキッチンを出ていった。

ママが眉を吊りあげる。「ピルはのんでるの？」

「ママ！」

「質問に答えなさい。のんでるの？」

「のんでるってば、もう」カウンターにつっぷして、うめき声をあげる。

「前回の生理が終わったのはいつ？」

勘弁《かんべん》してよ～。顔を上げて、無理やり笑みを作る。「わたしたちはだいじょうぶだよ、約束する」

「ふたりともいい度胸してるわよね。パパが私道に出ていって、ものの何秒とたたないうちに、ブチュブチュやりだすんだから。マーベリックがどういう人だが知ってるでしょう」

「ねえ、今夜はここに泊まるの？」

ママは不意《ふい》をつかれたように言った。「どうして、そう思うわけ？」

「だって、ママとパパ――」

「ちょっと話しあってただけよ」

「近所中にきこえる話しあいだったけどね」あの晩のやつも。

「スター、わたしたちはだいじょうぶよ。心配しなくていいの。あなたのパパは、もともとああいう人でしょ」

私道のほうでクラクションがけたたましく鳴った。ママは呆《あき》れたように天井《てんじょう》をあおいだ。「あなたのパパって言えば、あのミスター・ドア・バタンが、おれが出るのに邪魔だから、おまえの車をどかせろって、言ってるみたいね」ママは首をふって玄関にむかった。

クリスがのみ残したジュースを片づけて棚をあさる。おなかがグーグー鳴っていた。パムおばさんは、のみものの趣味は潔癖《けっぺき》すぎるけど、スナックはけっこうおいしいのを揃《そろ》えている。グラハムクラッカーを見つけて、ピーナツバターをたっぷり塗って平らげる。うーん、最高。

そのとき、デヴァンテがキッチンに入ってきた。「白人なんかとつきあってるなんて、信じらんねーな」わたしのとなりにどかっと腰をおろして、グラハムクラッカーのピーナツバターサンドをくすねる。「しかも、〝黒人《ウィ》のまねっこ野郎《ガ》〟だぜ」

「はあ？」クラッカーを口いっぱいに頬ばって言う。「黒人のまねなんかしてないし」

「どこがだよ！　ジョーダンなんかはいてんじゃねえか。白人の男ならふつうコンバースかヴァンズだろ。黒人のまねする気がねえなら、ジョーダンなんかはかねえだろうが」

なに言ってんの、こいつ。「へえ、びっくり。はいてる靴で人種が決まるなんて知らなかった」

ほら、なにも言いかえせない。

「あんなやつのどこがいいんだよ？　マジで。ガーデン・ハイツには、おまえとつきあいたがってるやつが、いくらでもいるのに、なんで、ジャスティン・ビーバーなんだ？」

デヴァンテの顔に指をつきつける。「ジャスティン・ビーバーなんて呼ばないで。それと、適当なこと言わないでよ。ガーデン・ハイツに、わたしとつきあいたがってるやつなんていないし。みんなわたしの名前すら知らないんだよ。あの店で働いてるビッグマブの娘、とか呼ばれてるんだから」

「そりゃあ、どこにも顔出さねえからだろ。おまえがパーティに出てるの見たことねえし」

「出るって、人が銃撃されるパーティに？」なにも考えずに言ってしまって、すぐに後悔した。「ああ、ほんとにごめん、こんなこと言うつもりじゃなかったのに」

デヴァンテは、カウンターに目を落とした。「いいんだ。気にすんな」

しばらくの間、ふたりともだまったまま、グラハムクラッカーをかじっていた。

「あのさ……」沈黙に耐えきれなくなって口を開く。「カルロスおじさんとパムおばさん、いい人たちだよ。きっとここが気に入ると思う」

デヴァンテは、また、グラハムクラッカーに手を出した。

「まじめすぎるところもあるけど、ふたりともすごくやさしいから。きっとよくしてくれるよ。パムおばさんは、自分の子どもみたいに大事にしてくれると思う。カルロスおじさんはちょっと厳しいけど、ルールさえ守っていれば、だいじょうぶ」

「カリルは、おまえの話ちょくちょくしてたぜ」デヴァンテがぽつりと言った。

「だれもおまえのこと知らないなんて言ったけど、カリルはおまえのこと話してたよ。それがビッグマブの娘のことだとは思わなかったけどな。カリルは友達のスターの話をしてたんだ。おまえのこと、あんないいやつはほかにいねえって言ってたよ」

唾《つば》をのみこんだのは、喉《のど》にピーナツバターがへばりついていたせいだけじゃない。

「どうしてそんなこと知って――そっか。ふたりともキング・ロードだもんね」

カリルが道を踏みはずしたことを思いだすたびに、カリルが死ぬところをまた目の前で見ているような気持ちになる。大切なのは、カリルがしたことじゃなくて、カリル自身だってことはわかってるけど、正直言うと、やっぱり気になるし、がっかりしてしまう。カリルはそんな人じゃなかったはずなのに。

「カリルはキング・ロードじゃねえよ」

「でも、お葬式のとき、キングがバンダナを棺《ひつぎ》に――」

「あれは、メンツを守るためさ。キングはカリルを仲間に入れようとしてたが、カリルは断ってたんだ。そしたらあいつがサツに殺されて、あいつのために暴動まで起こる騒ぎになっただろ。そのカリルに誘いを断られたなんて知られたら、キングのメンツが立たねえからな。それでカリルがキングロードだと思わせようとしたんだ」

「ちょっと待って。どうして、カリルがキングの誘いを断ったことを知ってるの？」

「あの公園で客を待ってたときに、カリルからきいたんだよ」

「じゃあ、一緒にドラッグを売ってたってこと？」

「ああ。キングのためにな」

「そうだったんだ」

「あいつはドラッグなんか売りたがってなかった。あんなもん、好きで売りたがるやつはいねえよ。でも、カリルはそうするしかなかったんだ」

「そんなことない。ほかに手はあったはずだよ」涙をこらえて言う。

「いや、そうするしかなかったんだ。あいつのおふくろがキングのドラッグをくすねちまって、キングに始末されそうになってたんだよ。それを知ったカリルは、おふくろさんの借りを返すために、ドラッグを売ることにしたんだ」

「それ、ほんとなの？」

「ああ。そうでもなきゃ、あいつはドラッグなんか売らねえよ。母親を助けるためさ」

信じられない。

ううん、それでこそカリルだ。大きくなったら騎士になってママを助けると言ったカリル。その言葉のとおり、守ろうとしたんだ。そんな母親でも。

わたし、最低だ。カリルを否定するよりひどい。カリルのことを完全に見損《みそこ》なっていたんだから。

これじゃ、ほかのみんなと変わらない。

「あいつのこと、怒らないでやってくれ」デヴァンテが言ったとき、なんだか、カリルにそう言われているような気がした。

「怒ってなんか――」ため息をつく。「そうね、ちょっと怒ってたかも。みんななにも知らないくせに、カリルのことをごろつきみたいに言うのがいやでたまらなかったの。でも、やっぱりカリルはギャングなんかじゃなかった。カリルがどうしてドラッグを売ってたか知ってたら、みんなカリルのこと――」

「おれみたいなごろつきだって思わなかったのに――ってか？」

「そんなつもりじゃ……」

「いいんだ。わかってる。おれがごろつきだってことぐらいはな。おれはこういう生き方しかできなかった。キング・ロードは、おれやダルヴィンにとっちゃ、ほとんど家族みたいなもんだったからな」

「でも、お母さんや妹さんたちがいるじゃ――」

「おふくろは、おれたちの面倒《めんどう》なんか見ちゃくれなかった。そんな金なかったんだよ。逆におれとダルヴィンで面倒見てたんだ。キング・ロードはおれたちの後ろ盾《だて》になって、おふくろにはできなかったことをしてくれた。着るものを買い、いつもめしが食えるようにしてくれたんだ」カウンターをじっと見つめる。「うれしかったよ。だれかに世話をされんのはな。いつも逆ばっかだったから」

「そう」わかってる。自分でもまぬけな返事だってことぐらい。

「さっきも言ったが、好きでドラッグなんか売るやつはいねえ。おれだって、ほんとはあんなもん売りたかねえよ。でも、おふくろたちがひもじい思いをするのはもう見たくない。そういうのわかるか？」

「わからない」わかる必要がなかった。ずっと両親に守られてきたから。

「わかんねえほうがいい。でも、カリルがあんなふうに言われるのは、おれも悔しかったんだ。あいつ、ほんとにいいやつだったから。いつか本当のことを知ってもらえるといいな」

「そうだね」つぶやくように言う。

デヴァンテとカリル。ふたりには、どう生きるか、選択する余地もなかったのだろう。自分が同じ立場だったら、まともな道を選択できたとは、とても思えなかった。

わたしだってごろつきになっていたかもしれない。

「ちょっと散歩にいってくる」頭の中がぐちゃぐちゃだった。「グラハムクラッカーとピーナツバターは食べちゃっていいよ」

わたしは玄関を出た。どこにむかっているのか、自分でもよくわからなかった。はっきりわかっていることなんて、もうなにひとつなかった。

14

わたしはマヤの家の前で足をとめた。実を言うと、この先は知らない家ばかりで道がわからない。たそがれどきで、空は真っ赤に燃えあがり、蚊が血を求めてぶんぶんとびまわっていた。ヤン家のたくさんある窓には、もう全部明かりが灯《とも》っていた。わたしたちが家族みんなで居候《いそうろう》しても、まだ余裕があるくらい大きな家だ。円形の車寄せには、バンパーがへこんだインフィニティクーペがとまっている。ヘイリーの車だ。運転がへたくそだから、しょっちゅうあちこちにぶつけてる。

正直言って、わたしぬきで遊んでいたんだと思うと、あんまりいい気はしなかった。住んでいる場所がはなれていると、こういうことはよくあるし、いちいち怒ってはいられない。この気持ちは、怒りというよりたぶん、嫉妬《しっと》だ。

じゃあ、抗議運動のことは？　怒ってる。思いだしただけでむかむかするくらい。その勢いで玄関のベルを押した。マヤに三人で話してもいいって返信したし、ちょうどいい、三人で話そうじゃない。

ドアをあけてくれたのは、首にブルートゥースのヘッドホンをかけたマヤのママだった。

「あら、スターじゃない！」満面に笑みを浮かべて、抱きついてくる。「会えてうれしいわ。みんな元気？」

「ええ、元気です」

マヤのママは、声をあげて、マヤにわたしが来たことを知らせると、玄関に通してくれた。お手製のシーフードラザニヤの匂いが鼻をくすぐる。

「お食事どきにお邪魔してすみません」

「邪魔だなんてとんでもない。マヤは二階よ。ヘイリーも来てるの。ぜひ一緒に夕食を食べていってちょうだい。……ちがうのよ、ジョージ、あなたに言ってるんじゃないの」マヤのママは、ヘッドホンに話しかけると、わたしのほうを見て、声に出さずに「アシスタントよ」と言い、天井《てんじょう》をあおいで見せた。

微笑《ほほえ》みかえして、ナイキダンクを脱ぐ。ヤン家に上がるときには靴を脱ぐことになっている。それは、中国の習慣だからというのもあるけど、お客さんに寛《くつろ》いでもらいたいという、マヤのママの気遣いでもある。

ぶかぶかのTシャツと、丈がくるぶしまであるバスケパンツを身につけたマヤが、階段を勢いよくかけおりてくる。「スター！」

下までおりてくると、わたしを抱きしめようと手を広げかけて、ためらうようにその手をおろした。気まずい空気が流れる。かまわず、わたしのほうから抱きしめた。マヤと抱きあうのは、しばらくぶりだった。マヤの髪から柑橘系《かんきつけい》の香りがふわりと漂《ただよ》う。マヤは母親のようにぎゅっと抱きしめかえしてくれた。

部屋に通されると、天井《てんじょう》から、デコレーションライトが吊り下がっているのが見えた。棚にはテレビゲームがずらりと並んでいて、そこらじゅうに、アニメの《アドベンチャー・タイム》のグッズが飾られている。ヘイリーはビーンバッグチェアにもたれて、薄型テレビに映しだされたバスケゲームの画面を食い入るように見つめながら、コントローラーでプレイヤーを動かしていた。

「ほら、だれだと思う、ヘイリー」マヤが声をかけた。

ヘイリーは顔を上げてわたしを見た。

「ハイ」

「ハイ」

気まずさの震源地はここらしい。

スプライトの空き缶と、ドリトスの袋をまたいで、もうひとつのビーンバッグチェアに腰をおろす。マヤがドアを閉めた。裏側にはマイケル・ジョーダンの古いポスターが貼ってある。脚を大きく広げてダンクを決める、有名なジャンプマンのポーズだ。

マヤはベッドにダイブすると、床からコントローラーを拾いあげた。「スターもやる?」

「うん」

マヤから三つ目のコントローラーを受けとると、新しいゲームがはじまった。わたしたち三人とコンピューターチームとの対戦だ。本物の試合のときみたいに、リズムと相性と技術がそろった完璧なチームワークで、華麗にボールをさばいていく。でも、気まずい空気は、無視しようがないくらい濃厚に、部屋に立ちこめていた。

ふたりはちらちらとわたしを見ていたけど、わたしはゲームの画面だけをじっと見つめていた。ヘイリーが操作するプレーヤーが3ポイントシュートを決め、アニメーションの観客が歓声をあげる。「ナイスシュー」わたしは言った。

「ねえ、はっきり言ってよ」ヘイリーはテレビのリモコンをつかんでゲームを消し、チャンネルを刑事ドラマに回した。「なんで怒ってるわけ?」

なら、お望みどおりはっきり言ってあげる。「なんで抗議運動なんかしたの?」

「たいしたことじゃないと思ったからよ」そんなことが理由だなんて、とでも言うようにヘイリーは言った。「それに、その人のこと知らないって言ってたじゃない、スター」

「それがなにか関係あるわけ?」

「抗議運動するのは悪いことじゃないでしょ?」

「動機が授業をサボることじゃなかったらね」

「ほかのみんなだってやってたじゃない。なんでわたしたちが謝らなきゃいけないわけ？」

「みんながやってたらいいってことにはならないでしょ」我《われ》ながら、ママみたいな言い方だ。

「やめなよ、ふたりとも！」マヤが割って入る。「ヘイリー、スターが謝ってほしいって言うなら、謝ろうよ。スター、抗議運動なんかしてごめんなさい。人の不幸を利用して授業をサボるなんて、どうかしてた」

わたしとマヤが視線をむけると、ヘイリーはビーンバッグにもたれて腕を組んだ。「なにも悪いことしてないのに、謝る気なんかないから。スターのほうこそ、先週、人のこと、人種差別主義者呼ばわりしたのを謝ったらどうなの」

「へえ、そう来るんだ」ヘイリーのこういうところには、ほんとにうんざりする。いつの間にか話をねじ曲げて、自分が被害者におさまってるんだから。ヘイリーの得意技だ。もうその手には乗るもんか。

「わたしがそう感じたんだから、謝ることないでしょ。ヘイリーがどういうつもりだったかなんて関係ない。わたしが、フライドチキンのあのジョークは、人種差別だって感じたから、そう言っただけだよ」

「そう。わたしもあの抗議運動は問題ないって感じたから参加したの。わたしも自分が感じたことで謝る気はないし、あなたもおんなじなら、テレビでも見てたほうがいいんじゃない？」

「そうだね」

マヤは、わたしたちの首を締めあげてやりたいって顔でうなった。「あのねえ。そんなに強情張りたいんだったら、もう好きにすれば」そう言って、チャンネルをあちこち変えはじめる。

ヘイリーは、目のはしでこっちをうかがっているくせに、そうやって気にしてることに気づかれるのがいやなのか、わたしと目を合わせないようにしている。もう勝手にすればいい。話しあいに来たつもりだったけれど、謝るそぶりも見せないなんて信じられない。

わたしはくるくると切り替わるテレビの画面をじっと見つめた。歌唱コンテスト、リアリティ番組、1―15、ダンス番組――えっ、待って。

「もどして。さっきのやつにもどして」

マヤが、リモコンを押してチャンネルを切り替えていくと、再びあいつが現れた。「そこでとめて！」

あれから何度もこの顔を思い浮かべてきたはずなのに、実際に目にする衝撃《しょうげき》はまるでちがった。記憶のとおりだ――唇の上にうっすらと残るキザギザの傷あと、顔や首にまで散ったそばかす。

胃がむかむかして、身の毛がよだち、逃げだしたくなった。本能は、それがテレビの中の写真だろうと、おかまいなしに反応していた。首には銀の十字架を下げている。イエス様が自分のしたことを認めてくれているとでも言うように。きっとわたしたちが信じてるイエス様とは別のイエス様なんだ。そうとしか思えない。

やがて、画面に、1―15を高齢にしたような男が現れた。唇には傷もなく、首は、そばかすよりもしわのほうが目立つ。髪は茶色いところも残っているが、ほとんど白髪だ。

「息子は、身の危険を感じていました」1―15の父親は言った。「息子は、妻と子どもたちが待つ家に、無事に帰りたかっただけなんです」

次々と1―15の写真が映しだされる。モザイクがかかった女の人の身体《からだ》に腕を回して笑っている写真。モザイクがかかったふたりの子どもたちと船で釣りをしている写真。人なつっこそうなゴールデンレトリーバーを連れている写真。モザイクがかかった牧師や執事たちと写っている写真。そして、警官の制服を着た写真。

「ブライアン・クルーズ・ジュニア巡査は、勤続十六年の警察官です」ナレーターの声が流れ、制服姿の写真がまた何枚か映しだされた。カリルが生きた年数と同じだけ警官をやって来たということだ。運命はどこでどうねじれてしまったんだろう。まるでカリルはこの男に殺されるために生まれてきたみたい。

「その年月のほとんどを、このガーデン・ハイツで勤務しています」ナレーターは続けた。「ギャングやドラッグの売人が多いことで有名な町です」

うちの近所が映しだされ、思わず息をのむ。わざわざひどいところばかり選んで映したみたいだった。通りをふらふらと歩きまわるヤク中、ぼろぼろのシダー・グローブ公団、ハンドサインを出すチンピラたち、白いシートをかけられた歩道の死体。ルックスさんのケーキ屋は映さないの？カットが自慢のルイスさんの床屋は？ルーベンさんのレストランだって、診療所だってあるし、うちの家族だって住んでるのに。

わたしだっているのに。

ヘイリーとマヤがわたしを見ているのがわかったけど、ふたりの顔を見ることはできなかった。

「息子はあの町で働くことにやりがいを感じていました」1―15の父親は言った。「住民の生活を少しでも改善したいと願っていたんです」

笑わせないでよ。奴隷《どれい》の主人だって、黒人の生活を改善してやったと思っていたはずだ。〝野蛮なアフリカ〟の生活から救いだしてやったって。時代がちがうだけで、同じことだ。ああいう人たちに、救ってやりたいなんて思われたくない。

1―15シニアは、事件が起こるまえの、息子の人生について語りはじめた。決して問題を起こしたりせず、いつも人の役に立とうとする子どもだったという。カリルと一緒だ。そして、1―15が、カリルがいけなかった大学にいき、カリルができなかった結婚をして、カリルが持てなかった家族を持ったことを話した。

インタビュアーはあの晩のことをたずねた。

「ブライアンは、あの少年の車のテールライトが壊れていたので車をとめたそうです。スピード違反もしていたようですね」

カリルはスピード違反なんかしてない。

「息子は言っていました。『あの車をとめたとき、いやな予感がしたんだよ、父さん』と」

「それはなぜですか」

「あの少年とその連れが、車をとめたとたん、口汚く罵《ののし》りだしたからだそうです」

わたしたちは罵ったりなんかしてない。

「しかも、なにか企《たくら》んでいるように、ちらちらと目配せをしあっていたそうです。ブライアンは、それを見て恐ろしくなったと言っていました。ふたりグルになって襲ってこられたら、ひとたまりもないと思ったそうです」

襲ったりなんかするはずない。こわくて、身じろぎもできなかったんだから。これじゃまるでモンスターだ。わたしたちは、ただの子どもなのに。

「息子は、どんなに恐ろしくても、自分の仕事をきちんとする人間です。あの晩も、仕事をまっとうしようとしていただけなんです」

「事件が起こったとき、カリル・ハリスは武器を持っていなかったという報道もありましたが、息子さんは、なぜ発砲するという決断にいたったか、あなたにお話しになりましたか？」

「背中をむけたとき、少年が『ぶちのめしてやる』と言うのをきいたからだと言っていました」

ちがう、ちがう、そんなこと言ってない。カリルはわたしにだいじょうぶかきいただけだ。

「ふりかえったとき、ドアポケットになにかが入っているのが見えたそうです。ブライアンはそれが銃だと思って――」

ただのヘアブラシだったのに。

父親の唇が震える。わたしの身体《からだ》も震えていた。1―15の父親は嗚咽《おえつ》をこらえるように、口に手を当てた。わたしも口を押さえていた。吐いてしまわないように。

「ブライアンは本当にいい子なんです」目に涙をためて言う。「あの子は、ただ家に――家族のもとに、無事帰りたかっただけなんです。それなのに、まるでモンスターのように言われて」

わたしとカリルも同じだ。ただ無事に、家に帰りたかっただけなのに。モンスターみたいに言われてるのは、わたしたちのほうだ。

息ができない。こらえた涙でおぼれてるみたいだった。でも、この涙は絶対流さない。泣いてなんかやらない。1―15とあの父親は、今夜わたしのことまで撃った。何度も撃って、わたしを殺した。でも、おあいにく様。撃たれて死んだのは、みんなの前で声をあげることをためらっていたわたしだ。わたしはもうためらったりしない。

「この事件以来、息子さんの生活はどのように変わりましたか?」

「家族みんなの生活が、恐ろしいほど一変してしまいました。ブライアンは社交的なタイプだったのに、人前に出るのをこわがるようになりました。ミルクを買いにいくことすらできないんです。息子や、家族の人生が脅《おびや》かされています。息子の妻は仕事をやめざるを得ませんでした。息子は同僚の警官にまで、攻撃される始末です」

「実際に暴力をふるわれたということですか、それとも言葉で?」

「両方です」

そのときピンときた。カルロスおじさんの拳《こぶし》が、どうしてあざになっていたのか。

「ひどすぎる」ヘイリーが言った。「気の毒なご家族ね」

ヘイリーは同情に満ちた目で、1―15の父親を見つめていた。同情されるべきなのは、ブレンダさんやロザリーおばあちゃんなのに。

わたしはまばたきを繰りかえした。「なにがひどいの?」

「あの人の息子さんは、職務をまっとうしようとしただけじゃない。自分の身を守ろうとしただけなのに、全てをなくしたんだよ。彼の人生だって大切でしょう?」

だめだ。もう無理。これ以上ここにいたら、とんでもないことを口走るか、ばかなまねをしてしまいそうだ。ヘイリーをぶん殴るとか。

「もう……帰る」ようやくそれだけ言って、戸口にむかったとき、マヤにカーディガンの裾をつかまれた。

「待ってよ。まだあなたたち、ちゃんと仲直りしてないじゃない」

「マヤ」できるだけ穏やかな声を出して言う。「いかせてくれない？　話なんかできないよ。いま言ったの、きいたでしょ？」

「なんなのよ？　あの人の人生も大切だって言って、なにが悪いわけ？」

「あいつの人生ばっかり大切にされてるからだよ！」喉《のど》が締めつけられ、声がかすれる。「それが問題なの！」

「スターってば！」マヤがわたしと目を合わせようとしながら言った。わたしはマヤを見た。「どうしちゃったの。最近、《不死鳥《ふしちょう》の騎士団《きしだん》》のときのハリーみたいにピリピリしてるよ」

「ほっときなよ！　わたしのこと悪者にしたいだけなんだから」

「なにそれ？」

そのとき、ドアをノックする音がした。「どうしたの、なにかあったの？」マヤのママだ。

「だいじょうぶだよ、ママ。テレビゲームしてるだけだから」マヤはわたしを見て声をひそめた。「いいから、座って」

マヤのベッドに腰をおろす。いつの間にか、1―15シニアの姿はテレビの画面から消え、気まずい沈黙を埋めるように、コマーシャルが流れていた。

「なんでわたしのタンブラーのフォロー、はずしたの？」気がつくと、そう口にしていた。

ヘイリーがこっちを見る。「え？」

「わたしのタンブラーのフォロー、はずしたでしょ、どうして？」

ヘイリーは、マヤをちらりと見て言った。「なんの話だかわかんないんだけど」

「ごまかさないでよ、ヘイリー。フォローはずしたでしょ、何か月かまえに。どうして？」

ヘイリーはだまりこんでいる。

わたしはごくりと唾《つば》をのんだ。「エメット・ティルの写真のせい?」

「もうたくさん」ヘイリーは立ちあがった。「いい加減にしてよ。つきあってらんない、そんなにわたしのこと悪者にしたいわけ、スター――」

「あれ以来、メールもくれなくなったよね。あの写真見て、すごくいやがってたじゃん」

「いまのきいた?」ヘイリーは訴えるようにマヤに言った。「また、人のこと人種差別主義者呼ばわりして」

「そんなことなにも言ってないよ。具体的な例をあげて、質問してるだけでしょ」

「遠回しにそう言ってるじゃない!」

「人種の話なんか、ひと言もしてないよ」

沈黙が流れる。

ヘイリーは、唇をきっと引き結んで首をふった。「信じらんない」ベッドの上にあったジャケットをつかんで、ドアにむかって歩きだす。不意《ふい》に足をとめて、背をむけたまま言った。「どうして、フォローをはずしたのか、そんなに知りたい? あなたがどういう人間だかわかんなくなったからよ」

バタンとドアが閉まり、ヘイリーは部屋を出ていった。

コマーシャルが終わり、テレビはニュース番組にもどっていた。ガーデン・ハイツだけではなく、国中で行われている抗議運動の様子が流れている。どうか、この中には、授業や仕事をサボるためた、カリルの死を利用している人たちがいませんように。

「そんな理由じゃないよ」唐突《とうとつ》にマヤが言った。肩をこわばらせて、閉まったドアを見つめている。

「えっ？」

「あれはうそ。それでフォローをはずしたんじゃないよ。自分で言ってたもん。ダッシュボードにあんなのが表示されるのがいやだからって」

「エメット・ティルの写真のこと？」

「ううん、あの子の言う〝黒人関係〟は全部いやだったみたい。請願書も、ブラック・パンサー党の写真も、教会で殺された四人の少女の記事も、マーカス・ガーベイに関係する記事も、警察に射殺されたブラック・パンサーの党員たちのことも」

「フレッド・ハンプトンとボビー・ハットンね」

「そう、その人たち」

すごい、ずっとチェックしてくれてたんだ。「どうしてもっとまえに言ってくれなかったの？」

マヤは、床に転がったフィンのぬいぐるみを、じっと見つめた。「スターが気づくまえに、変わってくれるんじゃないかと思って。ばかだったよね。ヘイリーがああいうこと言うのは、これが最初ってわけじゃなかったのに」

「なんの話？」

マヤはごくりと喉《のど》を鳴らした。「ヘイリーが、感謝祭でうちの家族が猫を食べたかってきいたときのこと、おぼえてる？」

「え？　いつのこと？」

マヤの目はうるんでいた。「フレッシュマン（高校一年生）の一学期。エドワーズ先生の生物の授業がはじまるまえだった。感謝祭の休暇が終わって最初の授業だったから、感謝祭をどうすごしたか報告しあってたでしょ。わたしは、おじいちゃんとおばあちゃんが遊びに来て、ふたりにとってははじめての感謝祭を家族みんなで祝ったことを話したの。そしたらヘイリーが、猫でも食べたのかって。わたしたちが中国人だから」

まずい。必死で頭の中を引っかきまわす。フレッシュマンなんて、ほとんど中学生みたいなものだ。とんでもないことを言っていても、おかしくない。おそるおそるたずねる。「わたし、なんて言ってた？」

「なんにも。そんなこと言うなんて、信じられないって顔でヘイリーを見てたけど。ヘイリーは冗談だって笑ったわ。わたしが笑ったら、スターも笑った」まばたきを繰りかえす。「ちっともおかしくなかったけど、笑ったほうがいいと思って笑ったの。その週はずっと最低な気分だった」

「そうだったんだ」

「うん」

今度はわたしが、その最低な気分を味わう番だった。ヘイリーがそんなことを言ったのに、だまってきいてたなんて信じられない。ヘイリーはいつもそんな冗談を言ってたの？　わたしもそれをきいて、笑ったほうがいいと思って笑ってたの？

それがいけないんだ。わたしたちが言わせておくから、むこうはますます言うようになって、おたがいにそれが当たり前のことみたいになってしまう。言うべきときに、なにも言わないんだったら、なんのために声があるの？

「マヤ」

「なに？」

「もう、ヘイリーに、そんなこと言わせないようにしようよ」

マヤはふふっと笑った。「マイノリティ同盟？」

「まあ、そんなとこ」わたしも笑った。

「よし、決まりね」


バスケゲーム《NBA《エヌビーエー》　2K15《トゥケーフィフティーン》》でマヤをひとひねりしたあと、アルミホイルに包まれたシーフードラザニヤのお皿を持って、カルロスおじさんの家にもどった。マヤのママはわたしを手ぶらで帰したりしないし、わたしもおいしいおみやげを断ったりしない。

鉄製の街灯が立ちならぶ歩道を歩いていくと、数軒手前から、薄暗い玄関先に座っているカルロスおじさんの姿が見えた。なにかをぐびぐび飲んでいる。近づいていくと、それはハイネケンだった。

お皿を階段に置いて、おじさんのとなりに座る。

「チビっ子彼氏の家にいってたんじゃないだろうな」

またそんなこと言って。おじさんに言わせると、クリスはいつまでもチビっ子だ。背だってほとんどおじさんと変わらないのに。「ちがうよ。マヤの家にいってたの」足をのばしてあくびをする。ほんとに長い一日だった。「信じらんない。お酒なんか飲んでるなんて」あくびまじりに言う。

「酒のうちに入らないさ。たかがビール一本だ」

「それ、おばあちゃんの受け売り？」

おじさんが、じろりとにらみつけてくる。「スター」

「なに、カルロスおじさん」

バチバチバチッ。火花を散らしてにらみあう。

おじさんがビールを置いた。実を言うと、うちのおばあちゃんはアル中だ。昔ほどひどくはないけど、お酒を口にすると別人になってしまう。酔っぱらって大暴れした昔の話をいろいろきいている。おじいちゃんが、本妻と子どもたちのところに帰ってしまったのを、小さかったママとカルロスおじさんのせいにして、家から閉めだしたり、罵《ののし》ったりしたらしい。

だから、たかがビール一本なんて言い方、全然カルロスおじさんらしくない。いつもアルコールを毛嫌いしてるのに。

「悪かったよ。いろいろあってな」

「インタビューを見たんでしょ？」

「ああ。おまえが見てないといいんだが」

「見たよ。ママも見たの？」

「ああ、見た。パムも、おまえのおばあちゃんもな。あんなに怒り狂った女たちに囲まれたのは、生まれてはじめてだったよ」わたしのほうを見る。「だいじょうぶか、あんなこと言われて」

肩をすくめる。たしかに頭には来たけど。「予想はしてた。息子を被害者みたいに言うんじゃないかって」

「わたしもだ」おじさんは、頬に手を当て、ひざにひじをついていた。玄関先は、暗いと言っても真っ暗ってほどじゃない。手のあざははっきりと見えた。

「だから……」ひざをたたきながら言う。「休暇中なんだね?」

おじさんは、探るようにわたしを見た。「どういう意味だ?」

沈黙が流れる。

「カルロスおじさん、あいつとけんかしたんでしょ」

おじさんは、はっと身体《からだ》を起こした。「いや、話しあっただけだ」

「拳《こぶし》でね。わたしのことでなにか言われたの?」

「おまえに銃をつきつけたんだぞ。殴られるには十分すぎる理由だろう」

その声にはきき慣れない棘《とげ》があった。笑うようなところじゃなかったのに、おもわず笑ってしまう。笑いすぎておなかが痛くなってくる。

「なにがおかしい?」

「カルロスおじさんが人を殴るなんて!」

「おい、わたしだってガーデン・ハイツ育ちだぞ。けんかの仕方くらい知ってる。ぶっとばすくらいわけない」

もうほとんど爆笑になっていた。

「笑いごとじゃない! カッとなって我《われ》を失うなんて警官失格だ。おまえに悪い手本を見せてしまった」

「そうだね、モハメド・アリさん」

笑いがとまらない。おじさんもつられて笑っていた。「こら、笑うなよ」

笑いがおさまると、あたりは静寂に包まれた。ふと空を見あげると、満天の星が広がっていた。

今夜は特によく見える。家にいたらいろんなことを考えてしまって、星空になんか気がつかなかったかもしれない。ときどき、ガーデン・ハイツとリバートンヒルズの空が同じ空だなんて、なんだか信じられない気がする。

「昔、よくおまえに言った言葉、おぼえてるか？」カルロスおじさんが言った。

おじさんのほうに身体《からだ》を寄せる。『おまえが星に名前をもらったんじゃなくて、星がおまえに名前をもらったんだ』でしょ。うぬぼれやにする気だったの？」

おじさんはくすりと笑った。「ちがうよ。おまえがかけがえのない存在だってことを伝えたかったんだ」

「かけがえのない存在だとしても、わたしのために仕事をふいにするようなことしちゃだめだよ。仕事を愛してるんでしょ」

「だが、おまえのほうがもっと大切だ。わたしが警官になったのはおまえのためでもあるんだよ。おまえや、この町のみんなを愛してるからなんだ」

「わかってるよ。だから、仕事をふいにするようなまねはしないでって言ってるの。わたしたちには、おじさんみたいな警官が必要なんだから」

「わたしみたいな警官か」おじさんは乾いた笑いを漏らした。「あいつに、おまえやカリルのことをごろつきみたいに言われて、ついカッとしてしまったが、あれをきいて、あの晩おまえの家のキッチンで、自分がカリルのことをどう言ったか思いだしたよ」

「どう言ったの？」

「盗みぎきしてたのは、わかってるぞ、スター。すっとぼけるな」

わたしはにやにや笑った。おじさんが、すっとぼけるなだって。「カリルのことを、ドラッグの売人って言ったこと？」

おじさんはうなずいた。「それが事実だったとしても、わたしはあの少年を知っていた。おまえと一緒に大きくなるのをずっと見てきたんだ。あの子はまちがった判断をしたかもしれないが、ただそれだけの人間じゃないことは、十分わかっていたはずなのに。知らないうちにあんな考え方をして、彼の死を正当化しようとしていた自分に、ほとほといや気がさしたよ。どう考えても、車のドアをあけたというだけの理由で人を殺すのは、まちがってる。そんなことをする人間は警官じゃない」

涙がじわっとこみあげてくる。両親や、オフラさんや、抗議運動に参加した人たちも同じように言っていた。でも、警官であるおじさんの口からきくと、なんだか救われるような気持ちになった。

「ブライアンにもそう言ってやったよ」おじさんはじっと拳《こぶし》を見つめた。「やつをぶん殴ったあとでな。署長にも言った。というより、警察署中にきこえるような大声で怒鳴っていたというほうが正しいかな。でも、そんなことぐらいじゃ、わたしのやったことは帳消しにはならない。わたしはカリルを見捨てたんだ」

「そんなこと――」

「いや、そうだ。わたしはカリルのことも、彼の家族が置かれていた状況もよく知っていた。なのに、カリルがおまえのところに顔を出さなくなって、自分の視界から消えると、カリルのことを忘れてしまったんだ。そんなことは言い訳にもならんが」

わたしもおんなじだ。最近会ってなかったなんて、言い訳にもならない。

「みんなそんなふうに感じてるんじゃないかな」つぶやくように言う。「それもあって、パパはデヴァンテを助けることにしたんだよ」

「ああ、わたしもだ」

もう一度、満天の星を見あげる。わたしにスターという名前をつけたのは、わたしが暗闇に差す希望の光だったからだとパパは言った。いまのわたしにも、この暗闇を照らす希望の光が必要だった。

「まえにきかれたことだがな。わたしならカリルを殺さなかっただろう」おじさんは言った。「どうするかわからないが、それだけはたしかだ」

目の奥がつんとして、喉《のど》が締めつけられる。いつの間にこんな泣き虫になっちゃったんだろう。言葉にならない思いを伝えたくて、わたしはカルロスおじさんに、そっと寄りそった。

15

手つかずのパンケーキの山を見て、ママが言った。「ねえ、モグちゃん、どうかしたの？」

ママとわたしはパンケーキチェーン店《アイホップ》のテーブルで朝食をとっていた。早朝の店はがらがらで、わたしたちのほかには、ボックス席でパンケーキを頬ばっている、でっぷり太ったひげ面のトラック運転手たちしかいなかった。ジュークボックスから流れるカントリーミュージックは、あの人たちの趣味だろう。

フォークでパンケーキをつつきまわして言う。「あんまり食欲なくて」

うそでもあるし、ほんとでもある。感情が揺れ動きすぎて、ひどい二日酔いみたいになっていた。いろんなことが頭の中で渦を巻いている。インタビューのこと、カルロスおじさんのこと。ヘイリーのこと。カリルのこと。デヴァンテのこと。パパとママのこと。

昨日の夜、結局ママはわたしとセカニを家に連れて帰らず、三人でカルロスおじさんの家に泊まった。パパに怒っていたからというより、暴動を警戒していたんだろう。でも、ニュースによると、昨夜のガーデン・ハイツは、久しぶりにわりあい静かで、抗議運動は行われたものの、暴動は起こらなかったらしい。どっちにしても警察は、催涙弾《さいるいだん》を投げていたみたいだけど。

パパとママのけんかのことは気になるけど、きいてみたところで、「大人の問題に口をつっこむんじゃないの」と言われるのが関の山だ。わたしもけんかの原因のひとつなんだから、わたしの問題でもあると思うけど、そんなことを言って通用する相手じゃない。

「あなたが食欲ないなんて言ったって、だれも信じないわよ。いつもあんなにがっついてるくせに」

天井《てんじょう》をあおいで、あくびをする。ママは、朝早くわたしを起こして、セカニが生まれるまえみたいに、ふたりだけでアイホップにいこうと誘ってきた。セカニはダニエルと一緒に学校にいけるように、カルロスおじさんの家にも制服を置いているけど、わたしはスウェットとドレイクのTシャツくらいしか置いていない。さすがに地方検事局にそんな格好《かっこう》でいくわけにはいかないから、いったん家にもどって着替えたほうがよさそうだ。

「ありがとう、ママ。ここに連れてきてくれて」ひどい気分だったから、それが本当にありがたかった。

「どういたしまして。最近、あんまり一緒に出かけてなかったでしょ。だれかさんが、ママと出かけるのを恥ずかしがるようになっちゃったからね。わたしはいまでも十分イケてると思うんだけど。まあ、それはともかく」湯気の立つコーヒーカップに口をつける。「地方検事さんと話すの、こわくない？」

「そうでもないよ」でも、時計を見たら、面会まであと三時間半しかないことに気がついた。

「それにしても、あのインタビュー、でたらめもいいとこじゃない？　ほんとに許せないわ」

またはじまった。「ママ――」

「父親をテレビに出して、うそなんかつかせて。いい年した大人が、子どもふたりがこわくてたまらなかったなんて、だれが信じるわけ？」

ネットの反応も似たようなものだった。黒人問題に関心がある人たちは、ツイッターでクルーズ巡査の父親を攻撃し、演技がうまいから、いっそトム・クルーズに改名したほうがいいなどとツイートしていた。タンブラーも同じ。ヘイリーみたいに、あの父親の言うことを信じている人たちがいるのはまちがいないけど、オフラさんの言うとおり、インタビューは裏目に出ていた。わたしにもカリルにも、会ったことさえない人たちが、あの父親をうそつきと呼んで非難していた。

たしかに頭に来るインタビューではあったけど、おかげでそれほど気にしないですんだ。

「インタビューはそんなに気にならないけど、ほかにもいろいろ気になることがあって」

「いろいろって？」

「カリルのこととか。デヴァンテから話をきいて、罪悪感がわいてきちゃって」

「なにをきいたの？」

「カリルが、ドラッグを売ってた理由。お母さんを助けるためだったの。ブレンダさんがキングからドラッグを盗んだんだって」

ママが目を見開いた。「それ、ほんとなの？」

「ほんとだよ。それに、カリルはキング・ロードじゃなかったの。キングの誘いを断ったんだって。キングがメンツを保つために、そう見せかけてただけなんだよ」

ママは首をふった。

「キングがやりそうなことだわ」

パンケーキをじっと見つめる。「なんでカリルのこと、もっとわかってあげられなかったんだろう」

「あなたには、そんなこと知りようがなかったじゃない」

「そこが問題なの。もっと、カリルのそばにいてあげてたら――」

「とめられなかったと思うわよ。カリルはあなたに負けないくらい頑固だったもの。カリルのことが大切だったのは、友達以上に思ってたのはわかるけど、自分を責めちゃだめよ」

はっと顔を上げる。「友達以上に思ってたって、どういう意味？」

「とぼけないでよ、スター。ずっとおたがいに好きだったくせに」

「カリルもわたしのこと、好きだったと思う？」

「あったりまえじゃない！」ママは呆《あき》れたように天井《てんじょう》をあおいだ。「ママとあなたと、どっちが年とってると思うの――」

「自分で言っちゃうんだ、年とってるとか」

「年上のまちがいよ」ママはわたしをじろりとにらんだ。「だからそのくらいわかるわ。どうして気づかなかったの？」

「わかんない。カリルは、ほかの女の子の話ばっかりしてたし」肩をすくめる。「でも、変なの。そんな気持ち、とっくに乗り越えたつもりだったのに、ときどき、自分の気持ちがわからなくなっちゃって」

ママはカップの縁を指でなぞってため息をついた。「モグちゃん。あなたはいま、ショックを受けてるの。そういうときは、感情が高ぶったり、ずっと忘れていた気持ちがよみがえったりするものなの。カリルのことが好きだって別にいいのよ」

「クリスとつきあってるのに？」

「いいの。あなたはまだ十六歳なんだから。ほかにも好きな人がいたっていいのよ」

「尻軽になれってこと？」

「こら！」ママはわたしに指をつきつけた。「足をけっとばすわよ。そんなことで自分を責めちゃだめって言ってるの。好きなだけカリルを悼んでいいの。恋しいと思っても、生きていてくれたらって思っても、どっぷり悲しみに浸《ひた》ってもいいの。でもね、まえにも言ったけど、あなたの人生が終わったわけじゃないのよ。だから、自分の人生を生きるのはやめないで。いいわね？」

「うん」

「それでいいわ。いろいろって言ったけど、ほかにもなにかあったの？」

いろいろありすぎて、脳がオーバーヒートを起こしたみたいに、頭がずきずき痛かった。感情の二日酔いも、ふつうの二日酔いも似たようなものなのかもしれない。

「ヘイリーのこと」

ママは、音を立ててコーヒーをすすった。「あの子、今度はいったいなにをやらかしたわけ？」

ママはヘイリーのことになるといつもこんな調子だ。「ママはまえからヘイリーのことが好きじゃなかったもんね」

「そんなことないわよ。わたしが好きじゃないのは、あなたが自分の頭じゃなにも考えられないみたいに、あの子の言うなりになってることよ。全然話がちがうでしょ」

「言うなりになんかなってない――」

「うそおっしゃい！　昔、ドラムセットを買ってほしいってねだったことがあったわね。どうしてほしかったの、スター？」

「ヘイリーがバンドをやろうって言ったからだけど。でも、わたしもやりたかったんだよ」

「ちょっと待ってよ。そのバンドでギターをやりたいって言ってなかった？　それなのにどうしてドラムになったわけ？　どうせヘイリーにそうしろって言われたんでしょ」

「そうだけど――」

「ジョナス・ブラザーズのなかで、だれがいちばん好きだったの？」

「ジョー」

「じゃあ、だれが、ジョーの代わりにあの巻き毛をやれって、あなたに言ったの？」

「ヘイリーだけど、ニックだってすごくかっこよかったし、それに、ただの中学生のお遊びだよ――」

「へえ、そう！　じゃあきくけど、去年髪を紫に染めたいって言いだしたわよね。あれはどうしてだったの、スター？」

「紫にしたかったから――」

「うそはききたくないわ、スター。本当の理由を言いなさい。どうして？」

うっ。行動パターンになっちゃってる。「ヘイリーが、そう言ったから。三人で髪の色をおそろいにしようって」

「ほーら、ごらんなさい、ベイビー。あなたには、自分を殺して、あの子の言うなりになってきた前科がこんなにあるのよ。わたしがあの子を好きじゃなかったとしても、仕方ないでしょ」

これだけ証拠をつきつけられたら、認めるしかない。「そうだね」

「よろしい。おたがいを理解することが、最初の一歩になるのよ。で、今度はいったいなにがあったの？」

「昨日けんかしたの。実は、しばらくまえからギクシャクしてたんだ。ヘイリーがメールしてこなくなって、わたしのタンブラーのフォローをはずしたの」

ママは、わたしの皿にフォークをのばしてきて、パンケーキをひと切れ取った。「ところで、タンブラーってなに？　フェイスブックみたいなもの？」

「ちがうよ。言っとくけど、ママはやっちゃだめだからね。親は立ち入り禁止なの。フェイスブック乗っとっただけで、もう十分でしょ」

「友達申請したのに、承認してもらってないわよ」

「知ってるよ」

「《キャンディークラッシュ》のライフがほしいのよ。フェイスブックの友達からもらえるでしょ」

「だから、承認しないの」

ママが、例の目つきでギロリとにらんでくる。知るもんか。わたしにだって譲れないことぐらいあるんだから。

「要するに、あの子が、そのタンブラーとかいうやつのフォローをはずしたわけね。それだけのこと？」ほら、わかってない。だからママはやっちゃいけないって言うんだ。

「それだけじゃないよ。ほかにもいろいろあったの。ひどいことを言われたり」眠い目をこすりながら言う。「なんで友達やってるのか、わかんなくなってきちゃって」

「いい、モグちゃん」ママは、またわたしのパンケーキを大きく切りとった。「その関係に修復する価値があるのか考えないといけないわ。まず、つきあっていてよかったことと悪かったことのリストを作るの。いいことと悪いことと、どっちが多いか比べたら、どうすればいいかわかる。保証するわ。この方法で失敗したことは一度もないんだから」

「アイーシャが妊娠したときに、パパとどうするかも、その方法で考えたの？　正直、わたしだったら絶対別れてるな。悪いけど」

「いいのよ。パパとよりをもどしたとき、みんなにも散々ばかだって言われたし。いまでも陰で言われてるかもしれないけどね。あなたのおばあちゃんが事情を知ってたら、卒倒《そっとう》したでしょうね。でも、パパとやりなおすことにしたのは、おばあちゃんのことがあったからなのよ」

「おばあちゃんはパパのこと、嫌いだったんでしょ？」いまもまちがいなく嫌いだと思うけど。

ママは、目に悲しみの色をにじませて、ふっと微笑《ほほえ》んだ。「わたしが子どものころ、あなたのおばあちゃんは、酔っぱらうとずいぶんひどいことしたり、言ったりしたの。翌朝には謝るんだけどね。おかげで小さいころから、人は過《あやま》ちを犯すものだってわかってたわ。結局、犯した過ちより、その人に対する愛のほうが大きいかどうかで、決めるしかないのよ」

ママは大きく息をついた。「セブンは過《あやま》ちなんかじゃない、あの子のことは大好きよ。でも、マーベリックのしたことは過ちだった。それでも、マーベリックのいいところや、おたがいに対する愛情の深さを考えたら、ひとつの過ちぐらい許せると思ったの」

「イカれたアイーシャと関わりあうことになっても？」

ママはくすくす笑った。「イカれた、鼻つまみ者の、ムカつくアイーシャと関わることになってもよ。パパの場合とはちょっと状況がちがうかもしれないけど、あなたもやってみるといいわ。悪いことより、いいことのほうが多かったら、この先もヘイリーとつきあっていけばいいのよ」

そんなふうに考えると、難しいのかもしれない。いいこともいっぱいあったけど、昔のことばかりだ。一緒にジョナス・ブラザーズやハイスクール・ミュージカルに夢中になったのも、悲しみをわかちあったのも。わたしたちの友情は、思い出の上に成り立っている。いまのわたしたちに、なにがあるんだろう？

「いいことより、悪いことのほうが多かったら？」

「だったら、つきあうのをやめればいいわ。友達を続けて、悪いことしかないんだったら、縁を切ったほうがいいでしょ。わたしだって、もしあなたのパパがまたあんな過ちを犯したら、イドリス・エルバと結婚して、こう言ってやるわ。『マーベリック？　だれそれ？』ってね」

わたしは噴きだした。

ママはわたしにフォークを手渡した。「さあ、食べなさい。でないと、ママが全部食べちゃうわよ」

ガーデン・ハイツにもどると、もうどこにも煙は上がっていなかった。煙が立ちこめる景色をすっかり見慣れていたせいか、なんだか変な感じがする。夜中の嵐で町は荒れていたけれど、窓をあけたまま走っても、もう煙臭くはない。暴動もおさまっていたけど、まだ、改造車と同じくらいの数の装甲車《そうこうしゃ》が走りまわっていた。

外では煙の気配もなかったのに、家に帰って、玄関のドアをあけると、中からもくもくと煙が溢《あふ》れだしてきた。

「マーベリック！」ママとキッチンにかけこむと、パパは、シンクでフライパンに水を注いでいた。フライパンがジュウジュウ音を立て、白い蒸気が立ちこめている。なにを焦がしたのか知らないけど、ずいぶんと派手にやったらしい。

「お見事！」セブンがテーブルで両手を上げた。「だれかさんの料理の腕には脱帽だよ」

「うるせえぞ、セブン」

ママは、フライパンを手に取って、正体不明の焦げかすに目をこらした。「なにこれ？　目玉焼き？」

「ほう、帰り道ぐらいはおぼえていたらしいな」パパはそう言うと、わたしの横を素通りしてキッチンを出ていった。おはようどころか、目も合わせようとしないで。なんなのあれ、まだクリスのことで怒ってるわけ？

ママは、フォークをつかんで、フライパンにこびりついた焦げかすをガシガシとこすりおとしはじめた。「セブン、朝食食べていく？」

セブンはママを見て言った。「いや、いいよ。ちなみに、フライパンがそんな状態だし、なにもできてないよ」

「そうよね」ママは焦げかすをこすりながら言った。「待ってて、いまなにか作るから。卵とベーコンで」廊下にむかって声を張りあげる。「もちろん、豚のほうよ！　やっぱり豚じゃなくっちゃね！」

悪いことより、いいことのほうが、ずっと多かったんじゃなかったたっけ。セブンと顔を見あわせる。パパとママがけんかしていると、わたしたちは板ばさみになって身動きが取れなくなってしまう。いちばん犠牲になるのは食欲だ。ママが怒って料理をしないと、パパのむちゃくちゃな手料理を食べさせられるはめになる。ケチャップで和えただけのスパゲッティに、フランクフルトを放りこんだやつとか。

「学校で適当に食べるから。でも、サンキュー」セブンはママの頬にキスをすると、通りすがりにわたしと拳《こぶし》を合わせて、キッチンを出ていった。セブンなりの〝頑張れよ〟の印だ。

パパが、帽子を後ろ前にかぶってもどってきて、テーブルの上から車のキーとバナナを取った。

「九時半に、地方検事局にいくことになってるの」ママが声をかける。「あなたも来る？」

「カルロスに頼んだらどうだ？　あいつになら、秘密も打ち明けられるみてえだからな」

「いい加減にしてよ、マーベリック――」

「いくにきまってんだろ」パパはそう言って、キッチンを出ていった。

ママは、また、フライパンの焦げかすにガシガシとフォークをつきたてはじめた。

会議室に案内してくれたのは、地方検事本人だった。カレン・モンローという中年の白人女性で、わたしの置かれた状況に理解を示し、お気持ちはお察ししますと声をかけてくれた。

オフラさんは先に来ていて、地方検事局の職員たちと一緒に会議室で待っていた。モンロー検事は、カリルの正義が回復されることを心から願っていると語り、面会するまでに時間がかかったことを詫びた。

「正確には、十二日もかかってる。言わせてもらえば、ちょっと長すぎやしねえか」パパが言うと、モンロー検事は、気まずそうな顔になった。

検事は、ひととおり大陪審《だいばいしん》の手続きについて説明をすると、あの晩のことについてきいてきた。警察で話したとおりに答えたけど、カリルをおとしめるような、くだらない質問はされなかった。身体《からだ》に異変が起こったのは、質問が核心部分におよんだときだった。銃声は何発だったか、弾はカリルの背中のどこに当たったか、そのときカリルはどんな表情を浮かべたか――。

胃の中身が逆流し、酸っぱいものがこみあげてくる。口をあけたとたん、ママが立ちあがってゴミ箱をつかみ、わたしの口もとに押しあてた。次の瞬間、口から反吐《へど》が溢《あふ》れだした。

わたしは、泣きながら吐いた。吐いては泣き、吐いては泣いた。それしかできなかった。

地方検事は、わたしにソーダを差しだして言った。「今日はこれでおしまいにしましょう。ありがとう」

パパにつきそわれて、ママの車にむかう。ホールにいた人たちが、わたしの顔をじろじろ見た。涙でべとべとの顔を見たら、目撃者だってことぐらいすぐにわかるだろう。ああ、あの〝かわいそうな子〟かと、心の中で思っているにちがいない。同情なんかされたくないのに。

同情のまなざしから逃れるように車に乗り、窓に頭をもたれた。自分が情けなくてたまらなかった。

ママが店の前に車をとめると、パパもわたしたちの後ろに車をとめた。パパは自分の車からおりてきて、カムリの運転席のほうへ歩みよった。ママが窓をあける。

「わたし、学校にいってくるわ。状況を話しておいたほうがいいから。この子を任せてもいい？」

「ああ。事務室で休ませるよ」

これも、泣きながら吐いたりしてしまった代償だ。みんなが、わたしがここにいないみたいに、わたしのことを話して、わたしの予定を勝手に決めてしまう。〝かわいそうな子〟は耳がきこえないんだ。

「ほんとに任せていいの？　それとも、カルロスのところに連れていったほうがいいかしら？」

パパがため息をついた。「リサ――」

「マーベリック、なにをすねてるんだか知らないけど、あなたのことなんてかまってられないのよ。とにかく、娘のそばにいてあげて。いいわね？」

パパは、助手席のほうに歩いてくると、ドアをあけた。「おいで、ベイビー」

わたしは、ひざをすりむいた小さな子どもみたいに、泣きじゃくりながらママの車をおりた。パパはわたしを抱きよせて、背中を撫《な》でながら、髪にキスしてくれた。ママは車を出した。

「かわいそうに、ベイビー」

泣いたことも、吐いたことも、もうどうでもよくなっていた。だってわたしには、パパがついてるんだから。

店に入ると、パパは、閉店の看板を窓に下げたまま明かりをつけ、事務所にむかった。しばらくしてもどってくると、わたしのあごをつかんだ。

「口をあけてみろ」言われたとおりに口をあけると、パパは思いっきり顔をしかめた。「くせっ。マウスウォッシュがたっぷりいりそうだな。その息をかいだら、死人だってよみがえっちまうぞ」

わたしは、目に涙を溜めたまま笑った。ほんと、パパには人を笑わせる才能がある。

パパは、手のひらでわたしの顔をぬぐった。紙やすりみたいにざらざらしているけど、懐かしい感触。両手で頬を包まれて、わたしは微笑《ほほえ》んだ。「ほら、おれのベイビーが笑った。もうだいじょうぶだ」

ようやくいつもの調子を取りもどして、わたしは言った。「へえ『おれのベイビー』ねえ？　そう思ってるような態度じゃなかったけど」

「そう言うなって！」パパは医薬品の棚がある通路にむかった。「ママみたいになってきたな」

「ほんとのことでしょ。今朝なんか、ずいぶん感じ悪かったじゃん」

パパはリステリンのボトルを持ってもどってきた。「ほら、うがいしてこい。その息でうちの野菜をだめにしちまうまえに」

「今朝パパが卵をだめにしたみたいに？」

「あれは黒たまごって料理なんだよ。おまえらは知らねえだろうが」

「そんなのだれも知らないよ」

トイレで二、三回口をすすぐと、反吐《へど》の沼みたいだった口が、すっきりした。パパは店の入り口近くにある、お年寄り用の木のベンチで待っていた。足の悪いお年寄りのお客さんが来ると、ここに座ってもらって、わたしたちが代わりに商品を取りにいくのだ。

パパは、自分のとなりをぽんぽんとたたき、わたしはそこに腰をおろした。

「もう店をあけるんでしょ？」

「しばらくしたらな。で、あの白人のガキのどこがいいんだ？」

うそ。まさか、こんなに単刀直入に切りこんでくるなんて。「えーっと、かわいいとこでしょ——」

そう言うと、パパが喉《のど》になにか詰まったような、変な声を出した。

「頭のいいところと、面白いところ、それから、わたしを大事にしてくれるところ。すごーくね」

「黒人の男は嫌いなのか？」

「そんなことないよ。黒人のボーイフレンドだっていたもん」三人いた。ひとりは四年生のときだから、数のうちに入らないけど。あとのふたりは中学生のとき。中学生なんて、つきあいの「つ」の字もわかってないから、やっぱり数のうちには入りそうにない。つきあいのことどころか、なんにもわかっちゃいなかったけど。

「なんだと？　そんな話、きいてないぞ」

「だって、パパ、とんでもないことしそうだし。暗殺を企《くわだ》てるとかさ」

「そりゃいい、悪くないアイディアだ」

「もう、パパってば！」腕をぴしゃりとたたくと、パパは笑った。

「カルロスは、そいつらのこと、知ってたのか？」

「知らないよ。おじさんなんかに教えたら、身元調査をするとか、逮捕するとかしそうだもん。言うわけないでしょ」

「じゃあなんで、あの白人のガキのことは知らせたんだ？」

「知らせたわけじゃなくて、知られちゃったの。クリスはおじさんちの通りの先に住んでるから、隠しきれなくて。ほんとのこと言うとね、パパは人種がちがうカップルのこと、いろいろ言ってたでしょ。だから、わたしとクリスのこと話す気になれなかったの」

「ふん、クリスか。つまんねえ名前だな」

いちいちうるさいなあ、もう。

「じゃあ、わたしもきいていい？　パパは白人が嫌いなの？」

「そうでもない」

「そうでもない？」

「正直に言うとな。女の子ってのは、父親に似た男とデートするもんだと思ってたんだ。だから、あの白人のガ――いやクリスを見たとき」ちゃんと言いなおしてくれたのをきいて、にっこり微笑《ほほえ》む。「心配になったんだよ。おれのせいで黒人の男が嫌いになっちまったんじゃないか、おれは黒人の男として、いい見本を見せてやれなかったんじゃないかってな。そう思ったら、どうにもやりきれなくてな」

わたしはパパの肩に頭を乗せた。「ちがうよ、パパ。パパは黒人の男としていい見本を見せてくれてるんじゃない。人間としていい見本を見せてくれてるんだよ。あったりまえじゃん！」

「あったりまえか」パパはわたしの頭のてっぺんにキスをした。「やっぱりおれのベイビーだな」

そのとき、グレーのＢＭＷ《ビーエムダブリュー》が、タイヤをきしらせて、店の前で急停車した。

「来い」パパはわたしをベンチから立たせると、手を引っぱるようにして店の奥にむかい、わたしを事務所の中に押しこんだ。パパがドアを閉める寸前、BMW《ビーエムダブリュー》からおりてくるキングの姿がちらりと見えた。

震える手で、ドアをそうっと開く。

隙間《すきま》からのぞくと、パパは店の入り口に立って、外をうかがっていた。その手が腰の銃にのびる。

キングに続いて、三人のキング・ロードがBMWからおりてきた。パパは声をあげた。「待った。話があるなら、ふたりだけで話そうじゃないか」

キングがうなずいて見せると、キング・ロードたちは車のそばで待機した。

パパがわきによけ、キングが店の中に入ってくる。認めたくないけど、パパに勝ち目があるとは思えなかった。パパは、ガリガリでもチビでもないけど、全身筋肉みたいな六フィートのキングに比べたら、小さく見えてしまう。そんなこと考えるだけでもパパに悪いけど。

「やつはどこだ」キングが言った。

「だれのことだ」

「決まってんだろう、デヴァンテだ。ここで働いてんだろうが」

「一日、二日だけだ。今日は来てねえ」

キングはいきつもどりつしてから、パパに葉巻の先をつきつけた。パパの頭の後ろには玉の汗が浮かんでいた。「うそをつくな」

「なんで、おれが、うそなんかつかなきゃなんねえんだよ」

「あれだけ面倒《めんどう》見てやったのに、恩をあだで返すとはな。やつはどこにいる、ビッグマブ」

「知らねえな」

「どこにいるんだ！」

「知らねえって、言ってんだろ！　あいつはおれに数百ドル貸してくれって言ってきたんだ。金がほしいなら働けと言ってやったら、本当に働きに来やがった。おれも人がいいから、ばかみてえに前金で給料を払ってやったんだよ。今日もシフトが入ってるのに、来やしねえ。とんずらしやがったんだろうよ」

「おれから五千ドルくすねてった野郎が、どうして、おまえから金を借りるんだ？」

「知るかよ」

「わかってんだろうな。うそだったら――」

「そんな心配いらねえよ。やっかいごとなら間にあってる。人にかまってるひまなんかねえんだよ」

「ああ、そうだったな。やっかいごとと言えば」キングは薄ら笑いを浮かべた。「ニュースで言ってるあの目撃者ってのは、スターらしいじゃねえか。あまり余計なことは言わせねえことだな」

「どういう意味だ？」

「おかしな話だよな。こういう事件になると、マスコミのやつらが血眼《ちまなこ》になって探すのは、撃ったやつじゃなくて、撃たれたやつの情報だ。あんなやつは殺されてよかったたってことにしてえんだよ。カリルがドラッグをさばいてたことはもう報道されている。だが、そうなってくると、やつの商売に噛んでた人間もヤバいことになりかねない。だから、地方検事と話すときは慎重になったほうがいい。口を滑らせたりして、危ねえ目にあいたくなかったらな」

「いや、慎重になったほうがいいのは、その商売に噛んでた人間のほうだろ。口のきき方と、行動には気をつけることだな」

息詰まるような緊張の中、パパとキングは激しくにらみあっていた。パパの手は貼りついたように腰からはなれない。

キングは、ちょうつがいがはずれそうな勢いでドアをあけ、ドアベルを派手に鳴らして店を出ていった。手下たちとBMW《ビーエムダブリュー》に乗りこみ、猛スピードで走りさる。ぞっとするような警告を残して。

おれを密告した《チクった》ら、ただじゃすまないぞ。

パパは、お年寄り用のベンチに座りこむと、肩を落として、ほーっとため息をついた。


その日は早めに店を閉め、ルーベンさんの店に寄って夕食を買った。

家に着くまでのほんの数分の間も、後ろの車が気になって仕方がなかった。その車がグレーだったりすると、心臓がはねあがりそうになった。

「心配するな。おまえに手出しはさせねえ」

わかってる。パパが守ってくれるのは。でも不安は消えなかった。

家に帰ると、ママがステーキ肉をバシバシたたいていた。今朝はフライパンで、今度は赤身のお肉。うちのキッチンにあるものはみんな、常に危険にさらされている。

パパは、買い物の袋をママに見えるように掲げて見せた。「晩めし、買ってきたぞ」

それでもママは、ステーキ肉をたたくのをやめなかった。

みんなでキッチンテーブルを囲んで座った。それはカーター家史上、最も静かな夕食だった。両親も、セブンも、わたしもひと言もしゃべらない。わたしは食事にも手をつけなかった。地方検事局でのことや、キングのことが気にかかって、大好物のリブとベイクドビーンズを目にしてもまったく食欲をそそられない。セカニは今日あったことを話したくてうずうずしているのか、もぞもぞと落ちつきがなかったけど、そういう空気じゃないことは察しているんだろう。ブリックスは隅のほうで、リブにかじりついている。

食事がすむと、ママはお皿やフォークを片づけはじめた。「さあ、みんな宿題をやってしまいなさい。ああ、心配いらないわよ、スター。あなたの分も、ちゃんと先生からもらってきてあげたから」

心配なんかするわけないじゃん。「ありがとう」

ママがパパのお皿に手をのばしたとき、パパがその手をさえぎった。「おれがやるよ」

ママからお皿を取りあげて、シンクに運び、蛇口をひねる。

「マーベリック、いいわよ、わたしやるから」

パパは、食器用洗剤をドバドバとシンクに注いだ。パパはいつもやたらと洗剤を使う。「いいって。あしたの朝は何時から診療所に出るんだ？」

「明日も休みをとったの。仕事の面接があるから」

パパがふりかえった。「また面接か？」

また？

「そう、またマーカム・メモリアル病院の面接」

「それって、パムおばさんが働いている病院だよね」わたしは口をはさんだ。

「そうよ。パムのお父さんが理事をしていて、わたしを小児科の看護部長に推薦してくれたのよ。明日は二回目の面接なの。今度は上のほうの人たちと面接してほしいって言われてね」

「すごいじゃねえか」パパが言った。「見こみがあるってことだろ?」

「期待は持てそうよ。パムもそう言ってくれてるわ」

「なんでおれたちにはなにも言ってくれなかったの?」セブンが言った。

「大人の話だからだ」

「それに、ぬか喜びさせたくなかったのよ。競争率高いから」

「給料、どのくらいもらえるの?」セブンがぶしつけな質問をする。

「診療所より多いのよ。六けたいくわ」

「六けた?」セブンとわたしが、同時に声をあげた。

「ママ、百万長者だね!」セカニも叫《さけ》んだ。

この子は絶対わかってない。「六けたっていうのはね、百万じゃなくて、数十万ドルのことなんだよ、セカニ」

「ふうん。でも、いっぱいだよね」

「面接は何時からなんだ?」

「十一時よ」

「そうか、ちょうどいい」パパは、お皿をふきながらふりむいた。「面接を受けにいくまえに、家を見にいけそうだな」。

ママは、胸に手を当てて後退《あとずさ》りした。「どういうこと?」

パパは、わたしをちらりと見てから、ママにむきなおった。「ガーデン・ハイツから引っ越すんだ。今度こそ決めたよ」

4ポイントシュート制の導入に負けないくらい、ぶっとんだ話だ。わたしたちが、ガーデン・ハイツ以外の場所に住む？　パパが言ったんじゃなかったら、とても信じられない。でも、パパはその気もないことを口にしたりしない。きっと、キングの脅《おど》しをきいて決心したんだろう。

パパは、ママが今朝フォークをつきたてていたフライパンを、ゴシゴシこすりはじめた。

ママはパパからフライパンを取りあげて、手を握った。「そんなのいいから」

「いいよ。皿くらい洗える」

「お皿なんかほっといて」

ママは、パパの手を引いて寝室にもどり、ドアを閉めた。

ふたりの部屋のテレビの音が急に高くなり、ステレオからジョデシィの曲が大音量で流れだした。いまさら赤ちゃんができたとか言われちゃったら、どうしよう。やってられない。

「マジかよ」セブンも状況を察して言った。「いい年してよくやるよな」

「いい年して、なにをやってるの？」セカニが無邪気《むじゃき》に言う。

「なんでもない」セブンとわたしは声をそろえて言った。

「パパ、本気だと思う？　わたしたち引っ越すのかな？」

セブンは、ぼんやりとドレッドヘアの根元を手でねじりながら言った。

「おまえたちは引っ越すことになるんじゃないか。母さんがその病院で働くようになったら、余裕もできるしな」

「〝おまえたち〟？　まさかガーデン・ハイツに残る気じゃないよね」

「もちろん、引っ越しても顔は出すけど、母親と妹たちを置いていくわけにはいかないからな。わ

「かるだろ、スター」

「ママに追いだされたくせに」セカニが口をはさんできた。「ばかだな、お兄ちゃん、ほかにどこにいくんだよ」

「だれがばかだって？」セブンは自分のわきの下に手をつっこんで、その手をセカニの顔にこすりつけた。わたしも、九つのときにやられたことがある。その代償にセブンは唇を切るはめになり、わたしは大目玉を食らった。

「でも、どっちみちあの家は出ることになるでしょ。大学にいくんだから。神に感謝だね」

セブンは眉を吊りあげた。「おまえもワキガ攻撃を食らいたいのか？　ちなみに、セントラル・コミュニティにいくつもりだよ。あそこなら、母親の家《いえ》から通えるし、妹たちのことも見てやれるからな」

ちくりと胸が痛む。わたしだって妹だよ。

「家《いえ》ね。絶対〝うち〟とは言わないよね」

「言ってるさ」

「ううん、言ってない」

「言ってるって」

「うるせー、うそつき」

「あーっ！　汚い言葉使った」セカニが手を差しだしてくる。「一ドルちょうだい！」

「やんねーよ。わたし、そんなくそくだらない約束してないもん」

「三ドルだよ！」

「そう。じゃあ、三ドル札あげる」

「三ドル札なんて見たことないよ」セカニが口をとがらせた。

「でしょ。三ドルはもらえないってこと」

パート2　○●5週間後

16

今日は、オフラさんの手配で、全国放送のニュース番組に出て、インタビューを受ける日だ。大陪審《だいばいしん》で証言する日は、ちょうど一週間後の月曜に迫っていた。

ニュース番組のリムジンは、六時ごろ迎えに来た。結局、テレビ局には、家族みんなでいくことにした。兄弟までインタビューされることはないと思うけど、セブンはつきそいたいと言い、セカニも一緒にいくと言いはったからだ。セカニのお目当てはどうせカメラだろうけど。たくさんカメラがあるところにいけば、映してもらえるとでも思っているんだろう。

両親は、セカニに事件のことを全部話してきかせた。腹の立つことばかりする子だけど、〝元気出して〟と書かれた手作りのカードなんかくれて、かわいいとこあるじゃないと思って開いてみたら、泣いているわたしの似顔絵には角《つの》が描かれていた。そっくりでしょ、だって。頭に来ちゃう。

わたしたちは玄関を出て、リムジンにむかった。近所の人たちが、玄関や庭先から、もの珍しげにこっちをうかがっている。ママに言われて、家族全員（パパまで）、クライスト・テンプル教会にいくときみたいな格好《かっこう》をしていた。復活祭《イースター》のときほどかちっとした格好じゃないけど、〝多様性を認める教会《ダイバース・チャーチ》〟にいくときみたいな気楽な格好でもない。ニュース番組のスタッフに、〝ゲットーの住民〟だと思われないようにしなくちゃいけないから、というのが、ママの言い分だった。

車にむかう途中も、ママはわたしたち兄弟に、こんこんと言いきかせていた。「むこうに着いたら、あたりにある物に手を触れたりしちゃだめよ。しゃべるのは、話しかけられたときだけだからね。返事は丁寧に、『はい』か『いいえ』で答えるのよ。いいわね？」

「はい」

「もうだいじょうぶだよ、スター」ご近所さんのひとりが、声をかけてくれた。最近は毎日のように、近所の人たちから、そう声をかけられる。わたしが目撃者だという噂《うわさ》は、もう町中に広がっていた。「もうだいじょうぶだよ」というのは、ただの挨拶《あいさつ》じゃない。そう声をかけることで、わたしは味方だよ、とさりげなく伝えてくれているのだ。

なにがいちばんうれしいって、「もうだいじょうぶだよ、あの店で働いているビッグマブの娘さん」なんて、言われたりはしないことだ。みんなちゃんと、スターって、名前で呼んでくれる。

リムジンはわたしたちを乗せて走りだした。通りすぎていく町を見つめながら、指でひざをトントンたたく。刑事にも地方検事にも話したし、来週は大陪審《だいばいしん》で話すことになっている。あの晩のことはもう何度も話したから、眠っていても話せるくらいだ。でも、このインタビューは、世界中の人たちが見ることになるのだ。

そのとき、ブレザーのポケットで携帯が震えた。見ると、クリスからメールが入っていた。

母がきみのドレスは何色かきいてくれって。仕立屋に至急知らせたいらしい。

そうだった。今週の土曜には、ジュニア（高校三年生）とシニア（高校四年生）の合同プロムがあるんだっけ。まだドレスも買っていない。カリルのことがあって、いく気になれるかわからなかったから。ママにそう言ったら、気を紛《まぎ》らわすためにもいったほうがいいと言われた。いやだと言ったら、また例の目つきでギロリとにらまれた。

それで、仕方なくプロムに出ることにしたのだ。ママときたら、まるで独裁者だ。ほんと勘弁《かんべん》してほしい。わたしはクリスに返信した。

うーん…… 水色にしようかな？

クリスからメールが返ってくる。

もしかして、まだドレス買ってないの？

返信する。

まだ時間はたっぷりあるし。ここのところ忙しくて。

うそじゃない。放課後は、ほとんど毎日オフラさんと会って、インタビューの準備をしていた。打ち合わせが早めに終わったときは、ジャスタス・フォア・ジャスティスの活動を手伝った。電話に出たり、ビラを配ったり、仕事があればなんでもやった。スタッフの会議に同席して、みんなが、警察組織の改革案について話しあったり、暴動を起こさずに抗議するよう、住民を説得することの重要性について議論するのをきいたりすることもあった。

ガーデン高校でやってるみたいに、ウィリアムソンでも、ジャスタス・フォア・ジャスティスを招いて討論会を開いたらどうかと思って、デイヴィス校長にあたってみたけど、それにはおよびませんと断られてしまった。

クリスからまたメールが返ってきた。

オーケー。きみがそう言うんだったら。話は変わるけど、デヴァンテがよろしくってさ。マッデンで、こてんぱんにしてやるところなんだ。ビーバーって呼ぶのは、いい加減、やめてほしいけどね。

クリスのことを、黒人のまねをする白人だなんて言ってたくせに、デヴァンテは最近、わたしより頻繁《ひんぱん》にクリスの家に遊びにいっている。クリスが、家でアメフトゲームの《マッデン》でもやらないかと誘ったのがきっかけで、ふたりはあっという間に〝ダチ〟になってしまった。デヴァンテに言わせると、クリスは白人だけど、テレビゲームを山ほど持ってるから、欠点はチャラなんだそうだ。

あんたはゲームを持ってたらだれでもいいんじゃないのと言ってやると、だまれ、うまくいってんだから、それでいいだろとやり返された。

リムジンが繁華街の高級ホテルに到着する。正面玄関のひさしの下で、パーカーを着た白人の男の人が待っていた。クリップボードを小わきにはさみ、手にはスターバックスのカップを持っている。

男性は器用にリムジンのドアをあけて、わたしたちを車からおろすと、手を差しだしてきた。「プロデューサーのジョンです。きみがスターだね」

「はい」

「よく来てくれたね。きみの勇気に感謝するよ」

またこの言葉だ。勇気があったら足なんか震えない。勇気があったら吐きそうになったりしない。勇気があったら、あの晩のことを考えるたびに、呼吸の仕方を思いだす必要なんてない。みんなわたしのことを誤解してる。

ジョンさんのあとについてホテルの中を歩いていく。迷路のような廊下を何度も曲がり、ヒールのない靴をはいてきたことに心から感謝した。その間ずっとジョンさんはしゃべり続けていた。このインタビューがどれほど重要か、自分たちがどんなに真実を求めているか、視聴者からの反応にどれほど期待しているか――。きいているうちに、彼の言う〝勇気〟とやらが、ますますしぼんでいくのを感じた。

中庭に着くと、カメラマンや番組のスタッフが撮影の準備をしていた。みんながあわただしくゆきかう中で、インタビュアーのダイアン・ケアリーが、メイクをしていた。

あのダイアン・ケアリーが、テレビの中じゃなくて、目の前にいるなんて、なんだか変な感じだった。小さいころ、おばあちゃんちに泊まると、おばあちゃんはわたしに、あのぞろっと長いナイトガウンを着せて、寝るまえのお祈りをたっぷり五分は唱えさせてから、ダイアン・ケアリーのニュース番組を見せたものだ。わたしの〝見識を広める〟ために。

「あら！」ケアリーさんはわたしたちを見ると、ぱっと顔を輝かせて歩みよってきた。あとからメイク係の女性が追いかけてきて仕事を続けている。さすがはプロだ。ケアリーさんはわたしたちと握手をして言った。「ダイアンです。はじめまして、みなさん。ああ、あなたがスターね。緊張しなくていいのよ。ふたりでふつうにおしゃべりするだけだから」

ケアリーさんが話している間ずっと、スタッフらしき人が、わたしたちのスナップ写真を撮っていた。ふうん、これがふつうのおしゃべりね。

「いいかい、スター。まず、この中庭で、きみとダイアンが歩きながら話しているところを撮る」ジョンさんが言った。「それから、用意したスイートルームに移って会話をしてもらう。最初にきみとダイアン。次に、きみとダイアンとオフラさん、最後にご両親を交えて。それでおしまいだ」

ジョンさんは、歩きながら話すシーンの撮影について簡単に説明し、スタッフのひとりが、わたしの身体《からだ》にマイクをつけた。「ここはつなぎみたいなものだから、簡単だよ」

どこが簡単なの。一回目はほとんど競歩みたいな早足になってしまったし、二回目はお葬式に参列しているみたいな歩き方になってしまって、ケアリーさんの質問にうまく答えられなかった。歩きながら話すのがこんなにたいへんだったなんて思わなかった。

どうにか撮り終えると、エレベーターで最上階まであがった。案内されたのは、繁華街をのぞむ、ペントハウスみたいに大きなスイートルームだった。十人余りのスタッフが、カメラや照明を設置している。その一角で、カリルのTシャツとスカートを身につけたオフラさんが待っていた。

ジョンさんに、撮影の準備ができたと合図され、わたしは、ケアリーさんのむかいの、ふたりがけのソファに座った。どういうわけか、一度もちゃんと足を組めたことがないから、足を組むという選択肢はない。スタッフがわたしのマイクをチェックし、ケアリーさんがリラックスしてと声をかけてくる。間もなく、カメラが回りはじめ、ケアリーさんが口を開いた。

「世界中の何百万人もの人たちが、カリル・ハリスという名前を耳にしていることでしょう。そして、彼がどういう人だったのか、想像していることと思います。あなたにとって彼は、どういう人でしたか?」

大切な人だった。わたしがこんなに大切に思っていたなんて、きっとカリルには想像もつかなかったんだろう。「親友のひとりです。同い年で、おたがい赤ちゃんのときからのつきあいなんです。もし彼がここにいたら、ちがう、五か月と二週間と三日、おれのほうが年上だって言いはったと思いますけど」ケアリーさんと顔を見あわせて笑う。「でもほんとに、カリルはそういう人なんです——でした」

自分で言いなおしてつらくなる。

「いつも冗談ばかり言ってました。どんなにつらいときでも、希望を見つけようとするんです。それに……」声が震える。

感傷にすぎないことぐらいわかってるけど、なんだかカリルがこの部屋にいるような気がした。あのカリルなら、わたしが悪口を言ったりしないか、たしかめに来てもおかしくない。きっと、わたしのことを、おれのファン第一号とか、カリルにしか思いつけないような、頭に来るあだ名をつけて呼んでいるだろう。

カリルに会いたい。

「やさしい人でした。ごろつきと呼ぶ人もいるのは知っています。でも、カリルのことを実際に知っていたら、そうじゃないことがわかるはずです。天使みたいだったとまでは言いません。でも、悪い人じゃありませんでした。彼は……」肩をすくめる。「子どもでした」

ケアリーさんはうなずいた。「そうですね」

「まだ子どもだったんです」

「彼の好ましくない面を取りざたする人たちについてはどう思いますか？　ドラッグを売っていたという報道もありますが」

まえに、オフラさんに言われたことがある。あなたの声で戦いなさいって。戦おう。わたしの声で。

「腹が立ちます。カリルがドラッグを売っていた理由を知っていたら、カリルのことをあんなふうに言うはずないから」

ケアリーさんが、身を乗りだすようにして言った。「どうして売っていたんですか？」

ちらりと目をやると、オフラさんは首をふった。インタビューの打ち合わせのときに、カリルがドラッグを売っていたことにはあまり触れないようにとアドバイスされていた。わざわざ世間に知らせることでもないからと。

でも、カメラが目に入ったとき、数日後にはこのインタビューを、何百万人もの人たちが見ることになるのを思いだした。キングもそのひとりかもしれない。頭の中では、キングの脅《おど》し文句が大きく響いていたけど、ケニヤにあの日店で言われた言葉のほうが、ずっと大きく鳴り響いていた。

カリルならわたしを守ってくれたはずだ。わたしもカリルを守らなくちゃいけない。

わたしはパンチを打つ構えをとった。

「カリルのお母さんはドラッグ中毒なんです。カリルを知る人なら、彼がそのためにどれだけつらい思いをしてきたか知ってるし、ドラッグを毛嫌いしていることも知っています。カリルがドラッグを売っていたのは、町いちばんの大物ドラッグディーラーで、ギャングのボスでもある男から、母親を守るためだったんです」

オフラさんが大きくため息をつくのが見えた。パパとママは、ぎょっとしたように目を見開いている。

名前を出さなくても、密告《チクった》したのと変わらない。ガーデン・ハイツのことを知っている人間なら、だれのことを言っているのか、ピンと来るはずだ。ルイスさんのインタビューとあわせて見れば、確実にだれだかわかる。

かまうもんか。キングが、カリルはキング・ロードだったって、町中にうそを言いふらすなら、わたしは、世界中の人たちにむかって、カリルはキングに無理やりドラッグを売らされていたんだって言ってやる。「お母さんの命が危なかったんです。だからあんなことをしたんです。それに、カリルはギャングのメンバーでもありませんでした」

「そうではなかったんですか？」

「はい。カリルはそういう生き方を選ぶような人じゃありませんでした。でも――」不意《ふい》にデヴァンテの顔が頭に浮かぶ。「どうしてみんな、カリルがドラッグの売人やギャングのメンバーだったら、殺されても仕方がないというような言い方をするのか、わたしにはわかりません」

あごにフックを放つ。

「それは、マスコミのことですか？」

「はい。カリルがなにを言ったとか、なにをして、なにをしなかったとか、カリルのことばかり報道されているような気がします。殺されたほうが非難されるなんて、どう考えても変ですよね？」

そう言ったとき、口にジャブが決まったのがわかった。

次にケアリーさんは、あの晩のことをきいてきた。オフラさんのアドバイスで、あまり細かいところまでは話さなかったが、ふたりとも1―15に言われたとおりにしていたし、あの父親が言ったような罵声《ばせい》をあげたおぼえもないと言った。こわくてたまらなかったことや、心配したカリルが、車のドアをあけて、だいじょうぶかきいてきたことも話した。

「では、クルーズ巡査の命を脅《おびや》かすようなことを言ったわけではないんですね」

「そんなこと言ってません。カリルは、スター、だいじょうぶかって言っただけです。それが最後の言葉でした――」

わたしはぼろぼろ泣きながら、そのときの状況を説明した。銃声が響いて、カリルが最後にわたしを見たこと、道路に崩れおちたカリルを抱きしめて、その瞳から生気《せいき》が消えていくのを見つめていたこと。そして、1―15がわたしに銃をつきつけたことを。

「あなたに銃をつきつけたんですか?」

「そうです。ほかの警官が到着するまで、ずっとつきつけていました」

カメラのむこうで、ママが手で口を覆《おお》うのが見えた。パパの瞳に怒りが閃《ひらめ》く。オフラさんは驚いたように息をのんでいる。

またジャブが決まった。

驚くのも当然だ。この話は、カルロスおじさんにしかしていない。

ケアリーさんはティッシュを差しだし、わたしが落ちつくのを待ってから言った。

「今回のことで、警官がこわくなってしまったんじゃありませんか?」

「わかりません」正直に答える。「わたしのおじも警官です。悪い警官ばかりじゃないことは、よく知っています。それに、みんな命をかけてお仕事をされていますよね。いつもおじの身に危険がないか心配しています。でも、思いこみはやめてほしいと思います。黒人が相手だと特にひどいから」

「警官たちに、黒人に対する思いこみをやめてほしいということですか?」

「そうです。こんなことになってしまったのは、あの人が」名前はどうしても口にできなかった。

「わたしたちがなにか悪いことを企《たくら》んでると思いこんだからです。わたしたちが黒人で、あそこに住んでいるってだけの理由で。ふたりとも、なんの害もないただの子どもだったのに。あの人の思いこみのせいで、カリルは死んだんです。わたしも死んでいたかもしれません」

あばらにキックが決まる。

「もしここにクルーズ巡査がいたら、なんと言いますか?」ケアリーさんは言った。

何度もまばたきをして、わいてくる唾をぐっとのみこむ。あいつのことを考えて、泣くのも吐くのも絶対いやだ。

もしあいつがここにいたら、本当に殴っていたと思う。わたしはあいつを許してあげられるほど、寛大な人間じゃない。

でも、オフラさんは、わたしの戦う場所は、このインタビューだと言った。これが戦いなら、相手が傷つこうと、自分が傷つこうと、かまわず前に出なくちゃいけない。

だから、またパンチを放った。1—15目がけてまっすぐに。

「こう言うと思います。『わたしのことも撃ちたかったんですか?』」

17

わたしのインタビューは、昨日の《ダイアン・ケアリーのフライデー・ナイト・ニューススペシャル》で放送された。今日の朝、プロデューサーのジョンさんから電話がかかってきて、あのインタビューが、番組史上に残る高視聴率を記録したことを知らされた。

放送直後に、テレビ局に匿名《とくめい》で電話をかけてきて、わたしの大学の授業料を援助したいと申しでたお金持ちまでいたらしい。わたしは密かに、あのオプラ・ウィンフリーじゃないかと思っているけど、たぶんそう思ってるのはわたしだけだろう。ずっと、オプラがわたしのピンチを救ってくれる妖精だったら、なんて妄想してたから。いつか家を訪ねてきて「車をあげるわ！」とか言ってくれないかなあ、なんて。

テレビ局には、わたしを支持するメールが続々と届いているという。それはまだ見せてもらっていないけど、いちばんうれしいメールはもうもらっていた。ケニヤからだ。

やっとしゃべったか。

でも、もてはやされたからって、調子に乗んなよ。

インタビューは、ネットでもトレンド入りを果たし、今朝チェックしたときにも話題にのぼっていた。黒人関係のツイッターやタンブラーでは、わたしを支持する意見が多かったけど、中には、わたしに死んでほしがってるやつもいた。

もちろん、キングも快く思っているはずがない。ケニヤの話では、わたしのインタビューを見て、怒りくるっていたらしい。

土曜のニュース番組でも取りあげられ、みんなで、わたしの言ったことを、まるで大統領の発言みたいに、逐一《ちくいち》分析していた。ある番組は、わたしが警官をないがしろにしていると言って非難した。あのインタビューのどこをどう見たらそうなるんだろう。ギャングスタ・ラップ・グループの

N・W・A《エヌ・ダブリュー・エー》みたいに〝くたばれ、ポリス〟とか叫《さけ》んだわけじゃない。わたしのことも撃ちたかったのか、ききたいって言っただけなのに。

　でも、かまうもんか。わたしは自分が感じたことで謝ったりしない。人には、言いたいことを言う権利があるはずだから。

　夜になり、わたしは、ほとんどしゃべらないボーイフレンドと一緒に、ロールスロイスでプロムにむかった。クリスはわたしより、携帯のほうがずっと気になる様子だった。

「決まってるね」わたしはクリスに話しかけた。実際、ばっちり決まっていた。黒いタキシードに、わたしのひざ丈のストラップレスドレスに合わせた、水色のベストとネクタイ。靴も、わたしのシルバーのスパンコール付きのチャックテイラーに合わせた、黒い革のチャックテイラーだ。わたしのドレスと靴は、うちの独裁者ことママのチョイス。ああ見えてけっこうセンスがいい。

「ありがとう。きみも決まってるよ」その言い方はロボットみたいで、本心というより、そう言ったほうがいいから、仕方なく言っているという感じがした。だいたい、決まってるかどうか、どうしてわかるの？　カルロスおじさんの家に迎えに来てからずっと、わたしには目もくれようとしないのに。

　どうしてクリスがこんな態度をとるのか、見当もつかなかった。わたしの知ってるかぎりでは、うまくいっていたはずなのに。なぜか、むっつりとだまりこんでいて、とりつく島もない。運転手に言って、カルロスおじさんの家に引きかえしてもらいたいくらいだったけど、家に帰るにはおめかししすぎていた。

　カントリークラブの車寄せは、ブルーのライトで彩られ、入り口には金色の風船でできた門が立っていた。見渡すかぎりリムジンばかりで、ロールスロイスはわたしたちの車だけだ。入り口についたら、まちがいなく注目を浴びるだろう。

運転手がドアをあけると、だんまり彼氏は先に車をおりて、わたしがおりるのに手を貸した。クラスメートたちが口笛を吹き、歓声をあげてはやしたてる。クリスが腰に手を回してきて、ふたりともなにも問題ないみたいに、カメラにむかって笑みを浮かべた。クリスは無言のまま、わたしの手を取り、中にエスコートした。

賑《にぎ》やかな音楽が耳にとびこんでくる。会場はシャンデリアとパーティライトで華やかに彩られていた。実行委員会が、映画の《ミッドナイト・イン・パリ》をモチーフにでもしたらしく、デコレーションライトを飾りつけた巨大なエッフェル塔が立っている。ダンスフロアは、ウィリアムソン校の上級生はほとんど勢ぞろいしているんじゃないかってくらい混みあっていた。

ひとつ言っておくと、ガーデン・ハイツのパーティとウィリアムソンのパーティはまるで別物だ。ビッグD《ディー》のパーティでは、みんなネイネイやヒット・ザ・クワンやトワークなんかを踊っていたけど、このプロムでは、はっきり言って、なにやってるんだか、さっぱりわからない人までいる。ぴょんぴょん跳ねたり、拳《こぶし》をつきあげたり、トワークのできそこないをやってみたり。別にだめだって言ってるわけじゃない。ただちがうだけだ。ものすごく。

でも、どういうわけか、ビッグDのパーティより、こっちのほうが踊りやすい気がする。まえにも言ったけど、ウィリアムソンでは、黒人というだけでクールに見えてしまう。フロアに出ていって、自分で作ったでたらめなダンスを踊ったとしても、みんな勝手に最新のダンスだって思ってくれるだろう。白人たちは、黒人ならみんな流行の最先端をいってるはずだって思いこんでるから。

おんなじことを、ガーデン・ハイツのパーティでやったら、たいへんなことになる。一度恥をさらしたら、もうおしまい。町中に知れ渡って、しかも永遠に忘れてもらえないだろう。

わたしは、どうすればクールに見えるのか、ガーデン・ハイツで見て学んでいる。それをウィリアムソンでやってみせているだけだ。ほんとはそれほどクールってわけじゃないけど、ここの白人の子たちはわたしのことをクールだと思っていて、それが高校生活でもずいぶんプラスになっている。

踊る？　ってきこうとしたとき、クリスはわたしの手をはなして友達のほうにいってしまった。わたし、なんのためにプロムに来たわけ？「スター！」名前を呼ばれて、ふりかえる。あたりをきょろきょろ見まわして、テーブルで手をふっているマヤを見つけた。

「かわいい〜！」テーブルまでいくと、マヤが歓声をあげた。「似あってる！　クリス、メロメロになっちゃったんじゃない？」

全然。あんな態度をとられて、こっちはムカムカだけど。「ありがと」マヤの服装に目を走らせる。肩紐のないピンクのひざ丈ドレスに、きらきら光るシルバーのスティレットヒール。ヒールのおかげで、いつもより五インチは背が高くなっている。こんなものをはいてここまで来られるなんて表彰物だ。わたしには絶対無理。「そっちこそ、今夜の主役って感じ。すっごくすてきだよ、おチビさん」

「その呼び方はやめてよ。〝名前を言ってはいけないあの人〟がつけたあだ名だよ」

驚いた。ヘイリーをヴォルデモート呼ばわりするなんて。「マヤ、無理にわたしの味方をしてくれなくてもいいんだよ」

「わたしたちに話しかけてこないのは、あっちのほうでしょ？」

ヘイリーは、マヤの家でのあの一件以来、わたしたちを無視していた。まちがいを指摘したからって、どうしてわたしが悪くて、冷たく当たってもいいってことになるんだろう。無視なんかしても、わたしが悪かったなんて思うはずないのに。わたしだけならまだしも、マヤが、タンブラーをアンフォローした本当の理由をわたしに話したことを知ると、マヤのことまで無視するようになった。謝るまでどちらとも口をきかないという。わたしたちが刃むかうことなんていままでなかったから、我慢《がまん》できなかったんだろう。

勝手にすればいい。クリスと一緒にクラブでも作ったらいいんだ。名前は、〝ブルガキのだんまり同盟〟とかいいんじゃないの。

でも、マヤまで巻きこんでしまったのは、心苦しかった。「マヤ、ごめんね――」

「謝ることないよ。言ってなかったかもしれないけど、ヘイリーにタンブラーのこと話したあと、あの猫のことも話したんだ」

「そうなの？」

「うん。そんなことといつまで気にしてるのって言われちゃった」マヤは首をふった。「最初に、あんなこと言わせておいた自分が、ほんとに許せないよ」

「わかる。わたしも自分が許せないもの」

沈黙が流れる。

マヤがわたしのわきをひじでつついてくる。「ほら、マイノリティ同士、団結するんじゃなかったの？」

くすくす笑う。「わかったってば。ねえ、ライアンは？」

「食べ物を取りにいってる。わたしが言うのもなんだけど、今夜の彼、すごくすてき。あなたの彼はどこ？」

「さあ、知らない」あんなだんまりクリス、どうでもいいし。

親友っていいなと思うのはこういうときだ。こっちが話したくないときにはわかってくれるし、それ以上詮索《せんさく》してきたりしない。マヤはわたしの腕に腕を絡《から》ませて言った。「いこ。ドレスアップしたのは、こんなとこで、つったってるためじゃないよ」

ダンスフロアにいき、ぴょんぴょんとんだり、拳《こぶし》をつきあげたりしている人の群れに交じる。マヤはヒールを脱いで、はだしになった。ジェスやブリット、ほかにもバスケ部の子たちが何人かやって来て、一緒に小さな輪を作る。わたしの義理のいとこのビヨンセの歌が流れはじめると、みんな我《われ》を忘れて踊りまくった（どうして義理のいとこかっていうと、ビヨンセの旦那《だんな》さんのジェイZ《ズィー》が、わたしの親戚にちがいないから。だって名字が同じカーターだし）。

わたしたちは、ビヨンセにあわせて声を張りあげ、喉《のど》がかれるまで歌った。マヤもわたしもすっかり夢中になっていた。カリルもナターシャも、そして、ヘイリーまで失ってしまったけど、わたしにはまだマヤがいる。マヤがいてくれたらそれでいい。

六曲歌ったあと、わたしたちはおたがいの身体《からだ》に腕を回し、テーブルのほうにもどりはじめた。マヤの靴の片方はわたしが持ち、もう片方は、マヤが手首にストラップを通して、ぶらさげていた。

「ウォレン先生のロボットダンス、見た？」マヤがくすくす笑いながら言う。

「うそ。そんな才能あったんだ」

そのとき、マヤがぴたりと足をとめた。顔を動かさず、目だけであたりを見まわして、ささやくように言う。「顔は動かさないで、左のほうを見て」

「どうかしたの？　どこを見ろって？」

「左を見て」口を動かさずに言う。「ちらっとだけね」

見ると、ヘイリーとルークが、会場の入り口で腕を組み、カメラにむかってポーズを取っていた。けちのつけようがない。金と白のドレスをまとったヘイリーと、白のタキシードを着たルークは、だれが見てもすてきなカップルだった。けんかしてるからといって、ヘイリーを褒《ほ》められないわけじゃない。ようやくルークとくっついたのを見て、ほっとしたくらいだ。ずいぶん時間はかかったけど。

ヘイリーとルークはこっちにむかって歩いてきて、そのまま、すぐわきをかすめるようにして通りすぎていく。すれちがいざま、ヘイリーは、すごい目つきでわたしたちをにらみつけていった。なにあれ、感じ悪い。でも、わたしもしっかりにらみかえしてたんだろう。ときどき自分でも気づかないうちに、ガンをとばしてるときがあるから。

「そう、お利口《りこう》さんね」マヤはヘイリーの背中にむかって言った。「そのまま歩きつづけたほうが身のためよ」

マヤって、こんなに血の気が多かったっけ？「ほら、のみものを取りにいくよ」マヤを引っぱって歩きだす。「余計なことを言ってけがしないうちにね」

パンチのグラスを取ってテーブルにもどると、ライアンが、食べかすをぼろぼろタキシードにこぼしながら、フィンガーサンドとミートボールを頬ばっていた。「ふたりとも、どこにいたの？」

「ダンスしてたの」マヤはそう言って、ライアンのエビをつまんだ。「丸一日食べてなかったみたいな食べっぷりね」

「うん、腹減って死ぬかと思ったよ」ライアンは大げさに言うと、わたしにうなずきかけてきた。

「よう、ぼくの黒人の彼女は元気？」

〝学年でふたりだけの黒人なんだからつきあっちゃえば〟っていう例の空気をネタにした、ふたりだけのジョークだ。

「元気よ。わたしの黒人の彼氏は元気？」わたしもライアンのお皿からエビをつまんだ。

そのとき、ようやくだれと一緒に来たのか思いだしたのか、クリスがわたしたちのテーブルにやって来た。マヤとライアンに挨拶《あいさつ》すると、わたしむかって言う。「どうする、写真でも撮る？」

だから、なんなの、そのロボットみたいなしゃべり方は。〝ブチギレメーター〟の目盛りが一から十までだとしたら、いま五くらいまで上がってる。「遠慮しとく。わたしと一緒にいたくない人なんかと、写真撮ってもしょうがないし」

クリスはため息をついた。「どうしてそういう態度しかとれないんだよ」

「それってわたしのこと？　さっきからそっけない態度をとってるのはそっちでしょ」

「いいから答えろよ、スター！　撮りたいのか撮りたくないのか、どっちなんだ？」

〝ブチギレメーター〟が一気にふりきれた。ドッカーン。大爆発を起こして木っぱみじんになる。

「撮りたいわけないでしょ。撮りたきゃひとりで撮ってきなよ、くそったれ」

マヤがとめるのもきかず、猛然と歩きだす。クリスが後ろから追ってきて、腕をつかんできたけど、ふりはらって歩きつづけた。外は暗くなっていたけど、車寄せにとまっているロールスロイスは、すぐに見つかった。運転手の姿は見あたらない。いますぐ家に送ってもらいたいのに。とりあえず、後部座席に乗りこんで、ドアをロックする。

クリスが窓をノックした。「スター、あけてくれ」着色ガラスの窓に手を当てて、双眼鏡のようにのぞきこむ。「話がしたいんだ」

「へえ、さっきまで話そうともしなかったくせに、今度は話したいの？」

「話そうとしなかったのはきみのほうだろ！」クリスは額《ひたい》をガラスに押しつけた。「どうして、あの事件の目撃者だって言ってくれなかったんだ？」

穏やかな口調だったのに、みぞおちに、いきなりパンチを食らったような気がした。

知ってたんだ。

わたしはドアのロックをはずして、奥に詰めた。

クリスがとなりに乗りこんでくる。

「どうしてわかったの？」

「インタビューだよ。両親と一緒に見てたんだ」

「顔は出してないのに」

「声でわかった。それに、あのインタビュアーと並んで歩いてるシーンで、後ろ姿が映ってたし。いつもきみの後ろ姿をずっと見送ってるから、後ろからでもきみだってことくらいわかるよ。なんか、変態っぽいけど」

「お尻を見てわかったってこと？」

「まあ……そういうことになるかな」顔が真っ赤になっている。「でも、それだけじゃないよ。抗議運動やカリルのことで怒ってたし。怒るようなことじゃないなんて言うつもりはない、怒って当然だよ。でも――」ため息をつく。「きみだとわかって、なんだかやりきれなくなったんだ。あれ、きみだったんだろ？」

こくんとうなずく。

「話してほしかったよ。どうしてなんにも言ってくれなかったんだ？」

わたしは首を傾《かし》げた。「へえ。わたしが、人が殺されるのを見た話をしなかったからって、あんなガキみたいな態度をとったんだ？」

「そういうわけじゃないよ」

「でも、ちょっと考えてみてよ。今夜は、わたしとろくに口をきこうともしてくれなかったんだよ。わたしが人生でいちばんつらい経験のひとつを話さなかったからって。人が死ぬのを見たことある？」

「いや」

「わたしは二回見てるの」

「そんな話、きいてないよ！　ぼくはきみのボーイフレンドなのに、きみのことをなにも知らない」クリスはわたしを見た。傷ついた目。数週間前、手をふりはらってしまったときと同じ目だ。「スター、きみはそういうことをなにも話してくれない。一年もつきあってるのに、親友だっていうカリルのことも、きみが死ぬのを見たって言う、そのもうひとりのことも、全然話してくれなかったじゃないか。ぼくを信用してないから話してくれなかったんだろう？」

思わず息をのむ。「そんな――そんなんじゃないよ」

「そうか？　じゃあ、どんなつもりだよ。ぼくたちはなんなんだ？　フレッシュ・プリンスを観てふざけあってるだけの関係かよ」

「ちがう」震える唇でつぶやく。「そういうこと、クリスには話したくないの」

「どうして？」

「だって」声がかすれる。「それを知ると、みんな見る目が変わっちゃうから。わたしのことを、友達がギャングに撃ち殺されるのを見たかわいそうな子とか、ゲットーに住んでる恵まれない子って目で見るようになるの。先生たち、みんなそうだった」

「先生たちはどうだか知らないけど、ぼくはちがうよ。ぼくはきみをそんな目で見たりしない。きみは、ウィリアムソンで自分らしくいられるのは、ぼくといるときだけだって言ってくれたのに、結局ぼくのことなんか信じてなかったってことだろ」

もう、泣きだす寸前だった。「そうだよ。信じてなかった。あなたに、ゲットーの子だって目で見られるのがこわかったの」

「きみがまちがってるって証明するチャンスもくれなかったじゃないか。スター、きみの力になりたいんだ。ぼくに心を開いてくれよ」

ふたつの顔を使いわけるのは楽《らく》じゃない。相手にあわせて話し方を変え、話す内容も変えて。だれに教わることもなく、そうするようになり、すっかり当たり前になっていた。クリスといるときには、どっちのスターになるか選ばなくてもすむと思っていたけど、自分でも気づかないうちに、やっぱりある程度は自分を偽《いつわ》っていたのかもしれない。心のどこかに、自分みたいな人間がクリスのそばにいちゃいけないという気持ちがあった。

泣くもんか、泣くもんか、泣くもんか。

「お願いだから」クリスが言った。

もうだめ。すべてが一気に溢《あふ》れだす。

「十歳のとき、友達が死んだの」フレンチネイルの先を見つめながら言う。「友達も十歳だった」

「名前は？」

「ナターシャ。車からギャングに拳銃で撃たれたの。両親がわたしと兄弟をウィリアムソンに入れたのは、そのせいもあるんじゃないかな。わたしたちを少しでも安全な場所にやりたくて、けっこう無理したんだと思う。ふたりとも学費を払うためにがむしゃらに働いてる」

クリスはなにも言わない。わたしもそれでかまわなかった。

そろそろと息を吸って、車の中を見まわす。「こんな気持ち、きっとわかんないだろうけど、自分がこんな車の中に座ってるなんて、信じられないんだ。だって、ロールスロイスだよ。まえは、寝室がひとつしかない、公団のアパートに住んでたの。わたしの部屋は兄弟と一緒で、両親はソファベッドに寝てた」

不意《ふい》に、そのころの暮らしぶりが、隅々まで鮮やかによみがえってくる。「アパートはいつもタバコ臭かった。パパも吸ってたし、上の階の人も、となりの人も吸ってたから。わたしは喘息《ぜんそく》の発作をよく起こしてたから、勘弁《かんべん》してほしかったけどね。ネズミやゴキブリがでるから、食料棚には缶詰しか置いておけなかった。夏は蒸し風呂みたいになるし、冬はむちゃくちゃ寒くなるの。家の中でもコートを着てたくらい」

「ときどき、パパは、わたしたちの服を買うために、食料配給券を売ってた。前科があるから、なかなか仕事が見つからなくてね。食料品店の仕事が決まったとき、タコベルに連れていってくれて、みんなで好きなものを頼んだの。まるで夢みたいだった。公団から引っ越したときよりうれしかったくらい」

クリスが小さく笑った。「タコベルはあなどれないよ」

「そうだね」また爪の先を見つめる。「パパは、カリルもタコベルに連れてったの。自分たちの生活でいっぱいいっぱいだったけど、カリルは放っておけなかったんだろうね。カリルのママがドラッグ中毒だってことはみんな知ってたから」

涙がこみあげてくる。ほんとにいやになる。どうしてすぐに涙が出てくるんだろう。「あのころはすごく仲がよかったんだ。カリルはファーストキスの相手で、初恋の人だった。でも、このごろは、昔ほど親しくつきあってなかったの。もう何か月も会ってなくて……」ぼろぼろと涙が溢《あふ》れだす。「あんなにつらい目にあってたのに、力になってあげられなかったのが、悔しくてたまらない」

クリスは親指で涙をぬぐってくれた。「自分を責めちゃだめだよ」

「無理だよ。ドラッグを売るのをやめさせることができたかもしれないんだよ。そしたら、みんなにごろつきなんて言われなくてすんだのに。ずっとだまっててごめんね。言いたかったけど、言えなかった。あの車の中にいたことを話すと、みんなわたしを壊れ物みたいに扱うようになるから。あなたはわたしをいつもどおりに扱ってくれた。あなたはわたしの大切な日常だったの」

クリスは、しゃくりあげるわたしの手を取って、ひざに抱きあげた。わたしはクリスの肩に顔を埋めて、大きな赤ん坊みたいに泣きじゃくった。クリスのタキシードは涙でべとべとになり、わたしのメイクも涙でぐちゃぐちゃになった。

「ごめん」クリスはわたしの背中をさすりながら言った。「今夜のぼくは、最低のケツ野郎だった」

「そうだね。でも、大事なわたしのケツ野郎だよ」

「じゃあ、ずっときみを見送ってるつもりで、自分のケツを見てたってこと？」

顔を上げて、クリスの腕に思いっきりパンチを入れる。クリスが笑いだし、つられてわたしも笑った。「もう、わかってるくせに！　あなたはわたしの大切な日常だって言ったでしょ。大事なのはそこなの」

「そうだね」クリスは微笑《ほほえ》んだ。

クリスの頬を両手で包み、そっと唇を合わせる。柔らかくて、完璧な唇。フルーツ・パンチの味がする。

クリスは唇で、わたしの下唇をくわえて、優しく引っぱった。おでことおでこをくっつけて、わたしをじっと見つめる。「愛してる」

〝好きだよ〟じゃなくて〝愛してる〟。返事は迷わなかった。

「わたしも愛してる」

ゴンゴンゴン！　窓を思いっきりたたく音がして、はっと顔を上げる。見ると、セブンがガラスに顔を押しつけていた。「そこまでだ！」

甘いムードに水を差すのに、兄貴の登場ほど効果的なものはない。

「セブン、ほっときなさいよ」レイラが後ろから声をかける。「わたしたち、ダンスしに来たんでしょ？」

「ダンスならあとでもできる。こいつに妹とヤルなって釘《くぎ》刺しとかないと」

「ちょっと、ばかなことはやめなさいよ！」

「ほっといてくれ。スター、車からおりろ。おりないと承知しないぞ！」

わたしのむきだしの肩の前で、クリスがぷっと噴きだした。「きみのお父さん、お兄さんを見張りにつけたの？」

パパならやりかねない。「そうかも」

クリスは、わたしの肩に長いキスをして言った。「もうだいじょうぶだね」

クリスの唇に軽くキスをする。「うん、だいじょうぶ」

「よし、踊りにいこう」

車をおりると、セブンが、こそこそぬけだしてこんなところでなにしてるんだとか、父さんに言いつけるぞとか、ぐちぐち言ってきたけど、しまいにはレイラに引きずられるようにして会場に入っていった。「九か月後にリトルクリスが誕生したらどうするんだよ！」と、わめきちらしながら。

そんなわけないじゃん。ばっかみたい。

会場にもどると、音楽はまだガンガン鳴っていた。クリスのネイネイダンスは、ほんとにへたくそで、噴きださないようにするのがやっとだった。しばらくすると、マヤとライアンもダンスフロアにやって来て、クリスのおかしな動きを見て、〝なにこれ？〟って顔で、わたしを見た。〝さあ？〟と肩をすくめてみせる。

曲が終わりに近づくと、クリスが身をかがめて、わたしの耳もとでささやいた。「すぐもどるよ」

そう言って人ごみに消えたかと思うと、一分もしないうちに、頭上のスピーカーから、クリスの声がきこえてきた。見ると、いつの間にかＤＪブースに立っている。

「やあ、みんな」クリスが言った。「ぼくはさっき、彼女とけんかしました」

ちょっと、みんなの前でそんな話しないでよ。スパンコールのスニーカーに目を落として、顔を伏せる。

「だから、この曲を――ぼくたちの曲を彼女に捧げたいと思います。大切に思ってる。愛してるよ、フレッシュ・プリンセス」

女の子たちが「キャー！」と黄色い声をあげる。クリスの友達もみんな歓声をあげていた。やめてよ、歌わせないで。お願い。

おなじみのイントロが流れだす。ボン……ボン、ボン、ボン。

「〝こいつはおれの身の上話。どんでん返しの人生話〟」クリスがラップを口ずさむ。「〝ちょいとひと息入れてきいてけよ。おれがベル・エアのプリンスになったわけを〟」

思わず頬がゆるむ。わたしたちの曲だ。クリスにあわせてラップを口ずさむ。みんなも歌いだした。先生たちまで歌ってる。曲が終わるころには、わたしはだれよりも大きな声で歓声をあげていた。

クリスがもどってくると、笑顔で抱きあい、キスを交わした。それからまたダンスをして、セルフィーまで撮って、タンブラーのダッシュボードやタイムラインに流しまくった。プロムがお開きになると、ロールスロイスに、マヤとライアンと、ジェスたちを乗せて《アイホップ》にむかった。座席が足りないから、みんなだれかをひざの上に乗せて。《アイホップ》に着くと、パンケーキを山ほど食べて、ジュークボックスの曲にあわせてダンスした。カリルのことも、ナターシャのことも思いださなかった。

その夜は、人生で最高の夜のひとつになった。

18

日曜日、両親は、わたしたち兄弟を車に乗せて、家を出た。

いつものようにカルロスおじさんの家にいくんだと思っていたら、おじさんの住む住宅街は通りすぎてしまった。それからおよそ五分後、カラフルな植栽《しょくさい》に彩《いろど》られたレンガの標識が現れた。『ブルック・フォールズにようこそ』と書かれている。

舗装されたばかりの道路に沿って、一階建てのレンガの家がずらりと並んでいた。歩道や庭では、黒人や白人だけではなく、いろんな人種の子どもたちが遊んでいた。ガレージは開いていて、中が丸見えになっている。自転車やキックスケーターも庭に置きっ放しだ。だれも盗まれることなんて心配していないらしい。

カルロスおじさんが住んでいる住宅街を思いだしたけど、あそことはちがう。柵で囲って人を閉めだしたりも、閉じこめたりもしていないけど、みんな安心して暮らしているように見えた。並んでいる家はむこうより小ぶりだけど、住み心地はこっちのほうがよさそうだ。はっきり言うと、こっちのほうが黒人が多い。

行き止まりまで来ると、パパは茶色のレンガの家の私道に車を入れた。庭には花や低木がきれいに植えられていて、石畳の歩道が玄関へと続いている。「さあ、ついたぞ」

わたしたちは車をおりて、あくびやのびをした。四十五分のドライブはけっこうこたえる。ずんぐりした黒人の男の人が、おとなりの私道から手をふっている。手をふりかえして、石畳の歩道をたどり、パパとママのあとを追った。玄関のドアガラスからのぞいてみると、中はがらんとしていた。どうやら空き家らしい。

「ここ、だれの家？」セブンが言った。

パパはドアの鍵《かぎ》をあけた。「おれたちの家だ。うまくいけばな」

入ってすぐのところはリビングになっていた。床はつややかな堅木張《かたぎば》りで、塗りたての塗料のにおいがつんと鼻をついた。両わきの戸口はそれぞれ廊下に続いている。すぐ後ろにキッチンがあった。カウンターの天板は御影石《みかげいし》で、真っ白な棚と、ステンレス製の電化製品が並んでいる。

「みんなに見せたかったのよ。どう？」ママはわたしたちを見まわした。

なんだか、身じろぎするのもこわいような気がする。「これがわたしたちの家？」

「さっきも言ったとおり、うまくいけばだがな。いま、住宅ローンの審査がおりるのを待っているところだ」

「こんな家買えるの？」セブンが言った。

ママが眉を吊りあげた。「買えるわよ」

「でも、頭金とかどうするの？」

「セブンったら！」兄貴をにらみつける。余計なことばっかり言うんだから。

「だいじょうぶだ。そんな心配はしなくていい。ガーデンの家を賃貸に出して、毎月の返済の足しにするつもりだからな。それに……」パパはいたずらっぽく笑って（認めたくないけど、こういうときのパパはけっこうかわいい）ママを見た。

「マーカムの看護部長の仕事が決まったの。二週間後から働くのよ」ママは微笑《ほほえ》んだ。

「ほんとに？」思わず言うと、セブンも「すげえ」と声をあげた。セカニもとびあがって叫《さけ》ぶ。「ママ、お金持ちだね！」

「こら、金持ちなんかどこにもいないぞ。落ちつけ」パパが言った。

「でも、ずいぶん楽になるのはたしかね」

「パパは、ここで、インチキな人たちと一緒に暮らしてもだいじょうぶなの？」セカニがたずねた。

「そんな言葉どこでおぼえたの、セカニ」ママが眉をひそめる。

「パパがいっつも言ってるよ。郊外の人たちはインチキで、ガーデン・ハイツの人たちがホンモノなんだって」

「うん、たしかに言ってるな」セブンが言った。

わたしもうなずく。「耳にタコができるくらいね」

ママは腕を組んだ。「説明してもらいましょうか、マーベリック」

「そんなにしょっちゅう言ってねえ――」

「言ってるよ」三人で一斉《いっせい》につっこむ。

「ああ、言ってるよ、認めりゃいいんだろ。この件に関しては、おれの意見が百パーセント正しいって訳じゃあなかったかもしれねえが――」

ふんと、ママが嘲笑《ちょうしょう》まじりの咳《せき》ばらいをした。

パパはママをぎろっとにらんで続けた。「気がついたんだよ。ホンモノかどうかってのは住んでる場所には関係ねえってな。家族を守ってこそホンモノだろ。だから、ガーデン・ハイツをはなれることにしたんだ」

「ほかに言うことは?」ママは、教室の前に立たせた生徒を問いただすような口調で言った。

「それに、ゲットーから郊外に越したからって、黒人じゃなくなるわけじゃねえからな」

「よろしい」ママは満足げに微笑《ほほえ》んだ。

「さあ、ひととおり部屋を見てまわろう」パパが言った。

でも、セブンは動こうとしなかった。セブンがためらっているので、セカニもいこうとしない。じれったいなあ。じゃあ、早い者勝ちってことで、いい部屋をもらっちゃうからね。「ねえ、寝室はどっち?」

ママが左側の廊下を指さした。わたしがなにを考えているのか、セブンとセカニにも、わかったらしい。

顔を見あわせた次の瞬間、わたしたちは廊下にかけだしていた。先頭を走っていたセカニのお尻を捕まえて、後ろに放り投げる。

「ママ〜、お姉ちゃんがぼくをぶん投げた!」

セブンより先に最初の部屋に着く。いまの部屋より大きいけど、もっと大きな部屋がほしい。見ると、セブンがふたつ目の部屋のドアをあけて、中を見まわしていた。どうやら気に入らなかったらしい。ということは、いちばん大きいのは、つきあたりにある三つ目の部屋だ。

セブンとわたしは、三つ目の部屋めがけて、猛然とかけだした。炎のゴブレットを奪いあう、ハリー・ポッターとセドリック・ディゴリーみたいに。セブンのシャツをつかんで引きもどし、前に出る。セブンを引きはなして三つ目の部屋にかけより、ドアをあけると……。

最初の部屋よりも小さかった。

「この部屋とっぴ！」セカニが最初の部屋の戸口で、お尻をふっていた。結局いちばん大きいのは最初の部屋だった。

二番目に大きい部屋をどっちが取るかは、じゃんけんで決めた。セブンはいつも、グーかパーしか出さないから、勝つのは簡単だった。

パパは、昼食を調達しに出かけ、ママは残りの部屋をわたしたちに見せてくれた。トイレはまた兄弟共同で使わないといけないらしい。セカニもようやく的をはずさないでオシッコできるようになったし、ちゃんと流すようになったから、まあいいけど。

主寝室は反対側の廊下にあった。ほかにも洗濯室や、未完成の地下室、車が二台入る大きなガレージがあった。キャスター付きのバスケットゴールを買ってあげるから、普段はガレージにしまっておいて、使うときには家の前に出して、そこの袋小路《ふくろこうじ》でバスケをするといいわ、とママは言った。木の柵で囲われた裏庭もあり、パパが園芸を楽しんだり、ブリックスが走りまわったりするスペースもたっぷりあった。

「ブリックスも連れてきていいんだよね？」

「もちろんよ。置いてくるわけないじゃない」

パパが、ハンバーガーとフライドポテトを買ってもどってくると、みんなでキッチンの床に座って昼食をとった。ほんとに静かなところだ。ときどき、犬の吠える声はきこえてくるけど、窓がガタガタ揺れるような大音量の音楽も、銃声もきこえない。

「契約が成立するのは二、三週間後だけど」ママが言った。「もう学年末だから、引っ越しはあなたたちが夏休みに入ってからにしようと思うの」

「引っ越しは大仕事だからな」パパも言った。

「なるべく、あなたが大学にいくまえに、引っ越すつもりよ、セブン。そうすれば、あなたも、休日や夏休みに帰ってこられるように、自分の部屋を整えられるでしょうから」

セカニは、大きな音を立ててミルクセーキを吸うと、泡だらけの口で言った。「セブンは、大学にいかないって言ってたよ」

「なんだと？」

セブンはセカニをにらみつけた。「大学にいかないとは言ってない。遠くの大学にはいかないって言ったんだよ。セントラル・コミュニティにいくつもりなんだ。ケニヤとリリックのそばにいてやりたいから」

「なんだって！」

「うそでしょう！」パパとママが叫《さけ》んだ。

セントラル・コミュニティはガーデン・ハイツのはずれにある短期大学だ。陰ではガーデン高校第二部とも呼ばれている。学生はガーデン高校の卒業生ばかりで、高校時代と変わらず、ばかをやっている。

「あそこには工学科があるんだ」セブンは弁解するように言った。

「でも、あそこは、出願していた大学みたいに条件がそろってるわけじゃないのよ。わかってる？いろんなチャンスをふいにすることになるの。奨学金も、インターンシップも――」

「わたしが、ようやくセブンのいない生活を謳歌《おうか》するチャンスもね」わたしはそう言って、ミルクセーキをすすった。

「だれがおまえなんかにきいてるんだよ？」

「おまえのかーちゃんだよ〜だ」

怒るのはわかってたけど、思わず言ってしまった。セブンがフライドポテトを投げてつけてくる。バシッとはねのけて、中指をつきたてようとしたら、ママに「やめなさい！」と怒鳴られた。渋々中指をおろす。

「おまえが妹たちに責任を持つことはないんだ」パパが言った。「だが、おれはおまえに責任がある。おまえに、せっかくのチャンスをふいにさせるわけにはいかねえ。ふたりのくそったれな大人どもがやらなけりゃならないことを、おまえが肩代わりしてやることはねえんだ」

「一ドルだよ、パパ」セカニがすかさず言った。

「ケニヤとリリックを気にかけてやるのは立派だが、おまえにできることはかぎられてる。どんな大学を選んでも、おまえならうまくやれるだろう。だがな、本当にいきたいところを選べ。人の仕事を肩代わりするために選んだりするんじゃねえ。いいな？」

「わかった」セブンが言った。

パパは、セブンの首に腕を回して抱きよせ、こめかみにキスをした。「忘れるな。おれはいつでもおまえの味方だ」

昼食がすむと、わたしたちはリビングに集まって手をつなぎ、頭《こうべ》を垂れた。

「主よ、この御恵《みめぐ》みに感謝します」パパがお祈りを唱えはじめる。「はじめ、わたしたちは、引っ越すことにあまり乗り気ではありませんでしたが――」

ママがコホンと咳《せき》ばらいをする。

「あー、〝わたしは〟引っ越しにあまり乗り気ではありませんでしたが、それでも、道が開けるように導いてくださってありがとうございます。リサが新しい仕事に就《つ》くことができたことにも感謝します。引き続き、診療所でもシフトを入れていますが、その際にも、どうぞそばにいて、見守ってください。セカニの学年末テストにもお力をお貸しください。

　セブンが、親の失敗を繰りかえさず、無事高校を卒業できたことにも感謝します。どうか、大学を選ぶ際にも彼を導き、ケニヤとリリックには、あなたがついていてくださることを、思いださせてやってください。

　そして、主よ、明日は娘の試練の日です。大陪審《だいばいしん》で証言をする娘に、心の平安と勇気をお与えください。この事件がある形で決着することを心から願っていますが、あなたにはすでにご計画があることもよく知っています。ですから、あなたのお慈悲《じひ》を請い願うばかりです。どうぞ、ガーデン・ハイツに、カリルの家族に、そしてスターに、あなたのお慈悲をお与えください。そして、わたしたちみんなが、この試練を乗り越えられるように、お力をお貸しください。あなたの尊い御名《みな》によって――」

「待って」ママが突然声をあげた。

　そうっと片目をあけて様子をうかがうと、パパも片目をあけていた。ママがお祈りのときに口をはさむなんて、はじめてだ。

「どうした。もう締めくくるところだぞ」

「お祈りに加えたいことがあるの。主よ、どうぞ母に祝福をお与えください。母が退職基金から、この家の頭金を出してくれたことに感謝します。母がときどき泊まれるよう、地下室を客間に改装するのに、どうぞお力をお貸しください」

「いいえ、それはけっこうです。主よ」パパがすかさず言った。

「お願いします、主よ」ママが声を張りあげる。

「けっこうです」

「お願いします」

「けっこうです。アーメン！」


家には、NBA《エヌビーエー》のプレーオフゲームがはじまるまえに、もどってこられた。バスケのシーズンは、家の中が戦争みたいになる。わたしは一貫してレブロン・ジェームズのファンだ。マイアミ・ヒートだろうが、クリーブランド・キャバリアーズだろうが、とにかくレブロンがいるチームをいつも応援している。パパはまだロサンゼルス・レイカーズのファンだけど、レブロンも好きだ。セブンはサンアントニオ・スパーズの大ファン。ママはレブロン以外ならだれでもいいっていうくらいレブロンが嫌いで、セカニは勝ってるチームのファンだ。

今夜の試合は、クリーブランド対シカゴ・ブルズ。家の中も、わたしとパパ対セブンとママにわかれて戦争が勃発する。セブンは〝レブロン以外ならだれでもいい派〟につくことにしたらしい。

わたしは急いでレブロンのユニフォームに着替えた。これを着ていないと、レブロンのチームが負けてしまう。うそじゃない。だから洗濯もしないくらいだ。ファイナルのまえ、ママにユニフォームを洗濯されてしまったせいで、マイアミはスパーズに負けてしまった。たぶんママはわざと洗濯したんだと思う。

奥のリビングに入ると、わたしのラッキースポットである、ユニットソファの前に陣取った。セブンがわたしをまたいで奥にいき、寝っころがって、はだしの足をわたしの顔の前につきだした。その足をバシッとふりはらう。「もう、汚い足どけてよ」

「そんな大口たたいていられるのも、いまのうちだぞ。覚悟はできてるんだろうな?」

「覚悟? なにそれ。ひねりつぶす覚悟ならできてるよ!」

ママが戸口から顔を出した。「モグちゃん、アイスクリーム食べる?」

信じられない。試合中、わたしが、げんかつぎで乳製品を食べないのは知ってるくせに。乳製品を食べるとおならが出る。おならは縁起が悪い。

ママはにやりと笑った。「サンデーにしよっか? チョコやシュガーでトッピングして、ストロベリーシロップをかけて、生クリームを乗せるの」

耳をふさいで歌う。「ラララララ〜、レブロンの敵はあっちいけ、ラララララ〜」

ほらね、バスケのシーズンは戦争だ。みんな汚い手を使ってくる。

ママは大きなボウルを片手にもどってくると、アイスクリームをスプーンですくって頬ばりながら、ソファに座り、わたしの目の前にボウルをおろした。「ほんとにいらないの、モグちゃん? 大好きでしょう、ケーキ味。おいしいわよ〜」

負けちゃだめ。でも、めちゃくちゃおいしそう。ストロベリーシロップがきらきら光って、きれいに絞った生クリームがたっぷりとのっている。わたしは目をぎゅっとつぶった。「優勝のほうがほしいもん」

「あら、どうせ優勝なんかしないんだから、アイスクリーム食べたほうがいいわよ」

セブンが笑った。

「なにを騒いでるんだ?」パパが入ってきて、パパのラッキースポットである、リクライニング・チェアに座った。

セカニも入ってきて、すぐ後ろのソファに座り、わたしの肩にはだしの足を乗せてきた。セカニの足は全然気にならない。子どもの足は臭くないから。

「モグちゃんにサンデーを勧めてたのよ。あなたもどう?」

「いらねえよ。おれが試合中、乳製品を食わねえのは知ってんだろ」

ほらね。大事なことなんだから。

「おまえもセブンも覚悟しとけよ。クリーブランドがひねりつぶしてやるからな。まあ、レイカーズのコービー・ブライアントみたいにはいかねえだろうが、シカゴなんか、けちらしてやる」

「アーメン!」力強く同意する。コービーのところを除いて。

「なに言ってんのよ」ママが食ってかかる。「いっつもへボチームばっかり応援してるくせに。最初はレイカーズでしょ――」

「おい、三連覇してんのに、へボチームはないだろう。それに、いつもへボチームを応援してるわけじゃないだろ」パパはにやりと笑った。「おまえのチームを応援してたんだからな」

ママは呆《あき》れたように天井《てんじょう》をあおいだけど、顔は笑っていた。認めたくないけど、こういうときのふたりは、ほんとにかわいい。「そうね、あのときだけは例外ね」

「だろ。おまえたちのママは、セント・メアリのバスケ部の選手で、うちのガーデン高校と試合をしたんだ」

「ひねりつぶしてやったわよ」ママは、スプーンについたアイスクリームをなめながら言った。「言わせてもらうと、むこうは手も足も出ないって感じだったわね」

「おれは、女子の試合のあとにやる、男子の試合の応援にいったんだ」パパはそう言ってママをじっと見つめた。もう、ラブラブで見てらんない。「早く着いちまって、女子の試合を見てたら、見たこともねえようなかわいい娘が、コートを走りまわってるじゃねえか」

「なにをやったか、みんなに話して」ママが言った。もう、みんな知ってるけど。

「なにって、おれはただ――」

「ごちゃごちゃ言ってないで、なにをやったか白状《はくじょう》しなさい」

「おまえの気を引こうとしたんだ」

「そんなかわいいもんじゃないでしょ！」ママはガバッと立ちあがって言った。わたしにアイスのボウルを持たせて、テレビの前に立ちはだかる。「サイドラインで、こんなふうに立ってたくせに」そう言って、股間を押さえて唇をなめながら、身体《からだ》を傾《かし》げてみせる。みんなげらげら笑った。パパの姿が目に浮かぶようだった。

「試合の最中によ！　変態みたいにつったってわたしをじーっと見てるんだから」

「でも、おれに気がついただろ？」

「ばか丸だしだったからよ！　ハーフタイムになってベンチにもどったら、パパが追いかけてきて言うのよ」声を低くしてパパの声色をまねる。「『ねえ、ねえ、かわいこちゃん。名前なんて言うの？試合中のきみ、イカしてたぜ。電話番号教えてくんない？』って」

「うわっ、さむ。父さん、それじゃ見こみないよ」セブンがつっこむ。

「あっただろうが！」

「じゃあ、番号は教えてもらえたの？」

「いや、その、ねばってはみたんだが――」

「教えてもらえたの？」わたしも言った。

「だめだった」それをきいたとたん、みんなどっと笑いころげた。

「ふん、好きに言ってろよ。結局、うまくいったじゃねえか」

「そうね」ママは、わたしの髪を指でとかしながら言った。「たしかに、うまくいったわ」

クリーブランド対シカゴの試合が、第二クォーターに入ったころには、みんなテレビにむかって大声で叫《さけ》んでいた。レブロンがボールを奪ったのを見て、思わず立ちあがる。バン！　ダンクが見事に決まった。

「ほーら見ろ！」ママとセブンにむかって叫ぶ。「ほーら見ろ！」

パパは、わたしとハイタッチすると、パチパチと手を打った。「どうだ、まいったか！」

ママとセブンは、悔しそうに天井《てんじょう》をあおいだ。

わたしは座って、〝勝負ポーズ〟をとった。ひざを胸に引きよせ、右手を頭の上に回して左耳をつかみ、左手の親指をくわえる。変なかっこだけど、これがよく効く。クリーブランド・キャバリアーズは、オフェンスもディフェンスも絶好調だった。「頑張れ、キャブス！」

突然、窓ガラスが粉々に砕けちり、ダダダダダッと銃声が響いた。

「伏せろ！」パパが怒鳴った。

わたしはもう伏せていた。セカニがソファからとびおりて、わたしのとなりに伏せる。ママが覆《おお》いかぶさるようにして、両手でわたしたちを抱きしめた。パパが玄関のほうに走っていく。ドアがきしんで開き、車がタイヤをキキーッと鳴らして、去っていく音がきこえた。

「この、くそったれ――」銃声が響き、パパの声が途切《とぎ》れた。

心臓がとまりそうになる。その瞬間、わたしはパパのいない世界を垣間《かいま》見ていた。生きた心地《ここち》がまるでしなかった。

慌ただしい足音がして、パパはもどってきた。「みんな、だいじょうぶか?」

胸にのしかかっていた重荷が急に軽くなる。ママが、ええと答えると、セカニもセブンもだいじょうぶだと言った。

パパはグロックを握って息を切らしていた。「何発かぶちこんでやった。タイヤに当たったはずだ。見かけねえ車だったな」

「家を狙って撃ってきたの?」ママが言った。

「ああ、正面の窓に二、三発撃ちこまれてる。それと、玄関先のリビングになにか投げこんでいきやがった」

わたしは玄関先にむかって歩きだした。

「スター! だめよ、もどってらっしゃい!」

ママの叫《さけ》ぶ声がきこえたけど、好奇心には勝てなかった。それにおとなしく言うことをきくほど素直でもない。

ママのお気に入りのソファには、ガラスの欠片《かけら》がとびちり、きらきら光っていた。部屋の真ん中には、レンガがひとつ落ちていた。

ママはカルロスおじさんに電話をかけ、おじさんは三十分でかけつけてきた。パパは、グロックを手にしたまま、奥のリビングをいったり来たりしていた。セブンが、セカニを寝かしつけにいき、ママは、ソファの上でわたしを抱きしめたまま、手をはなそうとしなかった。

近所のパールさんや、ジョーンズさんが様子を見に来てくれた。となりのチャールズさんは、自分の拳銃を持ってかけつけてきてくれた。だけど、やった人間を見かけた人は、ひとりもいなかった。

だれがやったかなんてどうでもいい。あれは、まちがいなくわたしに対する警告だ。

胃がむかむかして気持ちが悪い。小さいころ、アイスクリームを食べて、炎天下で長い間遊んでいたときにもこんなふうになった。あのとき、ロザリーおばあちゃんは、暑さで胃の中が煮立ってるんだ、なにか冷たいものでも飲めばよくなるよって言ったけど、このむかむかには、冷たいものなんか効きそうにない。

「警察には通報したのか?」カルロスおじさんが言った。

「するわけねえだろ！　警察の仕業《しわざ》じゃないって、どうしてわかる?」

「マーベリック、だれの仕業でも、通報はしたほうがいい。こういったことは、記録に残しておく必要がある。それに、警官に家を警護してもらうこともできる」

「家の警護なら、もうほかに頼んである。心配はいらねえよ。裏で糸を引いてるかもしれねえ、根性のひん曲がったおまわりなんざ、お呼びじゃねえんだよ」

「キング・ロードの仕業《しわざ》かもしれないだろう！　スターのインタビューのまえ、キングに、遠まわしに脅《おど》しをかけられたと自分で言ってたじゃないか」

「わたし、明日いくのやめる」そう言ったけど、だれもきいていなかった。ドレイクのコンサートのほうがまだ静かかもしれない。

「これが偶然のわけねえだろ！　スターが大陪審《だいばいしん》で証言するまえの晩に、脅迫《きょうはく》めいたことをされたんだぞ。あんたのお仲間がやりそうなことじゃねえか」

「警察の中にも、この件で正義を求めている人間が大勢いるんだ。きみには想像もつかないだろう。なにしろきみはマーベリックだからな。きみにかかったら、警官はみんな悪党だ」

「わたし、明日いかない」もう一度言う。

「警官が、みんな悪党だなんて思っちゃいねえが、みんな聖人君子《せいじんくんし》だと思ってばかを見る気もねえんだよ。やつらはおれを歩道に這いつくばらせた。なんでだかわかるか？　そうすることができたからだ！」

「どっちが犯人でもおかしくないわ」ママが口をはさんだ。「ここで犯人探しをしていてもどうにもならないでしょう。大事なのは明日スターの安全を守ること――」

「明日はいかないって、言ってるでしょ！」わたしは大声で叫《さけ》んだ。

みんながぴたりとだまる。ようやくきこえたらしい。胃は相変わらず煮立っていた。「やったのはキング・ロードかもしれないけど、でも、もしあの警官たちだったら？」パパをじっと見つめる。数週間前、店の前で起こった出来事《できごと》が脳裏《のうり》によみがえる。「あのとき、パパが殺されちゃうかと思った。わたしのせいで」

パパはわたしの前にひざをついて、グロックを足もとに置いた。あごをつかんでわたしの顔を上げさせる。「十項目綱領《じっこうもくこうりょう》の第一項を言ってみろ」

わたしたち兄弟は、ほかの家の子どもたちが、アメリカ合衆国の忠誠の誓いをおぼえているように、ブラック・パンサー党の十項目綱領をそらで言うことができる。

「我々《われわれ》は自由を求める。我々黒人と、抑圧された我々のコミュニティの運命を決定する権利を求める」

「もう一度」

「我々は自由を求める。我々黒人と、抑圧された我々のコミュニティの運命を決定する権利を求める」

「第七項を言ってみろ」

「我々は、警官が、黒人その他の有色人種、そして抑圧された人々に対する暴力行為や殺害行為を、ただちに停止することを求める」

「もう一度」

「我々は、警官が、黒人その他の有色人種、そして抑圧された人々に対する暴力行為や殺害行為を、ただちに停止することを求める」

「ブラザー・マルコムは、おれたちの目的をなんだと言った？」

セブンとわたしは十三歳までに、マルコムX《エックス》の名言を暗唱できるようになっていた。セカニは、まだそこまでいっていない。

「いかなる手段をとろうとも、完全な自由、正義、そして平等を確立すること」

「もう一度」

「いかなる手段をとろうとも、完全な自由、正義、そして平等を確立すること」

「だったら、おまえはどうして口をつぐもうとするんだ？」パパが言った。

十項目綱領《じっこうもくこうりょう》が、パンサー党を救えなかったからだ。指導者のヒューイ・ニュートンはコカイン中毒になって死んだし、党員たちは政府にひとりずつつぶされていった。マルコムXの名言も、彼が仲間の手で殺されるのを防ぐことはできなかった。紙の上に書かれていたときのほうが立派に見える。明日の朝、わたしは裁判所にはいけない。それが現実なんだ。

そのとき、玄関のドアが激しくノックされ、みんなはっと顔を上げた。

パパは、グロックをつかんで立ちあがると、玄関にむかった。挨拶《あいさつ》を交わす声と、ぴしゃりと手を合わせる音がきこえてくる。男の声が言った。「ああ、任せてくれ、ビッグマブ」

パパは、背が高くて、がっちりした男たちと一緒にもどってきた。みんなグレーと黒の服を着ている。グレーと言っても、キングやその手下たちが身につけている色よりは、明るいグレー。ゲットー育ちじゃないと気づきもしないような、わずかなちがいだ。別の派《セット》のキング・ロードだろう。

「こいつはグーンだ」パパは、先頭に立つ、いちばん背の低い、ポニーテールの男を指した。「仲間と一緒に、今夜と明日、うちの家族の警護をしてもらう」

カルロスおじさんは、腕を組み、厳しい目つきでキング・ロードたちを見た。「あれがキング・ロードの仕業《しわざ》かもしれないのに、よりによってキング・ロードに家の警護を頼んだのか？」

「こいつらは、キングとは関係ねえ。シダー・グローブのキング・ロードだ」

やっぱり。それならガーデン・デサイプルと変わりがない。ギャングにとって、カラーのちがいなんかより、派《セット》のちがいのほうがずっと大きなちがいだ。ここのところシダー・グローブ・キング・ロードは、キングの一派、ウエストサイド・キング・ロードと激しく対立している。

「帰ったほうがいいなら、帰るぜ、ビッグマブ」グーンが口をはさんだ。

「わりいな。そいつのことは気にしなくていい。仕事にかかってくれ」

「ああ、気にすんな」グーンはパパと拳《こぶし》を合わせると、仲間を連れて表に出ていった。

「いったいなにを考えてるんだ！」カルロスおじさんが怒鳴った。「ギャングなんかにまともな警護ができると思ってるのか？」

「銃だって持ってるじゃねえか」

「冗談じゃない！」カルロスおじさんは、ママにむきなおった。「いいか、あの連中がついてくるなら、わたしは明日裁判所にはいかないからな」

「シケた野郎だ。人目《ひとめ》を気にして、姪《めい》を守ることもできねえとはな。ギャングと一緒にいたら、お仲間にどう見られるかこわいんだろ」

「ほう、どの口が言ってるんだ、マーベリック？」

「カルロス、落ちついて」

「いいや、言わせてくれ、リサ。この際、はっきりさせようじゃないか。姪というのは、その男が刑務所に入っていた間に、わたしが面倒《めんどう》を見ていた姪《めい》のことを言ってるのか？　そいつが、仲間とやらの身代わりで実刑を食らっていた間に、小学校に入学して、初登校の日につきそってやった姪のことなのか？　父親を恋しがって泣いていたときに、わたしが抱きしめてやった姪のことなのか？」

おじさんは声を荒《あら》らげ、ママはパパをかばうように、おじさんの前に立ちはだかった。

「わたしをどう呼ぼうと勝手だがな、マーベリック。姪《めい》や甥《おい》を気にかけていないと言われるのだけは、我慢《がまん》がならない！　いや、甥たちか。セブンもいるからな。いいか、おまえが刑務所に入っている間――」

「カルロス、もうやめて」

「いいや、こいつは言われなきゃわからないんだ。おまえが刑務所に入っている間、あのアバズレは、セブンをほったらかしては、何週間もリサに押しつけた。そのたびに、だれが手を貸してやったと思う？　このわたしだ！　服や食べ物を買ってやり、寝るところも用意した。この、お人よしのわたしがな！　ああ、冗談じゃない。犯罪者と手を組むのはごめんだ。だが、おまえなんかに、子どもたちを気にかけていないなどと言われる筋合《すじあ》いはない！」

パパは、唇を引き結んだまま、なにも言いかえさなかった。

カルロスおじさんは、コーヒーテーブルの上から車の鍵《かぎ》をひったくるようにして取ると、わたしの額《ひたい》に二回キスして部屋を出ていった。しばらくして、玄関のドアがバタンと大きな音をたてた。

19

わたしは、ヒッコリーのチップでいぶしたベーコンの香りと、がやがやとざわめく人の声で目を覚ました。

壁のネオンブルーが目にしみて、寝ころがったまま、何度かまばたきをする。しばらくしてようやく、今日は大陪審《だいばいしん》の日だということを思いだした。

わたしがカリルの役に立てるか、試されるときが来た。

スリッパをはいて、きき慣れない声がするほうへむかう。セブンとセカニはもう学校にいっている時間だし、ふたりの声はあんなに野太くない。ふつうなら、パジャマ姿で知らない男の人たちの前に出るなんて、ためらうとこだけど、タンクトップとバスケパンツをパジャマ代わりにしていると、こういうときに便利だ。この格好《かっこう》なら、むこうも気にしないだろう。

キッチンは、人で溢《あふ》れかえっていた。黒いスラックスをはき、白いシャツとネクタイをつけた男たちが、テーブルや壁際で、朝食をとっている。顔や手にはタトゥーが入っていた。何人かがわたしに気づいて、軽くうなずき、口をもぐもぐさせながら、挨拶《あいさつ》らしき言葉を口にした。

信じられない。シダー・グローブのキング・ロードが、正装してる。

ママとパムおばさんが、コンロにフライパンをかけていた。青い炎が踊り、ベーコンと卵がジュージュー音を立てている。おばあちゃんはべらべらとまくしたてながら、ジュースやコーヒーをカップに注いでいる。

ママはちらっとこっちをふりかえって言った。「おはよう、モグちゃん。電子レンジにあなたの朝食が入ってるわ。そのまえに、オーブンからスコーンを出してくれない？」

ママとパムおばさんは、卵をかきまぜて、ベーコンを裏がえすと、コンロのはしに移った。わたしは、タオルを手に取ってオーブンをあけた。バターの香りと熱い蒸気が溢れだす。天板をタオルでつかむと、まだ熱々で、長くは持っていられそうになかった。

「こっちだ、リトルママ」グーンがテーブルから声をかけてきた。

熱い天板をテーブルに置いて、ほっとしたのもつかの間、二分とたたないうちに、スコーンはひとつ残らず、ぺろりと平らげられてしまった。すごい食欲。キング・ロードたちに食べられてしまうまえに、自分の分を確保しておかなくちゃ。わたしは、電子レンジからペーパータオルのかかった皿を取りだした。

「スター、そこに、パパとおじさんの分も入ってるから」パムおばさんが声をかけてくる。「表に持っていってあげて」

カルロスおじさん、帰ってなかったんだ。「はーい」とおばさんに返事をすると、自分のお皿の上にふたりのお皿を重ね、ホットソースとフォークを持って、キッチンを出た。おばあちゃんは〝あたしが劇場にいたころ〟の話を披露しているところだった。

外に出ると、ネオンブルーの壁がおとなしく思えるくらい強烈な日差しが、カッと照りつけてきた。目を細めて、あたりを見まわし、パパとカルロスおじさんの姿を探す。しばらくして、タホのハッチをあけて、荷室に並んで座るふたりを見つけた。

スリッパがコンクリートにこすれて、箒《ほうき》で床を掃くような音をたてる。パパがわたしのほうを見た。「おれのベイビーが来たぞ」

ふたりにお皿を渡すと、パパはわたしにキスをした。「よく眠れたか？」

「まあまあ」

カルロスおじさんは、ふたりの間に置いてあった拳銃をどけて、空いた場所をぽんぽんとたたいた。「おいで。少し一緒に話そう」

そこに腰をおろして、お皿にかかっていたペーパータオルを取ると、どの皿にも、スコーンとべーコンと卵がたっぷりのっていた。

「これはきみのじゃないか、マーベリック？　七面鳥のベーコンが入ってる」

「そうらしいな、サンキュー」パパとおじさんはお皿を交換した。

自分の卵にホットソースをかけて、ボトルをパパに渡した。カルロスおじさんも、ホットソースに手をのばした。

パパはにやりと笑って、おじさんにボトルを手渡した。「お上品なあんたが、卵にホットソースなんかかけるとはな」

「わたしはこの家で育ったんだぞ」おじさんは、卵をホットソースで覆《おお》いつくしてからボトルを置くと、指についたソースをなめた。「だが、こんなにかけてたことは、パムには内緒にしてくれ。塩分に気をつけろって、うるさいんだ」

「こっちもだ。あんたが告げ口しねえなら、おれも言わねえ」パパが言うと、ふたりは〝取引成立〟と言うように拳《こぶし》をぶつけあった。

どうしちゃったの？　もしかしたら、別の惑星とか、パラレルワールドとかで目を覚ましたのかも。「どうして、急に仲直りしたの？」

「話しあったんだよ」パパが言った。「それで丸くおさまった」

「ああ」カルロスおじさんも言った。「けんかなんかしてる場合じゃないからな」

詳しくききたかったけど、たぶん教えてはくれないだろう。ふたりが仲よくしてくれるなら、別に文句はない。それに、いい加減、仲よくなったっていいころだ。

「おじさんと、パムおばさんはここに来てるけど、デヴァンテはどうしてるの？」

「珍しく家にいるよ。おまえのチビっ子彼氏とゲームもしないで」

「なんで、いつもクリスのこと、チビっ子って言うわけ？　全然チビじゃないのに」

「背の高さは関係ねえんだよ」パパが言った。「そのとおり」カルロスおじさんも言い、またふたりで拳《こぶし》をぶつけあった。

どうやら共通の不満のタネを見つけたらしい。クリスっていう。どうりで仲よくなったわけだ。

わりあい静かな朝だった。この通りも、たいていはそれほど騒がしくない。騒ぎを起こすのは、いつも、ここの住民じゃなくて外からやって来た人間だ。二軒となりのリンさんの家の庭先で、リンさんとキャロルさんが立ち話をしているのが見えた。いつもの噂話《うわさばなし》だろう。あのふたりには、絶対秘密の話はしちゃいけない。たちの悪い風邪みたいに、たちまち、ガーデン・ハイツ中に広まってしまうから。

通りのむこうでは、パールさんが、四十《フォーティ》オンスに手伝ってもらって、花壇の手入れをしていた。そう呼ばれているのは、いつも、四十オンス瓶のビールを買うために、あちこちでお金をせびっているからだ。パールさんの家の私道には、全財産が入った、錆びついたショッピングカートがとまっている。カートの底に堆肥《たいひ》の袋が入っているところを見ると、園芸の心得があるのかもしれない。パールさんがなにか言うと、四十オンスは、二本先の通りにまできこえるような大声で、げらげら笑った。

「まだ、あいつ生きてたのか」カルロスおじさんが驚いたように言った。「飲みすぎで、いまごろ死んでるかと思ってたよ」

「あいつって、四十オンスのこと？」

「ああ。わたしが子どものころから、このあたりにいたんだ」

「あいつはどこにもいきゃあしねえよ。酒で命をつないでるんだとさ」

「ルックスさんも、まだ角を曲がったところに住んでるのか？」カルロスおじさんが言った。

「うん。いまでも最高のレッドベルベットケーキを焼いてるよ」

「そりゃ、すごい。いつもパムに言ってるんだ。あんなにうまいレッドベルベットケーキは、ほかにないってな。あの人はどうしてる、ほらあの……」パチンと指を鳴らす。「車の修理をやってた人だよ。角に住んでた」

「ワシントンさんか？　まだのんびりやってるよ。まだまだ、そこらの整備屋には負けねえぐらい、いい腕してるぜ。いまは息子が手伝ってる」

「ジョンが？　バスケやってたやつだろ？　ドラッグに手を出した？」

「ああ、しばらく、ドラッグのほうはやめてる」

「不思議なもんだな」カルロスおじさんは、お皿に残ったソースを卵でぬぐいとった。「ときどき、ここの暮らしが無性《むしょう》に懐かしくなる」

わたしは、パールさんを手伝う四十《フォーティ》オンスに目をやった。ここの人たちは、みんなあんまりお金を持っていないけど、おたがいに、できるだけのことをして助けあっている。機能不全の家族かもしれないけど、それでもまちがいなく家族だ。最近ますますそう感じる。

「スター！」おばあちゃんが、玄関先で声を張りあげた。四十《フォーティ》オンスと同じ、二本先の通りでもきこえるくらいの大声だ。「ママが、急げってさ。さっさと支度《したく》しちまいな。おや、おはよう、パール！」

パールさんが、手でひさしを作るようにして、こっちを見た。「あら、アデルじゃないの！　しばらく見かけなかったけど、元気？」

「ちょっと出かけてたんだよ。あんたのとこの花壇、ずいぶん立派になったねえ！　あとで、その極楽鳥花《ごくらくちょうか》を、二、三本わけてもらえないかい？」

「ええ、いいわよ」

「おれに、おはようはないのかい、アデル？」四十《フォーティ》オンスが言った。滑舌《かつぜつ》が悪いから、ひとつの長い単語みたいにきこえる。

「あるわけないだろ、まぬけ」おばあちゃんは、バタンとドアを閉めた。

それを見て、パパもおじさんもわたしも、おなかがよじれるくらい笑った。


わたしはパパとママと一緒に、カルロスおじさんの運転する車で裁判所にむかった。助手席には、おじさんの非番の同僚が乗っていた。後ろから、シダー・グローブのキング・ロードたちが乗った車が二台ついてくる。その後ろに、おばあちゃんとパムおばさんが乗った車が続いていた。これだけ人がいても、大陪審《だいばいしん》の法廷に入るときはひとりっきりだ。

ガーデン・ハイツから十五分くらいで繁華街についた。このあたりではいつも新しいビルが建設中だ。ガーデン・ハイツの街角には、ドラッグの売人がたむろしているけど、繁華街では、びしっとスーツを着た人たちが、信号が変わるのを待っている。あの人たちは、銃声なんてきいたことあるんだろうか。

車が裁判所のある通りに入ると、不意《ふい》にデジャヴに襲われた。三歳のころ、ママとセブンと一緒に、カルロスおじさんの車でここに来たことがある。車に乗っている間、ママはずっと泣いていて、パパがここにいてくれたらいいのにと思っていた。パパならママを上手に慰《なぐさ》められるから。セブンと一緒にママの手を握って、法廷に入っていくと、警官たちが、オレンジ色のつなぎを着たパパを連れてきた。手錠をかけられていたから、パパはわたしたちを抱きしめることもできなかった。わたしはパパのつなぎがかっこいいと言ってはしゃいだ。オレンジはわたしのお気に入りの色だったから。パパは、真剣な顔でわたしを見つめてこう言った。「おまえは、こんな服を着ちゃだめだぞ、いいな？」

そのあとのことはあまりおぼえていない。裁判官がなにか言うと、ママがぼろぼろ泣いた。パパはおまえたちを愛してると言って、警官たちに連れていかれた。それから三年間、わたしは裁判所が大っ嫌いだった。わたしたちから、パパを取りあげてしまったから。

こうしていま目の前にしても、あまりいい気持ちはしない。通りのむこうには、テレビ局のバンや中継車がずらりととまっていて、その周りに、警察がバリケードを築いていた。マスコミが騒ぐことを、メディア・サーカスと呼ぶ理由がわかった気がする。たしかに、町にサーカスが来たときとそっくりだ。

そこから二車線分しかはなれていないのに、マスコミの喧噪《けんそう》がはるか彼方《かなた》に感じられた。裁判所の庭では、何百人もの人たちが、静かにひざまずき、毛布のように芝生を覆《おお》いつくしていた。先頭には白いカラーをつけた数人の男女が立ち、頭《こうべ》を垂れている。

カルロスおじさんは、マスコミを避けて裁判所沿いの道に入った。車をおりて、裏口から裁判所の中に入る。グーンともうひとりのキング・ロードもついてきた。ふたりは、わたしをはさむようにして歩き、警備員のセキュリティチェックも素直に受けた。

別の警備員に案内されて、裁判所の廊下を歩いていく。奥にいけばいくほど、すれちがう人が少なくなっていく。やがて、ドアの前で待つ、オフラさんの姿が見えてきた。ドアには、〝大陪審法廷《だいばいしん》〟と書かれた真鍮《しんちゅう》のドアプレートが掲げられていた。

オフラさんはわたしを抱きしめて言った。「準備はいい？」

やるしかない。「はい」

「わたしはここで待ってるから。もし、わたしになにかききたいことがあれば、あなたにはそうする権利があるわ」つきそいのみんなに視線を移して言う。「あいにくですが、テレビ室で法廷を見ることができるのは、スターのご両親だけです」

カルロスおじさんとパムおばさんが、わたしを抱きしめる。おばあちゃんは首をふって、わたしの肩をぽんとたたいた。グーンともうひとりのキング・ロードは軽く会釈《えしゃく》をして、みんなと一緒に歩いていった。

ママは目にいっぱい涙をためていた。ぎゅっと抱きよせられた瞬間、自分がママより一、二インチ、背が高くなっているのに気がついた。ママはわたしの顔中にキスをして、もう一度抱きしめた。

「あなたを誇りに思ってる。あなたには、本当に勇気があるわ」

また、その言葉。「そんなことないよ」

「いいえ、勇気がある」ママは身体《からだ》を引いて、わたしの顔にかかった髪をそっとはらった。うまく言えないけど、その目は、わたし自身よりも、わたしのことをよく知っているという感じがした。わたしを包みこみ、身体の中からぽかぽかと温めてくれる。「勇気があるって、こわがらないということじゃないのよ、スター。こわくても、前に進むことを言うの。あなたはそれをやってるんだから」

ママは、その言葉を保証するように、少し爪先立《つまさきだ》ちになって、わたしの額《ひたい》にキスしてくれた。そのキスのおかげで、本当に勇気がわいてくるのを感じた。

パパは両手を広げて、わたしたちふたりをいっぺんに抱きしめた。「だいじょうぶだ、おまえならやれる」

そのとき、法廷のドアが開き、モンロー検事が顔を出した。「こちらの準備はできています。よろしかったら中にお入りください」

わたしは、大陪審《だいばいしん》の法廷に入っていった。ひとりだったけど、すぐそばに、パパとママがいるのを感じていた。

壁は鏡板《かがみいたば》張りで、窓はひとつもなかった。二十人くらいの男女が、U字形のテーブルについている。黒人もいるけど、全員じゃない。わたしは、みんなの視線を浴びながら、モンロー検事に案内されて、陪審員たちの正面にある、マイクのついたテーブルについた。

モンロー検事の同僚のひとりに宣誓を促《うなが》され、聖書に手を置いて、真実を話すことを誓った。心の中でカリルにも同じことを誓う。

モンロー検事が法廷の奥から言った。「陪審員に自己紹介をしてください」

わたしは、マイクに近づいて咳《せき》ばらいをした。「わたしの名前は――」頼りない、五歳児みたいな声だった。背筋《せすじ》をのばしてやりなおす。「わたしの名前はスター・カーター、十六歳です」

「そのマイクは録音専用のものですから、拡声《かくせい》はしません」モンロー検事は言った。「みんなにきこえるように、大きな声で話してください」

「はい――」唇がマイクをかすめた。近すぎる。身体《からだ》を引いてもう一度言う。「はい、わかりました」

「けっこうです。ここに来たのは、自分の意思ですね？」

「はい」

「あなたの代理人は、エイプリル・オフラさんでまちがいありませんね？」

「はい」

「あなたに、代理人と相談する権利があることは、ご存じですね？」

「はい」

「あなた自身が、なんらかの刑事告発の対象になっているわけではないことは、おわかりですね？」

そんなのうそだ。カリルが死んだあの日から、わたしもカリルもずっと裁判にかけられていたようなものだった。「はい」

「本法廷は、あなた自身の言葉で、カリル・ハリスの身になにが起こったか、話していただくことを望んでいます。よろしいですね？」

陪審員たちの顔をぐるりと見渡す。本当にわたしの言葉をききたいと思っているのか、その表情からは読みとれなかった。本当だといいんだけど。「はい」

「では、本法廷の意図をご理解いただいたところで、カリルの話をはじめましょう。彼はあなたの友人でしたね？」

うなずいて見せると、モンロー検事は言った。「言葉で答えてください」

マイクにぐっと近づいて言う。「はい、そうです」

そうだった。このマイクは録音専用だったっけ。近づいたって意味がない。こんなに緊張するなんて、どうかしてる。

「カリルとはどれくらいのつきあいでしたか？」

わたしは同じ話を繰りかえした。もう何度も繰りかえしているから、考えなくても口から出てくる。三歳からの幼なじみであること、ずっと一緒に育ってきたこと、カリルの人柄《ひとがら》のこと。

ひととおり話し終えると、モンロー検事は言った。「わかりました。では、発砲事件があったあの晩のことについて、詳しくうかがいたいと思います。よろしいですか？」

わたしの中の臆病者《おくびょうもの》が（まるごと全部そうじゃないかという気がするけど）、いやだと大声で叫《さけ》んでいた。隅っこで丸くなって、なにもなかったふりをしようとしている。でも、表では、大勢の人たちが、わたしのために祈ってくれている。パパとママが、テレビ室でわたしを見守ってくれている。カリルがわたしの助けを必要としてる。

わたしは背筋《せすじ》をのばして、わたしの中の小さな勇者に返事をさせた。

「はい」

パート3 ●○ 8週間後

20

わたしが大陪審《だいばいしん》法廷にいた時間は、三時間におよんだ。その間、モンロー検事はありとあらゆることをきいてきた。撃たれたとき、カリルはどのあたりにいたか。カリルはどこから免許証と車両登録証と自動車保険証を取りだしたか。クルーズ巡査は、どんなふうにカリルを車からおろしたのか。クルーズ巡査は怒っているように見えたか。なんと言ったか。

細かいところまで詳しくきかれ、わたしもできるだけ詳しく答えた。

大陪審で証言をしてから二週間以上がたち、あとは、決定が出るのを待つばかりだった。決定を待つのは、隕石《いんせき》の衝突《しょうとつ》を待つのに似ている。落ちてくるのはわかっているのに、いつどこに落ちるのかはよくわからない。できることはなにもないのに、日常は続いていく。

だからわたしたちも、いつもどおりにすごしていた。

今日は太陽が顔を出していたのに、ウィリアムソンの駐車場についたとたん、大粒の雨が降りだした。こんなふうに日が出ているときに雨が降ると、おばあちゃんは、「悪魔が奥さんを殴っている」と言う。しかも今日は十三日の金曜日、おばあちゃんに言わせれば、悪魔の日だ。いまごろきっと、最後の審判の日みたいに、家の中に閉じこもっているにちがいない。

セブンとわたしは、車からとびだして校舎の中にかけこんだ。中央ホールは、いつものように、仲間同士でおしゃべりする生徒や、ふざけあう生徒たちで賑《にぎ》わっていた。今年度はほとんど終わったようなものだから、みんなのおふざけ度もマックスに達している。白人の子たちのふざけ方はちょっとふつうじゃない。悪いけど、それは本当の話だ。昨日なんて、ソフモア（高校二年生）の生徒が、管理人のゴミ箱に乗って階段を滑りおり、脳しんとうを起こして、停学までくらっていた。ほんと、救いようがない。

わたしは靴の中で爪先《つまさき》をもぞもぞさせた。いやになる。コンバースのチャックスをはいて来た日にかぎって、雨が降るなんて。でも、よかった。奇跡的《きせきてき》に中は濡れてない。

「だいじょうぶか？」セブンが言った。たぶん、雨のことなんかじゃないだろう。セブンはここのところ、ますます過保護になっている。キングがまだ、わたしがインタビューで密告したことを怒っているという噂《うわさ》をきいたからだ。警察も、いままで以上にキングに目を光らせているらしい。カルロスおじさんがパパにそう話していた。

レンガを投げこんだのがキングじゃなかったとしたら、まだなにもしていないことになる。なにかあるとしたら、これからだということだ。それで、セブンは最近いつもぴりぴりしている。こうしてウィリアムソンまで来ても、気がぬけないのだ。

「うん、だいじょうぶ」

「なら、よかった」

セブンはわたしと拳《こぶし》を合わせると、ロッカーのほうへ歩いていった。

自分のロッカーにむかって歩きだしたとき、マヤのロッカーのそばで、ヘイリーとマヤが話しているのが見えた。というより、ほとんどマヤがしゃべっていて、ヘイリーは腕を組んで、呆《あき》れたように何度も天井《てんじょう》をあおいでいる。わたしに気がつくと、ヘイリーは、小ばかにしたような表情を浮かべた。

「ちょうどよかった」近づいていくと、ヘイリーが言った。「うそつきが来たわ」

「なによ、それ?」朝っぱらから、なに寝ぼけたこと言ってるの?

「わたしたちに大うそついてたこと、マヤにも話したらどう?」

「なに言ってんの?」

ヘイリーは二枚の写真を差しだしてきた。二枚ともカリルの写真で、一枚は、パパなら〝ごろつきショット〟とでも言いそうな写真だった。ニュースで報道されていた写真だ。インターネットからプリントアウトしたらしい。カリルは札束をつかみ、にやっと笑って、横むきにピースサインを出していた。

もう一枚は、カリルが十二歳のときの写真だった。一緒に写っているわたしが十二歳だったんだから、まちがいない。繁華街にある、レーザー銃のサバイバルゲームアトラクションでわたしのバースデー・パーティをしたときの写真だ。カリルは、わたしのとなりでストロベリーケーキを頬ばっている。反対側のとなりでは、ヘイリーが、カメラ目線でにっと笑っていた。

「見おぼえがあると思ったのよ」ヘイリーは、顔つきに負けないくらい、小ばかにした口調で言った。「やっぱり、あなたの知ってるカリルだったんでしょ?」

ふたりのカリルをじっと見つめる。写真はいろんなことを語っていた。このごろつきショットを見たら、人はカリルのことをごろつきとしか思わないかもしれない。でもわたしには、出所はともかく、ようやく手にすることができたお金に、無邪気にはしゃぐ少年に見えた。バースデー・パーティの写真のほうは、あの日の記憶をありありとよみがえらせた。カリルは、食べすぎて気持ち悪くなるまで、ケーキとピザをたらふくつめこんでいた。あのころ、カリルのおばあちゃんはまだ働いていなかったから、きっとろくに食べていなかったんだろう。

わたしはすべてのカリルを知っていた。その上でカリルのために声をあげたんだ。だから、どんなカリルも否定したりしない。たとえ、ウィリアムソンにいるときでも。

わたしは写真をヘイリーに返した。「知ってるよ。だからなに？」

「わたしたちに、説明ぐらいするべきなんじゃないの。それと、わたしに謝ってよ」

「は？　なんで？」

「カリルのことで気が立ってたから、わたしに八つ当たりしてきたんでしょ。わたしのことを、人種差別主義者とまで言ったのよ」

「でも、あなたが人種差別主義的なことを言ったり、したりしたんじゃない」マヤが肩をすくめた。

「スターがうそを言ってたとしても、それで帳消しになるわけじゃないでしょ」早速、マイノリティ同盟が発動する。

「じゃあ、タンブラーのフォローをはずした理由が、ダッシュボードにあんなばらばらにされた子の写真が表示されるのがいやだったってだけで――」

「エメット・ティルっていうのよ」マヤが口をはさんだ。

「どうでもいいわよ、そんなの。あんな気味の悪いものを見たくなかったたってだけで、人種差別主義者になるわけ？」

「そうじゃないよ」マヤが言った。「それについて言ったことが、人種差別的だったんだよ。それに、あの感謝祭のときのジョークは、まちがいなく人種差別だった」

「信じられない。あんなこと、まだ気にしてたの？　大昔の話じゃない！」

「昔のことだからって、許されるわけじゃないでしょ」わたしも言った。「謝らなくていいってことにもならないよ」

「ただのジョークだったのに、なんでわたしが謝らなくちゃいけないのよ！　あんなの人種差別でもなんでもないじゃない。そうやって、罪悪感を刺激しようとしても無駄《むだ》だからね。次はなんて言うつもり？　わたしの先祖が奴隷主《どれいぬし》だったから謝れとか言うわけ？」

「なに言って――」怒鳴りかけて、大きく深呼吸する。ここは人目が多すぎる。怒りっぽい黒人の少女になるわけにはいかない。「自分の言ったジョークが人を傷つけたんだよ」できるだけ穏やかな声で言う。「マヤのことを気にかけてるんだったら、ちゃんと謝って、どうしてマヤが傷ついたのか考えるくらいしてもいいんじゃないの？」

「わたしのせいじゃないでしょ！　マヤが、フレッシュマン（高校一年生）のときに言われたジョークを忘れられないからって、わたしが悪いことになるの？　あなたがカリルに起こったことを忘れられないからって、わたしが悪いことになるわけ？」

「じゃあ、カリルが殺されたことを、忘れろって言うの？」

「そうよ！　忘れなさいよ。そんな人、どっちみち早死にしたに決まってるんだから」

「本気で言ってるの？」マヤが呆然《ぼうぜん》と言った。

「ドラッグの売人で、しかもギャングだったんでしょ。生きてたって、どうせだれかに殺されたわよ」

「忘れろ？」わたしは繰りかえした。

ヘイリーは腕を組んで、あごをつんと上げた。「なんなのよ。さっきからそう言ってるじゃない。むしろ、あの警官は人のためになることをしたんじゃないの。ドラッグの売人がひとり減って――」

マヤを押しのけ、ヘイリーの顔面を思いっきり殴りつける。拳《こぶし》は痛かったけど、胸はすっとした。

ヘイリーは頬を押さえて、目を見開き、しばらくぽかんと口をあけていた。

「やったわね！」ヘイリーは金切り声をあげて、女子のけんかの定番どおり、髪をつかんできた。

拳で殴りつけると、平手打ちが返ってきて、頭に爪を立てられた。つきとばしてやると、ヘイリーは床にひっくりかえった。スカートがまくれあがってピンクのパンツが丸見えになる。どっと笑い声があがった。携帯を取りだす生徒もいる。

あいにくわたしのポニーテールは本物だ。引っこぬけたりしない。

わたしは、もうウィリアムソンのスターでも、ガーデン・ハイツのスターでもなく、完全にぶち切れていた。

悪態をつきながらヘイリーをけりとばし、殴りつづける。集まってきた野次馬《やじうま》たちが「いいぞ！やれ、やれ！」と声援をとばしている。「〝ワールドスターファイト〟だ！」と叫《さけ》んでいるやつまでいる。

まずい。あの野蛮な、けんか動画サイトにのっちゃうかも。

そのとき、だれかにぐいと腕を引っぱられた。ふりかえると、ヘイリーの兄のレミーが立っていた。

「このくそビッ――」

レミーが「ビッチ」という言葉を言い終えるまえに、ドレッドヘアが視界をかすめ、セブンがレミーをつきとばした。

「おれの妹から手をはなせ!」

次の瞬間、つかみあいになる。セブンは見事なパンチを繰りだし、レミーの頭に、フックやジャブが何度も決まった。わたしもセブンも、放課後、パパと一緒にボクシング・ジムに通っていたから、このくらいは朝飯前だ。

警備員がふたりかけつけてくる。その後ろから、校長のデイヴィス先生が走ってくるのが見えた。

一時間後、わたしはママの車の中にいた。セブンは愛車のマスタングで後ろに続いている。ウィリアムソンはこういうことに寛容とは言えない学校だけど、わたしたちは三日間の停学処分ですんだ。ウィリアムソンの理事のひとりである、ヘイリーとレミーの父親は、許しがたい暴力だと抗議し、先に手を出したわたしたちを退学にして、セブンの卒業資格は取り消すべきだと主張した。でも、デイヴィス校長は、わたしをじっと見つめてこう言った。「事情を考慮すれば、停学処分で十分でしょう」

校長先生は、わたしがカリルと一緒にいたことを知っていたらしい。

「だからガーデン・ハイツ育ちはって、〝あの人たち〟に思われるのよ。あなたたちが後先《あとさき》考えず、あんな大暴れしたら！」車の中で、ママが言った。

〝あの人たち〟と、〝わたしたち〟。変わらないところだってあるのに、あの人たちは、わたしたちが自分たちと同じだとは、考えようとしない。

「でも、ヘイリーが、カリルは死んでも当然だみたいなこと言うから――」

「なんて言われたかなんて関係ない。あの子が、カリルを撃ったのはわたしだって言ったとしても同じことよ。人は好き勝手なことを言うものなの。だからって殴っていいことにはならないでしょ。少しは自分を抑えなくちゃだめよ」

「自分を抑えて、カリルみたいに撃ち殺されればいいの？」

ママはため息をついた。「ベイビー、気持ちはわかるわ――」

「わかんないよ！　だれにもわかるわけない！　この目で、カリルが撃たれるところを見たんだよ。通りに座って、カリルが息を引きとるのを見てたんだよ。ずっとみんながひどいことを言うのを、きいてなくちゃいけなかったんだよ。みんな、カリルは殺されて当然だったってことにしようとしてる。カリルがそれだけのことをしたみたいに。でも、カリルは、殺されなきゃいけないようなことは、なにもしてなかった。わたしだって、あんなひどいものを見なくちゃいけないようなことは、なんにもしてない！」

　医療情報サイトの《Ｗｅｂ《ウェブ》 ＭＤ《エムディー》》に書いてあった。大切な人を失ったとき、人間はいくつかの段階を踏んで立ちなおるらしい。そのひとつの、怒りの段階だ。でも、次の段階に進めるとはとても思えなかった。カリルのことで、わたしはばらばらに引き裂《さ》かれてしまった。元どおりになろうとするたびに、なにかが起こって、また引き裂かれ、一からやりなおしになってしまう。

いつの間にか、雨はやんでいた。悪魔は奥さんを殴るのをやめたけど、わたしはダッシュボードを殴っていた。何度も何度も、痛みを感じなくなるまでずっと。この胸の痛みも全部麻痺《まひ》して、なにも感じなくなってしまえばいいのに。

「吐きだしてしまいなさい、モグちゃん」ママはわたしの背中をさすって言った。「全部吐きだすのよ」

わたしは、ポロシャツを引っぱりあげて口を覆《おお》い、絶叫《ぜっきょう》した。声がかれるまで、力のかぎり叫《さけ》びつづける。そして、死んだカリルとナターシャを思い、永遠に失ったヘイリーを思って泣いた。家の前の通りに入ったときには、鼻水と涙が流れるばかりで、ようやくなにも感じなくなっていた。

家の私道に入ると、パパの車の後ろには、グレーの軽トラックとグリーンのクライスラー300がとまっていたので、ママとセブンは玄関の前に車をとめた。

「いったいなにを企《たくら》んでるのかしら、あの人」ママはいぶかしげに言うと、わたしのほうを見た。「気分はよくなった？」

こくんとうなずく。そうするしかなかったから。

ママは身を乗りだして、わたしのこめかみにキスをした。「だいじょうぶ、きっと乗り越えられるわ」

わたしたちは車をおりた。私道にとまっている車は、百パーセントまちがいなく、キング・ロードとガーデン・デサイプルのものだ。このガーデン・ハイツでは、ギャングの仲間にならないかぎり、グレーやグリーンの車には乗れない。怒鳴り声や罵《のの》りあいがきこえてくるのを覚悟しながら家に入ると、パパの声がきこえた。「そんなことをしても意味がねえ。そうだろ、まるで無意味だ」

キッチンは人で溢《あふ》れかえっていた。戸口にまで人が立っていて、中に入ることもできない。そのうちの半分は、どこかに必ずグリーンのものを身につけていた。ガーデン・デサイプルだ。残りの半分は、明るいグレーのものを身につけている。シダー・グローブのキング・ロードだろう。パパはテーブルについていて、そのとなりには、ルーベンさんの甥《おい》っ子のティムが座っていた。ティムの腕には、筆記体で、GDの文字が彫りこまれている。あんなタトゥーがあったなんて、いままで気がつかなかった。

「大陪審《だいばいしん》はいつ決定を出すかわからねえが」パパは続けた。「もし、不起訴《ふきそ》の決定が出ても、町に火をつけたりしねえように、若い連中に言ってもらいたいんだ」

「じゃあ、あいつらはほかにどうすりゃあいいんだ?」テーブルについているGD《ガーデン・デサイプル》のひとりが言った。「みんな、コケにされるのにはうんざりしてんだよ、ビッグマブ」

「そのとおりだ」同じくテーブルについている、キング・ロードのグーンが言った。ブレイズにした長い髪を、わたしが昔使っていたような髪留めでとめている。「おれたちにはどうにもできねえ」

「ばか言ってんじゃねえよ」ティムが言った。「どうにもできねえってことはねえだろ」

「こないだの暴動が、収拾のつかねえところまでいっちまったのは、みんな認めるだろ?」パパは言った。

みんなが口々に「ああ」「そうだな」と答える。

「だったら、もう、あんなことにならないようにしようじゃねえか。若い連中に、よく言ってきかせてくれ。腹が立つのはわかる。おれたちみんな、頭に来てる。だが、おれたちの町に火をつけたって、なんの解決にもならねえだろ」

「おれたちの町？」テーブルのGD《ガーデン・デサイプル》がききかえした。「あんた、引っ越しするんじゃなかったのか」

「〝郊外〟にな」グーンが小ばかにしたように言った。「そのうち、ミニバンでも買うんだろ、マブ？」

みんながどっと笑った。

でも、パパは笑わなかった。「たしかに、おれは引っ越しする。だからなんだ？　おれの店がここにあることは変わらねえだろ。ここで起こることは、人ごとじゃねえんだよ。町が焼け野原になって、だれが得するんだ？　だれも得しねえだろうが」

「次はこっちも、もっと計画的にやったほうがいい」ティムが言った。「たとえば、ブラザーやシスターたちに、黒人が所有する店は破壊しないように、よく言いきかせておくとかな。そんなことをしても、自分たちの首を絞《し》めるだけだ」

「ティムの言うとおりだ」パパは言った。「ゲームをおりたおれやティムが、あれこれ口をはさむのもなんだが、この際、シマ争いのほうは、ひとまず置いておくことにしねえか。こいつは、ストリートの抗争なんかより、ずっとでけえ問題だ。それに、おれたちが争っていたら、サツの思うつぼだ。やりたいようにやられるだけだぞ」

「ああ、たしかにな」グーンが言った。

「このガーデンのために、力を合わせてくれ。おまえたちが手を組むなんて、やつらは夢にも思っちゃいねえはずだ。いいな？」

パパは、グーンと、ガーデン・デサイプルの手のひらを、ぴしゃりとたたいた。すると、グーンとそのガーデン・デサイプルがぴしゃりと手を合わせた。

「すげえ」セブンが声を漏らした。

ほんとにすごい。ふたつのギャングが同じ部屋にいるだけでも信じられないのに、そのふたつを結びつけたのがパパだなんて。すごすぎる。

パパは、戸口に立っていたわたしたちにようやく気がついた。「なんだ、おまえたち、どうしてここにいるんだ？」

ママは、あたりを見まわしながらおずおずとキッチンに入っていった。「この子たちが停学処分になっちゃって」

「停学処分？　なにやらかしたんだ？」

セブンがパパに携帯を渡した。

「もうネットに上がってるの？」思わず声をあげる。

「ああ、だれかがおれをタグ付けしたんだ」

パパが画面にタッチすると、ヘイリーがカリルをばかにする声がきこえて、ガツンという大きな音がした。ギャングたちはパパの後ろから画面をのぞきこんでいる。「さすが、リトルママ」「いいパンチだ」

「このくそビッ――」携帯からレミーの声がきこえ、パンチの音が炸裂《さくれつ》した。「おおっ」と歓声があがる。

「どうだ、やるもんだろ、うちの息子も！」

「親バカだったとは知らなかったぜ」キング・ロードがからかうように言った。

ママがコホンと咳《せき》ばらいをする。パパは動画をとめると、急に真顔になって言った。

「さて、悪いが、おれは家族の問題を片づけなけりゃならねえ。また明日会おう」

ティムとギャングたちはキッチンを出ていった。表から、車のエンジンをかける音がきこえてくる。銃声もけんかの声もきこえてこない。あのギャングたちが、いきなり黒人霊歌《こくじんれいか》クンバヤを歌いだしたとしても、いまほど驚かないだろう。

「いったいどんな魔法を使ったの？　あの人たちをひとつ屋根の下に呼んで、けんかもさせないなんて」

「どうってことねえよ」

ママはパパの唇にキスをした。「さすがね。わたしの活動家さん」

「ああ」パパはママにキスをかえした。「おまえのもんだ」

セブンがコホンと咳《せき》ばらいをする。「おれたち、ここにいるんだけど」

「まあ、そう言うな。おまえたちがけんかなんかしなかったら見なくてすんだんだぞ」パパは手をのばして、わたしの頬をつまんだ。「だいじょうぶか？」

目はまだうるんでるし、ちゃんと笑えないけど。「うん」

パパはわたしをひざに抱きあげた。頬にキスをしたり、つねったりしながら、あやすように揺すって、うんと低い声を出す。「どうしたんだ？　うん？　どうした？」

思わずくすくす笑いだしてしまう。

パパは、わたしの頬にブチュッとキスをして、わたしを立たせた。

「ほら、笑った。さあ、言ってみろ。なにがあったんだ？」

「動画見たでしょ。ヘイリーがひどいこと言ったから、ぶん殴ってやったの。それだけ」

「あなたに似たのね、マーベリック」ママが口をはさんだ。「気に食わないことを言われたからって、人をぶん殴るなんて」

「おれに？　いや、おまえにそっくりだろう」セブンを見て言う。「おまえはなんでけんかしたんだ？」

「あいつがおれの妹につかみかかってきたからだよ。ほっとけないだろ」

いつも、ケニヤとリリックを守りたいと言うのをきかされてばかりだったから、ちゃんとわたしの味方もしてくれたことが、本当にうれしかった。

パパは、また動画を再生した。ヘイリーの声が流れる。「そんな人、どっちみち早死にしたに決まってるんだから」

「すごいわね」ママが呆《あき》れたように言った。「いい根性してるわ」

「性根《しょうね》の腐ったガキだ。なんにも知らねえくせに、口ばっかり達者だな」

「で、おれたちのおしおきは？」セブンがたずねた。

「宿題をやってらっしゃい」ママが言った。

「それだけ？」思わずききかえす。

「あと、停学中、パパのお店を手伝うこと」ママはパパを背中から抱きしめた。「それでどう？　あなた」

パパはママの腕にキスをした。「いいんじゃねえか」

〝うちの両親語〟がわからない人のために、いまの会話を翻訳すると、
ママ：「あなたたちのやったことは、決して褒《ほ》められたことじゃないけど、わたしでも同じことをしたと思うわ。あなたはどう？」

パパ：「もちろん、やるに決まってんだろ」
こんなパパとママが大好きだ。

パート4 10週間後

21

大陪審《だいばいしん》は決定を出そうとしないので、いつもどおりの生活はまだ続いていた。

戦没者追悼記念日《メモリアルデー》の三連休の土曜、わたしたち家族は、カルロスおじさんの家で、バーベキューを楽しんでいた。セブンのバースデー・パーティと、卒業祝いも兼ねて。セブンは明日で十八になる。高校も昨日で正式に卒業した。セブンがデイヴィス校長から卒業証書を受けとったとき、パパはぼろぼろ泣いていた。あんなふうに泣くパパを見たのははじめてだった。

裏庭にはバーベキューのにおいが漂《ただよ》い、気温も高かったので、セブンは学校の友人たちとプールで泳いでいた。セカニとダニエルは、水着でちょろちょろ走りまわり、油断している人間を見つけては、プールにつき落としていた。ジェスもつき落とされ、笑いながら、いまに見てなさいよとふたりを脅《おど》していた。わたしとケニヤも一度つき落とされそうになったけど、それっきり狙われていない。速攻でお尻にキックを食らわせてやったのが効いたんだろう。

でも、いつの間にかデヴァンテが後ろに忍びよっていて、結局わたしもプールにつき落とされた。わたしが水中に沈むのを見て、ケニヤが悲鳴をあげる。せっかくコーンローに編んできた髪も、お気に入りのスニーカーもずぶ濡れだ。一応タンクトップビキニは着てるけど、これはあくまでおしゃれのためであって、泳ぐためなんかじゃない。

水面から顔を出して、大きく喘《あえ》ぐ。

「スター、だいじょうぶ?」ケニヤが、プールからたっぷり五フィートはなれたところから声をかけてくる。

「助けてくれる気はないわけ?」

「冗談、服が濡れちゃうじゃん。あんた、だいじょうぶそうだし」

セカニとダニエルは、スパイダーマン以来最強のヒーローにでも会ったみたいに、大はしゃぎで、デヴァンテに喝采《かっさい》を浴びせている。くっそー、あいつら。勢いよくプールからとびだす。

「やべっ」デヴァンテが声をあげ、三人は散り散りになって逃げだした。ケニヤはデヴァンテを追いかけ、わたしはセカニを追って走りはじめた。血はプールの水よりも濃いって言うしね。

「ママ〜!」セカニが悲鳴をあげる。

セカニのトランクスの水着をつかんで、思いっきり、首のあたりまで引っぱりあげる。水着が股間に食いこみ、甲高《かんだか》い悲鳴があがる。手をはなしてやると、セカニは芝生の上にひっくりかえった。水着がのびきって、ひもパンでもはいてるみたい。どうだ、思い知ったか。

ケニヤは、犯人を逮捕するようにデヴァンテの両手を後ろに回してつかみ、わたしのところに連れてきた。「ほら、謝んなよ」

「いやだね!」ケニヤがデヴァンテの腕をぐいっと引っぱる。「わかった、わかったよ。おれが悪かったって！」

ケニヤが手をはなした。「当然でしょ」

デヴァンテは、腕をさすりながらにやっと笑った。「凶暴女」

「チンピラ」ケニヤが、すかさず言いかえす。

デヴァンテが舌を出して挑発すると、ケニヤはぴしゃりと言った。「あっちいけよ、ガキ！」

とてもそうは見えないけど、これでもイチャついてるらしい。デヴァンテが、ケニヤの父親から逃げてることなんて、忘れてしまいそうだ。あのふたりも、すっかり忘れてるみたいだけど。

デヴァンテに差しだされたタオルを、ひったくるようにして取ると、顔をふきながら、ケニヤとプールサイドにいき、デッキチェアに腰をおろした。デヴァンテは、ケニヤのとなりの椅子に座った。

エヴァが、赤ちゃん人形と櫛《くし》を持って、ちょこまかとかけてくる。いつものようにわたしに渡すものだとばかり思っていたら、デヴァンテのほうに手渡した。

「はい、おねがい！」そう言って、スキップしながらもどっていく。

デヴァンテは人形の髪をとかしはじめた。うそでしょ！　ケニヤとわたしは、あっけにとられてデヴァンテを見つめた。

「なんだよ？」

ケニヤと顔を見あわせて、ぷっと噴きだす。

「しっかり、しつけられちゃって！」わたしは言った。

「笑うなよ。あの子かわいいだろ？　断れねえよ」デヴァンテは、細くて長い指を、絡《から》まりそうなくらい早く動かして、人形の髪を編んだ。「妹たちにもよくやらされたからな」

家族を思いだしたのか、デヴァンテの声が沈む。「妹さんたちか、お母さんから連絡来た？」わたしはたずねた。

「ああ、一週間くらいまえに電話が来た。いとこの家にいたよ。なんもねえド田舎だがな。おふくろのやつ、おれの消息がわからなくて、だいぶ心配したらしい。おれを置いて出ていったことを謝ってたよ。あんなことを言ってすまなかったって。一緒に住もうってな」

ケニヤが眉根《まゆね》を寄せた。「ここを出ていくの？」

「どうすっかな。カルロスさんとパムさんは、卒業するまでここにいろって言ってくれてるんだ。おふくろも、おれの身が安全ならそれでいいってさ」デヴァンテは、人形をしげしげと眺めて、仕上がり具合をたしかめた。完璧な編みこみだ。「考えてみるよ。ここもけっこう気に入ってるしな」

そのとき、スピーカーから、ソルト・ン・ペパーの《プッシュ・イット》が大音量で流れだした。パパってば、なんでそれをかけちゃうわけ。これよりまずいのは、ジュヴィナイルの《バック・ザット・サング・アップ》くらいだ。あのイントロが流れただけで、ママの理性はぶっとんで、手がつけられなくなってしまう。

ママとパムおばさんは、ソルト・ン・ペパーの曲にあわせて「ヘーイ！」と叫《さけ》び、古くさいダンスを踊りはじめた。九十年代の番組や映画は好きだけど、ママとおばさんが、その時代をダンスで再現するのは見たくない。セブンと友人たちが、ふたりをぐるりと囲んで、はやしたてている。

セブンは、だれよりも大きな声で声援を送っていた。「いいぞ、母さん！　いいぞ、パムおばさん！」

パパが輪の中にとびこんで、ママの後ろで踊りだした。両手を頭の後ろに当てて、腰を回しはじめる。

セブンが「やめろー！　気持ち悪い！」と叫《さけ》んでパパを押しのけたけど、パパは、またママの後ろに舞いもどって、腰を回しはじめた。

ケニヤが笑った。「もう、はしゃぎすぎだって」

デヴァンテは、笑みを浮かべてみんなを見ていた。「おまえの言うとおりだったよ、スター。おまえのおじさんとおばさん、悪くねえよ。ばあちゃんもイケてるしな」

「だれが？　まさか、うちのおばあちゃんのこと？」

「決まってんだろ。こないだ、おれがゲームでスペードをやってるのを見つけて、勉強を教えてくれたあと、賭けトランプに連れてってくれたんだ。追加課題だとか言ってな。それ以来、けっこう仲いいんだ」

そんなことだろうと思った。

そのとき、クリスとマヤが門から入って来るのが見えて、胃がきゅっと締めつけられるのを感じた。いい加減、ふたつの世界が交差するのに慣れてもいいころなのに、こういうときはいつも、どっちのスターでいればいいのかわからなくなってしまう。〝生意気《なまいき》な黒人の娘《こ》〟って感じにならないように、言葉遣いに気をつけて、態度も少し控えめにしないといけないし、〝白人〟っぽくならないように、話す内容やしゃべり方にも気をつけないといけない。

そういうのって、けっこう疲れる。

クリスは、新しい〝ダチ〟のデヴァンテと、ぴしゃりと手を合わせると、わたしの頬にキスをした。わたしはマヤといつものハンドシェイクを交わし、デヴァンテはマヤに会釈した。ふたりは数週間前にもう顔を合わせている。

マヤは、デッキチェアのわたしのとなりに腰をおろした。クリスがわたしとマヤの間に割りこむようにして座る。

マヤがぎろっとクリスをにらんだ。「なんなのよ、クリス?」

「だって、ぼくのガールフレンドだぜ。となりに座るのはぼくだろ」

「そう? やっぱオトコより友情でしょ」

ケニヤとわたしはにやっと笑い、デヴァンテが声をあげた。「ちぇっ、言ってろよ」

胃の締めつけが少し楽になる。

「あんたがクリスね?」ケニヤが言った。ケニヤはわたしのインスタグラムでクリスの写真を見ている。

「そうだよ。きみがケニヤ?」クリスもわたしのインスタグラムをチェックしている。

「そう、正真正銘《しょうしんしょうめい》の本人」ケニヤはわたしをちらりと見て、声に出さずに言った。〝いいじゃん!〟

そんなの、とっくに知ってるよ。

ケニヤとマヤが顔を見あわせた。ふたりは、一年前のわたしの十六歳のバースデー・パーティで会っている。あれを会ったと言ってよければの話だけど。マヤはヘイリーと同じテーブルで、ケニヤとカリルは、セブンと一緒に別のテーブルに座っていた。言葉は交わしていない。

「あんたがマヤ?」ケニヤが言った。

マヤはうなずいた。「そう、正真正銘の本人」

ケニヤの口もとがほころぶ。「そのスニーカー、いいじゃん」

「ありがと」マヤは、自分の靴を見おろした。ナイキ・エアマックス95《ナインティファイブ》だ。「ランニング用の靴だけど、これはいて走ったことないんだ」

「あたしだって、ランニングに使ったりしないよ」ケニヤが言った。「そんなのはいて走んのは、あたしの兄貴ぐらいだね」

マヤがふふっと笑った。

よし。いい感じだ。心配することなんてなにもないのかも。安心しかけたとき、ケニヤが言った。

「で、あのブロンディはどこにいるの?」

クリスが鼻を鳴らし、マヤが目を見開いた。

「ケニヤ、あの娘、そんな名前じゃないよ」わたしは言った。

「だれのこと言ってるか、わかってんじゃん」

「そうね、どこかで、スターにけっとばされたときの傷でもなめてるんじゃない」マヤが言った。

「なにそれ、きいてないし。スター、なんであたしに言わないんだよ!」

「だって、二週間もまえの話だし、話すほどのことじゃなかったから。軽くたたいただけだよ」

「軽くたたいただけ?」マヤが声をあげる。「フロイド・メイウェザーみたいにボコボコにしたくせに」

クリスとデヴァンテが、げらげら笑う。

「ちょっと、待った。なにがあったわけ?」

わたしはケニヤに、ヘイリーとの一件を話してきかせた。話す内容やしゃべり方なんて気にしないで、ただひたすら話した。マヤがときどき横から口をはさんできて話に尾ひれをつけたけど、ケニヤは夢中になってきいていた。セブンがレミーに何発もパンチを決めた話をすると、うれしそうに笑って言った。「あたしの兄貴は容赦《ようしゃ》しないからね」また自分だけの兄貴みたいに言っちゃって。まあいいけど。

マヤは、感謝祭の猫の件まで、ケニヤに話した。

「だから、スターに言ったの。マイノリティ同士団結しなくちゃって」

ケニヤがうなずいた。「ほんと。白人の連中はいつもべったりくっついてるからね」

「なんか……」クリスが赤くなる。「気まずいんだけど」

「自分で乗り越えるのね、ハニー」わたしが言うと、マヤとケニヤが笑いころげた。

わたしのふたつの世界が衝突《しょうとつ》したのに、びっくりするくらい、すべてがうまくいっていた。

曲が変わり、腰をふって踊るワブルのダンスナンバーが流れだした。ママがかけよってきて、わたしの手を引っぱった。「ほら、モグちゃん、来て」

引っぱられても、芝生じゃそんなに早く歩けない。「ママ、やだってば！」

「文句言わないの。あなたたちもよ！」ママはみんなにむかって言った。

ゲストは全員、即席のダンスフロアと化した芝生の上に並んでいた。ママはわたしを前の列に立たせた。「さあ、みんなにお手本を見せてやって。これがワブルだってね！」

意地でも踊るもんか。独裁者だろうがなんだろうが、わたしを無理やり踊らせることなんかできないんだから。ケニヤとマヤは一緒になって、わたしをけしかけるママをけしかけている。あのふたりがタッグを組んで、敵に回るなんて思いもしなかった。

でも、気がつくと、身体《からだ》が勝手に動きだし、思いっきり腰をふっていた。おまけに、しっかり唇までつきだして。しょうがないよね、曲に身体が反応しちゃうんだから。

クリスに語りかけるようにステップを踏むと、クリスも一生懸命応えてくれた。へたくそなりに頑張ってる姿がかわいい。おばあちゃんも庭に出てきて、肩を揺すって踊りだした。あれじゃ、ワブルって言うより、ショルダーシミーだけど、たぶん本人はそんなの気にしてない。

《キューピッド・シャッフル》が流れだすと、うちの家族は先頭を切って踊りだした。左右にカニ歩きをするダンス。ときどき、右にいくところを、まちがえて左にいってしまったりして、みんなでげらげら笑いころげた。ダンスはしくじるし、ちょっとふつうの家族じゃないけど、うちの家族もそう捨てたもんじゃないと思う。

ワブルとシャッフルをたっぷり踊ると、おなかの虫がグーッと鳴いた。食べ物をあさりにキッチンにむかう。みんなは《バイカーズ・シャッフル》を踊っているところだった。最新のシャッフルだから、うちのパーティに来たゲストは、たいていついてこられない。

カウンターの上には、アルミのお盆がずらりと並んでいた。リブと手羽《てば》を数本と、トウモロコシを一本お皿に取る。ベイクドビーンズをたっぷりすくって、隙間《すきま》に盛った。ポテトサラダには手を出さない。あれは悪魔の食べ物だ。あんなにマヨネーズが入ってるなんてありえない。ママが作るのは勝手だけど、食べるのは絶対にごめんだ。

外で食べると、虫がたかってきそうだから、ここで食べることにした。ダイニングテーブルについて、食べようとした瞬間、電話が鳴った。

みんな外で、出られるのはわたししかいない。手羽を口につっこんで、口をもぐもぐさせながら電話に出る。「もしもし」お行儀が悪い？　そうかもしれないけど、おなかがすいてるんだから、しょうがない。

「こちらは、正面のセキュリティゲートです。アイーシャ・ロビンソンという女性が、お宅に伺いたいとおっしゃっています」

噛むのをやめる。アイーシャ？　招待されてたセブンの卒業式はすっぽかしたくせに、招待されてないパーティにどうして来るわけ？　だいたい、なんでパーティがあるのがわかったの？　セブンはアイーシャに言わなかったし、ケニヤだって、絶対言わないって言ってたのに。今日は、別の友達と遊ぶと言って家を出てきたはずだ。

どうしていいかわからず、わたしは電話を持って、パパを呼びにいった。ちょうどいいタイミングだったかもしれない。パパはネイネイにチャレンジして、醜態《しゅうたい》をさらしているところだったから。もう一度呼ぶと、パパはようやく踊るのをやめて、こっちに歩いてきた。

にやっと笑って言う。「おまえのパパに、ダンスの才能があるとは思わなかっただろ？」

「いまも思ってないよ。はい」パパに電話を手渡す。「ここの警備員から。セキュリティゲートの前にアイーシャが来てるって」

パパの顔から笑みが消えた。耳に電話を押しあてて、もう一方の耳をふさぐ。「もしもし？」

パパは、警備員の話をききながら、セブンに手まねきをして、テラスに呼んだ。「ちょっと待ってくれ」そう言って受話器を手で押さえると、セブンにむかって言う。「門のところにおまえの母親が来てるらしい。おまえに会いたがってる」

セブンは眉をひそめた。「どうして、おれたちがここにいるのがわかったんだろう？」

「アイーシャが、おまえのばあちゃんとこにいったんじゃねえのか？　おまえ、ばあちゃんは招待したんだろ？」

「呼んだけど、アイーシャは呼んでない」

「いいか、セブン。おまえがアイーシャに寄ってもらいたいなら、それでかまわねえ。デヴァンテには、その間見つからないように、家の中に隠れてろって言っておく。おまえはどうしたいんだ？」

「父さんから言って――」

「いや、おまえの母親だ。自分で片をつけろ」

セブンは唇を噛んでいたが、しばらくすると鼻でため息をついた。「わかったよ」


家の前にアイーシャの車がとまった。セブンとケニヤと両親のあとについて私道にむかう。セブンはいつもわたしの味方をしてくれる。きっとわたしにも味方になってほしいはずだ。

セブンは、ケニヤにわたしたちと一緒にそこで待っていろと言うと、アイーシャのピンクのBM《ビーエム》W《ダブリュー》にむかって歩きだした。

車の中からリリックがとびだし、一目散《いちもくさん》にセブンにかけよってくる。「セヴィー！」髪留めについたボンボンが、ぴょんぴょん跳ねる。ああいうの、わたしも小さいころつけてたけど、好きじゃなかった。ボンボンが顔に当たってうっとうしいから。セブンは、腕の中にとびこんできたリリックを抱きあげて、ぐるんとふりまわしてやった。

正直に言うと、セブンがむこうの妹たちと一緒にいるのを見ると、いつもちょっと焼いてしまう。やきもちなんか焼いても仕方がないのはわかってるけど、母親が一緒というのは、なんだか特別な感じがする。もっと絆が強くなるっていうか。

だからって、ママとアイーシャを取りかえたいとは思わないけど。そんなの絶対にごめんだ。

セブンは、リリックを腰に抱えて、もう一方の手でおばあちゃんを抱きしめた。

アイーシャも車からおりてくる。腰までの長いインドのつけ毛は消え、ボブになっていた。運転中に太ももまでずりあがった、ショッキングピンクのドレスをおろそうともしない。ずりあがったんじゃなくて、もともとその丈なのかもしれないけど。

絶対無理。ママと取りかえるなんて、ありえない。

「ずいぶんじゃないの、セブン。パーティを開いておいて、あたしを招待もしないなんて」アイーシャが言った。「しかも、バースデー・パーティだって言うじゃないか。だれが誕生させてやったと思ってんのさ！」

セブンはあたりを見まわした。まだひとりふたりだけど、近所の人がこっちを見ている。「あとにしてくれよ」

「冗談じゃない。母さんからききだしてようやくパーティがあるのを知ったんだよ。自分の息子が招待もしてくれないからね」アイーシャは、ケニヤをキッとにらみつけた。「このくそガキ、よくもあたしにうそついたね！　ひっぱたいてもらいたいのかい？」

ケニヤはもうひっぱたかれたみたいに、びくっと身をすくめた。「ママ――」

「ケニヤを責めないでくれ」セブンはリリックをおろして言った。「おれが言わないでくれって頼んだんだよ、アイーシャ」

「アイーシャ？」アイーシャはセブンにむきなおった。「だれにむかってもの言ってんだい？」

ソーダの瓶を、思いっきりふったときみたいだった。外からはなにが起こってるのかわからない。でも、栓をあけた瞬間に爆発する。

「だから呼ばなかったんだよ！」セブンが叫《さけ》んだ。「ほら見ろ！　思ったとおりじゃないか。あんたが、こんなふうにみっともないことするのがわかってたからだよ！」

「なによ、あたしのことが恥ずかしいわけ、セブン？」

「恥ずかしいに決まってんだろ！」

「やめろ！」パパがふたりの間に割って入り、セブンの胸を押しやった。「セブン、落ちつけ」

「言わせてくれよ、父さん！　なんで呼ばなかったって？　みんなが母親だと思ってる人は、本当の母親じゃないって、友達に説明したくなかったからだよ。ウィリアムソンのみんながそう思ってるんだったら、そう思わせておきたかったんだ。学校の行事にだって一度も来たことないしな。言わないですむなら、わざわざ言う必要もないだろ。昨日の卒業式さえ来なかったじゃないか！」

「セブン、やめて」ケニヤが泣きそうな声で言った。

「とめんなよ、ケニヤ」母親を刺すような目でにらみつける。「おれの誕生日なんて気にしたことあるのかよ？　一度もないだろ！『ずいぶんじゃないの、あたしを招待してくれないなんて』だって？　するわけないだろ。どうして招待しなきゃなんないんだよ！」

アイーシャはまばたきを繰りかえし、割れたガラスのような耳障《みみざわ》りな声で言った。「この恩知らず。あんたのためにいろいろしてやったのに」

「いろいろしてやった？　なんのことだよ？　家から追いだしてくれたことか？　いつだって息子より男を優先してくれたことか？　キングにボコボコにされそうになったとき、とめてやったよな、アイーシャ？　そのときあんた、だれにぶち切れた？」

「セブン」パパが言った。

「おれにだよ！　とめてやったおれにぶち切れたんだ！　おれのせいでキングが出ていったってな。それがあんたの言う『してやった』ことかよ？　あの人は」セブンは腕をのばして、ママをさした。「あんたがしてくれるはずのことを全部、いや、それ以上のことをしてくれた。それでどうして、あんたが母親面《づら》できるんだよ。おれは、それでもあんたをずっと愛してたのに」声がかすれる。「あんたは一度だっておれを愛してくれなかったじゃないか」

いつの間にか、音楽はとまり、裏庭のフェンスのむこうから近所の人たちがのぞきこんでいた。レイラがセブンに歩みより、そっと腕を取ると、支えるようにして家の中に入っていった。アイーシャはきびすを返し、車にむかって歩きだした。

「アイーシャ、待てよ」パパが声をかけた。

「もう、こんなところに用はないわ」車のドアをあけて吐きすてるように言う。「これで満足、マーベリック？　あんたと、あんたが結婚したそこの性悪女《しょうわるおんな》は、あたしの息子をたぶらかして、とうとうあたしから奪いやがった。キングが、あんたたちに思い知らせてくれるのが待ちきれないよ。その子がテレビでチクったお返しにね」

胃をわしづかみにされたような気がした。

「あいつに伝えとけ。やれるもんなら、やってみろ。その代わりただじゃすまねえぞってな！」パパが怒鳴った。

だれかが自分たちに報復しようとしているという噂《うわさ》をきくのと、そのだれかをよく知ってる人間からきかされるのとでは、まるでちがう。

でも、いまはキングのことなんか考えてる場合じゃない。セブンのところにいかないと。

ケニヤと一緒に家の中にもどると、セブンは階段の一番下で、赤ん坊みたいに、泣きじゃくっていた。レイラがセブンの肩に頭を乗せて、寄りそっている。

セブンがあんなふうに泣いてるのを見ると……わたしも泣きたくなる。「セブン？」

セブンが顔を上げる。腫《は》れあがった真っ赤な目。セブンのあんな目、見たことない。

ママが家の中に入ってくる。レイラが立ちあがり、ママに場所を譲った。

「いらっしゃい」ママはセブンを抱きよせた。

パパが、わたしとケニヤの肩に触れる。「表に出よう」

ケニヤの顔はいまにも泣きだしそうに歪《ゆが》んでいた。腕をつかんで、キッチンに引っぱっていく。

ケニヤはカウンターの前の椅子に腰かけて、両手に顔を埋めた。となりに腰をおろす。声はかけなかった。なにも言わないほうがいいときもある。

何分かたって、ケニヤはようやく口を開いた。「ごめんね。パパがあんたにキレちゃって」

こんな気まずい状況ってそうそうない――友達のパパがわたしを殺したがってるなんて。

「ケニヤのせいじゃないよ」つぶやくように言う。

「兄貴がママを招待しなかった気持ちもわかるけど……」声がかすれる。「ママもいろいろたいへんなんだよ、スター。パパのことで」ケニヤは腕でぐいっと涙をぬぐった。「パパと別れたらいいのに」

「こわいんじゃない？　ほら、わたしだってカリルのために声をあげるの、こわがってたじゃん。

それでケニヤがぶち切れて」

「ぶち切れてなんかいないよ」

「キレてたよ」

「キレてないってば。あたしがぶち切れたらあんなもんじゃないし」

「ともかく！　状況はちがうかもしれないけど……」信じられない。こんなことを言う日が来るなんて。「アイーシャの気持ち、わかる気がする。自分で立ちあがるのが難しいときってあるんだよ。アイーシャも、あんなふうにだれかに背中を押してもらわないとだめなのかも」

「じゃあ、ママにぶち切れろって言うわけ？　だいたい、あれくらいでぶち切れたとか思ってるなんて信じらんない。ひ弱すぎ」

「なにそれ？　まあ、いいや。いまのはきかなかったことにする。アイーシャにぶち切れろなんて言ってないよ。そんな無茶なこと言わないけど……」ため息をつく。「どうすればいいのかな」

「あたしだってわかんないよ」

沈黙が流れる。

ケニヤは、もう一度顔をぬぐい、勢いよく立ちあがった。「もうだいじょうぶ。元気出た」

「ほんとに？」

「ほんとだって！　いくよ！　庭にいって、あたしの兄貴の陰口《かげぐち》をやめさせなきゃ。絶対ひそひそやってんに決まってんだから」

そう言って、戸口にむかって歩きだす。「〝わたしたち〟の兄貴だよ」

ケニヤがふりかえる。「なに？」

「〝わたしたち〟の兄貴でしょ。わたしの兄貴でもあるんだから」

とげとげしい口調でも、責めるような言い方でもなかったはずだ。でも、ケニヤはなにも答えなかった。そうだねとさえ。「もちろん、あたしたちの兄貴だよ。いつもあんたの兄貴じゃないみたいな言い方して、ほんとにごめんね」そう、言ってくれるとまでは思ってなかったけど、せめてなにか言ってほしかった。

ケニヤは庭に出ていった。


セブンとアイーシャの言いあいで、パーティの停止ボタンが押されてしまったみたいだった。音楽はとまり、セブンの友人たちは、立ったままひそひそとささやきあっている。

クリスとマヤが歩いてくる。「セブン、だいじょうぶ?」マヤが心配そうに言った。

「だれが音楽をとめたの?」そう言うと、クリスが肩をすくめた。

わたしはテラスのテーブルに歩みより、ステレオセットにつなげてDJ役を務めさせていた、パパのiPod《アイポッド》を手に取った。プレイリストをスクロールすると、ケンドリック・ラマーのラップが入っていた。カリルが死んだあと、セブンがきかせてくれた曲だ。おれたちはだいじょうぶだとケンドリックは歌っていた。この歌のとおりだと、セブンは言った。

その曲を選択し、プレイボタンを押す。セブンにきいてほしい。ケニヤにも。

曲の途中で、セブンがレイラと一緒に庭にもどってきた。まだ目は腫《は》れていたけど、もう涙を含んではいない。微笑《ほほえ》みを浮かべて、うなずきかけてくる。わたしも微笑んでうなずきかえした。

ママが、パパを連れて庭にもどってくる。ふたりともバースデー・パーティ用のとんがり帽子をかぶり、パパは、ろうそくを立てた大きな長方形のケーキを持っていた。

「ハッピー　バースデー　トゥ　ユー！」ママは歌いながら肩を揺らした。おばあちゃんのシミーよりはましかも。「ハッピー　バースデー　トゥ　ユー！　ハッピー　バースデー！」

セブンの顔に、見る見る大きな笑みが広がる。わたしは音楽をとめた。

パパがテラスのテーブルにケーキを置くと、みんなはセブンとケーキの周りに集まった。うちの家族と、ケニヤとデヴァンテとレイラは、当然のようにスティーヴィー・ワンダーの《ハッピー・バースデー》を歌っていた。黒人ならたいていそっちを歌う。マヤは知ってるみたいだったけど、セブンの友達は知らないのか、みんな戸惑っていた。クリスも口をパクパクさせている。文化のちがいって、ときどきめんどくさい。

おばあちゃんは情感たっぷりに歌詞を引きのばし、楽譜にない音まで入れて歌っている。ママが、たまりかねたように言った。「母さんたら、ろうそくが消えちゃうじゃない！」

さすがは、おばあちゃん。歌うときまで芝居がかってる。

セブンが、身体《からだ》をかがめてろうそくを吹き消そうとすると、パパがいきなり声をあげた。「待て！吹き消すのは、おれがひと言話してからだ」

「え～、なんだよ、父さん！」

「パパの言うことなんかきくことないよ、セブン」セカニが茶々を入れる。「もう大人なんだから！」

パパは、セカニをじろりと見て「生意気《なまいき》言うな」と言うと、セブンにむきなおった。「おれはおまえを誇りに思う。まえにも言ったが、おれは高校の卒業証書をもらえなかった。黒人の若い男の大半は、高校を卒業していない。あの町じゃ、無事に十八の誕生日を迎えられるやつだって、そう多くはねえ。生きていたとしても、それまでにはみんな身を持ち崩してる。だが、おまえはちがった。おまえならきっとどこにいってもうまくやれる。おれには最初からわかってた。いいか、おまえたち三人の名前にはな、ちゃんと意味があるんだ。セカニには、明るさと喜びという意味がある」

鼻で笑うと、セカニが横目でにらみつけてきた。

「おまえの妹にスターと名づけたのは、おれにとっちゃ、暗闇に差す光のような存在だったからだ。7《セブン》ってのはな、聖なる数字なんだ。完璧な数なんだよ。おまえが完璧だなんて言うつもりはない。そんな人間はどこにもいねえからな。だがな、おまえは神様がおれに授けてくれた、完璧な贈り物だ。おまえを愛してる。誕生日おめでとう」

パパは、セブンの首に腕を回して抱きよせた。セブンは顔をくしゃくしゃにして笑った。「おれも愛してるよ、父さん」

バースデーケーキは、ルックスさんのレッドベルベットケーキだった。みんな口々に、ルックスさんのケーキのおいしさを讃《たた》えていた。カルロスおじさんなんて三切れは平らげたと思う。それからまた、みんなでダンスをして、思いっきり笑いころげた。いやなこともあったけど、いい一日だった。

でも、いい日は続いてくれなかった。

パート5 13週間後 決定

22

新しい家の近所は、パパとママに「ちょっと散歩にいってくる」というだけで、気軽に出かけられる。

さっき、オフラさんから電話があって、大陪審《だいばいしん》が、数時間後に決定を発表するという知らせを受けた。オフラさんは、決定の内容は陪審員しか知らないと言ったけど、わたしの気分は、もう結果を知ってしまったように沈んでいた。こういう決定がいい結果だったためしはない。

ノースリーブのパーカーのポケットに、両手をつっこんで歩いていく。自転車やキックスケーターに乗った子どもたちが、わたしをひっくり返しそうな勢いで、追いぬいていく。大陪審の決定のことなんて、気にもしてないんだろう。うちの近所の子どもたちみたいに、暴動を心配して、急いで家に帰ったりはしない。

〝うち〟――か。

この間の週末、わたしたちは新しい家に引っ越してきた。五日たったけど、まだここは〝うち〟

という感じがしない。荷ほどきがすんでいないせいかもしれないし、通りの名前がわからないせいかもしれない。静かすぎるせいかもしれない。四十《フォーティ》オンスが錆《さ》びついたカートを押す音も、パールさんが通りのむこうから大声で挨拶《あいさつ》する声もきこえない。

無性《むしょう》に日常が恋しくなる。

わたしはクリスにメールを打った。十分もしないうちに、クリスは父親のベンツで迎えに来てくれた。

クリスが住んでいる通りには、ブライアント邸、つまりクリスの家しかない。執事の住む離れまでついた大邸宅で、車は八台もある。ほとんどがクラシックカーで、その車が全部入る、大きなガレージもある。

クリスは、空いている二台分のスペースのひとつに、車をとめた。

「ご両親は出かけてるの?」

「ああ。カントリークラブで夜のデートってやつ」

クリスの家は、住むには立派すぎるくらいゴージャスだ。いたるところに、彫刻や油絵が飾られていて、天井《てんじょう》にはシャンデリアがきらめいている。家っていうよりほとんど博物館だ。三階にあるクリスの部屋は、ほかの部屋よりはまだふつうっぽい。服が散らばった革のソファの前には、大きな薄型テレビとテレビゲーム機がある。床にはバスケのハーフ・コートのラインが引かれていて、壁にはシュートの練習ができる、本物のリングまでついている。

カリフォルニアキングサイズのベッドは、珍しくきれいに整えられていた。クリスに会うまで、キングサイズより大きなベッドがあるなんて、知らなかった。ティンバーランドの靴を脱いで、サイドテーブルのリモコンを手に取ると、ベッドに倒れこみ、テレビをつけた。

クリスは、チャックテイラーを脱いで、机の前に座った。マックには、ドラム・パッドとキーボードとターンテーブルが接続されている。「これ、きいてみて」クリスはマックでビートを再生した。片ひじをついて身体《からだ》を起こし、ビートにあわせて首をふる。ちょっとレトロで、昔のドレーかスヌープあたりがラップに使いそうなビートだ。「いいね」

「サンキュー。でも、もう少し低音を抑えたほうがよさそうだな」クリスは机にむきなおって、パソコンをいじりはじめた。

ベッドカバーのほつれた糸を引っぱりながら言う。「あの警官、起訴《きそ》になると思う？」

「きみはどう思う？」

「ならないと思う」

クリスが、椅子をくるりと回してふりむいた。涙がじわっとこみあげてきて、見られないように横をむく。クリスがベッドに乗ってきて、わたしとむきあうように寝ころがった。

クリスは、額《ひたい》をわたしの額にくっつけて、言った。「ごめんな」

「クリスはなにもしてないじゃん」

「でも、謝りたいんだ。白人みんなを代表して」

「そんなことしなくていいって」

「でも、そうしたいんだよ」

そうやって、クリスの大きな家の、大きな部屋にある、カリフォルニアキングサイズのベッドに寝そべっていると、突然わかってしまった。ずっと心のどこかにあったのに、はじめてそこに光が当たったような、そんな感じだった。「わたしたち、わかれたほうがいいよ」

「どうして？」

「まえに住んでたガーデン・ハイツの家、クリスの部屋にまるごと入っちゃうくらい小さいんだよ」

「だから？」

「わたしのパパ、ギャングだったんだよ」

「ぼくの父なんて、ギャンブラーだよ」

「わたし、公団で育ったの」

「ぼくも、屋根のある家で育ったよ」

ため息をついて、背をむけようとすると、クリスに肩をつかまれた。「もう、そんなこと考えるなよ、スター」

「みんなが、わたしたちのこと、どんな目で見てるか知ってる？」

「みんなって？」

「みんなはみんなだよ。わたしたちを見ても、最初カップルだって思わないんだよ。しばらくしてようやく気づくの」

「そんなこと、だれが気にするんだよ？」

「わたしが気にする」

「なんで？」

「あなたはヘイリーとつきあったほうがいいから」

クリスはぎょっとしたように言った。「なんで、ぼくがヘイリーとつきあわなくちゃいけないいんだよ?」

「ヘイリーじゃなくてもいい。ブロンドで、お金持ちで、白人の娘《こ》なら」

「ぼくは、かわいくて、サイコーな、スターのほうがいい」

伝わっていないのはわかったけど、それ以上話す気にはなれなかった。クリスにのめりこんで、大陪審《だいばいしん》の決定のことなんて忘れてしまいたい。わたしはクリスの唇にキスをした。いつだって完璧なその唇に。クリスがキスを返してきて、わたしたちは、火がついたようにおたがいの唇を貪りはじめた。

これじゃ足りない。わたしはクリスの胸から下のほうに手を這《は》わせていくと、ジーンズのジッパーをおろしはじめた。

クリスがその手をつかむ。「待った。なにしてるの?」

「なにしてると思う?」

クリスの瞳がわたしの目を探った。「スター、やりたいのはたしかだけど――」

「でしょ。それに、絶好のチャンスじゃん」クリスの首筋《くびすじ》に唇を這《は》わせ、絶妙に配置されたそばかすをキスでたどっていく。「ふたりっきりだし」

「できないよ」クリスはこわばった声で言った。「こんなふうにはしたくない」

「どうして?」ズボンの下に手を入れ、膨らみを探る。「いまのきみは、きみじゃないから」

わたしは手をとめた。

クリスの瞳がわたしをじっと見つめていた。涙で視界がぼやける。クリスは両手をわたしの背中に回し、わたしを抱きよせた。クリスのシャツに顔を埋める。リーバーの石鹸《せっけん》とオールド・スパイスの香りが混ざって、すごくいい匂い。クリスの胸の鼓動《こどう》は、彼が作ったどんなビートよりも、耳に心地《ここち》よかった。わたしの大切な、生きた〝日常〟。

クリスがわたしの頭にあごを乗せる。「スター……」

クリスはわたしを抱きしめて、泣きたいだけ泣かせてくれた。

太ももの上で携帯が震えて、はっと目を覚ました。部屋はほとんど真っ暗になっていた。窓から夕焼けの光が、かすかに差しこんでいる。クリスはいつもそうやって眠っているみたいに、わたしを抱きしめたまま、ぐっすりと眠っていた。

携帯がまたブルブルと震えた。クリスの腕の中からそうっとぬけだして、ベッドの裾《すそ》に這《は》っていく。ポケットを探って携帯を取りだすと、画面にはセブンの顔が表示されていた。

寝起きだとばれないように気をつけながら電話に出る。「もしもし？」

「いったいどこにいるんだ？」セブンが怒鳴った。

「決定が発表されたの？」

「まだだ。質問に答えろ」

「クリスの家」

セブンはチッと舌を鳴らした。「きくんじゃなかったよ。そこにデヴァンテはいるか？」

「いないけど、どうして？」

「カルロスおじさんから連絡があったんだ。しばらくまえにふいと出かけたきり、行方《ゆくえ》がわからないらしい」

胃がきゅっと締めつけられる。

「ほんとに?」

「ああ。おまえも、彼氏とイチャついてなかったら、とっくに知ってたはずだがな」

「なんでそんな言い方するの?」

セブンはため息をついた。「いろいろあって、たいへんだったのはわかる。でもな、スター。散歩にいくって出ていって、ずっともどってこなかったら、みんな心配するだろ。母さん、あちこち探しまわってるんだぞ。父さんは、なにかあったときのために、店にいってるし……決定がどうなるかわからないからな」

わたしは枕のほうにもどって、クリスの肩を揺すった。「迎えに来て」電話にむかって言う。「わたしたちも、一緒にデヴァンテを探すから」


ママにメールをして、いまどこにいて、これからどうするか連絡しておいた。だいじょうぶだから心配しないでとも書いておいた。とてもじゃないけど、電話をする勇気はない。わざわざ自分から電話して、カミナリを落とされるなんて、ごめんだ。

クリスの家の私道に入ってきたとき、セブンは電話でだれかと話をしていた。まるで、人が死んだのをきかされているような顔つきだった。

わたしは助手席のドアをあけた。「どうかしたの?」

「ケニヤ、落ちつけ。なにがあった?」セブンの顔が恐怖に歪《ゆが》んでいく。「いまそっちにいく」そう言って電話を切ると、後部座席に携帯を放り投げた。「デヴァンテが見つかった」

「ちょっと、待ってよ」わたしがドアに手をかけているのに、セブンはエンジンをふかしはじめた。

「なにがあったの?」

「わからない。クリス、スターを家まで送ってくれ――」

「ひとりでガーデン・ハイツにいくつもり?」口であれこれ言うより、行動したほうが早い。わたしは助手席に乗りこんだ。

「ぼくもいく」クリスも言った。シートを前に倒して、クリスを後部座席に通す。

幸い、と言っていいのかわからないけど、文句を言っている時間もないのか、セブンはなにも言わなかった。車はわたしたちを乗せて走りだした。


セブンが思いきりとばしたおかげで、いつもならガーデン・ハイツまで四十五分はかかるのに、三十分しかかからなかった。その間ずっと、どうかデヴァンテが無事でありますようにと、神様に祈っていた。

高速をおりるころには、日も沈んでいた。わたしは、セブンに引き返してと言いたくなるのを、どうにかこらえていた。クリスがガーデン・ハイツに来るのは、これがはじめてだ。

クリスを信じなくちゃ。ぼくに心を開いてくれ、クリスはそう言ってくれた。ここを見せなかったら、本当に心を開いたことにならない。

シダー・グローブ公団の壁は落書きだらけで、中庭には壊れた車がとまっていた。診療所の壁に描かれた、黒人のイエスの足もとは、歩道の割れ目からのびた雑草で覆《おお》われている。

道路のわきにはゴミが散乱し、街角では、ふたりのジャンキーが大声で罵《ののし》りあっている。通りをゆきかう車は、とっくの昔にスクラップにされていてもおかしくないようなポンコツばかりで、あたりには、ぼろぼろの小さな家がひしめいている。

クリスが内心どう思っているのかはわからないけど、それを口に出すことはなかった。

セブンはアイーシャの家の前に車をとめた。壁のペンキは剥《は》がれかけ、窓はブラインドやカーテンのかわりに、シーツで覆《おお》われている。庭には、アイーシャのピンクのＢＭＷ《ビーエムダブリュー》と、キングのグレーのＢＭＷがＬ字形にとまっていた。長年車をとめているせいで、芝はすっかり枯れてしまっている。私道と通りのはしには、グレーの改造車がずらりと並んでいた。

セブンは車のエンジンを切って言った。「ケニヤの話だと、連中はみんな裏庭にいるらしい。おれはだいじょうぶだ。ふたりともここにいろ」

車の数からすると、キング・ロードの数は五十人は下らないはずだ。キングがわたしにぶち切れてたってかまわない。セブンひとりでいかせるわけにはいかない。「わたしもいく」

「だめだ」

「いくって言ったでしょ」

「スター、時間がないんだ――」

わたしは腕を組んだ。「なんなら、力尽くでとめてみる?」

セブンは、あきらめたようにため息をついた。「わかったよ。クリス、おまえはここに残れ」

「冗談じゃない!　こんなところにひとりで残りたくないよ」

結局、三人とも車をおりた。裏庭のほうから、音楽と笑いさざめく声がきこえてくる。玄関先の配管には、ハイトップのスニーカーがぶら下げられていた。ここでドラッグを売っているという印だ。

セブンは、玄関先の階段を、一段とばしでかけあがり、ドアをあけた。「ケニヤ！」外から見たのと大ちがいで、家の中はまるで五つ星ホテルのようだった。リビングにはシャンデリアが下がり、真新しい革のソファが置かれている。壁には大きな薄型テレビがかかっていて、むかいの壁際には、熱帯魚が泳ぐ水槽《すいそう》があった。〝ゲットーの金持ち〟の見本みたいな部屋だ。

「ケニヤ！」セブンはまた声をあげて、廊下をかけていく。

玄関からキッチンの裏口が見えた。裏庭では大勢のキング・ロードが、女たちと踊っていた。キングは、背もたれの高い椅子に、王様のように座って、葉巻をふかしている。その椅子のひじかけには、アイーシャが腰をおろし、カップを片手に、音楽にあわせて肩を揺すっていた。こっちから、外の様子はよく見えるけど、戸口には黒い網戸がついているから、むこうからこっちは見えないはずだ。

ケニヤが寝室のひとつから顔を出した。「こっち！」

キングサイズのベッドの足もとに、デヴァンテが胎児《たいじ》のように丸まって転がっていた。鼻と口から血が滴《したた》り、白い毛足の長いじゅうたんに、真っ赤なしみができている。

横にはタオルがあったが、デヴァンテは手をのばそうともしない。片方の目には痛々しいあざができていた。わき腹を押さえて、うめき声をあげている。

セブンはクリスを見て言った。「起こすから、手を貸してくれ」

クリスは真っ青になっていた。「電話したほうがいいんじゃゃ――」

「クリス、さっさとしろ！」

クリスはおそるおそるデヴァンテに近づくと、セブンと一緒にデヴァンテを抱えおこし、ベッドに寄りかからせた。鼻は腫《は》れあがって、どす黒く変色し、上唇はざっくりと切れている。

クリスが、デヴァンテにタオルを手渡した。「いったい、なにがあったんだ？」

「キングに見つかったんだ。なにがあったかって？　見てのとおり、ボコボコにされたんだよ」

「あたし、とめられなかった」ケニヤが、ずっと泣いていたような鼻声で言った。「ごめん、ごめんね、デヴァンテ」

「おまえのせいじゃねえよ、ケニヤ」デヴァンテが言った。「だいじょうぶだったか？」

ケニヤは、鼻をすすりあげて腕で鼻水をぬぐった。「だいじょうぶ。つきとばされただけだから」

セブンの目がぎらりと光る。「だれにつきとばされた？」

「おれをかばおうとしてくれたんだ。それで、キングがぶち切れて、ケニヤを思いっきりつきとばし——」

セブンが戸口に突進する。とっさに腕をつかんで、足を踏んばったけど、わたしを引きずって、そのまま進んでいく。ケニヤが反対側の腕をつかんだ。いまこの瞬間、セブンは、わたしのでもケニヤのでもなく、わたしたちの兄貴だった。

「セブン、いっちゃだめ」しがみつきながら叫《さけ》ぶ。セブンはわたしたちの手をふりほどこうとしたが、ふたりともしっかり握ってはなさなかった。「いったら殺される」

セブンは歯を食いしばって、肩をこわばらせていた。目はまっすぐ戸口を見すえている。

「はなせよ！」

「セブン、あたしはだいじょうぶだって」ケニヤが言った。「スターの言うとおりだよ。それより、デヴァンテが殺されるまえに、ここから連れださなきゃ。あいつら、夜になったらデヴァンテを殺す気なんだ。それまで時間つぶししてんだよ」

「あいつ、おまえに手を上げやがった。今度やったら許さないって言ったのに」

「気持ちはわかるよ」わたしは言った。「でも、お願いだから、あそこにいくのはやめて」

だれかにキングをやっつけてもらいたいとは思っていたけど、そのだれかはセブンじゃない。絶対にだめだ。セブンまで失いたくない。セブンがいなくなったら、もう二度と日常にはもどれない。

セブンは、わたしたちの手を苛立《いらだ》たしげにふりほどいた。いつもだったら、ムッとするところだけど、まるで腹は立たなかった。もどかしい気持ちは痛いほどよくわかる。

そのとき、裏口のドアがきしんで、バタンと閉まった。

まずい。

みんなが凍りつく。

足音が近づいてきて、戸口にアイーシャが現れた。

声も出ない。

アイーシャはわたしたちを眺めながら、プラスチックの赤いカップに口をつけた。唇のはしをかすかに上げ、なにも言わず、動揺するわたしたちを見て楽しんでいる。

しばらくして、氷を噛みくだきながら、クリスのほうを見て言った。「だれなの、この白人のガキは？　なんでうちにいるわけ？」

アイーシャは、薄ら笑いを浮かべてわたしを見た。「あんたの男でしょ？　白人の学校にいくと、たいてい白人とつきあうようになんのよ」戸枠に寄りかかり、またカップを口に運ぶ。ブレスレットがジャラジャラと鳴った。「見物《みもの》だね。あんたがこいつをうちに連れていったら、マーベリックのやつ、どんな顔すんだろうね。まあ、セブンが黒人の娘とつきあいだしたときも驚いたけどさ」

自分の名前を耳にして、セブンがはっと我《われ》に返った。「助けてくれないか？」

「助ける？」アイーシャは鼻で笑った。「デヴァンテを？　なんであたしがそいつを助けないといけないわけ？」

「母さん――」

「今度は母さん？　こないだはアイーシャとか言ってたくせに。セブン、あんたはこのゲームの仕組みがよくわかってないみたいね。〝母さん〟が教えてあげるわ。デヴァンテは、キングのお金を盗んでおしおきされたわけ。そのデヴァンテを助けるってことは、自分にもおしおきしてくれって頼むようなもんよ。みんなに知らせたら喜ぶでしょうね。おしおきしたくて、うずうずしてんだから」わたしのほうを見る。「チクったやつのこともね」

アイーシャがひと声あげるだけでキングに……。

裏庭は、音楽と笑い声でわいていた。アイーシャはちらりと裏口に目を走らせて言った。「あんたたち、デヴァンテを連れてあたしの寝室から出ていきな。じゅうたんが血だらけじゃないの。タオルまで勝手に使ってどういうつもり？　まったく、冗談じゃないよ。そのコソ泥とチクリ魔を、この家からつまみだしてちょうだい」

「なんだと？」

「きこえなかったの？　そいつらを連れて出ていきなって言ったんだよ。妹たちも連れていきな」

「なんで、妹たちまで連れていかなくちゃいけないんだよ？」

「あたしがそうしろって言ってるからだよ！　ばあちゃんのとこでもどこでもいいから、あたしの目に入らないところに連れていって。あたしはパーティを楽しみたいんだよ」だれも動こうとしないのを見て、アイーシャは怒鳴った。「さっさといきな！」

「リリックを連れてくる」ケニヤは寝室を出ていった。

クリスとセブンが、デヴァンテの手を片方ずつ持って立ちあがらせる。デヴァンテは、顔をしかめて悪態をつきながら立ちあがった。そろそろと背筋《せすじ》をのばして息を整え、うなずいてみせる。「だいじょうぶ。ただのかすり傷だ」

「さっさとしなよ。グズなんだから。あんたたちの顔を見るのは、もう飽き飽きなんだよ」

セブンはだまってアイーシャをにらみつけた。

デヴァンテは歩けると言いはったが、セブンとクリスが肩を貸した。玄関までいくと、ケニヤがリリックを抱いて待っていた。わたしは、ドアを押さえてみんなを先に通しながら、裏口をふりかえった。

まずい。キングが椅子から立ちあがりかけている。

すると、アイーシャがつかつかと裏口を出ていき、キングが立ちあがるまえに、椅子に歩みよった。肩をつかんで座らせ、耳元でなにかささやく。キングはにやにや笑って背もたれに身体《からだ》を預けた。アイーシャは、見せつけるようにキングにお尻をむけて、踊りはじめた。キングがそのお尻をぴしゃりとたたく。アイーシャは、わたしのほうを見て、じっと目を凝《こ》らした。

むこうからわたしの姿は見えないはずなのに。

そのとき、不意《ふい》に思いあたった。アイーシャが見ようとしているのは、わたしじゃない。もう車のほうにいってしまった、自分の子どもたちだ。

「スター、早く来い」セブンが叫《さけ》んだ。

わたしは玄関のポーチからとびおりた。セブンがシートを前に倒し、わたしとクリスは、ケニヤたちのいる後部座席に乗りこんだ。全員そろうと車は走りだした。

「病院にいかないとな、デヴァンテ」セブンが言った。

デヴァンテは鼻にタオルを押しあてて、タオルについた血のしみを眺めると、それだけでなにかわかったように言った。「おれはだいじょうぶだ。アイーシャが助けてくれてラッキーだったな。マジで」

セブンは鼻で笑った。「助けた？ なに言ってんだよ。人が血を流して死にそうになってるのに、じゅうたんとパーティのことばかり心配してたじゃないか」

うちの兄貴は頭がいい。頭がよすぎて、逆にばかなのかもしれない。ずっと母親に傷つけられてきたから、母親らしいことをされてもわからないんだ。「セブン、アイーシャは助けてくれたんだよ」わたしは言った。「なんで妹たちを連れていけなんて言ったと思う？」

「邪魔くさかったんだろ。いつものことさ」

「ちがうよ。デヴァンテがいないのに気づいたら、キングがぶち切れるのがわかってるからだよ。ケニヤもリリックもいなかったら、キングはだれに八つ当たりすると思う？」

セブンはしばらくだまりこんでいた。

「くそっ」

車が急停止し、身体《からだ》が前につんのめる。セブンはハンドルを大きく切ってUターンすると、力いっぱいアクセルを踏んだ。窓の外の景色が、とぶように流れていく。

「セブン、だめ！」ケニヤが叫《さけ》んだ。「だめだよ、もどっちゃ！」

「おれが母さんを守らないと！」

「ちがう！」わたしは言った。「守るのは、子どもじゃなくて親のほうでしょ。アイーシャはいま、子どもを守ろうとしてるんだよ」

車は減速し、アイーシャの家の数軒前でとまった。

「あいつが――」セブンはごくりと喉《のど》を鳴らした。「母さんが――あいつに殺されたりしたら」

「殺されたりしないよ」ケニヤが言った。「いままでだって生きのびてきたんだから。ママに任せよう、セブン」

だれも口を開かなかった。沈黙を埋めるように、ラジオからトゥパックの曲が流れてくる。トゥパックは、〝いまこそ変わるときだ〟と歌っていた。カリルの言うとおりだ。パックはいまでも十分通用する。

「わかった」セブンはふたたび車をターンさせた。「わかったよ」

曲が終わると、DJが言った。「最高にホットなラジオ局、ホット105からお届けしています。いまラジオをつけた方のためにお知らせします。大陪審《だいばいしん》は、カリル・ハリス射殺事件につき、ブライアン・クルーズ・ジュニア巡査を不起訴《ふきそ》とする決定を下しました。ハリス家のみなさまの心中、お察し申し上げます。みなさん、外出の際には十分に気をつけてください」

23

車は重苦しい沈黙を抱えたまま、セブンのおばあちゃんの家にむかっていた。

わたしは本当のことを話した。できるかぎりのことをしたのに、なにも変えられなかった。カリルは命を奪われたのに、それが犯罪とさえ見なされないなんて。

カリルの人生はなんだったの？　みんなと同じ人間だったのに。家族も友達もいたし、夢だってあったのに。全部どうでもいいことにされてしまった。カリルは、死んで当然のごろつきにされてしまった。

あたりの車が一斉《いっせい》にクラクションを鳴らしはじめた。運転手たちが、大声で近くの車に決定の内容を伝えている。同い年くらいの少年たちが、車の上にのぼって「カリルに正義を！」と叫《さけ》んでいた。

セブンはその騒ぎの中を縫《ぬ》うようにして、おばあちゃんの家まで運転すると、私道に車をとめた。そのまましばらく、なにも言わずに座っていたが、突然ハンドルを殴りつけて叫《さけ》んだ。「ちくしょう！」

デヴァンテが首をふった。「こんなの、ありえねえよ」

「くそっ！」セブンは両手で顔を覆《おお》って、身体《からだ》を前後に揺すった。「くそっ、くそっ、くそっ！」

わたしも泣きたかった。でも涙が出てこない。

「信じられないよ」クリスも言った。「あの警官はカリルを殺したのに。どうして刑務所送りにならないんだ？」

「おまわりは、ムショになんかいかないんだよ」ケニヤがぼそりとつぶやいた。

セブンは、さっと顔をぬぐった。「こんな決定、くそ食らえだ。スター、好きなようにしろ、おれも一緒にやる。なにか燃やしたいんだったら、燃やしにいこう。さあ、どうする」

「待ってくれよ、気でも狂ったの？」

クリスの言葉に、セブンがふりかえった。「おまえになにがわかる、だまってろよ。スター、なにがしたい？」

なんでもいい。なにかしたい。大声で叫《さけ》ぶ。泣きわめく。吐く。だれかを殴る。ものを燃やす。なにかを投げる。

わたしに憎しみを植えつけたやつらに牙をむきたい。でも、どうすればいいのかわからなかった。

「なにかしたい。抗議運動でも、暴動でもなんでもいいから――」

「暴動？」クリスがぎょっとしたようにききかえした。

「そりゃあ、いい！」デヴァンテはわたしの手のひらをぴしゃりとたたいた。「そうこなくっちゃ！」

「スター、冷静になってくれ」クリスが言った。「暴動なんかじゃなにも変わらないだろ」

「話しあいだって同じだよ！　正しいことをしたって、なんにも変わらなかったじゃない。殺すとか脅《おど》されて、家族は警官たちにいやがらせされて、家には銃弾まで撃ちこまれて。あげくのはてがこれ？　どうして、カリルの正義が回復されないの？　むこうがこっちを気にとめようともしないなら、こっちだって、気をつかってやることないでしょ」

「でも――」

「クリス、賛成してくれなくてもいいよ」喉《のど》の奥がきゅっと締めつけられる。「でも、気持ちくらいはわかって。お願い」

クリスは、何度か口を開きかけ、諦《あきら》めたようにだまりこんだ。

セブンは運転席からおりて、シートを前に倒した。「おいで、リリック。ケニヤ、おまえはどうする。ばあちゃんちに残るか、それとも一緒に来るか?」

「ここに残る」ケニヤの目はまだ涙で潤《うる》んでいた。「ママが来るかもしれないから」

セブンはうなずいた。「そうだな。だれかがそばにいてやらないとな」

リリックが、ケニヤのひざからおりて、玄関にかけだした。ケニヤはためらうように座っていたが、わたしのほうをふりかえった。「残念だったね、スター。こんなのまちがってるよ」

それだけ言うと、リリックのあとを追って、玄関にむかった。ケニヤのおばあちゃんが、ドアをあけてふたりを招き入れるのが見えた。

セブンは、また運転席に乗りこんだ。「クリス、家まで送るか?」

「一緒にいくよ」クリスは自分に言いきかせるようにうなずいた。

「うん、みんなと一緒にいく」

「ついて来れんのかよ?」デヴァンテが言った。「相当やべえことになってるぞ」

「だいじょうぶだよ」クリスはわたしをじっと見つめた。「あんな決定くそったれだって、みんなに思い知らせてやる」そう言って、手のひらを上にむけてシートに置く。わたしはその手に自分の手を重ねた。

セブンは、車にエンジンをかけ、バックで私道を出た。

「だれかツイッターをチェックしてくれ。どこに人が集まってるのか、たしかめるんだ」

「任せろ」デヴァンテが携帯を取りだした。「みんなマグノリア通りにむかってる。まえのときもあそこで――」急にわき腹を押さえて顔をしかめる。

「そっちこそ、ついて来れるのかよ、デヴァンテ？」クリスがたずねた。

デヴァンテは胸を張った。「ったりめえだろ。キング・ロードの入団儀式なんかこんなもんじゃねえ、もっとボコボコに殴られたんだからよ」

「そういえば、なんであいつらに捕まったの？」

「ああ、どうしたんだ？」セブンも言った。「カルロスおじさんは、ふいと出かけたって言ってたけど、散歩にしちゃ、ずいぶん長かったじゃないか」

「ったく、うっせえな。ダルヴィンに会いにいったんだよ。バスに乗って、墓参りにいった。ガーデン・ハイツに残ってんのは兄貴だけだろ。ひとりぼっちにしておきたくなかったんだ。おまえらにはわかんねーだろうけど」

考えるのはつらいけど、カリルもそう。ガーデン・ハイツでひとりぼっちだ。ロザリーおばあちゃんとキャメロンは、タミーさんと一緒にニューヨークにいってしまったし、わたしも引っ越してしまったから。

「わかるよ」

デヴァンテは、鼻と唇にタオルを押しあてた。出血はだいぶおさまっているようだ。「帰りのバスに乗ろうとしたとき、キングの手下に捕まっちまったんだ。死ぬかと思ったぜ。マジで」

「生きていてくれてよかったよ」クリスが言った。「これからも、マッデンで、こてんぱんにしてやれるからな」

デヴァンテがにやりと笑った。「ばっかじゃねえの、こてんぱんにされるのはそっちだろ」

マグノリア通りは、土曜の朝みたいに車通りが激しく、売人たちがうろついていた。大音量の音楽が流れ、あちこちでクラクションが鳴っている。車の窓から身を乗りだしている人もいれば、ボンネットの上に立ってる人もいる。歩道も人で溢《あふ》れかえっていた。あたりには煙が漂《ただよ》い、遠くのほうで、炎がちろちろと空をなめている。

セブンに頼んで、ジャスタス・フォア・ジャスティスの前で車をとめてもらった。窓には板が打ちつけられていて、その上にはスプレーで〝黒人所有〟と書かれていた。オフラさんは、大陪審《だいばいしん》が不起訴《ふきそ》の決定を下したら、町中の抗議運動を先導すると言っていたから、みんな出はらっているんだろう。

あてもなく、歩道を歩きはじめる。歩道ははたで見るよりも、ずっと混みあっていた。住民の半分ぐらいはここにいるような気がする。わたしはフードを目深にかぶり、ずっとうつむいていた。大陪審がどんな決定を下しても、わたしが〝カリルと一緒にいたスター〟であることには変わりがない。今夜はだれにも見られたくなかった。

周りの人たちが、どうして白人の子がここにいるんだという顔で、ちらちらとクリスを見ている。クリスはポケットに両手をつっこんだ。

「なんか、目立ちまくってるみたいだな」

「帰りたいんじゃない？」

「きみとセブンも、ウィリアムソンでこんな気分だったのかな？」

「まあ、似たようなもんだな」セブンが言った。

「じゃあ、ぼくもこのくらい平気だよ」

人が多すぎてなにも見えないので、バス停のベンチにのぼって様子をたしめることにした。通りの真ん中にパトカーがとまっている。その上でグレーのバンダナを巻いたキング・ロードたちと、グリーンのバンダナを巻いたガーデン・デサイプルたちが口々に「カリルに正義を！」と叫《さけ》んでいた。その周りに人が集まり、携帯で動画を撮ったり、窓に石を投げつけたりしている。

「くたばれ、ポリ公」ひとりの男が、野球のバットを握りしめて叫んだ。「なんにもしてねえカリルを殺しやがって！」

運転席の窓をめがけて、思いきりバットをふりおろす。ガラスが粉々に砕けちった。

キング・ロードとガーデン・デサイプルが、フロントガラスをバリバリと踏みくだく。すると、またたれかが叫んだ。「そいつをひっくり返せ！」

ギャングたちがパトカーからとびおり、みんな車の片側に集まった。あのとき、わたしとカリルの後ろで閃《ひらめ》いていた、あの青い光を思いだしながら、ルーフのライトをじっと見つめる。パトカーはひっくり返され、ライトは見えなくなった。

「気をつけろ！」

怒鳴り声が響き、火炎瓶《かえんびん》がとんできた。——ボン！　パトカーが炎に包まれる。

歓声があがった。

不幸は仲間を求めるって言うけど、怒りも同じだ。頭に来ているのは、わたしだけじゃない——

ここにいるみんなも同じだ。あの日、カリルの車の助手席に座っていたわけじゃなくても。わたしの怒りはみんなの怒り、みんなの怒りはわたしの怒りなんだ。

カーステレオから、レコードスクラッチの音が響いて、N・W・A《エヌ・ダブリュー・エー》のアイス・キューブのラップが流れだした。〝くたばれ、ポリス。おれはアンダーグラウンドからやって来た。黒人《ニガ》のガキだってだけで、ひでえ目にあってきた〟

コンサート会場みたいに、みんながラップを口ずさみ、ビートにあわせてとびはねていた。デヴァンテとセブンも声を張りあげて歌っている。クリスも曲にあわせて首をふりながら、小声で歌詞を口ずさんでいた。それでも、キューブが〝ニガ〟と言うたびに、ちゃんと口を閉じている。

サビに差しかかると、〝くたばれ、ポリス〟と叫《さけ》ぶみんなの声が、マグノリア通りにとどろいた。これなら天国にだって届くかもしれない。

わたしも力いっぱい叫《さけ》んだ。心のどこかから、〝カルロスおじさんも警官じゃなかったの？〟という声がきこえてきたけど、真剣に仕事をしている、カルロスおじさんや、おじさんの同僚たちにむかって言ってるわけじゃない。1─15や、くだらない質問をしてきた刑事たち、パパを地面に這いつくばらせた警官たちに言ってるんだ。くたばれ、あんなやつら。

そのとき、ガシャーンとガラスが割れる音がして、はっと口をつぐんだ。

見ると、一ブロック先のマクドナルドと、そのとなりのドラッグストアの窓に、石やゴミバケツが投げつけられている。

まえに、ひどい喘息《ぜんそく》の発作を起こして、この近くの救急外来に運ばれたことがある。夜中の三時にようやく病院を出たときには、両親もわたしもおなかがぺこぺこだった。あれは、そのときにママとハンバーガーを食べたマクドナルド。その間に、パパが処方薬をもらいにいってくれたドラッグストアだ。

ドラッグストアのガラスのドアは、完全に砕けちっていた。人が中になだれこみ、両手に商品を抱えて出てくる。

「やめて！」叫《さけ》んだのはわたしだけじゃなかった。でも、略奪者たちは次々と中に入っていく。やがて、店の奥からオレンジ色の光がほとばしり、みんなが外にとびだしてきた。

「うそだろ」クリスがつぶやいた。

建物はたちまち炎に包まれた。

「いいぞ！」デヴァンテが歓声をあげる。「燃やしちまえ！」

不意《ふい》に、ワイアットさんから店の鍵《かぎ》を受けとったときの、パパの顔が頭に浮かんだ。次々と頭に浮かんでくる。ルーベンさんと、築きあげてきた過去の写真に彩《いろど》られたレストランの壁、毎朝あくびをしながら美容院に入っていくイヴェットさん、頭に来るけど腕はたしかな床屋のルイスさん。またガラスが割れる音がした。今度は二ブロック先の質屋だ。すぐそばの美容品店も襲われている。

両方から火の手があがり、喝采《かっさい》がおこった。ステレオで、ブラッドハウンド・ギャングがときの声をあげる。〝屋根、屋根、屋根が燃えてる！　水なんかいらねえ、燃やしちまえ！〟

わたしだって、みんなに負けないくらい、頭に来てる。でも……こんなの、ちがう。こんなことをしたかったんじゃない。

デヴァンテは、みんなと一緒になって叫んでいた。手の甲で、デヴァンテの腕をぴしゃりとたたく。

「いてっ、なんだよ?」

クリスがわき腹をつついてきた。「おい、あれ……」

数ブロックむこうから、暴動鎮圧用の装備に身を固めた警官隊が、まぶしいライトをつけた装甲《そうこう》車《しゃ》を二台引きつれて、こっちにむかってくる。

「これは平和的な集会とは言えません」スピーカーから警官の声が流れだした。「ただちに解散しなさい、さもなくば逮捕します」

ときの声が、アイス・キューブにもどる。〝くたばれ、ポリス! くたばれ、ポリス!〟

みんなが、警官隊にむかって、石やガラスの瓶を投げつけはじめる。

「やばいな」セブンがつぶやいた。

「警察にものを投げつけるのはやめなさい。ただちにこの通りから退去しなさい、退去しない者は逮捕します」

それでも、次々と石や瓶が、警官隊にむかってとんでいく。

セブンが、ベンチからとびおりて言った。「いくぞ。ここを出たほうがいい」クリスとわたしもベンチをおりる。

「くたばれ、ポリス! くたばれ、ポリス!」デヴァンテは、まだ叫《さけ》んでいた。

「おい、いくぞ、デヴァンテ」

「サツなんかこわくねえぞ! くたばれ、ポリス!」

そのとき、ボンと大きな音がして、なにかがとんできたかと思うと、通りの真ん中に、大きな炎があがった。

「くそっ！」

デヴァンテもベンチからとびおり、みんなで一斉《いっせい》に走りだした。歩道は、先を争って逃げる人たちでパニックになっていた。通りにとまっていた車も、次々と走りさっていく。ボン、ボン、ボン。さっきの音が、後ろから、独立記念日の花火みたいに、立てつづけにきこえてくる。

あたりには煙が立ちこめ、ガラスの割れる音が響きわたっていた。ボン、ボンという音が近づいてきて、ますます煙が濃くなっていく。

キャッシングサービスの店舗は焼け落ちていたけど、ジャスタス・フォア・ジャスティスは無事だった。反対側の洗車場も無傷だ。そこの壁にも、スプレーで〝黒人所有〟と書かれていた。

とめておいたセブンのマスタングに乗りこみ、タコベルのくたびれた駐車場の裏口から猛スピードでとびだすと、通りを走りだした。

「いったいなにが起こったんだ？」セブンが言った。

クリスはシートにぐったりと沈みこんだ「さあ。でも、もう二度と起こってほしくないね」

「黒人《ニガ》は、バカにされんのに、もううんざりしてんだよ」デヴァンテが息を切らしながら言った。

「スターの言うとおりさ。むこうがこっちを気にとめねえんだったら、こっちだって、かまうこたねえ。燃やしちまえばいいんだよ」

「でも、あいつらはここの人間じゃない！」セブンが言った。「ここがどうなろうと知ったことじゃないんだ」

「じゃあ、どうしろってんだよ？ クンバヤなんか歌って抗議したって、なにも変わらねえじゃないか。あいつらは、おれたちがなにかぶっ壊すまで、こっちの話なんか、ききゃあしねえんだよ」

「でも、お店までぶっ壊すことないでしょ」

「店がなんだって言うんだよ?」デヴァンテが噛みついてくる。「おれのおふくろは、あのマクドナルドでこき使われてたんだ。給料なんかスズメの涙だぜ。あの質屋にも散々むしりとられた。ああ。あいつらがどうなろうと、知ったことじゃねえよ」

気持ちはわかる。パパもあの質屋で、結婚指輪を流されそうになったことがある。パパは火をつけてやるなんて息まいてたけど、それが本当になってしまうなんて、なんだか皮肉な話だ。

でも、略奪者たちが、あの〝黒人所有〟という印を無視するようになったらどうなるの? うちの店だって襲われてしまうかもしれない。「パパを手伝いにいこう」

「なんだって?」セブンがききかえしてくる。

「パパのところにいって、一緒に店を守らなきゃ! 略奪者に襲われるかもしれないでしょ」

セブンは両手で顔をぬぐった。「くそっ、可能性はあるな」

「ビッグマブに手ぇ出すやつなんか、いねえよ」デヴァンテが言った。

「そんなのわかんないよ。みんなぶち切れてるんだよ、デヴァンテ。頭で考えてなんかいない。怒りにまかせて暴れまわってるだけなんだから」

デヴァンテも、うなずいた。「よし、わかった。ビッグマブんとこにいこうぜ」

「ぼくが手伝いにいってもだいじょうぶかな?」クリスが不安げに言った。「あんまり気に入られてないみたいだったけど」

「〝みたい〟だ? しっかりガンとばされてたじゃねえか。おれはこの目ではっきり見たぜ」

セブンもにやにや笑う。わたしはデヴァンテをこづいた。「しっ、余計なこと言わないの」

「なんだよ、ほんとのことじゃねえか。おやじさん、クリスが白人なんで、頭に来てんだろ。でもよ、目の前でさっきみたいにN・W・A《エヌ・ダブリュー・エー》を歌ってやったら、おまえのこと認めてくれるんじゃねえか」

「なんだよ、白人がN・W・A知ってたんで、びびったか？」クリスがからかうように言った。

「おまえは白人じゃねえよ。色の白い黒人だ」

「そうだ、そうだ！」調子をあわせて言う。

「ちょっと、待った」セブンが、わたしたちの笑い声に負けないように、声を張りあげた。「本当に黒人かテストしてみようぜ。クリス、グリーンビーンズキャセロールは食べるか？」

「食べないよ。あんなまずい物」

みんな大喜びではやしたてる。「やっぱり、黒人だ！」

「待って、もうひとつきいてみようよ。マカロニ・アンド・チーズは、主菜？　それとも副菜？」

「うーん……」クリスはわたしたちの顔を見まわした。

デヴァンテが、クイズ番組《ジェパディ！》のBGMを口まねする。

「さあ、挑戦者、この質問に答えて三百ドルを獲得できるでしょうか？」セブンがアナウンサーの口調をまねして言った。

クリスは思いきったように言った。「主菜」

「あ〜あ！」みんなが声をあげる。

「ブブブー！」デヴァンテが叫《さけ》んだ。

「待ってよ、どう考えたって、主菜じゃないか！　タンパク質もカルシウムも入ってるし――」

「タンパク質っていやあ、肉だろ」デヴァンテが言った。「チーズなんかカスだぜ。マカロニが食事なんて言うやつがいたら、お目にかかりたいね」

「でも、すぐにできて、お手軽に食べられる食事だろ」クリスが言った。「ひと箱で、満足――」

「ああ、それもまちがってる」クリスをさえぎって言う。「ほんとのマカロニ・アンド・チーズは箱なんかから出てこないんだから。オーブンから出てくるんだよ。上がこんがりカリカリになってるの」

「そのとおり《アーメン》！」セブンが言い、ふたりで拳《こぶし》をぶつけあう。

「ああ、わかった。あのパンくずがかかってるやつだね」

「なんだと？」デヴァンテが叫《さけ》び、セブンもききかえした。「パンくずだって？」

「ちがうよ」わたしは言った。「上のチーズがカリカリに焼けてるやつだよ。今度ソウルフードのお店に食べにいこうね」

「このばか、パンくずなんてぬかしやがった」デヴァンテは本気でムッとしているように言った。

「パンくずだぜ」

突然車がとまる。道の先に目をやると、通行止めの標識が立っているのが見えた。その前にはパトカーがとまっている。

「くそっ」セブンはバックして、車をターンさせた。「別の道を探さないと」

「今夜は、このあたり、あちこちで封鎖してそうだね」

「なにがパンくずだよ」デヴァンテはまだぶつくさ言っていた。「白人のやつら、マジでわけわかんねえ。マカロニにパンくずなんかかけるし、犬ころの口にキスするし――」

「飼い犬を自分の子どもみたいにかわいがるし」横から口をはさむ。

「だろ！」デヴァンテは言った。「バンジー・ジャンプとか言って、わざわざ、死ぬかもしんねえようなことするし」

「スーパーの《ターゲット》を、お上品ぶってタージェイとか発音するし」セブンも言った。

「あ、それ、うちの母親だ」クリスがぼそっとつぶやく。

セブンとわたしはぶっと噴きだした。

「親をばかにするし」デヴァンテは続けた。「どう見たって、みんなで固まってたほうがいいときに、ばらばらで行動しやがるし」

クリスが首を傾《かし》げる。「なんだよ、それ？」

「わかんない？　白人の人たちって、単独行動したがるでしょ。で、そういうときにかぎって悪いことが起こるんだよ」

「そんなの、ホラー映画の中だけだろ」

「んなことねえよ！　いつもニュースでやってんだろ」デヴァンテが言った。「みんなでハイキングに出かけちゃあ、ばらばらに行動して、だれかしら熊にやられてんじゃねえか」

「車が故障して、ばらばらに助けを呼びにいって、だれかが連続殺人犯に殺されるとか」セブンも言った。

「おまえら白人、〝数は力なり〟って言葉も知らねえのかよ、ったく」

「そうか、わかったよ」クリスが言った。「そんなに白人とわかりあいたいんだったら、ぼくのほうからも、黒人の人たちについて質問していいかな？」

三人が一斉《いっせい》に――運転しているセブンまで――ふりかえって、クリスを見た。車が大きくそれて、道路わきの縁石に乗りあげる。セブンは悪態をついて、車を道路にもどした。

「いや、ただ、そのほうがフェアなんじゃないかって思っただけで」クリスがもごもご言った。

「そうだよ。クリスにはきく権利があるでしょ」

「わかったよ」セブンが言った。「言ってみろよ、クリス」

「じゃあ、きくよ。どうして黒人は、自分の子どもに変な名前をつけるんだ？　ほら、きみらの名前だってふつうじゃないだろ」

「おれの名前はふつうだ」デヴァンテが胸を張った。「わけわかんねえこと言ってんじゃねえよ」

「なに言ってんだよ。ジョデシィのメンバーから取った名前だろ」セブンがつっこんだ。

「おまえなんか、ただの数じゃねえか！　ミドルネームはなんだよ？　8《エイト》か？」

「まあ、それは置いといて」セブンは言った。「デヴァンテの言うことにも一理あるぞ、クリス。どうして、こいつやおれたちの名前が、おまえの名前よりふつうじゃないんだ？　ふつうとかふつうじゃないとか、だれが決めるんだよ。父さんがここにいたらどやされるぞ。白人の物差しを押しつけるんじゃねえってな」

クリスの首と顔が赤く染まっていく。「そんなつもりじゃ――でも、たしかに、〝ふつう〟って言葉はよくなかったたな」

「そうだね」わたしも言った。

「じゃあ、〝珍しい〟ならどうかな？　きみたちの名前は珍しいよね」

「うちの近所には、デヴァンテってやつが三人はいるぜ」

「まあ、珍しいかどうかは感じ方次第だからな」セブンが言った。「それに、白人が珍しいって感じる名前は、たいていアフリカの言葉で、ちゃんと意味があるんだ」

「言わせてもらえば、白人だって、〝珍しい〟名前をつけたりしてるよね。別に黒人にかぎったことじゃないでしょ。〝デ〟とか〝ラ〟とかつけて、おかしな名前にしないだけで」

クリスがうなずいた。「たしかにそうだね」

「なんで、わざわざ〝デ〟を引きあいに出すんだよ」デヴァンテが食ってかかった。

車がまたとまる。ここも通行止めだ。

「くそっ。遠回りするしかないな。東側《イーストサイド》を通るぞ」

「東側だって？」デヴァンテが声をあげる。「GD《ガーデン・デサイプル》のシマじゃねえか！」

「それに、まえに暴動が起ったのは、ほとんどが東側だったよ」わたしも言った。

クリスが首をふる。「じゃあ、そっちはやめといたほうがいいよ」

「今夜はギャングの抗争どころじゃないだろう」セブンは言った。「大通りを通らないようにすれば、だいじょうぶだ」

そのとき、すぐそばで銃声が響きわたった。みんなびくっと身をすくませ、クリスはひっと声を漏らした。

セブンはごくりと唾《つば》をのみこんで言った。「ああ、だいじょうぶだ」

24

だいじょうぶだというセブンの言葉をあざ笑うかのように、すべてがうまくいかなかった。東側のルートは、ほとんど警察に封鎖されていて、ぐるぐる回って、どうにか封鎖されていない道を探しだし、ようやく半分まで来たと思ったら、今度は車がうなるような音を立てて、がくんと減速した。

「おい」セブンはダッシュボードを撫《な》でて、アクセルを踏んだ。「しっかりしてくれよ、ベイビー」

でも、セブンの愛するベイビーは〝ごめんだわ〟と言うように、ぴたりととまってしまった。

「くそっ！」セブンはがっくりとハンドルに頭をもたれた。「ガス欠だ」

「うそだろ？」クリスが悲鳴をあげる。

「だといいがな。家を出るとき、もう残り少なかったんだが、給油するまでは持つと思ったんだ。こいつのことならわかってるから」

「どこが。全然、わかってないじゃない」

車は、見なれない二世帯住宅の前でとまっていた。ここがどこの通りだか、まるでわからなかった。東側にはほとんど来たことがない。うちの近所と同じように、あたりには煙が漂《ただよ》い、白く霞《かす》んでいる。

「この近くにガソリンスタンドがある」セブンが言った。「クリス、車を押していくから、手伝ってくれ」

「外に出て、車を押すってこと？　こんなとこで？」

「ああ、そうだ。だいじょうぶだって」セブンは車からおりた。

「さっきもそう言ってたよな」クリスも、ぶつぶつ言いながら外に出る。

デヴァンテが言った。「おれも押す」

「いや、おまえは休んでたほうがいい。そこに座ってろ。スター、おまえがハンドルを握ってくれ」

セブンが自分以外の人間に、〝ベイビー〟を運転させるなんて、はじめてのことだ。セブンは、ギアをニュートラルに入れて、ハンドルで車を操作するようわたしに言うと、運転席のわきについて車を押しはじめた。クリスは助手席側を押しはじめたが、不安なのか、何度も後ろをふりかえっている。

サイレンの音が近づき、煙がますます立ちこめてくる。セブンとクリスは、咳《せ》きこみながら、シャツで鼻を覆《おお》った。マットレスと人を山ほど積んだ軽トラックが、猛スピードで横を通りすぎていく。

緩やかな坂に差しかかると、車のスピードが急にあがり、セブンとクリスが小走りでついていく格好《かっこう》になった。

「スピードを落とせ！」セブンが叫《さけ》んだ。ブレーキを踏むと、車は坂の下までいってようやくとまった。

セブンは、シャツで口を覆ったまま咳きこんだ。「ちょっと待った。少し休ませてくれ」

わたしはシフトレバーをパーキングに入れた。クリスは腰をかがめて、ゼーゼーと息を切らしている。「煙くて死にそうだよ」

セブンは、背筋《せすじ》をのばして、大きくため息をついた。「くそっ。車を置いていけば、もっと早くガソリンスタンドに着ける。ふたりだけであそこまで押していくのは無理だ」

ふたりだけって、なにそれ。わたしだっているじゃん。「わたしも押すよ」

「気持ちはありがたいがな、スター。おまえが手伝ってくれたとしても、車がないほうが早いに決まってるだろ。くそっ、おれだって、こいつをこんなとこに置いてきたくねえよ」

「ふた手にわかれるっていうのは？」クリスが言った。「ふたりがここに残って、ふたりがガソリンを買いにいくんだ――もしかして、さっき、きみらが言ってたことって、こういうこと？」

「そうだよ！」みんなで一斉《いっせい》につっこむ。

「ったく、しょうがねえな」デヴァンテがぶつぶつ言った。

セブンは、両手を頭の上で組んでうめいた。「くそっ、くそっ、くそっ。置いてくしかないか」

わたしはセブンの鍵《かぎ》を持って車をおり、セブンはトランクからガソリンを入れる缶を取りだした。車のボンネットを愛《いと》おしそうに撫《な》でて、なにかささやきかけている。〝愛してる。きっともどってくるから〟とか言ってるにちがいない。

わたしたちは、シャツを引っぱりあげて、鼻と口を覆《おお》い、歩道を歩きはじめた。デヴァンテは足を引きずっていたけど、だいじょうぶだと言いはった。

遠くから人の声がきこえてくる。その声がなにか叫《さけ》ぶと、それに反応するようにどよめきがあがった。

クリスとわたしは、セブンたちの後ろを歩いていた。わきにおろしたクリスの手が、ときどきわたしの手をかすめる。手をつなごうとしているらしい。わたしはその手を握った。

「きみがまえに住んでたのは、このあたりなんだね？」

そうだった、クリスがガーデン・ハイツに来るのはこれがはじめてだったんだっけ。「そうだよ。こっち側じゃないけどね。家は西側《ウエストサイド》のほうだったから」

「ウエストサ〜イド！」セブンが声をあげると、デヴァンテが頭文字のWのハンドサインを掲げた。「最高《ベストサ〜イド》！」

「かーちゃんに誓って！」デヴァンテも叫んだ。

呆《あき》れた顔をしてみせる。町のどっち側の出身かなんて、どうでもいいと思うけど。みんな大騒ぎしすぎだ。「さっき大きな共同住宅の前を通ったでしょ。小さいころ、あの公団に住んでたの」

クリスはうなずいた。「いま車をとめてた場所は、きみのお父さんが、よくセブンときみを連れていってくれたっていう、タコベル？」

「そう。何年かまえに、もっと高速に近い店舗ができたけどね」

「今度ふたりで食べにいこうか」

「冗談だろ」デヴァンテが口をはさんでくる。「デートで彼女をタコベルに連れてく気じゃねえだろうな？　タコベルだぜ？」

セブンがげらげら笑う。

「ちょっと、だれもあんたたちなんかと、話してないんだけど？」

「友達として、心配してやってんじゃねえか。おまえの彼氏、なんにも考えてねえからよ！」

「そんなことないよ！　きみがそばにいれば、どんな店でも、場所がどこでも、幸せなんだって伝わるだろ。スターがいてくれたら、ぼくはそれだけで満足なんだよ」

クリスが、微笑《ほほえ》みを浮かべてこっちを見る。わたしも微笑みかえした。

「けっ！　それでもタコベルだぜ」デヴァンテが言った。「タコスで腹を下して、タコ地獄《ヘル》になっても知らねえからな」

声が近づいてくる。でもまだ、話している内容まではわからない。ひと組の男女が、薄型テレビの入ったショッピングカートを二台押して、歩道を走っていく。

「ずいぶん派手にやってんじゃねえか」デヴァンテはくっと笑いかけて、またわき腹を押さえた。

「キングにけられたんじゃないか？」セブンが言った。「あのティンバーランドのごついブーツで」

デヴァンテはそろそろと息を吐いて、うなずいた。

「やっぱりな。おれの母親もまえにやられたんだ。肋骨《ろっこつ》をほとんどもってかれた」

フェンスに囲まれた庭の中から、ロットワイラー犬が、鎖を引きちぎりそうな勢いで吠えかかってくる。足をドンと踏み鳴らしてやると、キャンと鳴いて引っこんだ。

「あの人はだいじょうぶだよ」セブンは、みんなにむかってというより、自分に言いきかせるように言った。「ああ、だいじょうぶだ」

一ブロックほど先の交差点に、人が大勢集まっていた。交差する通りのひとつになにかがあり、みんながそれを見ている。

「通りから立ち退《の》きなさい」スピーカーから声が響きわたる。「あなたたちは、不法に交通を妨害しています」

「ヘアブラシは銃じゃない！　ヘアブラシは銃じゃない！」別のスピーカーから声が流れ、群衆がその声に応えるように叫《さけ》んだ。

交差点まで来ると、右側の通りに、赤と緑と黄色を配色したスクールバスがとまっているのが見えた。車体の側面にはジャスタス・フォア・ジャスティスと書かれている。左側の通りには人だかりができていて、みんな黒いヘアブラシを掲げていた。

カーネーション通りのデモ。あの事件の現場だ。

ここに来るのは、あの晩以来だった。カリルが死んだ場所……。目を凝らすと、人ごみは消え、通りに横たわるカリルが見えた。ホラー映画をリピート再生しているように、また最初から一部始終が繰りひろげられる。最後にカリルはわたしを見て――

「ヘアブラシは銃じゃない！」

その声ではっと我《われ》にかえった。

人ごみのむこうにはパトカーがとまっていて、ルーフの上に、拡声器を持ったツイストヘアの女性が立っていた。女性が人ごみにむきなおって拳《こぶし》をつきあげる。着ているTシャツの中でカリルが笑っていた。

「あれ、おまえの弁護士じゃないか、スター？」セブンが言った。

「そうみたい」オフラさんの活動のことは知ってるけど、〝弁護士〟と言われて、ふつう拡声器を持ってパトカーの上に立っている人間は、思い浮かべないだろう。

「ただちに解散しなさい」警官の声が繰りかえす。人ごみでその姿は見えなかった。

オフラさんがまた叫《さけ》んだ。「ヘアブラシは銃じゃない！　ヘアブラシは銃じゃない！」

その言葉は伝染するように広がり、あたり一面に響きわたっていた。いつの間にか、セブンも、デヴァンテも、クリスも、オフラさんにあわせて叫んでいる。

「ヘアブラシは銃じゃない」つぶやくように口にする。

カリルがドアポケットにヘアブラシを入れる。

「ヘアブラシは銃じゃない」

ドアをあけてきいてくる。〝スター、だいじょうぶ――〟

――パン、パン

「ヘアブラシは銃じゃない！」声をかぎりに叫《さけ》んで、拳《こぶし》を高くつきあげる。涙が溢《あふ》れだしていた。

「それではシスター・フリーマンに、今夜下された不当な決定について話してもらいましょう」

オフラさんは、カリルのTシャツを着た別の女性に拡声器《かくせいき》を手渡すと、パトカーのルーフからおりた。人ごみが左右にわかれて道を空ける。オフラさんは交差点のバスのそばで待機している同僚のほうに歩きはじめたが、途中でわたしに気づいて、驚いたように目を見張った。

「スター？」つかつかと歩みよってくる。「こんなところで、なにをしているの？」

「わたしたち……わたし……。決定をきいて、なにかしたいと思って。それでここに来たんです」

オフラさんは、傷だらけのデヴァンテを見て声をあげた。「どうしたの、そのけが！ 暴動に巻きこまれたの？」

デヴァンテは顔に手を当てた。「そんなにひでえのか」

「この人、暴動でけがをしたわけじゃないんです。でも、暴動には巻きこまれました。マグノリア通りはもうめちゃめちゃです。略奪者たちが暴れまわっていて」

オフラさんは唇をすぼめた。「ええ、きいているわ」

「ジャスタス・フォア・ジャスティスの本部は無事でしたよ」セブンが言った。

「無事じゃなくてもかまわないわ」オフラさんは言った。「木やレンガは破壊できても、わたしたちの活動までは破壊できない。スター、お母様はあなたがここにいるのを知ってるの？」

「ええ、まあ」我《われ》ながらあやしげな口調だ。

「本当に？」

「ほんとは知らないんです。母には言わないでください」

「言わないわけにはいかないわ。あなたの弁護士として、あなたの利益になる行動をとる義務があるの。お母様にあなたがここにいることを知らせることは、あなたの利益になるわ」

利益になんかならない。だって、殺されるもの。「でも、あなたはわたしの弁護士ですよね。母のじゃなくて。クライアントの秘密は守るのが弁護士でしょう？」

「スター――」

「お願いします。まえのデモのときには、見ていただけでした。声はあげたけど。だから、今度はなにか行動したいんです」

「声をあげることが行動じゃないなんて、だれが言ったの？　口をつぐんでいるよりはずっと生産的なことよ。まえに、あなたの声について言ったことをおぼえてる？」

「わたしの声は最大の武器だって言いましたよね」

「それは本当よ」オフラさんはわたしをじっと見つめてから、鼻でため息をついた。「ここで一緒に体制と戦いたいの？」

わたしはうなずいた。

「じゃあ、こっちにいらっしゃい」

オフラさんは、わたしの手を取って、人ごみの中を歩きだした。

「わたしを解任して」オフラさんは言った。

「えっ？」

「もう、わたしには代理してもらいたくないって言ってちょうだい」

「もう、あなたには代理してもらいたくない――ですか？」

「それでいいわ。これでもう、わたしはあなたの弁護士じゃない。あなたのご両親がこのことを知っても、あなたの弁護士としてではなく、ひとりの活動家としてやったことだって言えるわ。交差点のそばにとまっているバスがあるでしょう？」

「はい」

「警官たちが反応してきたら、あそこに逃げこんで。いいわね？」

「でも、なにを――」

さっきのパトカーの前まで来ると、オフラさんはルーフの上の同僚に手まねきをした。同僚はパトカーからおりると、オフラさんに拡声器を手渡した。オフラさんはそれをわたしに差しだして言った。

「さあ、あなたの武器を使うのよ」

別の同僚が、わたしを抱えあげてルーフの上に乗せた。

立ちあがってあたりを見まわすと、十フィートほどはなれたところに、カリルのための祭壇ができていた。ろうそくが灯《とも》され、テディベアや額に入った写真、風船といったものが供えられている。そのむこうには、暴動鎮圧用の装備を身につけた警官たちが待機していた。マグノリア通りにいた警官たちほど大勢ではないけど……警官は警官だ。

人の海にむきなおる。みんな期待に満ちた目でわたしを見つめていた。

武器という言葉にふさわしく、拡声器《かくせいき》は銃みたいにずっしりと重かった。それをのろのろと持ちあげる。でも、いったい、なにを言えばいいんだろう。とりあえず、口もとに拡声器を当ててボタンを押す。「わたし――」耳をつんざくような大きな音が出て、思わず身をすくめる。

「こわがらないで！」人ごみの中からだれかが叫《さけ》んだ。「話して！」

「ただちにこの通りから立ち退《の》きなさい」スピーカーから、また警官の声が流れる。

立ち退け？　知るもんか。

「わたしの名前はスターです。わたしは、カリルの身に起こったことをこの目で見ました」拡声器にむかって話しはじめる。「あんなことをするなんて、ひどすぎます」

「そうだ、そうだ」「アーメン」人ごみから声があがる。

「わたしたちは、悪いことなんて、なにもしていませんでした。それなのに、クルーズ巡査は、わたしたちがなにか企《たくら》んでいると思いこみ、わたしたちを犯罪者だと決めつけたんです。でも、犯罪者はクルーズ巡査のほうでしょう？」

歓声と拍手があがり、オフラさんが叫《さけ》んだ。「頑張って！」

勇気がふつふつと湧きあがってくる。

警官隊にむきなおる。「もう、うんざりです！　あなたたちが、一部の人だけを見て、わたしたちみんなを悪い人間だと決めつけるんだったら、こっちもあなたたちをそういう目で見ます。そうじゃないっていう証拠を見せてくれるまで、わたしたちは抗議を続けます」

また喝采《かっさい》がおこり、ますます勇気が湧きあがってくる。でも、銃を撃ちたがる人間より、話したがりやのほうがずっといい。

「みんなカリルの死に方ばかり気にしてるけど、大事なのは、カリルが生きていたってことです。カリルにも大切な人生があった。カリルは生きていたんです！」警官たちをにらみつける。「きいてる？　カリルは生きてたんだよ！」

「三つ数えるうちに解散しなさい」スピーカーの声が言った。

「カリルは生きていた！」みんなで声をあわせて叫《さけ》ぶ。

「一」

「カリルは生きていた！」

「二」

「カリルは生きていた！」

「三」

「カリルは生きていた！」

警官隊のほうから催涙《さいるい》ガスの缶がとんできて、わたしが立っているパトカーのそばに落ちた。ルーフからとびおりて缶を拾いあげる。先端からシューシューと煙が漏れていた。いまにも爆発しそうだ。

カリルに届けとばかりに絶叫《ぜっきょう》して、缶を警官隊のほうに投げかえす。缶は爆発し、警官たちは催涙ガスの雲にのみこまれた。

たちまち、あたりはパニックになった。

警官たちが、カリルの祭壇を踏みこえて突撃してくると、参加者たちは散り散りになって逃げだした。突然だれかに腕をつかまれる。オフラさんだった。

「バスに逃げて！」

バスにむかう途中で、クリスとセブンに呼びとめられた。

「逃げるぞ！」セブンはわたしの腕をつかんで走りだした。

バスのことを話そうとしたとき、すぐそばで催涙弾《さいるいだん》が爆発し、白煙にのみこまれた。火でものみこんだみたいに、喉《のど》と鼻がひりひりする。目は炎の舌でなめられているように熱い。

なにかがシューシューと音を立てながら頭の上を越えていき、目の前で爆発した。また白煙が立ちのぼる。

「デヴァンテ！」クリスが、あたりを見まわしながら叫《さけ》んだ。「デヴァンテ！」

デヴァンテは、チカチカとまたたく街灯にもたれて、苦しげに咳《せ》きこんでいた。セブンは、わたしの手をはなし、デヴァンテの腕をつかんで走りだした。

「くそっ、目が！　息ができねえ」

わたしは、クリスと手を握りあって走った。いたるところで悲鳴や爆発音があがっている。あたりには煙が立ちこめていて、なにも見えない。ジャスタスのバスも、どこにあるのかわからなかった。

「わき腹が痛くて、もう走れねえ！　くそっ！」

「しっかりしろ！」セブンはデヴァンテの手を引っぱった。「走るんだ！」

そのとき、まぶしい光が白煙をつらぬき、特大のタイヤをはいたグレーの軽トラックが、通りを走って来るのが見えた。トラックは、わたしたちの横でぴたりととまり、窓をあけた。心臓がとまりそうになる。

現れたのは、銃を持ったキングの手下ではなく、長い髪をポニーテールに結《ゆ》った、シダー・グローブのキング・ロード、グーンだった。グレーのバンダナで鼻と口を覆《おお》っている。「後ろに乗れ!」同じように顔にグレーのバンダナを巻いたふたりの男とひとりの少女が、わたしたちを引っぱりあげて、荷台に乗せてくれた。荷台にはほかにも人が乗っていた。黒人以外も乗せているらしく、シャツを着た白人と、カメラを抱えたラテン系の男もいる。白人のほうは、どこかで見たような顔だ。トラックは走りだした。

デヴァンテは荷台に転がり、目を押さえてもだえていた。「くそっ、痛え!」

「そいつにミルクをやれ」グーンが、後ろの窓から荷台にむかって声をかけてくる。

ミルク?

「もう無いよ、おじさん」バンダナの少女が答えると、グーンは毒づいた。

「くそっ! しょうがねえな。もう少し我慢《がまん》しろ、デヴァンテ」

涙と鼻水がだらだらと垂れてくる。目はひりひりするのを通り越して、ほとんどなにも感じなくなっていた。

トラックがスピードを落とし、グーンが言った。「そこの小僧も乗せてやれ」

バンダナの男たちが、通りにいた少年の腕をつかんで、荷台に引っぱりあげた。十三くらいの男の子だ。シャツはすすにまみれていて、ゲホゲホと苦しそうに咳《せ》きこんでいる。

わたしも、咳《せき》の発作に襲われて、ゴホゴホと咳きこんだ。鼻息が燃えるように熱い。シャツとネクタイを身につけた白人が、濡れたハンカチを差しだしてきた。

「これでいくらかましになる。鼻に当てて息をしてごらん」

ハンカチを当てて息を吸いこむと、少しだけど、きれいな空気が肺に入ってきた。ハンカチをクリスに渡す。クリスもそれを鼻に当てて息を吸い、となりのセブンに渡した。セブンもハンカチを使い、別の人に回した。

「ご覧のとおりです、ジム」白人の男性がカメラにむかって言った。「今夜、大勢の若者がデモに参加しています。黒人ばかりではなく、白人の姿も見られます」

「ぼくは多様性に配慮して投入された白人エキストラってとこだね？」クリスは小声で言うと、ゲホゲホと咳《せ》きこんだ。喉《のど》がこんなに痛くなかったら噴きだしてたところだ。

「こちらのみなさんのように、このあたりを回って、参加者たちを救助していらっしゃる方々もいます。運転手さん、お名前は？」ラテン系の男が、カメラをグーンにむける。

「っせーな」グーンはぼそりと言った。

「乗せていただいて助かりましたよ、〝セーナ〟さん」

ああっ、わかった。どうりで見おぼえがあるわけだ。全国ニュースのキャスターの、ブライアンなんとかだ。

「先ほど、力強い演説を披露してくれたのが、こちらのお嬢さんです」カメラがわたしのほうにむいた。「あなたは、本当にあの事件の目撃者なんですか？」

わたしはうなずいた。こうなったら、もう隠してもしょうがない。

「お話はきかせてもらいましたよ。ほかに、視聴者のみなさんに伝えたいことはありますか？」

「はい。どうしてこんな目にあわなくちゃいけないのか、まったく理解できません」
また咳《せき》の発作に襲われる。キャスターは、わたしをそっとしておいてくれた。

目をあけていられる間に、どうにかあたりの様子をうかがう。装甲車《そうこうしゃ》も、装備をつけた警官たちも、白い煙も、さっきよりずっと増えている。ここでも店は略奪にあっていた。街灯も壊れていたけど、あちこちで炎があがっているせいで、暗くはなかった。ウォルマートから、腕いっぱいに商品を抱えた略奪者たちが、アリ塚から逃げだすアリみたいに、わらわらと溢《あふ》れだしてくる。荒らされていないのは、窓を板でふさぎ、〝黒人所有〟としるした店だけだった。

ようやくマリーゴールド通りにたどりつく。相変わらず胸は焼けるようだったけど、思わず、ほっとため息が出た。うちの店は無事だった。窓には板が打ちつけられ、その上に〝黒人所有〟の文字がしるされている。その文字が、子羊の血のように、うちの店を死の病《やまい》から守ってくれていた。通りは静まりかえっていて、窓が割られているのは、〝黒人所有〟の印がない、《高級スピリッツとワインの店》だけだった。

グーンは店の前にトラックをとめると、後ろに回ってきて、わたしたちを荷台からおろしてくれた。「スター、セブン、鍵《かぎ》は持ってるか?」

ポケットからセブンの鍵束を取りだして、グーンにパスする。グーンは、一本一本鍵を試し、何本目かで鍵をあけた。「みんな、中に入れ」

カメラマンも、キャスターも、みんな店の中に入っていった。グーンとバンダナの男のひとりが、デヴァンテを中に運びこむ。パパがいる気配はなかった。

わたしは床に腹ばいになって、まばたきを繰りかえしていた。目は焼けつくようで、涙があとからあとから溢《あふ》れてくる。

グーンは、デヴァンテをお年寄り用のベンチに寝かせると、冷蔵ケースのほうに走っていった。

やがて、一ガロンボトルに入ったミルクを持ってもどってくると、デヴァンテの顔にドボドボと注いだ。見る見るうちにデヴァンテが真っ白になる。デヴァンテがむせかえり、ミルクを吐きだしても、グーンは注ぐのをやめなかった。

「やめろよ！」デヴァンテがわめいた。「おぼれちまうだろ！」

「だが、もう目は痛くねえだろ」グーンが言った。

わたしは、よろよろと冷蔵ケースにかけよると、一ガロンボトルをつかんで、自分の顔にミルクを注いだ。またたく間に痛みが引いていく。

みんな、自分の顔にミルクを注ぎはじめた。カメラマンがその様子を撮影する。年配の女性が、ボトルに口をつけてミルクをのみ、大学生くらいの男性は、ミルク浸《びた》しの床にうつ伏せになって、ゼーゼーと喘《あえ》いでいた。

痛みが引き、人心地《ひとごこち》がつくと、みんな次々と店を出ていった。グーンはミルクのボトルを何本かつかんで言った。「持ってっていいか？　通りで必要になるかもしんねえから」

セブンはうなずき、ボトルからミルクをのんだ。

「ありがとよ。また、おやじさんに会ったら、おまえたちがここにいるって伝えといてやるよ」

「またって――」咳《せき》がこみあげてくる。ミルクをひと口のんで、焼けつく肺を鎮《しず》める。「パパに会ったの？」

「少しまえにな。おまえたちを探してたぜ」

まずい。

キャスターが、グーンにむかって言った。「よかったら、ご一緒させてもらえませんか？　このあたりの状況をもっと見てまわりたいので」

「かまわねえよ。後ろに乗んな」グーンはカメラにむかって、KとLのハンドサインを作り、「シダー・グローブ・キングに栄冠を！　アディオス！」と叫《さけ》んだ。テレビの生放送で、ギャングのハンドサインを決めちゃうなんて、さすが、グーン。

みんなが出ていき、店に残っているのはわたしたちだけになった。セブンとクリスとわたしは、ミルクの海の中でひざを抱えていた。デヴァンテはお年寄り用のベンチにだらりと寝そべり、喉《のど》を鳴らしてミルクをのんでいた。

セブンが、ポケットから携帯を取りだした。「まずいな、電池が切れちまった。スター、携帯あるか？」

「うん」携帯を見ると、メッセージとメールが山ほど入っていた。ほとんどママからだ。

メッセージのほうを再生してみる。最初のメッセージはまだ穏やかだった。〝スター、ベイビー、どこにいるの、すぐに電話してちょうだい〟

次からもう口調が変わっている。〝スター・アマラ。メッセージきいたんでしょ、電話しなさい。しないと承知しないわよ〟

次のはさらにヒートアップしていた。〝とうとう、わたしを怒らせたわね。いまカルロスと家を出たから、首を洗って待ってなさい！〟

最後のメッセージは、数分前のものだった。

〝そう、わたしには電話できないのに、デモの先導はできるのね？　おばあちゃんが、あんたがテレビの生放送に出てたって教えてくれたわ。演説までして、警官隊に催涙弾《さいるいだん》を投げてたってね！　さっさと電話しないと首根っこ引っこぬくわよ！〟

「ヤバいだろ、これ」デヴァンテが言った。「超ヤベえよ」

セブンが腕時計を見た。「まずい。四時間もたってる」

「ヤベえって」

「みんなでメキシコに逃げるっていうのは？」クリスが言った。

わたしは首をふった。「メキシコなんかじゃ近すぎるよ」

セブンは、乾いて顔に貼りついたミルクをペリペリと剥《は》がしながら言った。「電話したほうがいい。事務所の電話でかけよう。番号が表示されるから、本当にここにいるってわかるしな。それがわかれば、少しはましかもしれないだろ」

「三時間前なら、ましだったかもしれないけど。もうなにやっても無駄だよ」

セブンは立ちあがり、わたしとクリスの手を引っぱって立たせると、デヴァンテをベンチから起こした。「なるべく反省してる感じで話せよ、いいな？」

みんなで事務所にむかって歩きだしたとき、正面のドアがきしんで、なにかが床に転がった。

ふりかえると、ガラスの瓶が見えた。口には火のついた布が――

ボフッ！　次の瞬間、店中が鮮やかなオレンジ色に染まった。太陽でも落ちてきたみたいに、猛烈な熱波が襲いかかってくる。炎が天井《てんじょう》をなめ、出口をふさいでいた。

25

店の通路は完全に火にのみこまれていた。

「裏口だ」セブンがむせながら叫《さけ》んだ。「裏口に回るぞ！」

クリスとデヴァンテを連れて、事務所のわきの狭い廊下を走りだす。この先にはトイレと、商品を搬入するための裏口がある。廊下にはもう煙が充満していた。

セブンが裏口のドアを押した。だめだ、あかない。今度はクリスも一緒に体当たりをする。防弾扉は、体当たりくらいではびくともしなかった。あいたとしても、防犯用の鉄格子《てつごうし》がはまっているから、外には出られない。

「スター、おれの鍵《かぎ》を寄こせ」セブンが言った。

首をふる。鍵の束はさっきグーンに渡してしまった。たぶん、正面のドアにささったままだ。

デヴァンテがゲホゲホと咳《せ》きこんだ。煙がひどくて息がどんどん苦しくなってくる。「勘弁《かんべん》してくれ、こんなとこでくたばりたくねえよ。死にたくねえ」

「だまれよ！」クリスが怒鳴った。「死ぬわけないだろ」

ひじの内側で口を覆《おお》って咳《せき》をする。「パパがスペアキーを持ってたかも」声がかすれる。「事務所の中だよ」

廊下を引きかえして、ドアをあけようとしたが、事務所には鍵がかかっていた。

「くそっ！」セブンが怒鳴った。

ルイスさんが、野球のバットを両手で握りしめて、通りに出てくるのが見えた。煙の出所を探しているのか、きょろきょろとあたりを見まわしている。窓は板でふさがれているから、正面のドアからのぞきこまないかぎり、店の中が火の海になっているのはわからない。

「ルイスさん！」わたしは声をふりしぼって叫《さけ》んだ。

みんなも一緒に叫びだす。煙でうまく声が出ない。炎はすぐそこまで迫っていて、燃えているとしか思えないくらい身体《からだ》が熱かった。

ルイスさんは、店の前まで歩いてくると、じっと目を凝《こ》らして、正面のドアをのぞきこんだ。燃えさかる炎越しにわたしたちを見た瞬間、その目が大きく見開かれる。「なんてこった！」

ルイスさんは見たこともないような機敏な動きで、通りにとびだしていった。「助けてくれ！子どもたちが閉じこめられちょる！　助けてくれ！」

右のほうで、バチバチと激しく炎が爆《は》ぜた。棚がまたひとつ焼け落ちる。

ルーベンさんの甥《おい》っ子のティムが走ってきて、正面のドアをあけたが、火の勢いが激しくて、中に入って来られない。

「裏口に回るんだ！」ティムは叫んで走りだした。

ティムは、わたしたちが着くのとほぼ同時に裏口に現れて、ドアのノブを力いっぱい引っぱった。ガラスがガタガタと鳴る。この勢いで引っぱれば、そのうちドアがはずれるかもしれない。でも、こっちはそれまで持ちそうにない。

そのとき、表のほうでタイヤがきしむ音が響いた。間髪《かんはつ》をいれず、パパが裏口に走ってくる。

「どいてくれ」パパはティムを押しのけて、鍵《かぎ》の束を取りだすと、一本ずつ鍵穴に差しこみはじめた。「あいてくれ、お願いだ、あいてくれ」

立ちこめる煙で、セブンもクリスもデヴァンテもよく見えない。みんな咳《せ》きこみ、苦しげに喘《あえ》いでいる。

カチリと音がして、ノブが回った。ドアが勢いよく開き、わたしたちは一斉《いっせい》に外にとびだした。新鮮な空気を胸いっぱいに吸いこむ。

パパは、わたしとセブンの手を引いて路地をぬけ、角を曲がって、通りのむかいのルーベンさんの店まで連れて来ると、歩道に座らせた。ティムはクリスとデヴァンテを連れて来て、同じように座らせる。

またタイヤのきしむ音が響き、ママの声がきこえた。「ああ、たいへん!」

ママは、カルロスおじさんと一緒にかけて来ると、わたしの肩をつかんで歩道に寝かせた。

「息を吸って、ベイビー。息を吸うのよ」

寝てなんかいられない。わたしは身体《からだ》を起こして店のほうを見た。

パパが、燃えさかる店の中にとびこもうとして、炎に弾《はじ》きかえされていた。ティムが、ルーベンさんのレストランから、水の入ったバケツを持って走って来る。そのままうちの店にかけこみ、バケツの水をぶちまけたが、やはり炎の勢いに押されてとびだしてくる。

人が次々と通りに出てきて、バケツの水が何杯も店に運びこまれていった。イヴェットさんも美容院からバケツを運んでくる。ティムがそれを受けとって、また店にかけこんだ。やがて、炎は屋根に燃えうつり、となりの床屋の窓まで煙を吐きはじめた。

「店が！」かけだそうとするルイスさんを、ルーベンさんがとめた。「わしの店が！」

パパは、通りの真ん中で息を弾《はず》ませながら、途方に暮れたように立ちつくしていた。店の前には人だかりができ、みんな口に手を当てて成りゆきを見守っている。

そのとき、空気を震わせるような重低音がとどろいた。パパがのろのろとふりかえる。

酒屋のそばの交差点に、グレーのBMW《ビーエムダブリュー》がとまっていた。キングが車にもたれるようにして立ち、そのとなりやボンネットの上で、キング・ロードたちが、店を指さしながら、げらげら笑っていた。

キングは、パパをじっと見すえてライターを取りだすと、カチリと火をつけた。

アイーシャの言葉が脳裏《のうり》によみがえる。〝**キングが、あんたたちに思い知らせてくれるのが待ちきれないよ。その子がテレビでチクったお返しにね**〟

あれは、わたしたち家族に報復するという意味だったんだ。

これがその報復――。

「このくそ野郎！」パパがキングにむかってかけだすと、手下たちが、パパのほうにずいと踏みだしてきた。カルロスおじさんが、パパの肩をつかんで引きとめる。キング・ロードたちは、拳銃に手をのばして、やるのかとパパを挑発した。キングはそれを見て、コメディ・ショーでも楽しんでいるみたいに笑いころげている。

「おもしれえか？」パパが怒鳴った。「しょぼい野郎だぜ。いつも手下の陰に隠れやがってよ！」

キングがすっと真顔になった。

「なんだよ、ほんとのことだろうが！　おまえなんか、こわかねえよ。子どもを焼き殺そうとするような腰ぬけ野郎が、こわいわけねえだろ!」

「そうよ!」キングにつっかかっていこうとするママを、カルロスおじさんが必死にとめる。

「あいつがマーベリックの店に火をつけたんじゃ!」ルイスさんは、その場にいるみんなにきこえるように、大声で繰りかえした。「キングがマーベリックの店に放火したんじゃ!」

人だかりにざわめきが広がり、みんなが疑わしそうな目でキングを見た。

そのとき、タイミングを見計らったように、パトカーと消防車が到着した。ガーデン・ハイツでは、いつもあいつらの都合のいいように事が運ぶ。

カルロスおじさんが、パパとママにここはこらえろと言いきかせていた。キングは満足そうに葉巻を口に運んでいる。ルイスさんからバットを借りて、あいつの脳天にたたきつけてやりたかった。

消防士たちが仕事に取りかかり、警官たちは、近所の人たちに、店に近づかないよう指示した。キングと手下たちは、さも面白そうに、にたにた笑っている。これじゃ、警察があいつらに手を貸してやってるみたいじゃない。

「あいつらを捕まえてくれ! 火をつけたのはあいつらなんじゃ!」

「じいさん、自分がなに言ってんのか、わかってねえみたいだな」キングが言った。「煙で頭かイカれちまったんじゃねえのか?」

ルイスさんはキングに突進しようとして、警官にとめられた。「イカれてなんぞおらんわ! おまえの仕業《しわざ》じゃろうが! みんな知っちょる!」

キングの顔が引きつった。「人ぎき悪《わり》いだろうが。でたらめ言ってんじゃねえよ」

パパが、ふりかえってわたしを見る。その顔には、いままでに見たこともないような表情が浮かんでいた。パパは、ルイスさんの腕をつかんでいた警官にむきなおった。「でたらめなんかじゃない。キングの仕業《しわざ》だよ、おまわりさん」

うそでしょ。

パパがチクった。

「あれはおれの店だ。キングが火をつけたんだ」

「火をつけたところを見たんですか？」警官が言った。

見てはいない。問題はそこだった。みんな、キングがやったってわかってるのに、だれも火をつけたところを見ていなかったら……。

「わたしは見たぞ」ルーベンさんが声をあげた。「そいつが火をつけるのを見た」

「おれも見た」ティムも言った。

「わたしも見たわ」イヴェットさんも言った。

すると、集まっていた近所の人たちが、口々に同じことを言いはじめ、キングと手下たちを指さした。文字どおり、町中の人たちがチクっていた。暗黙のルールはついに破られた。

キングが車のドアに手をかけたとき、警官たちが銃をぬき、キングと手下たちに地面に伏せろと怒鳴った。

救急車が到着すると、ママは救急隊員にわたしたちが煙を吸いこんだことを話し、わたしは、デヴァンテのけがのことを伝えた。あの目の周りのあざを見たら、治療が必要だってことぐらい、言わなくてもわかりそうだけど。わたしたちは縁石《えんせき》に座らされて、酸素マスクを当てがわれた。どこも具合の悪いところはないと思っていたけど、きれいな空気が信じられないくらいおいしくて、ガーデン・ハイツに着いてから、煙ばかり吸っていたことを思いだした。

救急隊員はデヴァンテのシャツをめくって、わき腹を調べた。けられた場所が紫色に変色していて、病院にいってレントゲンを撮ったほうがいいと勧められた。でも、デヴァンテが救急車に乗るのをいやがったので、ママは、あとで自分が病院に連れていくからと言って、救急隊員に話をつけた。

わたしとクリスは、酸素マスクをつけたまま、手をつないでいた。クリスの肩にそっと頭を乗せる。クリスがいてくれて本当によかった。はっきり言って散々な夜だったけど、クリスがいてくれたおかげで、どうにか乗り越えられた気がする。

パパとママがわたしたちのほうに歩いてくる。パパはムッと唇を引き結び、ママに耳打ちをした。ママはパパをひじでつついた。「仲よくしてよ」

ママはクリスとセブンの間に腰をおろし、パパは、場所を空けろとでも言うように、わたしとクリスの前をうろうろした。

「マーベリック」ママがぴしゃりと言う。

「わかった、わかったって」パパはわたしのとなりに腰をおろした。

それから、みんなで、消防士たちが火を消すのを見ていた。いまごろ消しても遅すぎる。残るのは店の骨組みぐらいだろう。

パパが、はげ頭を撫《な》でてため息をついた。「ちくしょう、なんてこった」

胸がズキンと痛む。家族の一員を失ったようなものだ。小さいころからずっと、あの店と一緒に生きてきたんだから。

クリスの肩から頭を上げて、パパの肩に乗せる。パパはわたしの身体《からだ》に腕を回して、髪にキスをした。その顔に得意げな表情が浮かんだのは、見逃さなかった。しょうがないパパ。

「ちょっと待った」パパがいきなり身体を引いた。「そういえば、おまえたち、いったいどこにいってたんだ？」

「そうよ、どこいってたのよ」ママも言った。「電話もメールもしてこないで！」

うそでしょ。セブンもわたしも危うく焼け死ぬところだったのに、電話しなかったことぐらいで怒ってるなんて。わたしはマスクをはずして言った。「いろいろたいへんだったの」

「そうでしょうねえ。うちの娘は過激派になったらしいわよ、マーベリック。どのニュースも、警官たちに催涙弾《さいるいだん》を投げつけるこの子の話題で持ちきりなんだから」

「むこうが投げてきたから、投げかえしただけだよ」

「なんだって!?」パパは、よくやったと言いたげな口調で叫《さけ》んだ。

ママがギロリとにらむと、パパはまじめな口調になって言った。「いや、その、なんだって、そんなことをしたんだ？」

「頭に来てたから」両手を組んでひざの上に置き、隙間《すきま》からティンバーランドの靴をじっと見つめる。「あんな決定、まちがってる」

パパは、わたしの身体に腕を回して、わたしの頭にそっと頭を乗せた。「そうだな、まちがってる」

「ねえ」ママが、わたしの注意を引くように手をふった。「決定がまちがってたとしても、それはあなたのせいじゃないのよ。まえに言ったこと、おぼえてる？　うまくいかないときもあるけど――

――」

「『大切なのは、決して正しい行いをやめないこと』でしょ」また足もとに目を落とす。「それでも、カリルはあんな目にあわなくてもよかったはずだよ」

「そうね」ママの声が沈んだ。「そのとおりね」

パパが、わたしの頭越しにクリスを見た。「ところで……〝くそったれクリス〟」

セブンが噴きだし、デヴァンテがにやっと笑った。ママとわたしが同時に叫《さけ》ぶ。「マーベリック！」「パパ！」

「〝白人のガキ〟よりましだよ」クリスが言った。

「そうとも。一歩前進だ。おれの娘とつきあうつもりなら、少しずつおれに認められるしかねえだろ」

「まったくもう」ママが呆《あき》れたように天井《てんじょう》をあおいだ。「そういえば、クリス、あなた今夜、ずっとここにいたの？」

その言い方に思わず笑ってしまう。「あなた、ゲットーにいたのよ、わかってる？」って言っているみたいだったから。

「はい、ずっと」クリスは答えた。

パパはぶすっと言った。「てことは、タマはついてるみてえだな」

わたしはあんぐりと口をあけ、ママは叫んだ。「マーベリック・カーター！」

セブンとデヴァンテは、手をたたいて大喜びしている。

クリスは？　おそるおそるうかがうと、クリスは言った。「はい、根性はあるつもりです」

「よく言った‼」セブンは、クリスの手のひらをたたこうとしたけど、パパにぎろっとにらまれて、手を引っこめた。

「よし、くそったれクリス、今度の土曜、ボクシングジムに来い。相手をしてやる」

クリスはあわてて酸素マスクを取った。「すいません、生意気《なまいき》言うつもりじゃ――」

「落ちつけ、けんかをしようってんじゃねえ。トレーニングをするだけだ。おたがいを知るために な。娘とつきあってる相手のことぐらい知っときてえだろ。男を知るなら、ボクシングジムがいち ばんだ」

「なるほど……わかりました」クリスは安心したようにマスクをつけなおした。

パパがにやりと笑った。あの顔はヤバい。わたしのボーイフレンドを殺す気だ。

警官たちが、キングと手下たちをパトカーに乗せると、拍手喝采《かっさい》がわきおこった。最悪な夜だっ たけど、ようやくうれしい事が起こってくれた。

カルロスおじさんがゆっくりと歩いてくる。ランニングシャツに短パンという格好《かっこう》（全然おじさ んらしくない）なのに、刑事らしく見えるのが不思議だ。おじさんは、同僚たちがやって来てから ずっと警官モードだった。

カルロスおじさんは、よいしょと声を漏らして、デヴァンテのとなりに腰をおろした。それから、 パパがセブンによくやるように、手を回してデヴァンテの首の後ろをつかんだ。わたしが男の抱擁《ほうよう》 って呼んでいるやつだ。

「無事でよかった」おじさんは言った。「トラックに二度ひかれたみたいな姿になっていてもな」

「だまって出てったのに怒ってねえのか？」

「もちろん、怒ってるさ。頭に来てる。だが、きみが無事でうれしい気持ちのほうが大きい。母さんとパムはそうはいかないぞ。カンカンになってるからな。わたしにはとてもかばいきれない」

「おれ、追いだされるのか？」

「いいや、だが、この先一生家を出るのは許さん。と言っても、おしおきなんかじゃない。きみを愛しているからだよ」

デヴァンテは、顔をくしゃくしゃにして笑った。

おじさんは、ひざをポンとたたいて言った。「さてと……大勢の目撃者のおかげで、キングを放火の容疑で勾留《こうりゅう》できそうだな」

「本当か？」パパが言った。

「ああ。ただ、とっかかりにはなるが、十分じゃない。週末には出てくることになるだろう」

それじゃ、なにも変わらない。狙われる人間が増えるだけだ。

「なあ、キングがどこにドラッグを隠してるかわかったら、役に立つか？」デヴァンテが口をはさんだ。

カルロスおじさんが言った。「ああ、役に立つだろうな」

「だれかがあいつのことをチクってもいいって言ったら、役に立つか？」

カルロスおじさんは、デヴァンテにむきなおった。「証人になるつもりか？」

「そうすれば……ケニヤとあいつのおふくろと、妹の役にも立つか？」

「キングが刑務所いきになったらってことか？」セブンが言った。「決まってんだろ。大助かりだよ」

「町中の人間が助かるだろうな」パパも言った。

「おれは守ってもらえるのか？」デヴァンテはカルロスおじさんを見た。

「もちろんだ。約束する」

「カルロスおじさんは、約束を破ったりしないよ」わたしは請《う》けあった。

デヴァンテは、しばらく考えこんでから言った。「だったらおれ、証人になる」

またまたびっくりだ。「本気なの?」

「ああ。おまえが警官たちに立ちむかってるのを見てたら、なんつーかな、おれも負けてらんねえと思って。それに、あの女の人も言ってただろ。声は武器だって。おれの武器、使わねえとな」

「自分からチクり野郎になるとはね」クリスがからかうように言った。

「しかも、キングをチクるとはな」セブンも言った。

デヴァンテは肩をすくめた。「あいつのおかげで、傷をチクチク縫《ぬ》われるはめになるんだ。お返しにチクったっていいだろ」

26

翌朝の十一時ごろ、わたしはまだベッドの中にいた。いままでにないほど長い夜だったから、いくら寝ても寝たりないくらいだった。

ママが、わたしの新しい部屋の電気をつける。うう、まぶしい。「スター、共犯者から電話よ」

「共犯者?」

「抗議運動の共犯者よ。母さんがテレビで見たって教えてくれたわ。あの人があなたに拡声器《かくせいき》を渡して、あんな危険な目にあわせたんだって」

「でも、オフラさんはそんなつもりじゃ――」

「オフラさんとなら、もう話したわ。怒ってるわけじゃないから、心配しないで。ほら、あなたに謝りたいって」

オフラさんは、わたしを危険な目にあわせてしまったことと、カリルの正義を回復できなかったことを謝り、わたしを誇りに思っていると言ってくれた。

そして、活動家の素質があるとも。

ママが電話を持って出ていくと、わたしは寝がえりを打ち、壁のほうをむいた。ポスターの中から、微笑《ほほえ》みを浮かべたトゥパックが、じっと見つめかえしてくる。おなかに彫りこまれたThug《サグ》 Life《ライフ》のタトゥーが、黒々と浮かびあがっている。引っ越してきて、最初に部屋に貼ったのが、このポスターだ。これからも、カリルと一緒に生きていくために。

Thug Lifeとは、"The Hate U Give Little Infants Fucks Everybody"〈子どもに植えつけた憎しみが社会に牙をむく〉という意味だと、カリルは教えてくれた。昨日の夜、わたしたちが怒りにかられて起こした行動は、はねかえってきて、わたしたちみんなに牙をむいた。これからわたしたちは、その傷をどうにか癒《いや》していかなくちゃいけない。

起きあがって、ナイトテーブルから自分の携帯をとる。マヤからメールが入っていた。〝ニュース見たよ、めちゃくちゃカッコよかった!〟

クリスのメールも届いていた。両親から外出禁止をくらったらしい。でも、それだけの価値はあったと書いてあった。本当に、そのとおりだと思う。

思いがけないメールも入っていた。ヘイリーからだ。〝残念だよ〟とひと言だけ書かれていた。

こんなメールが来るなんて思わなかった。それどころか、メールが来るとも思っていなかったし、関わりたくもなかった。あのけんか以来はじめてのメールだ。別にどうでもいいけど。ヘイリーは、わたしにとって、もういないも同然だった。それでも、とりあえず返信する。

残念って、なにが？

別にいじわるで言ってるんじゃない。そのつもりなら、「知らない番号だけど、あんただれ？」とでも返してやっただろう。

ヘイリーからメールが返ってくる。

決定のこと。

それと、あなたがわたしに腹を立ててること。

わたし、どうかしてた。

まえみたいにもどれないかな。

事件のことで同情してくれるのはともかく、わたしが腹を立ててるのが残念ってどういうこと？自分のしたことや言ったことが悪いとは、思っていないんだ。わたしがああいう反応したことが、残念なんだ。

なんで、わざわざそんなこと言ってくるわけ？

ママの言うとおり、悪いことよりいいことのほうが多かったら、この先もヘイリーとつきあっていけばいいのかもしれない。でも、悪いことのほうが、ずっとずっと多くなってしまった。心のどこかに、ヘイリーが自分のまちがいに気づいてくれることを期待する自分がいたけど、結局ヘイリーは気づかなかった。もしかしたら、一生気がつかないのかもしれない。

それならそれでいい。そんなことにも気づかないなんて人として最低だから、よくはないのかもしれないけど、なにもヘイリーが変わるのをずっと待ってることはない。手放してしまえばいいだけだ。わたしは返信した。

もう、元にはもどれないよ。

送信ボタンを押して、メールが送信されるのを待ってから、いままでのやりとりを全部消去し、ヘイリーの番号も消した。

大きくのびをして、あくびをしながら廊下に出る。新しい家の間取りは、まえの家とは全然ちがう。そのうち慣れるだろうけど。

パパがキッチンのカウンターで、薔薇《ばら》にハサミを入れていた。そのとなりでセカニがサンドイッチを頬ばっている。ブリックスは後ろ足で立ちあがり、前足をセカニのひざにかけて、リスでも見るような目でサンドイッチを見つめている。

ママは、壁のスイッチを入れたり切ったりしていた。そのたびに、シンクでディスポーザーが回りだしたり、ライトがついたり消えたりしている。

「スイッチが多すぎるのよ」ぶつぶつ言いながら顔を上げ、わたしに気がついた。「あら、マーベリック。うちの小さな革命家が起きてきたわよ」

ブリックスがかけよってきて、ハアハアと舌を出しながら、足にとびかかってきた。

「おはよ」声をかけて、耳の後ろをかいてやる。ブリックスはわたしの足からおりて、セカニとサンドイッチのほうにもどっていった。

「スター、頼むから」セブンが、わたしの手書きの文字で〝キッチン用品〟と書かれた箱をごそごそあさりながら言った。「今度引っ越すときは、どんなキッチン用品が入ってるのか、もっと具体的に書いてくれ。三回も探したけど、皿が見つかんないよ」

わたしはカウンターの前のスツールに座った。「頭使ったら。ペーパータオルがなんのためにあるのか知ってる？」

セブンが目を細めた。「なあ、父さん。昨日おれが迎えにいったとき、スターのやつ、どこにいたと――」

「お皿なら、その箱の底のほうに入ってるよ」

「だと思ったよ」

中指をつきたてそうになるのをぐっとこらえる。

パパが言った。「あのガキんちじゃねえだろうな？」

必死に作り笑いを浮かべる。「まさか、そんなわけないじゃん」

セブンのやつ、あとで殺す。

パパは疑わしげにわたしを見て「だよな」と言うと、また薔薇《ばら》をいじりはじめた。カウンターの上には薔薇が株ごとのっていた。花は枯れかけていて、花びらが何枚も散っている。パパは株を植木鉢に入れると、根っこに土をかぶせた。

「だいじょうぶそう？」

「ああ。少しへたばっちゃいるが、ちゃんと生きてる。なにか手を打つさ。新しい土に植えかえるのは、リセットボタンを押すようなもんだからな」

「スター」セカニが、パンとお肉をクチャクチャ噛みながら言った。もう、きちゃないなあ。「新聞にのってるよ」

「こらっ、口に食べ物を入れたまましゃべっちゃだめって、言ってるでしょ！」すかさずママがしかりつける。

パパがカウンターの上の新聞をあごでさした。「自分で見てみろ、リトルパンサー」

新聞の一面にわたしがのっていた。催涙弾《さいるいだん》を投げる瞬間の写真だ。手の中で缶が煙を噴いている。見出しは『反撃する目撃者』。

ママが、後ろからわたしの肩にあごをのせてくる。「今朝はどこのニュース番組でも、あなたの話題で持ちきりだったわよ。おばあちゃんったら、五分ごとに電話してきて、また出てる、また出てるって、いちいち教えてくれるんだもの」ママはわたしの頬にキスをした。「あんな思いは二度とごめんよ。もう、心配させないでね」

「だいじょうぶだよ。ニュースは、なんて言ってた？」

「勇敢な娘だって言ってたぞ。まあ、例によって、警官を危険にさらしたとか言いだした局もあったがな」

「警官に刃むかうとか、そういうつもりじゃなかったんだよ。催涙弾をどうにかしたかっただけで。だいたい、あんなのを投げてきたのは、むこうのほうなんだから」

「わかってるさ。気にすんな。そんなテレビ局はおれのケツ――」

「一ドルだよ、パパ」セカニがにっと笑ってパパを見た。

「バラって言うつもりだったんだよ。おれの薔薇《ばら》にキスでもしやがれってな」パパは、手についた土をセカニの鼻にこすりつけた。「一ドルはやんねーよ」

「言っただろ」セブンがにらみつけると、セカニは、ブリックスが叱《しか》られたときに負けないくらい、申し訳なさそうな子犬の目になった。

ママはわたしの肩からあごを上げた。「なんの話？」

「なんでもないよ。これからは、うちの家族はお金を大事にしなくちゃいけないんだって言っただけだよ」

「それに、ガーデン・ハイツにもどらなくちゃいけないかもしれないって言ったんだよ！」セカニが言った。「ほんとなの？」

「もどるわけないでしょう。だいじょうぶよ。わたしたちがなんとかするから」

「そうとも。ネーション・ブラザーズみてえに、通りでオレンジを売ることになったって、なんとかするさ」パパも言った。

「でも、出てきちゃってよかったのかな？　町がめちゃめちゃになったのに、再建の手伝いもしないで引っ越すなんて、みんなどう思うだろう？」

こんなこと、自分が言うなんて思ってもみなかったけど、昨日の夜の出来事《できごと》は、わたしの見方をすっかり変えてしまった。自分のことも、ガーデン・ハイツのことも、いままでとはまるでちがう目で見るようになっていた。

「引っ越したって、再建の手伝いはできるだろ」パパが言った。

「そうよ。わたしも、いままでどおりあそこの診療所のシフトを入れるつもりだし」ママも言った。

「おれだって、どうにか店を建てなおせねえか考えるつもりだ。あそこに住んでいなくたって、あの町をよくすることはできる。大事なのは、気にかけてることだ。そうだろ？」

「うん」

ママがわたしの頬にキスをして、髪を撫《な》でた。「この子ったら、急に地元愛に目覚めちゃって。マーベリック、損害保険会社の人は何時に来るの？」

パパは、目をつぶって、鼻の付け根を揉《も》んだ。「二、三時間後には来ることになってる。あそこを見るのはつれえな」

「だいじょうぶだよ、パパ」セカニが、サンドイッチを口いっぱいに頬ばって言った。「ひとりでいくことないよ。ぼくたちもついてってあげる」

そういうわけで、わたしたちもパパと一緒にガーデン・ハイツにいくことになった。町の入り口で、二台のパトカーが道を封鎖していた。パパが身分証明を見せて、用件を伝える。そのやりとりの間、息が苦しくなったりすることもなく、通行を許可された。

町に入ったとたん、封鎖されている理由がわかった。煙が、永住でも決めこんだように、あたり一面に立ちこめ、通りにはガラスの破片《はへん》やゴミが散乱している。いたるところに、店の残骸《ざんがい》らしき黒くすすけた骨組みが立っていた。

うちの店を見るのがいちばんつらかった。焼けた屋根はひしゃげて小さくなり、風がひと吹きしただけでとんでいってしまいそうだった。レンガと防犯用の鉄格子《てつごうし》は焼け残り、黒焦げになった店の残骸を守っていた。

ルイスさんが、床屋の前の歩道を箒《ほうき》で掃いている。うちの店ほどひどくはないけど、箒とちりとりでなんとかなるような状態じゃない。

店の前に駐車し、車をおりる。ママはパパの肩をさすって、ぎゅっと握った。

「スター」セカニがか細い声を漏らして、わたしを見あげた。「お店が――」セカニの小さな身体《からだ》に手を回して抱きよせる。わたしの目にも涙がこみあげてきた。セカニの小さな身体に手を回して抱きよせる。「うん、つらいね」

そのとき、キーキーとなにかがきしむ音がして、口笛がきこえてきた。顔を上げると、四十《フォーティ》オンスが、ショッピングカートを押しながら歩道を歩いてくるのが見えた。こんなに暑いのに、いつものように、ぼろ隠しのコートを着こんでいる。

四十オンスはぎょっとしたように店の前で足をとめた。

「うそだろ、マーベリック」ひとつの単語みたいにきこえる例の早口で言う。「いったいなにがあったんだ?」

「昨日の夜、どこにいってたんだ? 店が焼けちまったんだよ」

「高速のむこうにいってたんだ。このあたりは物騒《ぶっそう》だったから。ひっでえな。やりかねないとは思ってたが、ここまでやるこたぁねえだろうに。保険には入ってたのか? こういうときのために入っといたほうがいいぜ。おれはちゃんと保険かけてるんだ」

「なんに?」うそでしょ、保険かけるものなんてあるの?

「命にだよ!」四十オンスは当たり前みたいに言った。「店、建てなおすんだろ、マーベリック」

「さあな。考えてみないとな」

「建てなおしてくれよ。食いもんを買うところがないと困るだろ。店がなくなったら、みんなここを出てって、もどって来なくなっちまう」

「考えてみるよ」

「頼むよ。おれになにかできることがあったら言ってくれ」四十《フォーティ》オンスはカートを押しながら歩きだしたが、またぎょっとしたように立ちどまった。「酒屋もやられちまったのかよ？　うそだろぉぉ！」

笑いがこみあげてくる。四十オンスらしい。

ルイスさんが、箒《ほうき》を持って足を引きずりながら近づいてきた。「あのばかの言うことにも一理ある。ここの人間には食料品店が必要だ。店がなけりゃ、みんな出ていってしまうじゃろう」

「わかってる。ただ——簡単にはいかねえよ。ルイスさん」

「じゃろうな。だが、おまえなら乗り越えられる。店になにがあったか、クラレンスに話したんじゃ」まえのオーナーのワイアットさんのことだ。ルイスさんとは友達だった。「あいつは、おまえがここに残るべきだと考えちょる。話してるうちに、わしもそろそろあいつのように、ビーチでかわいいおねえちゃんを眺めて暮らしたくなってきた」

「床屋を閉めるってこと？」セブンが口をはさんだ。「だれがぼくの髪を切ってくれるの？」セカニも言った。

ルイスさんはセカニを見おろして言った。「さあな。マーベリック、このあたりにはもうおまえの店くらいしか食料品店がない。建てなおすときにはもっとスペースがいるじゃろう。わしの店を使ってくれ」

「なにをおっしゃってるんです？」ママが声をあげた。

「ちょっ、ちょっと待ってくれ、ルイスさん」

「なにも待つことなんぞなかろうが。わしは保険に入っちょる。金なら十分入ってくるんじゃ。焼けちまった店なんぞ、わしにはどうしようもないからな。立派な店を建てて、地元のみんなが喜んで買い物できるような店にしてもらいたい。じゃが、ひとつだけ注文がある。あのニューイとかっちゅう男の写真のとなりに、キング牧師の写真も飾ってくれ」

パパはくっと笑った。「ヒューイ・ニュートンだろ」

「ああ、そいつだ。おまえさんたちが引っ越したのは知っちょるし、めでたいとも思っちょる。だが、この町にはまだおまえのような男が必要なんじゃ。たとえ、ここで店をやっとるだけでもな」

しばらくすると、保険会社の人がやって来て、パパは店の被害状況を見せにいった。ママは、車から手袋とゴミ袋を持ってくると、わたしたち兄弟に渡して言った。「さあ、片づけるわよ」

車で通りがかった人たちが、クラクションを鳴らして、口々に声をかけてくる。「頑張れ」「みんなあんたたちの味方だぞ！」

ルックスさんや、ティムみたいに、実際に片づけを手伝ってくれる人たちもいた。日差しがしゃれにならないくらいきつかったから、ルーベンさんは、キンキンに冷やしたペットボトルの水を差し入れてくれた。わたしは、汗をだらだら流しながら、縁石《えんせき》に腰をおろした。もう、くたくたで死にそう。いくら片づけても、いっこうに終わりそうにない。

そのとき、身体《からだ》を覆《おお》うように影が差した。「よっ」

手を目の上にかざして顔を上げると、ケニヤが立っていた。ぶかぶかのTシャツとバスケパンツをはいている。たぶんセブンの服だろう。「よっ」

ケニヤは、わたしのとなりに腰をおろして、ひざを抱えた。「テレビで見たよ。たしかに声をあげろとは言ったけどさ、ちょっとやりすぎなんじゃないの、スター」

「でも、あれでみんなも声をあげたじゃん」

「まあね。店のこと、ごめん。パパがやったんだってね」

「うん」うそをついてもしょうがない。「お母さんはだいじょうぶ？」

ケニヤはひざをぐっと引きよせた。「パパに殴られて、病院送りだよ。ひと晩入院した。あちこちけがしてるし、脳しんとうも起こしてるけど、なんとかなりそう。いま会ってきたんだけど、警察が来たからいられなくて」

「警察？」

「うん。家宅捜索《かたくそうさく》して、ママにききたいことがあるって言ってた。あたしとリリックは、しばらく、ばあちゃんちにいるしかないね」

デヴァンテが早速話したんだ。「だいじょうぶなの、ケニヤ？」

「正直言ってほっとした。変かな？」

「そうでもないよ」

ケニヤが、コーンロウの一部をポリポリかくと、コーンロウ全部が一斉《いっせい》に揺れた。「いままでごめん。セブンのこと、あたしだけの兄貴みたいな言い方して」

「ああ」忘れてた。あんなことがあったあとだと、なんだか些細《ささい》なことに思える。「いいよ、そんなこと」

「あたしの兄貴って呼んでたのは……そう言うと、本当に自分の兄貴なんだって感じがしたからなんだ」

「だって、あんたの兄貴でしょ、ケニヤ。ほんと言うと、嫉妬《しっと》してたんだよ。セブンのやつ、いっつもケニヤとリリックのそばにいてやりたいって言ってるんだもの」

「それは、そうしてやらなくちゃいけないって思ってるからだよ。でも、ほんとはあんたたちと一緒にいたいんだ。当たり前だよね。うちのパパとはうまくいってないんだし。でも、ときどきでいいから、あたしの兄貴でいたいって思ってほしかった。義務感なんかじゃなくて。兄貴はあたしらが恥ずかしいんだよ。パパとママがあんなだから」

「そんなことないよ」

「そうだよ。あんたもそう。あたしのこと、恥ずかしいと思ってる」

「そんなこと、一度も言ったおぼえないよ」

「言わなくたってわかるよ、スター。あんたは、むこうの子たちと遊ぶとき、絶対あたしを誘わなかったし、あたしがあんたんちにいるときに、むこうの子たちが遊びに来ることもなかった。あたしみたいな友達がいるのを知られたくなかったんだろ？　あんたは恥ずかしかったんだよ。あたしのことも、カリルのことも、ガーデン・ハイツのことも」

なにも言えなかった。醜《みにく》い自分にむきあうのはつらいけど、ケニヤの言うとおりだった。わたしは、ガーデン・ハイツと、その中に存在するすべてのものを恥じていた。でも、いま思うと本当にばかだったと思う。育った場所も、経験してきたことも変えられないのに、どうして自分を形作るものを恥じたりしなくちゃいけないんだろう。自分自身を恥じるようなものなのに。

ほんとにばかみたい。

「そうだね、恥ずかしいと思ってたのかもしれない。でも、いまはちがうよ。それに、セブンは、あんたもあんたのママもリリックも、恥ずかしいなんて思ってない。みんな愛してるんだよ。まえにも言ったけど、わたしたちの兄貴なんだから。わたしだけのじゃなくてね。わたし、喜んで共有するよ。そうすれば、少しは監視の目もゆるむかもしれないし」

「あいつ、ときどきマジでムカつくもんね」

「ほんと、マジで」

顔を見あわせて笑う。いままでいろんなものを失ってきたけど、大切なものだって、ちゃんと手に入れてる。たとえば、ケニヤとか。

「うん、そうだね」ケニヤが言った。「共有しよっか」

「ほらほら、スター」ママが、パンパンと手をたたきながら声をかけてきた。そうすれば、わたしがさっさと仕事にとりかかるとでも思ってるみたいに。まだ独裁者モードらしい。「仕事はまだたっぷり残ってるのよ。ケニヤ、手伝いたいなら、あなたの名前が入ったゴミ袋と手袋もちゃんと用意してあるからね」

ケニヤは〝マジ？〟って顔でわたしを見た。

「うちのママも共有しようよ。遠慮なく受けとって」

声をあわせて笑い、縁石《えんせき》から立ちあがる。ケニヤは瓦礫《がれき》の山を見渡した。さっきより近所の人が増えていた。列を作って、バケツリレーみたいに、店の中からゴミを運びだし、歩道のゴミ箱に集めている。

「これからどうするの？」ケニヤが言った。「店の話だけど」

そのとき、車がクラクションを鳴らし、運転手が叫《さけ》んだ。おれはあんたたちの味方だって。

答えは迷わなかった。

「建てなおすよ」

昔あるところに、えくぼのある、はしばみ色の瞳の少年がいた。わたしは少年をカリルと呼んだ。世間は少年をごろつきと呼んだ。

少年は生き、短すぎる生涯を閉じた。その死に様を、わたしはこの先一生忘れないだろう。

おとぎ話みたいだって？　そんなんじゃないけど、少しでもいい結末にすることを、諦《あきら》めてはいない。

諦めるわけにはいかないから。これは、あの晩だけの――わたしとカリルとあの警官だけの話じゃない。これは、セブンのことでも、セカニやケニヤやデヴァンテのことでもある。

オスカーのことでもある。

アイヤナ。

トレイヴォン。

レキア。

マイケル。

エリック。

タミア。

ジョン。

イゼル。

サンドラ。

フレディ。

アルトン。

フィランド。

そして、一九五五年、だれだか判別もつかない状態で発見された少年、エメットのことでもある。

しかも、これで全部じゃない。もっともっとたくさんいる。

それでも、わたしは、いつかこの状況が変わると信じている。いつ、どうやって変わるかなんてわからないけど、どうしてかは言える。立ちあがる人たちが必ずいるから。次はわたしの番だ。

みんなも戦っている。戦う価値のあるものなんて、ほとんどないように見えるガーデン・ハイツの人たちも。みんな気づいて、声をあげ、行進し、正義を要求している。忘れることは決してない。

それがいちばん大切なことだと思う。

カリル、わたしは決して忘れない。

決して諦《あきら》めない。

決して口をつぐんだりしない。

約束する。

アンジー・トーマス
Angie Thomas

アメリカ・ミシシッピ州ジャクソン生まれ、在住。元ラッパー。ベルヘブン大学で創作（クリエイティブ・ライティング）を専攻し、在学中に本作の執筆をはじめる。本作は刊行前から話題を集め、多数の出版社が出版権獲得のために名乗りをあげた。ニューヨークタイムズのベストセラーランキングで3か月にわたり1位を獲得するなど、大きな注目を浴びている若手作家。

服部理佳
Rika Hattori

横浜市出身。早稲田大学法学部卒業。法律事務所勤務。翻訳家田村義進に師事。訳書に『セレクションＩ 片恋協奏曲』等セレクションシリーズ（ポプラ社）、『プリンセスブートキャンプ』（アルファポリス）、共訳書に『サヨナラの代わりに』（キノ・ブックス）、『美女と野獣　運命のとびら』（小学館ジュニア文庫）がある。

海外文学コレクション6

ザ・ヘイト・ユー・ギヴ

〈あなたが くれた 憎しみ〉

2018年3月31日　第1刷発行
2019年4月15日　第3刷発行

作者　アンジー・トーマス
訳者　服部理佳
装丁　こやまたかこ
発行者　岩崎弘明
発行所　株式会社 岩崎書店
〒112-0005 東京都文京区水道1-9-2
電話 03-3812-9131（営業） 03-3813-5526（編集）
00170-5-96822（振替）

印刷・製本　三美印刷 株式会社
カバー印刷　株式会社 太陽堂成晃社

編集　秋山将一

NDC933　ISBN978-4-265-86043-2

Published by IWASAKI Publishing Co.,Ltd.
Printed in Japan　22×16㎝

ご意見、ご感想をお寄せください。
E-mail:info@iwasakishoten.co.jp
岩崎書店HP：http://www.iwasakishoten.co.jp
落丁本・乱丁本はおとりかえいたします。